Hannah Bonam-Young

Next to Me

HANNAH
BONAM-YOUNG

Next to me

Roman

Aus dem amerikanischen Englisch
von Ulrike Gerstner

everlove
by PIPER

Mehr über unsere Autorinnen, Autoren und Bücher:
www.everlove-verlag.de

Wenn dir dieser Roman gefallen hat, schreib uns unter Nennung des Titels »Next to me« an *empfehlungen@piper.de,* und wir empfehlen dir gerne vergleichbare Bücher.

FSC www.fsc.org
MIX
Papier | Fördert gute Waldnutzung
FSC® C083411

MIT VERANTWORTUNG • PRODUZIERT

ISBN 978-3-492-06575-7

Titel der amerikanischen Originalausgabe:
»Next of Kin«, 2024 erschienen bei Dell,
einem Imprint von Random House,
Penguin Random House LLC, New York

Für einen direkten Kontakt und Fragen zum Produkt
wenden Sie sich bitte an: *info@piper.de*
Redaktion: Lisa Wolf
Satz: Satz für Satz, Wangen im Allgäu
Gesetzt aus der Hoefler Text
Druck und Bindung: CPI Books GmbH, Leck
Printed in the EU

Dieses Buch ist all denen gewidmet,
die überzeugt sind,
dass Jess der beste Partner für Rory war.
Der Rest von euch hat keine Ahnung.

LIEBE LESERINNEN UND LESER,

dieses Buch enthält potenziell triggernde Inhalte.
Um euch das bestmögliche Leseerlebnis zu ermöglichen,
findet ihr deshalb auf S. 382 eine Contentwarnung.

Euer *everlove*-Team

Kapitel 1

Mein Telefon klingelt; eine Nummer leuchtet auf, die mir augenblicklich einen Schauer über den Rücken jagt. Ich folge meinem Instinkt und gebe den Einkaufswagen und meinen Platz in der Kassenschlange auf, um in der öffentlichen Toilette des Supermarkts in Ruhe zu telefonieren – zum Glück ist es hier leer.

»Hallo, hier ist Chloe.« Meine Stimme zittert.

»Hi, Chloe, hier ist Rachel Feroux von den Child Protection Services. Passt es Ihnen gerade?«

Ich schließe die Toilettenkabine hinter mir ab, als sich ein allzu vertrautes Gefühl des Unbehagens in meine Brust schleicht. Mit der freien Hand fasse ich mir ans Schlüsselbein. Höchstwahrscheinlich überzieht mich bereits ein roter Ausschlag. »Klar.« *Connie ... es muss um Connie gehen.* Sie ist verletzt – oder schlimmer. Warum sollte Child Protection Services sonst anrufen? Ich habe seit über sechs Jahren mit keinem Sozialarbeiter mehr gesprochen.

»Okay, super.« Rachel räuspert sich, dann scheint sie sich mit einem tiefen Atemzug zu wappnen. »In Ihrer Akte steht, dass Sie offen dafür sind, dass Ihre leibliche Mutter

Kontakt zu Ihnen aufnimmt. Ist das noch immer korrekt?«

Will ich das wirklich? »Ja ...«

»Das ist jetzt vermutlich ein ziemlich ungewöhnlicher Anruf. Ihre Mutter ... Entschuldigung, Constance. Constance hat den dringenden Wunsch, dass Sie sie besuchen. Sie liegt im Krankenhaus.«

Mein Körper wird ganz kalt, und das Blut pumpt langsamer in meinen Adern. Sosehr ich auch versucht habe, mich von ihr zu lösen, ist da immer noch das drängende Bedürfnis, wissen zu wollen, dass es Connie gut geht.

»Sie hat gerade, völlig unerwartet, entbunden.«

»Wie bitte, was?« Ich ringe nach dem nächsten Atemzug.

»Ihre Mutter hat ein Baby bekommen.«

Meine Hand trifft auf die Kabinenwand, noch bevor mein Rücken es tut, und ich rutsche nach unten, um mich auf den Boden zu setzen. *Die Klamotten muss ich später wohl verbrennen.*

»Nein. Das ... aber ... *was?*«

»Ich kann verstehen, dass das ein ziemlicher Brocken ist, den man erst einmal verdauen muss. Ich wünschte, es gäbe einen schonenderen Weg, Ihnen diese Nachricht beizubringen. Mir ist bewusst, dass es über zehn Jahre her ist, seit Sie Ihre Mutter zuletzt gesehen oder von ihr gehört haben.«

Das ist nicht *ganz* richtig. In der Highschool gab es zahlreiche Momente, in denen sie ohne die Erlaubnis meiner Adoptiveltern auftauchte, ich habe ihnen nie davon erzählt.

»Ist sie ... ist Connie okay?«

»Ja, es geht ihr gut. Eine Kollegin von mir ist gerade bei ihr. Es war eine Frühgeburt. Der Arzt, der uns vorhin angerufen hat, sagte, dass sie sich vollständig erholen wird. Das Baby muss wahrscheinlich noch zwei oder drei Monate auf der Neonatologie bleiben. Es ... wird nicht bei Ihrer Mutter unterkommen. Wir suchen nach anderen Betreuungsmöglichkeiten.«

Kollegin. Unterkommen. Betreuung. Die Sozialarbeiterinnen sind an der Sache dran – warum sollte Connie mich also sehen wollen? Versteht sie nicht, wie krank das alles ist? Dass sie *mich* braucht, während ein anderes Kind von ihr in die Obhut einer Pflegefamilie geschickt wird? *Nein, nicht irgendein Kind ... mein Geschwisterchen.*

Sie räuspert sich. »Constance hat Sie als möglichen Vormund angegeben. Sie ist bereit, ihre elterlichen Rechte an Sie zu überschreiben. Falls nicht, kommt der Säugling nach seiner vollständigen Genesung zu einer Pflegefamilie.«

Ich halte mir das Telefon vom Gesicht und starre einen Moment lang mit leerem Blick auf das Display. Entweder habe ich schlechten Empfang oder ich bilde mir das alles nur ein. Ein möglicher Vormund? Für ein Baby. *Ich?*

»Aber ... ich bin vierundzwanzig.« Ich weiß nicht, warum mir ausgerechnet dieser Gedanke herausrutscht, obwohl mir noch etwa zweitausend andere im Kopf herumschwirren. Vierundzwanzig, gerade erst den Abschluss gemacht, keine Ahnung, was ich mit meinem Leben anstelle ... Verdammt, ich war eben nicht mal sicher, ob meine Bankkarte beim Einkaufen nicht abgelehnt wird.

»Chloe, ich verstehe, dass das viel verlangt ist von Ihnen. Vor allem, wenn man bedenkt, dass Sie ... ein eher distanziertes Verhältnis zu Ihrer leiblichen Mutter haben. Allerdings wollen wir jeden möglichen Kontakt, den sie anbietet, weiterverfolgen. Sie haben jedes Recht, Nein zu sagen, und es besteht auch die Option, Ihr Geschwisterkind zu besuchen, wenn Sie das möchten.«

Ich schnappe leise nach Luft, als ein unbestreitbarer Anflug von Freude meine Lippen zu einem Lächeln verzieht und ein weiterer Gedanke die schwere Stille durchbricht. *Ich habe eine Schwester oder einen Bruder.* Als ich aufwuchs, hätte ich alles für ein Geschwisterchen gegeben, jemanden, der mir nahesteht und dem ich vertraue. Jemanden, den ich liebe und von dem ich bedingungslos zurückgeliebt werde. »Dürfte ich das überhaupt?«, frage ich zögernd. »Wenn ich es wollte?«

»Das würde ein viel ausführlicheres Gespräch erfordern ... eines, das wir am besten in meinem Büro führen.«

»Ja ... okay.«

»Es gäbe viel zu besprechen. Ich denke, im Moment sollten wir diese Nachricht erst einmal sacken lassen.« Rachels Stimme bleibt kühl, aber bestimmt.

»Richtig.« Ich kneife mir in den Nasenrücken. Meine Augen sind geschlossen, doch der Raum dreht sich weiter.

»Constance will Sie trotzdem gern sehen.«

»Okay.« Ich weiß nicht, ob es die Aussicht auf ein Treffen mit Connie ist oder der Gedanke, dass sie mich nicht schon vorher kontaktiert hat, der meine Lippen zum Beben bringt, doch so oder so passiert es.

»Aber um es ganz klar zu sagen, die Entscheidung liegt letztendlich bei Ihnen.« Rachels sanfte Zuversicht beruhigt mich ein wenig.

»Okay ...«

»Wie wäre es, wenn ich Ihnen die Telefonnummer meiner

Kollegin gebe, die gerade bei Constance ist? Wenn Sie sich entschließen, sie zu besuchen, schickt sie Ihnen die nötigen Informationen. Von dort aus machen wir dann weiter, wie auch immer Sie sich entscheiden.«

Mein Kopf schmerzt und pocht, wie an einem unbarmherzig schwülen Tag vor einem Gewitter.

Nachdem Rachel mir die Kontaktdaten ihrer Kollegin gegeben hat, lege ich auf und massiere die Stelle zwischen meinen Augen. Es scheint zu helfen, mich auf diesen Punkt zu konzentrieren, und das leichte Unbehagen, das ich bewusst herbeiführe, willentlich in Kauf zu nehmen. Ich denke an Connie, oder zumindest an meine letzte Erinnerung an sie und übertrage dieses Bild auf ein Krankenhausbett.

Ich spüre, dass mein Mitgefühl zunimmt, obwohl ich den Impuls verspüre, meine Emotionen zu unterdrücken und aus der Toilette zu verschwinden, ohne eine Szene zu machen. Ich stelle mir die Ähnlichkeiten zwischen ihrem jetzigen Zustand und dem Bild vor, das früher auf ihrem Nachttisch stand. Unser erstes gemeinsames Foto, aufgenommen, als sie vor fast fünfundzwanzig Jahren in einem anderen Krankenhausbett lag. Auch damals war sie allein – und gerade mal siebzehn.

Meine Gedanken kreisen um meine Mutter, bis sich eine unwillkommene Erinnerung nach oben drängt. Ich war vier Jahre alt und saß in einem leeren Schulbus, der bereits die zweite Runde durch meine Straße drehte. Da waren nur noch der Busfahrer und meine Kindergärtnerin, und ich erinnere mich, dass sie mich beide mit dem gleichen Gesichtsausdruck ansahen wie meine Mutter, als ich ein paar Tage zuvor von einem Baum gefallen war. Ich fragte mich, warum sie das taten – ich hatte mir doch gar nicht wehgetan.

»Hat Mommy nicht erzählt, was sie heute vorhat?«, wollte Miss Brown wissen.

»Nein«, antwortete mein kleines Ich.

»Kennst du die Telefonnummer deiner Grandma? Oder weißt du vielleicht, wo sie arbeitet?«

»Ich habe keine Großmutter. Ich habe einen Onkel, aber der lebt auf einem großen Boot.«

»Und dein ... Dad? Kennst du den Namen deines Vaters, Spätzchen?« Miss Brown machte mich nervös. Ich wollte endlich zu meiner Mom. Vor allem, damit ich ihr meine Zeichnung zeigen und sie fragen konnte, ob ich auch einen Dad habe, so wie meine Freundin Sara. Saras Dad schien nett zu sein. Vielleicht, so hatte ich gedacht, könnte er auch mein Dad werden.

»Nee«, antwortete ich.

»Okay, in Ordnung. Ich denke, wir beide werden heute ein kleines Abenteuer erleben. Möchtest du gerne sehen, wo Miss Brown wohnt?«

»Sie haben einen Hund, oder?«, fragte ich.

»Äh ... ja, habe ich.«

»Ich mag keine Hunde. Die stinken.«

»Wie wär's dann, wenn wir ihn nach draußen schicken und wir beide drinnen spielen?«

Miss Brown nahm mich zwei Stunden lang mit zu sich nach Hause, bevor Child Protection Services eintraf und mich zu einem Notpflegeplatz brachte.

In meiner Akte – die ich zu meinem achtzehnten Geburtstag »geschenkt« bekam – las ich, dass die Polizei Connie ein paar Tage später aufspürte. Sie war high, betrunken und wütend, dass man sie gefunden hatte. Ich wurde ein Jahr lang von einer Pflegefamilie zur anderen gereicht, bis es meiner Mutter gelang, so weit wieder trocken zu werden, dass ich zu ihr zurückziehen konnte. Ich wusste, dass sie hart dafür gekämpft hatte. Betreuer, Sozialarbeiter und Lehrer – sie alle erzählten mir, wie sehr sich meine Mutter darum bemüht hatte, mich zurückzubekommen.

Ich verstand nie, warum sie mir das erzählten, als ob eine Fünfjährige dankbar sein sollte, bei ihrer eigenen Mutter zu sein. Als wäre ich eine Abstinenz-Medaille und kein Mensch.

Als Connie zehn Monate später wieder rückfällig wurde, war mein Kopf so voll mit erzwungener Dankbarkeit, dass ich mehr Mitleid mit ihr als mit mir selbst hatte. Man hätte mir sagen sollen, dass ich es nicht verdiene, drei Tage lang nichts als trockene Fruit Loops zu essen – aber das war nicht der Fall. Stattdessen war ich um ihretwillen traurig. Das bin ich immer noch.

Jetzt hat sie ein weiteres Kind in diesen Schlamassel hineingeworfen.

Entschlossenheit erfüllt meine Brust, und ich öffne die Augen, um in die mit Neonlicht erhellte Toilette und in meinen erwachsenen Körper zurückzukehren, der zittert, weil sich Wellen der Übelkeit in mir ausbreiten und mich eine Gänsehaut überzieht. Ich weiß, dass ich zu meiner Mutter gehen muss. Ich werde nicht zulassen, dass mein Geschwisterchen das Gleiche durchmacht wie ich. Das kann ich nicht.

Kapitel 2

Ich verlasse die Kabine und wasche mir die Hände. Als ich sicher bin, dass ich auch den letzten Rest öffentlicher Toilette von mir abgeschrubbt habe, spritze ich mir kaltes Wasser ins Gesicht. Die Wassertropfen laufen in den Ausschnitt meines T-Shirts, während ich mich über das Waschbecken beuge und mich mit festem Griff an beiden Seiten abstütze. *Übergib dich bloß nicht in der Toilette eines Supermarkts.* Ich betrachte mein Spiegelbild in dem trüben Glas, das über dem Waschbecken hängt.

Die Augen meiner Mutter blicken mich an. Tiefgrün mit bernsteinfarbenen Sprenkeln. Dichte, dunkle Wimpern und noch kräftigere Augenbrauen. Die Frauen in unserer Familie waren dafür gemacht, den Elementen zu trotzen, Kinder auf dem Rücken zu tragen, Hungersnöte zu überstehen – zu überleben. *Starke Stirn, starke Nase, starker Körper, starkes Herz.* Connie hat das auf jede meiner Geburtstagskarten geschrieben – in den Jahren, in denen sie sich daran erinnerte.

Ich fand es immer total durchgeknallt, so etwas zu schreiben, aber jetzt kann ich mich damit irgendwie anfreunden.

Ich fühlte mich besser in meiner kurvig-weichen Figur, als ich erkannte, dass mein Körper sich so entwickelt hatte, dass er Gewicht und Stärke aushalten kann, weil er das alles überstehen musste.

Mein kastanienbraunes Haar ist viel zu lang geworden und fällt mir fast bis zu den Fingerspitzen, aber ich mag es so. Vor allem, weil meine Adoptivmutter es verabscheuen würde – es ist so *unpraktisch*. Ich binde es jetzt hoch, damit mein Hals atmen kann. Alles fühlt sich zu nah an meiner Haut an.

Vor der Toilette des Supermarkts gehen die Scharen von Einkaufenden ihrem Tagwerk nach. Durchsagen über den Deckenlautsprecher preisen ein Sonderangebot für Küchenpapier an. Das Piepen der Kassensysteme ist gleichmäßig und durchdringend. Das Lächeln der Kassiererinnen aufgesetzt und höflich. Eine Frau löst einen Gutschein für Katzenstreu ein und erhält ganze zwanzig Cent Rabatt. Für alle anderen hat sich die Welt nicht auf den Kopf gestellt.

Ich lasse meinen Einkaufswagen stehen und nehme mir vor, diesen Laden nie wieder zu betreten, für den Fall, dass ich dabei beobachtet wurde. Im Wagen liegen immerhin Tiefkühlprodukte.

Als ich gehe, sehe ich, wie eine Familie den Laden betritt. Zwei Eltern, zwei Kinder. Sie kichern miteinander. Der Vater schneidet eine Grimasse für das kleine Mädchen, das sich am Ende des Wagens festklammert. Ich schlucke den Groll hinunter, der mir die Kehle hinaufzubrennen droht und sich in Tränen verwandeln könnte. Ich beneide sie zutiefst.

Endlich draußen lehne ich mich an die Betonwand des

Gebäudes und atme die dringend benötigte milde Juniluft ein. Als ich heute Morgen aufgewacht bin, bestand meine To-do-Liste daraus, Lebensmittel einzukaufen, eine von meinem Vater empfohlene Doku anzusehen und mich vielleicht so weit zu betrinken, dass ich dazu bereit bin, eine weitere Dating-App runterzuladen. Jetzt gilt es, größere Dinge zu bewältigen.

Ich hole mein Handy heraus, um Rachels Kollegin anzurufen.

»Hallo, hier ist Odette.«

»Hallo, Odette, hier ist Chloe, Connies Tochter.«

»O ja«, ruft Odette aus. »Hallo, Liebes, schön, von dir zu hören.« Ihr Ton ist so warm, dass sich Schmerz in meiner Brust zusammenballt. Der Wunsch, von ihr getröstet zu werden, wird von meinem Drang übertroffen, diesen Tag mit Höchstgeschwindigkeit voranzutreiben. Ich darf nicht innehalten, muss in Bewegung bleiben.

»Können Sie mir sagen, wo Connie ist und ob ich sie sehen darf?«

»Natürlich. Ist das eine Handynummer? Dann schicke ich dir die Details am besten per SMS. Ist das in Ordnung?«

»Das wäre klasse, danke.«

»Okay, Liebes, bis bald«, sagt Odette sanft.

Ich kopiere die Adresse des Krankenhauses aus Odettes Nachricht und füge sie in das Navi auf meinem Handy ein. Ich werde auf gar keinen Fall für eine Taxifahrt quer durch die Stadt bezahlen, aber ich habe auch kein Kleingeld für den Bus. Ich würde ja wieder reingehen, um den Geldautomaten zu benutzen, doch womöglich warten die dort schon auf die Besitzerin des verlassenen Einkaufswagens oder fangen an, Fahndungsplakate aufzuhängen. Das ist also keine Option.

Da ist allerdings noch mein erloschenes Studententicket für den Bus, das ich von meiner Alma Mater bekommen habe. Mein Abschluss ist erst einen Monat her. Das muss doch zu etwas nütze sein. Vielleicht ist das Ticket so etwas wie ein abgelaufener Joghurt, den man noch essen kann, wenn man zu pleite ist, um sich einen neuen zu kaufen – und das bin ich.

Der Busfahrer winkt mich durch, ohne das Kleingedruckte zu lesen – *Gott sei Dank* –, und ich setze mich nach hinten ans Fenster. Ich verdränge die Gedanken daran, wohin ich fahre, und hoffe, dass ich nicht auch noch »in öffentlichen Verkehrsmitteln geweint« zu meinen heutigen Errungenschaften zählen muss.

Die Fahrt geht viel zu schnell vorbei. Die hinteren Türen öffnen sich und geben den Blick frei auf eine überfüllte Haltestelle voller Menschen in Kitteln, die sich darum drängen, einzusteigen. Ich bahne mir einen Weg durch sie hindurch und gehe die Rampe zum Besuchereingang des Krankenhauses hinauf.

Als ich in den leeren Aufzug steige, dämmert mir, dass ich bis vor neunzig Minuten schon seit ein paar Wochen nicht mehr an Connie gedacht habe. Nicht seit dem Muttertag. Die Schuldgefühle kommen in einer unerwarteten und tsunamigroßen Welle.

Ohne innezuhalten suche ich hektisch die Knöpfe an der Wand ab und presse den Notfallknopf. Der Aufzug hält sofort an. Ich lege mir die Hände in den Nacken und drücke mit den Unterarmen gegen die Brust – so wie es mir meine

Adoptiveltern beigebracht haben, wenn ich unter Angstzuständen litt oder, wie sie es liebevoll nannten, mir die *Nerven flatterten*.

Ich habe Connie seit sechs Jahren nicht mehr gesehen. Ich wusste nicht mal, ob sie noch lebt, obwohl ich immer vermutet habe, dass ich es spüre, falls sie sterben würde. Was soll ich zu ihr sagen? Wie soll ich sie nennen? Hätte ich zuerst im Souvenirladen in der Lobby vorbeischauen sollen? Besorgt man Blumen für die frischgebackene Mutter, die allein wieder entlassen wird?

»Hallo, stimmt etwas nicht?« Eine gedämpfte Männerstimme ertönt aus dem Lautsprecher des Aufzugs. *Mist.*

»O nein, tut mir leid, ich habe aus Versehen den Notfallknopf gedrückt«, stottere ich.

»Kein Problem.« Der Aufzug surrt und springt wieder an.

Zwei Etagen später steige ich aus und folge den violetten Pfeilen auf dem Boden zur Entbindungsstation, wie Odette es mir gesagt hat. Vor dem Eingang der verschlossenen Doppeltüren hängt ein Telefon an der Wand. Auf einem Aufkleber daneben steht: »Informieren Sie bitte das Krankenhauspersonal, wen Sie besuchen wollen, und warten Sie, bis die Türen geöffnet werden.« Ich nehme den Hörer ab, und es bimmelt ein paarmal, bevor eine etwas mürrisch klingende Frau abnimmt.

»Hallo. Ich möchte zu Constance Walden.« Ich habe meinen Vor-Adoptions-Nachnamen schon lange nicht mehr laut ausgesprochen.

»Einen Moment, bitte.« Es klickt in der Leitung, und die Türen öffnen sich langsam mit einem Summen. Ich gehe hinein und nicke der Krankenschwester an der Rezeption zu. Sie blickt nur kurz auf, während sie über ihre Schulter in Richtung Connies Zimmer zeigt.

»Am Ende des Flurs auf der linken Seite«, flötet eine andere, freundlichere Krankenschwester von hinten und schenkt mir ein mitfühlendes Lächeln.

»Danke.« Um mich aufrecht zu halten, müssen sich meine Füße schneller bewegen, als meine Ängste wachsen können.

Ich klopfe dreimal und verlagere mein Gewicht von einem Fuß auf den anderen, bevor eine hochgewachsene Frau heraustritt. Sie ist wahrscheinlich Mitte sechzig, von Kopf bis Fuß in Lila gekleidet und hat Dreadlocks, die ihr bis über die Schultern reichen. Sie hat braune Haut, auf ihren Wangen liegt Rouge, und mit ihren freundlichen Augen mustert sie mich anerkennend von oben bis unten.

»Oh, Miss Chloe ... sieh dich nur an.« Sie verschränkt ihre Hände vor dem Gesicht. »Du erinnerst dich sicher nicht an mich, aber ich kenne deine Mutter schon sehr lange. Wir haben uns getroffen, als du erst fünf Jahre alt warst.« Sie streckt mir eine Hand entgegen, die ich bereitwillig ergreife. »Es ist so schön, dich wiederzusehen, meine Liebe. Auch wenn ich wünschte, es wäre unter anderen Umständen.« Wir lassen beide los.

Ich erinnere mich an sie, zumindest an ihre freundlichen Augen, und fühle mich dadurch ein bisschen sicherer. »Es ist schön, Sie wiederzusehen, Odette.« Ich zwinge mich zu einem Lächeln, und sie legt mir eine Hand auf die Schulter, die tröstende Berührung treibt mir fast die Tränen in die Augen. Aber ich kann mich zusammenreißen.

»Wie geht es dir denn so?«

»Verrückter Morgen.« Trotz meiner Bemühungen klingt meine Stimme absolut nicht locker.

»Hmm, das kann ich mir vorstellen«, sagt sie. »Nun, Liebes, ich bin jetzt hier, um die Freundin deiner Mama zu sein. Ist es okay, wenn ich sie deine Mama nenne?«

Ich zucke mit den Schultern, aber bevor ich etwas sagen kann, fährt sie fort: »Connie und ich sind über die Jahre in Kontakt geblieben ... immer dann, wenn es ihr gut geht. Ich habe sie bei Rehabilitationsprogrammen, einer Selbsthilfegruppe und so weiter unterstützt. Meistens versuche ich, ein offenes Ohr für sie zu haben. Als sie mich gestern Abend hierherbat, hatte ich seit zwei Jahren nichts mehr von ihr gehört. Das Krankenhauspersonal war alles andere als freundlich zu ihr. Sie hatte das Baby noch nicht einmal gesehen, bevor ich heute Morgen hier ankam. Connie ...«

Sie hört auf zu sprechen, atmet aus und reibt sich mit der geschlossenen Faust das Auge. »Connie war in der Notaufnahme und klagte über Bauchschmerzen. Sie war betrunken. Man stellte fest, dass sie in den Wehen lag, und führte einen Kaiserschnitt durch. Sie wusste nicht, dass sie schwanger war.« Odettes Gesicht wird ernst. »Ich bin zwar Sozialarbeiterin, doch wenn ich durch diese Tür trete, komme ich zuerst als Connies Freundin. Ich möchte klarstellen, meine Liebe, dass ich weiß, dass sie viele Fehler gemacht hat. Ich weiß, dass du sehr darunter leiden musstest. Aber sie macht eine harte Zeit durch, und wir müssen so mitfühlend sein, wie es uns im Moment möglich ist.«

Schuldgefühle umschlingen mein Herz, und es schlägt ein wenig schneller. »Verstanden.« Ich schlucke schwer.

»Okay, Liebes. Bist du bereit reinzugehen?«

Ich zögere, die Frage zu stellen, aber ich muss es erfahren, bevor ich mich vom Fleck bewege. »Ist ... ist das Baby da drin?«

»Nein. Sie ist auf der Frühchenstation. Ihr geht es den Umständen entsprechend.«

Ich habe eine Schwester. »Kann ich sie sehen?«, frage ich beklommen. »Später?«

Odette runzelt die Stirn und nickt ein paarmal. »Natürlich, Liebes.«

Ich presse den Mund zu einer schmalen Linie zusammen, stelle mich aufrecht hin und atme tief ein. »Okay. Ich bin bereit.«

Kapitel 3

Miss Connie? Hier ist jemand für dich ...« Odette zieht den Vorhang zurück, der um das Krankenhausbett in dem ansonsten leeren Zimmer gespannt ist. »Chloe ist zu Besuch.«

Blinzelnd betrachte ich die Person, die vor mir liegt. Diese Frau hat fast keine Ähnlichkeit mit der Mutter, an die ich mich erinnere. Connies Gesicht ist hohlwangig, die Haut unter ihren Augen nahezu schwarz. Ihre Lippen sind rissig und trocken, und das Haar ist nicht mehr dunkelbraun wie meines, sondern blond gebleicht und ausgefranst.

Hätte ich sie auf der Straße gesehen, hätte ich keinen zweiten Blick verschwendet. Vielleicht ist das sogar schon vorgekommen. Eine Träne kullert über meine Wange, aber ich wische sie weg, bevor Odette oder Connie sie sehen.

»Hallo ...« Mir fällt ehrlich gesagt kein anderes Wort ein, das ich sagen könnte.

Connie mustert mich von oben bis unten, ihre Miene bleibt neutral, und das lässt mich auf einen halben Meter zusammenschrumpfen. Selbst jetzt, wenn sie so aussieht, sehne ich mich immer noch nach ihrer Anerkennung.

»Du bist wirklich gekommen.« Ihre Stimme ist vertrauter als ihr Gesicht, klingt aber schroff. Sie wischt sich die Nase mit der Rückseite ihres Unterarms ab.

»Ja, bin ich.« Ich konzentriere meine ganze Energie darauf, meinen Tonfall und den Gesichtsausdruck neutral zu halten.

»Okay ... gut.« Connie klingt gereizt. *Das fängt ja gut an.*

Ich schaue zu Odette, und sie versteht mein stummes Stichwort.

»Connie ... Chloe hat aus reiner Herzensgüte zugestimmt, dich zu besuchen. Wir haben darüber gesprochen, meine Liebe. Ich weiß, dass du ihr dankbar bist, dass sie gekommen ist.«

Die Frau im Bett nickt, und ihr Blick huscht zwischen Odette und mir hin und her. Ihre Bewegungen werden dynamischer, als die Emotionen im Raum eine unvorhersehbare Intensität annehmen.

»Das ist also der Teil, ja? Der Teil, in dem ihr euch gegen mich verbündet? Mich verspottet? Mich abserviert? Tja, *meine Liebe* ...«, sie spuckt diese zwei Worte zurück zu Odette, »... vergiss nicht, dass ich sie *gemacht* habe.« Sie winkt abfällig in meine Richtung. »Ich weiß, wie man mit ihr spricht.«

»Du wolltest, dass ich komme?« Ich stelle mich vor Odette und schirme sie ab, so gut ich kann, obwohl ich ihre breiten Schultern und ihre kräftige Gestalt kaum verdecken kann.

»Ja ...« Sie lehnt sich zurück, um ihren Körper zu beruhigen, aber ihre Augen bleiben wild. »Ich ... ich wusste es nicht.« Sie schaut auf ihren Schoß und knetet ihre Finger.

»Ich wusste nicht, dass ich schwanger war. Ich wusste nicht ... Ich hätte es nicht noch einmal getan.«

»Aber jetzt ist es trotzdem passiert.« Die harsche Antwort entfährt mir, bevor ich an Odettes mahnende Worte denken kann. Connies Gesicht verzieht sich, sie sieht aus wie ein gescholtenes Kind. Wie kann jemand, der körperlich so verbraucht ist, so jung aussehen?

»Ja, ist es.« Der Raum wird ruhiger, die Spannung lässt nach. Odette gleitet zu den Stühlen hinüber, die neben dem Bett stehen, und gibt mir ein Zeichen, mich zu ihr zu setzen. Und das tue ich.

»Warum erzählst du Chloe nicht, wieso du sie hergebeten hast?« Connie sieht nicht auf, schüttelt aber den Kopf. »Connie.« Odette greift nach ihrer Hand. »Sie ist gekommen ... jetzt bist du dran.«

»Chloe ... Baby ...« Die Stimme meiner Mutter wechselt zu einem Tonfall, an den ich mich erinnere. »Es tut mir ... Es tut mir so leid.« Ihre Lippen zittern, doch es kommen keine Tränen.

Ich nicke und hebe vorsichtig die Hand, bevor ich mich entscheide, wo ich sie am sichersten platzieren kann. Ich wähle ihr Knie, das von einem dünnen Krankenhauslaken bedeckt ist.

»Ich will nicht, dass sie das Gleiche durchmacht wie du. Ich könnte nicht damit leben, wenn ...«

Odette unterbricht sie: »Lass uns versuchen, alle Erwartungen maßvoll und frei von Schuldgefühlen zu halten.« Sie sieht Connie an und hebt mahnend eine Augenbraue.

»Ich möchte, dass du das Baby nimmst, bis ich wieder clean bin ... Ich weiß, du bist noch so jung, aber ...« Sie blickt zu mir auf, mit Tränen in den Augen. »Du bist *du*. Du bist viel verantwortungsbewusster, als ich es je gewesen bin.«

Ich lehne mich im Stuhl zurück und lege meine Hand jetzt auf mein eigenes Knie. »Weil ich es sein musste.«

»Ja, kann schon sein«, flüstert sie.

Ich schaue zu Odette, die mir aufmunternd zunickt, obwohl sie keine Ahnung hat, was ich sagen will. Ich richte mich auf und schaukle hin und her, bis mich die Bewegung genug beruhigt, um zu sprechen. »Ich mache es. Aber nur, wenn du versprichst, dass du das Sorgerecht komplett aufgibst.« Ich drehe mich zu Odette. »Das hat Rachel so am Telefon gesagt.«

Odette verzieht den Mund.

Ich lecke mir über die Lippen, bevor ich weiterspreche. »Ich mache es, wenn es überhaupt möglich ist. Ich weiß gar nicht, ob ich es darf ... aber du wirst das Sorgerecht nicht wiederbekommen. Du kannst sie besuchen, wenn du clean bist. Du kannst sie dann oft sehen, nur ... sie wird nicht bei dir leben. Niemals. Hast du das verstanden?« Meine Stimme wird bei der letzten Frage lauter, und ich bereue es sofort.

Connie wischt sich eine einzelne Träne weg, aber in ihrer Miene zeigt sich eher Akzeptanz als Schmerz.

Ich gehe in die Defensive. »Vielleicht lassen sie mich nicht. Ich weiß nicht ... Ich bin gerade erst fertig mit der Uni. Ich habe einen Haufen Studiendarlehen und mich erst vor weniger als einem Monat selbstständig gemacht. Ich lebe im Moment allein. Ich kann nicht umziehen ... nach Hause.« Ich brauche nicht hinzuzufügen, dass meine Adoptiveltern das Land verlassen haben und wir kaum noch miteinander sprechen.

Odette meldet sich zu Wort. »Aber wir schätzen deine Bereitschaft, es zu versuchen.«

Ich schenke ihr ein unbeholfenes, aber anerkennendes Lächeln. Dann schaue ich wieder zu Connie und beobachte sie einen Moment lang, während sich mein Herz mit Sorge füllt. »Ich hoffe wirklich, dass sich die Dinge für dich zum Guten wenden.«

Sie müht sich ab, Odettes Hand fester zu umklammern. »Ich auch«, flüstert Connie.

Wir sitzen in betretenem Schweigen da, bis Odette aufsteht und sich anmutig zu mir dreht. »Chloe, möchtest du deine Schwester kennenlernen?«

Mit einem Nicken richte ich mich auf, trete um die Lehne meines Stuhls herum, um mich neben Odette zu stellen. Und ich beschließe, Connie ein Abschiedsgeschenk zu machen. »War schön, dich zu sehen, Mom.«

Sie greift nach meiner Hand, und ich berühre sanft ihren Handrücken, bevor ich mich anspanne und weggehe.

»Mach's gut.«

Ich folge Odette in den Flur. Nachdem sie die Tür geschlossen hat, legt sie mir die Hand auf den Rücken. Ich schaue ausdruckslos zu den weißen Wänden mit den Metallpaneelen auf der anderen Seite des Flurs, während sie mich mit kräftiger Hand tätschelt. »Keine Eile, Liebes.«

Ich lächle Odette hinter mir schwach zu. Sie fährt mit ihren beruhigenden Bewegungen fort, während ich zu Atem komme und meinen Kiefer entspanne.

Wer ist diese Frau?

Ob trocken oder nicht, meine Mutter hat immer wie sie selbst ausgesehen – warm, vertraut, wie ich. Jetzt bin ich vielleicht die einzige Version meiner Mutter, die es auf dieser Welt noch gibt. Inzwischen ist sie eine Fremde, in jeglicher Hinsicht. Eine Fremde, für die mein Herz bricht. Eine Fremde, nach deren Anerkennung und Liebe ich mich noch immer sehne ... mich aber mit Vertrauen zufriedengeben muss. Das Vertrauen, das sie mir schenkt, damit ich mich um meine Schwester kümmere.

Kapitel 4

Odette führt mich an den Aufzügen vorbei zurück zur Frühchenstation. Schließlich kommen wir an einem weiteren Durchgang mit einer Videokamera über der Tür an. Wer auch immer uns beobachtet, muss bemerkt haben, dass Odette einen Besucherausweis um den Hals trägt, denn die Türen gleiten auf, bevor sie nach dem Telefon an der Wand greifen kann. Sie winkt höflich in Richtung Schwesternzimmer, als wir daran vorbeigehen und einen schwach beleuchteten Flur betreten. Ich fühle mich hier fehl am Platz, als würde ich mich in das Leben eines fremden Menschen hineindrängen. Ich bemühe mich, nicht in die Zimmer der anderen Familien zu schauen. Zum Glück geht Odette so energisch voraus, sonst würde ich mich womöglich umdrehen und wegrennen.

Odette wird langsamer, als sie sich dem Ende des Flurs nähert. Ein Mann im blauen Kittel – wie ihn auch die Krankenschwestern an der Rezeption tragen – sitzt an einem Computer in einer Nische außerhalb des Raumes. Er blickt durch ein großes Fenster von einem der vielen Privatzimmer. Von unserem Platz auf dem Flur aus kann ich durch das

Fenster einen Inkubator erkennen, über dem ein Doppelmonitor angebracht ist. Odette räuspert sich, und der Krankenpfleger wendet uns seine Aufmerksamkeit zu, während er den Computer ausschaltet, an dem er gerade getippt hat. Er steht auf und reicht erst Odette und dann mir die Hand.

»Hallo. Ich bin Calvin. Ich kümmere mich heute Nachmittag um Baby Walden. Ich werde bis sieben Uhr hier sein.« Calvin ist ein paar Zentimeter größer als ich und hat olivfarbene Haut, dunkle Haare und Augen. Er erinnert mich an einen klassischen Soldaten aus dem Zweiten Weltkrieg, von eher kleiner Statur, aber kräftigem Aussehen mit prallen Oberkörpermuskeln, breitem Stand und einer Haartolle.

»Hallo, Calvin, das hier ist Chloe, die ältere Schwester des kleinen Mädchens, und ich bin Odette von den CPS.«

Etwas piept, und ich drehe mich um, schaue auf die Monitore und versuche zu verstehen, was das bedeutet.

»Freut mich, Sie beide kennenzulernen.« Calvin stellt sich neben mich und zeigt auf das Fenster. »Die oberste Reihe ist ihre Herzfrequenz, die mittlere ihr Sauerstoffgehalt und die letzte die Zufuhr der Ernährungssonde.«

Ich nicke. Der andere Bildschirm ist ein Überwachungsmonitor, auf dem meine Schwester live zu sehen ist. *Meine Schwester.*

»Wenn Sie irgendwelche Fragen haben, zögern Sie nicht. Es kann wirklich beängstigend sein. Es gibt eine Menge Pieptöne, Alarme und Kabel, aber das sieht alles viel schlimmer aus, als es ist.«

Ich lächle ihn durch den Schleier meiner Überreizung hindurch an. Offensichtlich hat er diese Ansprache schon

Tausende Male zum Besten gegeben, doch ich ertappe mich dabei, wie ich mich an den Anblick gewöhne. Ich kann die Umrisse des Babys kaum ausmachen, unter all den Drähten, Verbänden und Umschlägen.

»Lass uns reingehen.« Odette greift nach der Glasschiebetür.

»Wie heißt sie?«, platzte ich heraus.

Odette öffnet die Tür, ohne langsamer zu werden, und lotst mich mit einer ruhigen Hand auf meinem Rücken hindurch. »Sie hat noch keinen Namen.«

Ich gehe hinüber und schaue auf den Inkubator. Ihr winziger Körper ist fast durchscheinend. Sie hat ein Kontrollgerät an ihrem rechten Füßchen, das unter einer Decke hervorlugt.

»Was für süße kleine Zehen! O mein Gott«, gurrt Odette hinter mir.

Ich stimme ihr zu, sage aber nichts und trete nicht näher. Ich wusste nicht, dass Menschen so klein sein können. Ich habe Angst, sie könnte zerbrechen, wenn ich sie nur ansehe. Ein Signal ertönt, und Calvin kommt herein.

»Sieht aus, als wäre da jemand etwas zu aufgeregt, seine Schwester zu treffen.« Er öffnet den Inkubator, dreht sie um und reibt ihr mit einer – wie ich finde – viel zu schroffen Bewegung den Rücken. Ich schaue auf die Bildschirme; die oberste Zeile blinkt im Rhythmus des schrillen Alarms.

Eine andere Krankenschwester taucht auf, als das Alarmsignal weiter schrillt. »Hey, könnten Sie bitte kurz rausgehen?« Sie sieht mich an, bevor sie fortfährt: »Vielleicht ist jetzt ein guter Zeitpunkt, dass Sie sich einen Besucherausweis besorgen? Die Kleine braucht gerade etwas extra Versorgung.« Sie wirft einen Blick auf den Monitor und dann wieder auf uns. »Und wir brauchen hier drin mehr Personal.« Sie bugsiert uns eilig zur Tür hinaus, und ich recke den Hals, um zurück zu Calvin zu schauen.

Die Krankenschwester führt uns zum anderen Ende des Flurs, zu einem Stehpult auf Rädern.

»Sie wird doch wieder gesund, oder?«, frage ich, als drei Pflegekräfte an uns vorbeilaufen und einen Wagen vor sich herschieben.

»Bis jetzt hat sie sich wacker geschlagen. Ihr Herz macht größere Probleme, als wir ursprünglich gedacht haben, aber sie ist stark, und ansonsten geht es ihr gut.« Sie wedelt mit der Hand hin und her und versucht, meine Aufmerksamkeit zu erregen, während ich mich im Flur umschaue. »Hey ... da drin hat sie ein tolles Team. Sie ist in guten Händen.«

Ich nicke, doch mein Herz klopft so laut, dass es mit dem schnelleren Rhythmus des piepsenden Monitors im Zimmer konkurriert.

»Sie sind die große Schwester, richtig?«, fragt mich die Pflegerin.

»Ja.« Ich glaube, dass ich antworte, bin mir aber nicht hundertprozentig sicher.

»Wunderbar ... und Sie wollen eine Verwandtenadoption beantragen?«

»Ja.« Ich kann nur raten, was sie sagt, denn ich verstehe kaum etwas. Als ich aufwuchs, nannten meine Adoptiveltern es »selektives Hören«, ich kann es nicht beeinflussen. Wenn ich angespannt und ängstlich bin, ist es, als hätte ich mir Ohrenschützer aufgesetzt, und alle Stimmen scheinen zu verstummen.

»Wie schön. Wenn das so ist, müssen Sie noch einige Formulare für mich ausfüllen. Angefangen bei der familiären Krankengeschichte und so weiter.«

Odette umfasst meine Hand mit ihren beiden. »Wir versuchen unser Bestes, aber wir haben nicht viele Informationen zur Vorgeschichte der Mutter. Väterlicherseits gibt es gar nichts.«

Die Krankenschwester zieht eine Grimasse. »Aha, na dann. Okay.« Sie übergibt Odette einen Aktenordner.

Ich bemerke, dass das Signal des Monitors nicht mehr ertönt. Daraufhin drehe ich mich um und sehe, wie alle Mitarbeiter außer Calvin den Raum verlassen. Calvin winkt, dass wir wieder reinkommen sollen, und ich atme tief durch, während ich auf die Tür zuhaste.

»Alles klar! Also!« Calvin klatscht einmal in die Hände. Er steht gerade und doch entspannt – selbstbewusst und nahbar. »Sie hat die neuen Medikamente gut vertragen – ein bisschen zu gut. Wir haben sie besser eingestellt, und jetzt sollten wir in der Lage sein, weitere Tachykardien zu vermeiden. Kein Grund zur Sorge. Sie ist ein tapferes kleines Mädchen.«

Meine Schultern sacken nach unten – sie sind viel schwerer als heute Morgen.

»Ansonsten schlägt sie sich fantastisch. Mal abgesehen davon, dass sie bei der Entwicklung der Lunge und der Gewichtszunahme Nachholbedarf hat, was bei Frühchen normal ist, gibt es nichts Auffälliges zu berichten.«

Ich stemme meine Fußballen in die Schuhe und reibe sie tiefer hinein, um mich wieder in diesem Raum zu verankern. Ich hatte noch nie zuvor solche Angst.

»Ich bin draußen, wenn Sie mich brauchen.« Calvin wäscht sich die Hände, entledigt sich seines Kittels und setzt sich an den Schreibtisch am Fenster, von dem aus ich ihn nicht sehen kann. Ich lasse mich in den Sessel neben meiner Schwester fallen.

»Was für ein Tag …« Odettes Stimme ist sanft, während sie liebevoll in den Inkubator blickt.

»Ich weiß nicht, wo ich anfangen soll.« Ich lasse die Stirn in meine Hände sinken.

»Gibt es jemanden, den du vielleicht anrufen möchtest? Das ist ja ganz schön viel auf einmal.«

»Nein.« Das erinnert mich nur daran, wie einsam ich geworden bin. Meine Mitbewohnerinnen an der Uni sind nach dem Abschluss ausgezogen und haben mir eine große (aber zum Glück mietpreisgebundene) Wohnung überlassen. Meine Adoptiveltern sind nach Barcelona ausgewandert, um sich um meine alternde Abuela zu kümmern, und der Typ, mit dem ich zusammen war, hat mich vor ein paar Wochen geghostet. Zu allem Überfluss arbeite ich auch noch freiberuflich, habe also keine Kolleginnen und Kollegen.

Der Plan war, nach dem Abschluss ein neues Leben zu beginnen. Ich hatte viele Pläne, auch wenn ich keine Ahnung hatte, wie ich anfangen sollte. Wie in einer Sitcom wollte ich Freunde finden, die zu meiner Familie werden würden, und mit ihnen meine Mittzwanziger verbringen. Ich wollte eine neue WG gründen. Ich wollte ihnen dieses Mal alles erzählen, ehrlich sein, aufrichtig sein. Ich wollte die Liebe finden.

»Gut, darf ich dir dann Gesellschaft leisten?« Odette setzt

sich neben mich in den anderen Sessel. Der, der hier für den zweiten Elternteil aufgestellt wurde, schätze ich. Ich schaue auf das Zustellbett in der Ecke des Zimmers – soll ich hier schlafen? Dann spähe ich zu meiner Schwester. Würde sie es merken, dass sie allein ist?

Odette bricht das Schweigen. »Ich denke, wir fangen damit an, diesem süßen Baby einen Namen zu geben.«

»Soll … soll ich das machen?«, stammle ich.

»Genau das will Connie. Sie denkt, es wäre am besten so.«

Ich habe keine Energie, um zu psychoanalysieren, wieso Connie sich nicht einmal die Mühe macht, einen Namen für sie auszusuchen. Wenn ich ehrlich bin, freue ich mich aber auch auf die Aufgabe.

Ich stehe auf und nähere mich langsam dem Inkubator. In dem ganzen Trubel hat sich ihr fliederfarbenes Mützchen leicht nach hinten verschoben, und ich kann mehr von ihrem kleinen Gesicht erkennen. Ihr Name kommt mir sofort in den Sinn, als würde ihre Seele zu meiner eigenen sprechen. »Willow.«

»Mmmh. Das gefällt mir.« Odette steht auf und stellt sich neben mich.

»Meine Abuela hat mir immer dieses Lied vorgespielt, *Little Willow*. Ich glaube, Paul McCartney hat es geschrieben.«

»Dann heißt sie Willow.« Odettes Lächeln ist so warm. Sie hat wirklich den richtigen Beruf gewählt. Ein Lächeln wie dieses ist Menschen gewidmet, die in einer Lebenskrise stecken.

»Soll sie Connies Nachnamen tragen? Oder meinen?«

»Ich würde sagen, dass Connies Nachname so lange bleibt, bis das mit dem Sorgerecht geklärt ist. Danach liegt die Entscheidung bei dir.«

»Klar.« Ich schniefe in meinen Ärmel.

Sie werden sie mir auf keinen Fall überlassen. Will ich sie überhaupt? Ihre kleine Hand zuckt. *Ja, natürlich, ich will sie.* Behutsam streiche ich über ihre Fingerspitzen. Die Art, wie sich ihre Hand um meinen kleinen Finger schlingt, beflügelt mich. »Was kommt als Nächstes?«

»Wir vereinbaren einen Termin für dich mit Rachel. Sie wird Willows Betreuerin sein. Dann beginnen wir mit dem Bewerbungsverfahren. Man wird dein Zuhause und deine Finanzen prüfen, ein psychologisches Gutachten erstellen und solche Dinge.«

»Bei Ihnen hört sich das so einfach an.« Mein Brustkorb dehnt sich mit einem Atemzug, der nichts zur Beruhigung beiträgt, übermäßig weit aus.

»O Liebes, es ist nicht einfach. Nicht im Geringsten. Aber du hast mich, Rachel und ein ganzes Team von Leuten hinter dir, die es dir und Willow möglichst leicht machen wollen.«

Ich nicke wiederholt und versuche, mich davon zu überzeugen, dass ich damit einverstanden bin, doch es gelingt mir nicht.

Der ganze Schock des heutigen Tages jagt durch meinen Körper und klettert meine Kehle hoch. Ein dumpfes Schluchzen bricht aus mir heraus, dann noch eins und noch eins. »Ich weiß nicht, was ich tun soll.« Odette reibt mir den Rücken, während ich mich im Stuhl nach vorne beuge.

»Chloe, wenn es das ist, was du willst, kannst du es schaffen. Du wirst es hinkriegen. Aber wenn es zu viel ist, wenn du nicht bereit dafür bist …«

»Ich kann sie nicht allein lassen. Ich kann nicht«, unterbreche ich und heule immer noch.

»Okay, sehr gut, okay. Dann geben wir unser Bestes.«

Kapitel 5

Ich habe eine gute und eine schlechte Nachricht …«

»Nichts Neues also«, unterbreche ich Rachel, die mir gegenüber in ihrer Büronische sitzt – sie ist nur eine von dreißig in diesem großen Raum.

Als ich das erste Mal hierherkam, erfuhr ich, dass jede Sozialarbeiterin sich etwa um zwanzig Kinder kümmert. Es gibt insgesamt drei Stockwerke mit Räumen wie diesem. Das sind eine Menge Kinder. *Eine ganze Menge.*

Rachels Schreibtisch ist übersät mit Aktenordnern, Post-it-Zetteln und Einwegkaffeebechern. Sie hat ein professionelles Äußeres, aber ihre Persönlichkeit bahnt sich ab und zu durch ein kleines Grinsen, ein Räuspern und ein gedämpftes Lachen ihren Weg nach draußen.

»Ihre Wohnung wurde als geeignet für die Vormundschaft befunden, und Sie haben sowohl das psychologische Gutachten als auch die übrigen Tests bestanden …«, ein deutliches *Aber* ist zu erahnen, »allerdings« – *okay, nah dran* – »sind wir immer noch in Sorge wegen Ihres Einkommens und Ihrer finanziellen Situation. Wir können nicht sicher sein, dass Sie in der Lage sein werden, Miete und Rechnungen zu bezahlen, wenn Willow in Ihre Obhut gegeben wird.«

Ich streiche mein Kleid glatt und zupfe an dem Stoff auf meinem Schoß. »Aber seit meinem Abschluss habe ich immer Arbeit gefunden, um alle meine Rechnungen zu begleichen, Geld auf die Seite zu legen und meine Kredite abzubezahlen.« Die Arbeit als Grafikdesignerin wird zum Glück gut bezahlt, wenn man denn Jobs ergattern kann.

»Richtig, und wir wissen Ihre Bemühungen zu schätzen. Doch wir haben nicht genügend Belege dafür, dass das so weitergeht, und Sie verfügen derzeit über keine ausreichenden Ersparnisse, auf die Sie zurückgreifen könnten. Außerdem müssten Sie, wenn Willow bei Ihnen untergebracht werden sollte, entweder Ihre Arbeitszeit verkürzen oder eine Kinderbetreuung organisieren, was sehr kostspielig sein kann.«

Ich weiß, dass es Rachel keinen Spaß macht, mir diese Nachricht zu überbringen; ihr Gesicht verrät, dass sie sich lieber in ein Loch verkriechen würde. So oder so, ich kann nicht anders, als zu spüren, wie sich Ärger zwischen uns zusammenbraut.

Ich beiße mir auf die Wange, mit schmalen Augen starre ich auf die Kante von Rachels Schreibtisch, wo ein gekautes Stück Kaugummi klebt. »Das war's also für mich? Keine Chance?« Meine Nasenspitze und meine Augen beginnen zu brennen, kündigen Tränen an. Ich entscheide mich, sie nicht zu unterdrücken. Ich habe nicht die Kraft dazu.

»Nein. Ich habe auch gesagt, dass es eine gute Nachricht gibt, schon vergessen?« Hektisch blinzelnd sehe ich Rachel an und signalisiere ihr so, dass sie fortfahren soll. »Wir haben dieses neue Programm, eine Initiative ... TeamUp.« Ihre Lippen zucken mit einem Anflug von Begeisterung.

Meine Gedanken wandern zu denjenigen, die für das Marketing von den CPS verantwortlich sind. Was für ein armseliger Auftritt. Jedes Programm, das ich als Kind mitgemacht habe, hatte furchtbare Namen. »Found Children – Findelkinder«, mein absoluter Negativ-Favorit, war eine Selbsthilfegruppe für adoptierte Kinder.

»TeamUp? So wie ›ein Team bilden‹?« Ich ziehe vielsagend eine Augenbraue hoch, um meine Skepsis zu zeigen.

»Genau, TeamUp.« Rachel öffnet eine Schreibtischschublade und holt eine Broschüre mit einem Design heraus, das noch schlimmer ist als der Name. Ich greife trotzdem zu.

»Das Programm wurde entwickelt, um potenzielle Vormunde zusammenzubringen, die gegenseitig voneinander profitieren können. Beide Mitglieder sind entweder geeignete Pflegeeltern oder passende betreuende Angehörige. Alle Teilnehmenden hätten die Bewertungen mit links bestanden, gäbe es da nicht einen kritischen Umstand wie die Wohnsituation oder das Einkommen. In Ihrem Fall könnten Sie einen wunderbaren Beitrag zur Unterkunft leisten. Eine Dreizimmerwohnung in einem barrierefreien Gebäude ist wirklich großartig. Jemand, der eine feste Arbeit und ein beständiges Einkommen hat, wäre in Ihrem speziellen Fall ein geeigneter Gegenpart.«

»Wir würden also zusammenwohnen? In meiner Wohnung?«, frage ich und runzele zweifelnd die Stirn.

»Ganz genau.« Rachel rutscht auf ihrem Stuhl hin und her, ihr Tonfall ist verständnisvoll, aber angespannt, ihr Geduldsfaden wird dünner.

»Ist das nicht irgendwie ... ein bisschen seltsam? Ich meine ... Ich kenne die Person ja gar nicht.«

»Es ist neu, ein wenig ungewöhnlich – sicher. Doch es könnte den Unterschied ausmachen, ob Willow bei Ihnen untergebracht wird oder ob sie bis zu Ihrer Neubewertung im Januar in eine vorübergehende Betreuung gehen muss. Wenn Sie zustimmen, wäre es eine befristete Vereinbarung. Sie hätten genug Zeit, ein regelmäßiges Einkommen nachzuweisen, und für Ihren TeamUp-Partner, um eine geeignete Wohnung zu finden. Es würde vorher einen Besuch geben und ich würde Ihnen während der gesamten Dauer zur Seite stehen.«

»Das klingt, als hätten Sie schon jemanden im Sinn«, sage ich.

Rachels Mundwinkel heben sich – sie muss echt an ihrem Pokerface arbeiten. »Ja, vermutlich habe ich da jemanden. Ein weiterer Fall von mir. Eine ähnliche Situation wie Ihre – eine Vormundschaft für Geschwister.«

Ich nicke und stelle mir eine andere Frau vor, die ebenfalls versucht, diesen Prozess zu meistern. Wir könnten da gemeinsam durch. Vielleicht würde es sogar Spaß machen. »Kann ich sie kennenlernen?«

»Nun, eigentlich ist es ein Er.« Rachels Antwort ist sachlich, aber ihr Blick ist auf mein Gesicht geheftet, um eine Reaktion zu erhaschen.

Mir klappt die Kinnlade herunter. »Ein Mann? Sie wollen, dass ich mit einem Mann zusammenlebe, den ich nicht kenne?«

Sie wirft mir einen entrüsteten Blick zu, während sie ihre Brille zurechtrückt.

»Ich habe nämlich nicht vor, als Schlagzeile in den Nachrichten zu landen.« Meine Stimme wird ein bisschen lauter, und ich lache wenig überzeugend.

Rachel schnaubt und lächelt. Heute lässt sie ihre Maske wirklich verrutschen.

»Warren ist ein Jahr jünger als Sie und versucht, das Sorgerecht für seinen fünfzehnjährigen Bruder zu bekommen. Er hat ebenfalls alle Tests bestanden, nur fehlt ihm die passende Unterkunft. Im Moment lebt er in einer Einzimmerwohnung. Jedes Kind über zehn Jahre braucht allerdings ein eigenes Zimmer. Aber er ist Mechanikerlehrling und arbeitet seit über zwei Jahren bei gleichbleibender Bezahlung.«

»Ich ... ich glaube nicht, dass ich mich sicher fühlen würde.«

»Ihre Sicherheit, die von Willow und die von allen meinen Fällen sind meine oberste und einzige Priorität. Die psychologischen Tests sind sehr umfangreich gewesen. Ich würde Sie niemals bitten, es in Betracht zu ziehen, wäre ich nicht überzeugt, dass es für alle Beteiligten unbedenklich ist.«

Vielleicht ist Warren ungefährlich, immerhin musste er sich denselben Beurteilungen unterziehen wie ich. Aber ein fünfzehnjähriger Junge, der in diesem System aufgewachsen ist? Ich kann nicht anders, als mich zu fragen, ob ältere Kinder auch diese Tests machen müssen.

»Und sein Bruder?«, erkundige ich mich nervös.

»Er ist ein toller, liebenswerter Junge«, fährt Rachel fort. »Warren hat versucht, eine Wohnung aufzutreiben, allerdings hatte er Schwierigkeiten, eine Zweizimmerwohnung zu finden, die in der Nähe seiner Arbeit und der Schule seines Bruders liegt – was eine Notwendigkeit ist.«

»Kann der Junge nicht einfach die Schule wechseln?«, frage ich brüsk.

»Die Schule ist für gehörlose Kinder, es ist die einzige in dieser Gegend.«

Ich vermeide Blickkontakt und nicke. Ich kenne diese Schule, sie liegt nicht weit von meiner Wohnung entfernt. Ich atme ein und bereite mich darauf vor, gedanklich das Für und Wider abzuwägen.

»Willow hat etwa sieben Wochen, bis sie aus der Frühchenstation entlassen wird. Sie haben also noch Zeit, um eine andere Übereinkunft zu treffen. Es müsste jemand sein, der bereit ist, sich auf den Bewertungsprozess einzulassen und von unserem Amt zertifiziert zu werden.« Sie hält inne und beobachtet meine Reaktion. »Vielleicht gibt es noch einen Vormund, der sich für TeamUp entscheidet, aber ich vermute, dass die meisten von ihnen nach Einkommensunterstützung und nicht nach einer Wohnung suchen, da sich die Unterbringung in der Regel flexibler gestaltet.«

In Rachels Tonfall schwingt eine Bitte mit, ob sie es nun beabsichtigt oder nicht. Ihr Job ist es, sich für andere einzusetzen, aber es muss ein kniffliger Balanceakt sein, da sie sowohl Willow als auch diesen älteren Jungen vertritt. Sie braucht für beide eine gute Lösung.

»Warren will sofort etwas. Je früher, desto besser. Sein Bruder ist derzeit in einer Wohngruppe untergebracht, die ...« Rachel zögert und schüttelt den Kopf, »leider nicht in der Lage ist, den Bedürfnissen eines gehörlosen Kindes gerecht zu werden.«

Sie können keine Gebärdensprache? Mir wird das Herz schwer. Das muss so einsam sein. »Und wenn ich Ja sage ... darf ich Willow dann mit nach Hause nehmen? Sobald sie so weit ist?«

»Ja, sofern auch Warren mit der Vereinbarung einverstanden ist.«

»Okay ... Ich bin dabei.« *Alles für Willow.*

»Wunderbar.« Rachels Miene bleibt fast neutral, aber sie klopft mit ihren Zeigefingern auf die Schreibtischkante, als würde sie darauf trommeln.

»Ich gebe Warren Bescheid, und wir können ein Treffen vereinbaren. Würden Sie es vorziehen, sich hier kennenzulernen?«

»Sie können ihm meine Adresse geben. Dann kann er sich schon mal die Wohnung ansehen.« Ich setze mich aufrechter hin und nicke, um mich selbst rückzuversichern.

Rachel nickt ebenfalls. »Okay. Ich frage ihn, ob ihm das recht ist, und melde mich bei Ihnen.«

Ich stehe auf. »Großartig.«

»Danke, Chloe, dass Sie dafür offen sind. Ich glaube, Sie werden beide davon profitieren.«

»Wollen wir es hoffen.«

Es ist ja nur bis Januar. Wie schwierig kann das schon sein?

Kapitel 6

Warren ist spät dran. Ich laufe vor dem Eingang meines Wohnhauses hin und her und schaue noch einmal auf mein Handy. 10:52 Uhr. *Zweiundzwanzig Minuten zu spät.* Ich stehe schon seit dreißig Minuten draußen, wie es ein vernünftiger Mensch nun mal tut, wenn er auf einen potenziellen Mitbewohner wartet. Nicht nur einen Mitbewohner, sondern jemanden, der über das Schicksal meiner Schwester entscheiden wird. Ich hoffe für ihn, dass er eine gute Entschuldigung hat. Dass er das Auto einer alten Dame abschleppen oder eine Katze von einem Baum retten musste, zum Beispiel.

Bevor ich mein Apartment verlassen habe, habe ich dreimal mein Aussehen überprüft und zweimal mein Outfit gewechselt, bis ich mich für meinen gelben Lieblingsjumpsuit entschieden habe. Ich habe ihn mit meinen Ohrringen aus gebrannten Tonkirschen und einem roten Stirnband kombiniert. Menschen mögen doch fröhliche Farben, nicht wahr? Und dieses Outfit schreit geradezu: »Ich bin ungefährlich, zugänglich. Wir können ein Team sein.«

Ein schwarzes Auto fährt in die halbkreisförmige Einfahrt, und ich stelle mich aufrechter hin, um Warren zu begrüßen und ihn auf den Besucherparkplatz zu lotsen. Die Musik aus dem Auto ist viel zu laut, als dass es ein Fahrdienst sein könnte, aber ich schaue mich um, ob jemand auf so etwas wartet. Doch nur ich stehe draußen.

Das Auto geht aus, und die Tür öffnet sich. Zuerst fällt mir der Buzzcut auf, dann, wie riesig der Typ ist, als er die Autotür schließt und das Gebäude mustert. Er kommt auf mich zu, ohne mich zu beachten. Nicht Warren, nehme ich an. Ich erlaube meinem Blick, ihm zu folgen, als er an mir vorbeigeht. Er hat das Gesicht eines gut aussehenden Filmschurken – umwerfend scharf geschnitten.

»Hey!«, rufe ich, aber der Fremde dreht sich nicht um. »Hallo? Du kannst da nicht parken!« Meine Stimme wird noch lauter.

Der Mann schaut über seine Schulter und verengt die Augen ein wenig, bevor er sich erneut dem Eingang zuwendet.

»Hey!«, rufe ich empört.

»Bin in einer Minute wieder da.« Er hebt eine Hand und wedelt damit, als ob er mich wegscheuchen wollte. Seine Stimme ist tief und selbstgefällig – eine tödliche Kombination.

»Wie bitte? Nein!« Ich schaue mich um, kein anderes Auto nähert sich. Vielleicht liegt es daran, dass mich das Warten auf Warren so nervt, aber ich entscheide mich, mit Zähnen und Klauen zu kämpfen. Ich folge dem geheimnisvollen Fremden in den Eingangsbereich. Als ich eintrete, drückt er gerade die Ruftaste an der Sprechanlage neben der Innentür.

»Hör mal, Prison Break, du blockierst den Eingang.« Er

dreht sich um und sieht zu mir herunter, mehr aus Notwendigkeit als aus Herablassung, aber der Effekt ist derselbe. Er verzieht die Lippen und will gerade etwas sagen, als mein Telefon klingelt.

Ich greife in meine Gesäßtasche und hebe die Hand vor seiner breiten Brust, um ihn zum Schweigen zu bringen. Bei dieser Geste zieht er die Augenbraue hoch.

Ich schaue auf mein Telefon. »Hm?« Es ist mein Türsummer, der sich meldet. O Mist. *Natürlich, verdammt ...* Ich stelle mein Telefon stumm, atme lange aus und lasse meine Hand in die Tasche meines Jumpsuits sinken.

»Warren, nehme ich an?«

Ein tiefes, kurzes Lachen entfährt ihm. »Chloe?«

Ich schürze die Lippen und nicke ihm nur zu. »Ja.« Wir blicken beide zu seinem Auto hinaus.

»Ich schätze, ich sollte dann mal umparken.« Er nimmt das Ganze nicht ernst, und das ärgert mich nur noch mehr. Ich öffne ihm die Haustür und winke ihn demonstrativ durch.

Nachdem er aus dem Eingangsbereich gehuscht ist, drücke ich den Handballen gegen die Stirn. Fast dreißig Minuten Verspätung, Parken im Halteverbot, die Wangenknochen eines Schurken ... das ist eine einzige Katastrophe.

Er kehrt zurück, mit einem verschämten Gesichtsausdruck, den er nur für mich aufgesetzt hat und der vor Arroganz trieft. »Können wir von vorne anfangen? Schön, dich kennenzulernen, Chloe.« Er streckt mir die Hand entgegen.

»Warum bist du zu spät?« Ich öffne die Innentür mit meinem Schlüsselanhänger und lasse ihn eintreten. Er senkt die ungeschüttelte Hand.

»Stau?« Er versucht nicht einmal, seine Lüge zu verschleiern. Aus irgendeinem Grund ist er belustigt.

Ich sehe ihn mit zusammengekniffenen Augen an und setze meine schönste »Fick dich«-Miene auf, die ich seit der Pubertät perfektioniert habe.

»Ich habe zu lange geschlafen. Heute ist mein freier Tag.« Er hebt beide Hände.

»Na super ...« Wir betreten den Aufzug.

»Warum macht dich das so wütend?«, fragt er mit schmalen Augen.

»Weil ich finde, man sollte pünktlich sein. Hat was mit Höflichkeit zu tun.«

»Zur Kenntnis genommen.« Er verzieht den Mund, als wollte er »O Mann sagen«, und das verstärkt nur noch die Wut, die aus mir herauszusprudeln droht.

Eigentlich bin ich kein aufbrausender Mensch. Ich gehe Konflikten aus dem Weg. Normalerweise lasse ich nicht zu, dass Leute mich ärgern. Oder besser gesagt, ich lasse sie nicht wissen, dass sie es getan haben. Ich atme ein paarmal tief durch. *Noch mal von vorn.*

Er folgt mir aus dem Aufzug und zu meiner Wohnungstür. Ich fummle an meinen Schlüsseln herum und probiere die ersten drei an meinem Schlüsselband aus, bevor ich bemerke, dass er mich beobachtet.

»Bist du gerade erst hier eingezogen?« Er lehnt sich gegen die Wand und stützt sich mit dem Unterarm neben meiner Tür ab.

»Nein.« Ich schaue nicht auf, als ich einen vierten Schlüssel einstecke.

»Ich frag mich das nur, weil du offenbar Schlüssel für die

ganze Stadt hast – aber keiner davon zu dieser Tür passt.« In seiner Stimme schwingt Sarkasmus mit, sein Grinsen ist hörbar.

Der fünfte Schlüssel dreht sich im Schloss. Während ich die Tür aufstoße, sehe ich ihn an und reiße vielsagend die Augen auf. Meine Schuhe landen auf der Matte neben der Tür, aber er lässt seine an – noch ein Minuspunkt.

Im Eingangsbereich meiner Wohnung gibt es rechter Hand eine Tür, die zum Badezimmer führt, und links eine weitere, die zum ersten der unbewohnten Zimmer abgeht. Der Flur mündet rechts in die Küche, bevor er sich zum Wohnbereich hin öffnet. Der Raum hat Backsteinwände und hohe Decken, dazwischen ist ein zweiter Boden eingezogen, eine Art Galerie, wo ich schlafe.

»Während des Studiums hatte ich zwei Mitbewohnerinnen. Sie sind beide im Frühjahr ausgezogen, aber ich habe den Mietvertrag behalten. Was ich hier zahle, ist das, was eine Einzimmerwohnung mittlerweile zu kosten scheint.« Ich schalte das Licht in den leeren Zimmern an, und er schaut sich um, nickt, schweigt jedoch.

Wir betreten den Wohnbereich, und er begutachtet meine Möbel. Das meiste davon ist gebraucht oder von einem großen Möbelhaus und hat definitiv einen gewissen femininen Touch. Im Wohnzimmer stehen eine rosa Couch und ein violetter Samtsessel auf einem flauschigen, cremefarbenen Teppich. Er schaut so ewig darauf, als ob er einen ellenlangen Witz hören würde.

»Was?«, frage ich.

»Nichts, es ist nur ... süß.« Er zuckt mit den Schultern.

Ich ziehe unwillkürlich den Kopf ein, weil er »süß« gesagt

hat, obwohl er damit eindeutig »mädchenhaft« im abwertenden Sinne meinte. Ich zähle einen weiteren Minuspunkt gegen ihn.

»Mein Zimmer ist da oben.« Ich zeige auf die Wendeltreppe, die zur Galerie führt, die zwar offen, aber nicht einsehbar ist. »Du würdest nicht reinpassen – schräge Decken.« Der letzte Teil des Satzes platzt aus mir heraus, als ich zu ihm hochschaue. Er presst die Lippen zusammen und wendet den Blick ab, während er schweigend das Apartment in Augenschein nimmt.

Ich warte darauf, dass er etwas sagt, doch er bleibt stumm, und die Stille wird immer unangenehmer. Ich tippe mit dem Fuß und verschränke die Arme vor der Brust. Auch wenn ich den Kerl im Moment nicht mag, muss ich es wohl irgendwie lernen.

»Ich habe mir gedacht, dass das vordere Zimmer besser für dich geeignet ist und das andere für ...« Ich weiß gar nicht, ob Rachel mir den Namen seines Bruders genannt hat.

»Luke«, fügt er an, dreht sich allerdings nicht zu mir um, sondern geht auf die Sammlung von Kunstdrucken zu, die an der Wand des Essbereichs gegenüber der Küche hängen.

»Luke«, wiederhole ich und nicke.

Über seine Schulter hinweg fragt er: »Was ist das?« Er zeigt auf den mittleren Rahmen, in dem ein Poster hängt, das ich in einem Siebdruckkurs im dritten Unijahr gestaltet habe. Ich grinse in mich hinein, als er den Blick nach vorne richtet.

»Also ... äh ... so stelle ich mir Tamponwerbung vor, wenn sie von Männern benutzt würden. Ich habe es in der Uni gemacht.« Das Bild zeigt eine Tamponschachtel im Vintage-Stil, umgeben von Slogans und Zitaten, die an Hausfrauenmagazine aus den 1940er-Jahren erinnern.

»Echte Männer bluten auf Tampax«, liest er und sieht mich mit schräg gelegtem Kopf an. »Bringt man euch das an der Uni bei?«

Er dreht sich um und zeigt auf das Sofa. Ich nicke, und er setzt sich.

Ich entscheide mich dafür, die unverschämte Bemerkung zu überhören. Was hat er gegen einen Uni-Abschluss? Oder hat er nur ein Problem mit mir?

»Passt dir Freitag?«, fragt Warren unverblümt, als ich mich an das gegenüberliegende Ende der Couch setze.

»Freitag? Hmm. Dann kann ich also am Samstag mit dir rechnen?« Ich starre ihn ausdruckslos an. Vielleicht hat mich seine Bemerkung über die Uni ein bisschen gewurmt. *Was ist denn heute bloß los mit mir?*

Sein Mundwinkel hebt sich. »Für jemanden, der 'ne gute Stunde braucht, um einen Schlüssel zu finden, hast du ziemlich große Probleme mit Trödelei.«

»Trödelei? Du warst dreißig Minuten zu spät. Wenn ich eine andere Wahl hätte, würdest du ...«

Er unterbricht: »Wenn wir beide eine andere Wahl hätten, würden wir dem hier nicht zustimmen.« Mit beiden Zeigefingern deutet er auf den Raum zwischen uns. »Aber so ist es nun mal. Wir sind der Willkür und der Zustimmung der CPS ausgeliefert.«

Ich rutsche auf meinem Platz hin und her und reagiere damit auf die Verärgerung in seiner Stimme, als er weiterspricht.

»Hör zu, das wird wahrscheinlich ziemlich ätzend werden. Ich räume hinter Luke und mir auf. Er wird meistens in der Schule sein. Meine Arbeitszeiten passen zu seinem Stundenplan. Ich zahle meine Hälfte der Miete und koche unser Essen selbst. Ich erwarte keine Hilfe von dir, außer dass du uns hier wohnen lässt.«

»Okay …« Auch wenn wir dann kein *Team* sind.

»Und deine Schwester – Willow, richtig?«

Ich nicke.

»Sie teilt sich ein Zimmer mit dir?«

»Das wird sie. Sobald ihr Aufenthalt auf der Frühchenstation beendet ist. Wir hoffen, dass sie in drei Wochen nach Hause kommen kann.«

Warren kneift sich in den Nasenrücken. »Ein Baby?«

»Ja.« Mein Lächeln löst sich auf.

»Das wusste ich nicht«, seufzt Warren.

»Okay … tut mir leid?«

»Ist schon in Ordnung.«

»Oh, ich bin so froh, dass es *für dich* in Ordnung ist«, antworte ich mit zusammengekniffenen Augen.

Er schaut vom Boden auf und stellt einen viel zu intensiven Blickkontakt her. Ich sehe sofort weg. »Sorry«, sagt Warren und wirft das Wort in den Raum, als würde es nichts bedeuten.

Ich ziehe das unbehagliche Schweigen einer unaufrichtigen Antwort vor, und die Stille dauert an.

»Ich hoffe, Freitag passt dir. So habe ich das Wochenende, um Lukes Zimmer einzurichten. Sobald Rachel einen Hausbesuch macht und grünes Licht gibt, kann er einziehen. Sie meinte Montag, was ich sehr hoffe.« In seiner

Stimme schwingt ein Gefühl mit – möglicherweise Verzweiflung.

»Klingt gut.« Ich versuche wirklich, genauso wortkarg zu sein wie er, kann mich aber wieder mal nicht bremsen: »Ich wette, Luke ist schon ganz aufgeregt.«

Einen kurzen Moment lang mustert mich Warren und kommuniziert dann in Gebärdensprache weiter. »Er ist vor allem aufgeregt, weil er mit einem heißen älteren Mädchen zusammenleben soll.«

Ich lehne mich in meinem Sitz zurück und schaue ihn an. »Na, ich hoffe, er ist nicht zu sehr enttäuscht«, gebärde ich die Antwort.

Warren lacht und hebt dann eine Faust, als müsse er sich zusammenreißen. Ich spüre, wie ein Gefühl von Stolz in meiner Brust aufsteigt, weil ich eine echte Reaktion aus jemandem herausgelockt habe, der anscheinend nicht bereit war, sie preiszugeben.

»Rachel hat nicht erwähnt, dass du Gebärdensprache kannst. Ich ...«

»Sie hat nicht danach gefragt«, unterbreche ich ihn.

Er runzelt die Stirn und wartet auf eine Erklärung.

»Mein Adoptivvater ist gehörlos.«

Er verfällt wieder in den gelangweilten Modus. »Cool.« Er steht auf. »Dann bis Freitag.«

Bevor ich ihn stoppen oder meine geplante Rede halten kann – es geht um Hausregeln und Erwartungen und ich habe sie stundenlang geübt –, ist er schon aus der Haustür.

»Cool«, äffe ich ihn in der leeren Wohnung nach. Allerdings fühlt es sich nicht richtig befriedigend an.

Kapitel 7

Das ist Bryce. Bryce, das ist Chloe«, stellt Warren mir seinen Kumpel mit seiner typischen gleichgültigen Miene vor.

Ich strecke Bryce höflich lächelnd die Hand entgegen, und er schüttelt sie. Seine Augen sind auf meine Brust gerichtet. In der Zeit, die ich brauche, um auf unsere Hände, zu Warren und dann wieder Bryce anzusehen, hat seine Aufmerksamkeit mein Dekolleté nicht verlassen. Ich reiße meine Hand mit einem überraschend kräftigen Ruck weg, der ihm klarmacht, dass er ertappt wurde. Warren grinst, und ich funkele ihn an.

»Ich arbeite mit War in der Werkstatt«, sprudelt es aus Bryce heraus.

Ich gehe nicht mehr auf ihn ein.

»Also, wo willst du anfangen?«, frage ich und konzentriere mich ausschließlich auf Warren.

Er runzelt die Stirn. »Danke, aber ich komme zurecht. Ich bin schon oft umgezogen. Ich brauche nur ein zweites Paar Hände.« Seine Worte spiegeln verwirrte Genervtheit wider, ohne dass man ihm echte Dankbarkeit anmerkt.

»Oh, ich verstehe. Es würde trotzdem schneller gehen, wenn ich mir eine oder zwei Kisten schnappe.«

»Nein. Wirklich ... schon gut.« Er lässt den Blick viel zu eilig an mir auf und ab wandern, als dass es unangemessen wäre – dafür gibt er mir das Gefühl, völlig nutzlos zu sein.

Für heute habe ich mich zweckmäßig angezogen, um mithelfen zu können – eine Schlaghose mit einem senfgelb-rot gestreiften T-Shirt, das ich in die Hose gesteckt habe, und ein Bandana im Haar. Offensichtlich niedlich, aber dennoch ein Arbeitsoutfit.

»Na gut ... ich bin oben, wenn du was brauchst.« Ich muss sowieso noch arbeiten.

Er schenkt meiner Antwort nicht einmal Beachtung, sondern dreht sich zu Bryce um, und sie gehen zurück in Richtung Eingangshalle. In den nächsten neunzig Minuten arbeite ich an meinem Schreibtisch, der ein paar Meter vom Ende meines Bettes entfernt am Geländer der Galerie befestigt ist. Die beiden sprechen nicht viel, außer um sich zu verständigen, wenn der Gegenstand, den sie tragen, dem anderen die Sicht versperrt.

Männerfreundschaften sind seltsam. Aber ich bin wahrscheinlich auch keine Expertin für Freundschaften aller Art. In der Grundschule sind sie auf der Strecke geblieben, weil ich von einer Schule zur nächsten geschickt wurde. Erst zog ich von meiner Mom zu einer Pflegefamilie, dann zurück zu Connie, dann als Pflegekind zu meinen jetzigen Eltern und nach meiner Adoption in unser neues Haus.

Ich war ständig das neue Kind. Auch die Highschool war schwierig, was Freundschaften anging. Meine Eltern bestanden darauf, dass ich mich durch alle Leistungskurse quälte, notfalls mithilfe eines Nachhilfelehrers, anstatt meine Zeit mit Gleichaltrigen zu verbringen. Sie dachten, es wäre das Beste für mich. An der Uni änderte sich das dann zum Glück.

Das wiedergewonnene Gefühl von Freiheit hatte zur Folge, dass ich mich im ersten Jahr ein bisschen zu sehr auf soziale Kontakte stürzte, doch keine dieser Freundschaften war von Dauer. Die zwei Freundinnen, mit denen ich zusammenlebte, Lane und Emily, kommen beide vom anderen Ende des Landes und sind wieder in ihre alte Heimat gezogen. Der Gruppenchat ist seit dem Abschluss deutlich weniger aktiv, aber ich vermisse sie. Wie sollte ich sie jetzt überhaupt noch auf den neuesten Stand bringen? Sie wissen ja nicht mal, dass ich adoptiert bin.

Nachdem ich fertig bin mit meiner Arbeit, kann ich meine drückende Blase unmöglich länger ignorieren, auch wenn ich den beiden Männern im Erdgeschoss ungern im Weg sein will. Ich versuche zu lauschen und höre nichts als Stille. Das scheint meine Chance zu sein, mich ins Bad zu schleichen. Wenn ich Glück habe, kann ich noch eine Tüte Chips aus der Küche mitgehen lassen, bevor ich mich wieder zurückziehe.

Ich flitze die Treppe hinunter, aber ich bin nicht schnell genug. Ich höre den Aufzug, der ihre Ankunft ankündigt, als ich den Flur betrete, und renne gerade ins Bad, als mir die Haustür direkt – *Aua!* – ins Gesicht knallt.

»Was? O Scheiße!« Warren lässt seine Seite der Matratze fallen und schiebt sich an Bryce vorbei, der in der Tür steht und auf mich und meine blutige Nase starrt.

»Lass mich mal sehen.« Warren greift nach meinem Gesicht und versucht, meine Hand wegzuschieben.

»Nein, schon okay. Ich mach das eben. Ich wollte nur ...« Ich versuche, mich an ihm vorbeizuquetschen, um ins Bad zu gelangen, aber er rührt sich nicht von der Stelle. »Ich habe öfter mal Nasenbluten. Das kann reiner Zufall sein!«

Warren sieht mich entgeistert an. »Dir ist die Tür ins Gesicht geknallt. Das ist sicher kein zufälliges Nasenbluten.« Ich versuche wieder, an ihm vorbeizukommen, doch er stellt sich mir in den Weg.

»Lass mich mal sehen.« Er ist frustriert, und seine Stimme ist tiefer geworden. Ich ertappe mich dabei, wie ich seinen Anweisungen folge, obwohl ich lieber in Ruhe leiden würde.

»Ja, genau ... autsch. Es sieht aber nicht gebrochen aus.« Mit einem Griff um meinen Kiefer dreht er mein Gesicht. Sein Daumen gräbt sich vorn in mein Kinn, während seine eingerollten Finger es von unten stützen. Damit ist das der längste Körperkontakt, den ich seit Monaten hatte, und das auch noch von einem heißen Typen. Mein Magen schlägt ein paar kleine Purzelbäume. Er nimmt seine Hand weg und sieht Bryce an. »Gut gemacht, Trottel.«

»Woher soll ich wissen, dass sie da steht?«, fragt Bryce, seine Stimme trieft vor Häme.

»Darf ich?« Ich deute auf die Badezimmertür hinter Warren, und er geht aus dem Weg.

Ich stürme hinein, schließe die Tür und betrachte mich im Spiegel. An meinem Hals klebt bereits getrocknetes Blut, und mein Oberteil ist definitiv ruiniert. Eine Dusche ist der schnellste Weg, um alles abzuwaschen, und eine Ausrede, um mich noch ein bisschen länger zu verstecken.

Als ich fertig bin, muss ich meine blutverschmierten Klamotten wieder anziehen, damit ich nicht noch einen peinlichen Zwischenfall riskiere, wenn ich die Treppe hinaufgehe. Zurück in meinem Zimmer ziehe ich mich um und betrachte mich in dem Ganzkörperspiegel in der Ecke, während ich auf meinem Bett sitze. Ohne das Blut, das mir eine genauere Überprüfung erschwert hat, ist meine Nase purpurrot und sieht abgeschürft aus.

»Chloe?«, ruft eine tiefe Stimme aus dem Wohnzimmer. Als ich mich über das Geländer beuge, steht Warren dort unten und schaut zu mir hoch.

»Äh, ja?« Ich weiche ein wenig zurück – er hat einen scharfen, aufmerksamen Blick, und ich bin es nicht gewohnt, gesehen zu werden.

»Soll ich dich mitnehmen?«

»Hm?«

»Zum Krankenhaus?«

»Oh, äh, nein. Nein, danke.« Ich bezweifle, dass die Nase gebrochen ist.

Nach einer bedeutungsschwangeren Pause linse ich über den Rand und sehe, wie Warren sich über seinen rasierten Kopf reibt.

»Bryce ist weg.« Er klingt verhalten, als wolle er noch etwas hinzufügen.

»Okay.« Ich versuche so laut zu sprechen, dass er mich von unten hören kann, und gleichzeitig einen möglichst desinteressierten Tonfall anzuschlagen.

»Tut mir leid, das vorhin, äh ... mit ihm.« Er hat es also doch mitbekommen.

Ich spähe wieder über den Rand, und er sieht hoch. Unsere Blicke treffen sich zum ersten Mal, glaube ich. Ich ziehe mich nicht sofort zurück. Vielleicht gefällt es mir, ihn von hier oben zu betrachten. *Jetzt bist du nicht mehr so groß, hm?*

»Darf ich mir deine Nase ansehen?«, fragt er.

»Was?«

»Ich will sichergehen, dass sie nicht gebrochen ist.«

Ich heuchle Überraschung. »Ich wusste gar nicht, dass du Medizin studiert hast.«

»Ich repariere Autos, keine Menschen. Aber ich war in genug Schlägereien verwickelt, um eine gebrochene Nase zu erkennen, wenn ich eine sehe.«

Wie viele Schlägereien braucht es denn, um so etwas beurteilen zu können? Ich denke an das psychologische Gutachten der CPS. Wie umfangreich war das eigentlich?

»Na schön«, quieke ich.

Ich steige die Wendeltreppe hinunter, und er beobachtet, an den Esstisch gelehnt, jeden meiner Schritte. Ich bleibe vor ihm stehen, und auch wenn er fast sitzt, muss ich immer noch zu ihm hochschauen. Ich salutiere und knalle die Hacken zusammen, signalisierte meine Bereitschaft – als ob ich vor einem Armeegeneral antreten würde. Seine Lippen kräuseln sich leicht, aber der Ausdruck in seinen Augen ist matt. Ich ermüde ihn, denke ich.

Das allseits bekannte Gefühl der Verlegenheit darüber, »zu viel« – zu anstrengend – zu sein, flammt in mir auf. Meine Adoptivmutter hat mir ständig das Gefühl gegeben, dass ich zu viel war. Sie verbrachte die meiste Zeit meines Teenagerdaseins damit, mich zu zügeln. Es ist ein paar Wochen her, dass sie mich per Videocall aus irgendeiner Bar in Barcelona angerufen haben, um mir zu erzählen, dass es einen Drink namens »The Chloe« gibt. Verdammt, ich sollte sie wohl mal anrufen.

»Deine Nase ist vielleicht nicht gebrochen, aber sie sieht auch nicht wirklich gut aus«, sagt Warren und legt seinen Daumen auf meine Wange. Seine Worte und seine Berührung holen mich aus meinen wirbelnden Gedanken zurück. Ich widerstehe dem Drang, die Augen zu schließen.

»Tja, ist vielleicht besser so. Dann bemerkt Luke wenigstens nicht sofort, wie heiß ich bin.« Ich mache den Witz, um die Sache runterzuspielen, aber er sieht immer noch besorgt aus. »Im Ernst, es tut gar nicht so weh. Alles gut.«

Er mustert mich, und ich schlucke ungewollt.

»Seit wann machst du deine Gefühle zugunsten anderer Leute kleiner?«, fragt er, sein skeptischer Blick konzentriert sich auf mich.

Unwillkürlich ziehe ich den Kopf ein, wodurch ich mir die Nase anstoße. Aua.

»D-das hab ich gar nicht.« *Mist, vielleicht hab ich's doch getan ... aber woher weiß er das?*

Warren runzelt die Stirn und nickt. »Okay.« Er erhebt sich von der Tischkante. »Ich räume dann meinen Kram weg.« Er geht direkt in sein Zimmer, ohne sich noch einmal umzusehen.

Ich bleibe wie angewurzelt stehen und grüble über eine Frage, über die ich noch nie zuvor nachgedacht habe.

Kapitel 8

Den größten Teil des Tages habe ich bei Willow im Krankenhaus verbracht. Die Unmengen von Drähten, mit denen ihr Leben begonnen hat, sind jetzt auf einen Schlauch in ihren Nasenlöchern reduziert worden, der Luft in ihre kleinen Lungen pumpt, damit sie sich ausdehnen können. Mit vorsichtigem Optimismus haben ihr Team und ich einen Plan erstellt, mit dem sie nächste Woche heimkommen kann. Mein Notizbuch füllt sich mit Medikamentennamen, Dosierungen und Terminen bei Spezialisten, die sie in absehbarer Zeit benötigen wird.

Auf der Busfahrt nach Hause sind die meisten Frauen in meinem Alter mit ihren Freundinnen unterwegs. Ein paar von ihnen im hinteren Teil des Busses lassen einen Flachmann herumgehen, während sie kichernd sichergehen, dass der Fahrer auch wirklich nicht hinschaut. Die Frauen einer anderen Gruppe sehen so aus, als wollen sie tanzen gehen, und scrollen auf ihren Handys. Niemand von ihnen fährt an einem Samstagabend um elf Uhr nach Hause, um dort allein herumzusitzen. Nur ich.

Als ich eine halbe Stunde später endlich bei meiner Wohnung ankomme, ertönt von drinnen Musik. Nicht laut genug, um die Nachbarn zu stören, aber doch so laut, dass ich vom Flur aus erkennen kann, welches Lied es ist. Die unverwechselbaren Klänge von *I Think We're Alone Now* von Tiffany. Ich grinse in mich hinein, denn ich weiß, dass ich Warren höchstwahrscheinlich dabei erwische, wie er zu einem Klassiker aus den Achtzigern abgeht.

Kaum habe ich meine Schuhe ausgezogen, haste ich auch schon den Flur entlang, auf das Geräusch zu, das aus dem Fernseher ertönt. Warren liegt auf dem Sofa. Die Fernbedienung ruht auf seiner Brust, und er hat die Hände ausgestreckt, um ein unsichtbares Schlagzeug zu spielen. Ich muss lachen, und er öffnet die Augen. Kurz mustert er mich, bevor er mir höflich zunickt und sich wieder hinlegt, während seine Hände den Rhythmus wiederfinden.

Warren ist nicht einmal ein klitzekleines bisschen peinlich berührt, und ich bin minimal enttäuscht. Woher hat er sein Selbstvertrauen? *Bekomme ich was davon ab?*

Ich rühre mich nicht vom Fleck – ich mag dieses Lied und Warrens vereinzelten, aber gezielten Trommeleinlagen sind irgendwie hypnotisierend. Als er sich auf das Schlagzeugsolo einlässt, kneift er die Augen fester zusammen und ich kann mir ein Lächeln nicht verkneifen. Wie es aussieht, verbirgt sich unter der harten Schale ein Typ, der gerne Spaß hat. Jemand, der Musik aus den Achtzigern und Couch-Drums mag.

Nach den letzten Takten öffnet Warren die Lider und sieht, dass ich immer noch da bin. Damit verfliegt die ganze Spaß-Energie aus dem Raum wie Staub im Wind – und das ist zufällig auch genau der Song, der nun einsetzt. *Dust in the Wind.* Mit einem verärgerten Seufzer greift er nach der Fernbedienung und stellt die Musik ein paar Stufen leiser. »Brauchst du was?«, fragt er barsch.

»Oh, äh. Nein.« Ich gucke nur zu ... *wie so eine Psychopathin. Ein einsamer Creep.*

»Ich dachte, du bist ausgegangen ...« Er mustert mich mit einer hochgezogenen Augenbraue. Ich schätze, er versucht herauszufinden, wo ich in meinem lila Jeansrock und der Polka-Dot-Bluse gewesen bin, weil die Kleidungsstücke nicht sehr aussagekräftig sind.

»Hattest du Spaß?«, fragt er. Er gibt es auf, sich einen Reim auf meine Kleidung zu machen, und sieht mich mit gelangweilter Miene an.

Ich kann nicht anders, als mich zu fragen, was er von meinem Outfit hält. Seit der Uni könnte man meinen Stil als *übergroßes Kleinkind* bezeichnen. Und ganz ehrlich – so sehr habe ich mich noch nie wie ich selbst gefühlt. Ich mag Farben und Muster. Mir doch egal!

»Ja, schon ...« Ich zucke mit den Schultern.

»War wohl nicht so unterhaltsam«, fährt er fort, während ich die Augen zusammenkneife. »Wenn du noch vor Mitternacht zu Hause bist.«

»Na ja, die Besuchszeit im Krankenhaus endet um zehn.«

»Ah.« Ich schwöre, dass da ein kleines Lächeln aufblitzt, bevor er wieder auf den Fernseher schaut.

Ich gehe um die Couch herum und deute auf das Polster, auf dem seine Füße liegen. »Darf ich?«

Warren richtet sich auf, seine angewinkelten Beine ruhen zwischen uns. Ich gebe mich damit zufrieden, der Musik aus dem Fernseher zuzuhören, aber er dreht die Lautstärke nicht wieder hoch. Ich schaue zu ihm und beobachte, wie er sich versteift, seine Energie ist nicht länger entspannt oder ausgeglichen. Sein bohrender Blick ist auf mich geheftet.

»Was denn?«, frage ich und bin mir plötzlich jedes Zentimeters bewusst, den ich beanspruche.

»Wir werden keine Freunde sein, Chloe.« Seine Stimme ist tief und voller unverhohlener Arroganz, während er den Kopf schief legt.

Ich schnaube und bemühe mich, einen verblüfft-bestürzten Gesichtsausdruck aufzusetzen, der die Ablehnung, die ich empfinde, überhaupt nicht widerspiegelt. »O nein, verdammt. Okay.«

»Ich will auch gar kein Arschloch sein ... aber ich denke, wir müssen das nicht für fünf Monate erzwingen.«

Ich weiß zuerst nicht, was ich sagen soll, also schaue ich versonnen zurück zum Fernseher, als das Lied endet und eine andere Ballade beginnt.

»Wir haben vielleicht unterschiedliche Definitionen von Freundschaft, Warren. Wenn man neben jemandem auf der Couch sitzt, heißt das normalerweise nicht, dass man auf der Suche nach einem besten Kumpel ist ... Es sei denn, du willst Freundschaftsarmbänder knüpfen. Das habe ich mal im Sommercamp gemacht.«

Er spannt den Kiefer an. »Ich will nur sichergehen, dass wir uns verstehen. Ich erwarte nichts von dir, weder für Luke noch für mich.«

»Ich auch nicht«, erwidere ich.

Daraufhin verdreht er die Augen.

»Was?«, frage ich scharf.

»Das bezweifle ich.«

Ich lache freudlos auf. »Warum?«

»Weil solchen Mädchen wie dir ihr ganzes Leben lang alles zufällt.« Warren deutet mit einer Art amüsierter Verärgerung durch die Wohnung. Er reißt die Augen auf, als wolle er sagen: *Sieh dich doch nur um!*

»Mädchen wie ich?«, pruste ich. »Bitte, erzähl mir mehr von mir, Warren.«

Er verschränkt die Arme über seinen Knien. »Du bist adoptiert, hast Eltern mit einem schönen Haus, studierst und wohnst in einem schicken Apartment. Wir haben nichts gemeinsam.«

Ich bin ehrlich fassungslos. Wann hat er diese Dinge überhaupt über mich erfahren? Das bin nicht ich, ganz im Ernst – sowieso lässt sich niemand in Listenform zusammenfassen. »Sorry, ich muss wohl halluzinieren. Hast du gerade wirklich ...«

»Stimmt es etwa nicht?«, fährt er dazwischen. »Hattest du es nicht leichter?«

»Na ja, nein ... aber ...« Ich unterbreche mich, als Warren sich zurücklehnt und seinen Arm auf die Couchlehne stützt.

»Ich gehe dir aus dem Weg und du gehst mir aus dem Weg. Das ist alles, worum ich dich bitte.« Er sieht mich an, seine blauen Augen wirken grauer aus als sonst. Offensichtlich ist sein Urteilsvermögen getrübt.

Ich bin dabei, mir eine schlagfertige Antwort zu überlegen, etwas, das ihn davon überzeugt, dass ich kein hochnäsiges, privilegiertes Partygirl bin. Dann trifft es mich. Warum? Warum habe ich das Bedürfnis, mich vor diesem fast völlig Fremden zu erklären? Er weiß doch gar nichts über mich. Er fragt auch nicht danach.

Es fühlt sich tatsächlich ein wenig befreiend an. Lange Zeit haben so viele Leute so viel von mir erwartet.

»In Ordnung.« Ich erwidere seinen Blick, unsere Augen schmieden von Mal zu Mal ein stärkeres Band. »Also runter von meiner Couch.«

Und dann – immerhin das muss ich ihm anrechnen – tut er genau das.

Kapitel 9

Hi, Luke. Schön, dich kennenzulernen. Ich bin Chloe.« Ich nutze für Lukes Namen das Fingeralphabet, da Warren mir seine Namensgebärde nie mitgeteilt hat. Ich zeige ihm allerdings die Geste, die mein Vater mir für meinen Namen gegeben hat.

Luke ist ungefähr so groß wie ich und hat dünnes braunes Haar, das hinter seine Brille fällt. Er ist seinem Bruder wie aus dem Gesicht geschnitten, mit scharfen Augen, einem markanten Kiefer und schmalen Wangen, aber er strahlt eine Wärme aus, die Warren fehlt.

»Schön, dich kennenzulernen, Chloe.« Er wendet sich Warren mit strenger Miene zu. »Warum hast du mir nicht gesagt, dass sie gebärden kann? Das hätte wirklich peinlich werden können.«

Verschmitzt blickt Warren zu mir und dann wieder zu seinem Bruder. »Ich hab das bereits für dich erledigt«, gebärdet er. »Schien mir nur angemessen.«

Ich versuche, ein Grinsen zu verbergen, als Luke mich um eine Erklärung bittend anschaut. »Er hat gesagt, du denkst, ich bin heiß.«

»Das *ist* peinlich.« Luke sieht seinen Bruder mit hochgezogener Augenbraue an und wendet sich dann wieder mir zu, als müsste er seine These überprüfen. Der Blick dauert viel zu lange, sodass er vermutlich enttäuscht ist.

»Jedenfalls tut es mir leid, dass meine Gebärdensprache so eingerostet ist. Ich habe in den letzten vier Jahren nicht viel Übung gehabt. Mein Vater ist gehörlos, aber wir haben nicht mehr so oft gesprochen, seit ich wegen der Uni ausgezogen bin.«

»Was hast du studiert?«, will Luke wissen.

Warren sieht mich mit einer Miene an, die sofort klarmacht, dass er vorhat, mir den letzten Nerv zu rauben. Er klopft Luke auf die Schulter, um seine Aufmerksamkeit zu erregen, und führt seinen Bruder dann an der Schulter zu der Tampon-Werbung, die in meinem Esszimmer hängt – ganz offensichtlich sein Lieblingsstück.

»Grafikdesign. Ihre Arbeiten sind überall im Haus zu sehen. Es tut mir so leid.«

»Arschloch«, sage ich, als Luke sich der Wand zuwendet.

Warren grinst mich über seine Schulter hinweg an. Er stichelt gegen mich. *Huch, ich bin mir ziemlich sicher, dass Freunde so was tun, oder?* Vielleicht ist er wegen Lukes Ankunft gut gelaunt.

»Das gefällt mir.« Luke dreht sich zu mir um und lächelt höflich.

»Danke, Luke. Wenigstens einer von euch hat einen guten Geschmack.« Ich bemühe mich, Warren nicht anzusehen. »Ich bin sicher, du und dein Bruder habt viel zu tun. Ich werde euch aus dem Weg gehen.«

Ich laufe in die Küche, um mir ein Sandwich zu machen,

während sie sich auf die Couch sinken lassen. Ab und zu lachen sie beide, und ich muss jedes Mal schmunzeln. In der Wohngruppe muss sich Luke sehr einsam gefühlt haben.

Als ich mit dem Sandwich in der Hand zur Treppe laufe, bemerke ich aus dem Augenwinkel, wie Luke mir zuwinkt.

»Ist dein Zimmer da oben?« Er deutet auf die Wendeltreppe.

»Ja.«

»Das ist so cool! Darf ich es mir angucken?« Er sieht aufrichtig interessiert aus. Ich nehme an, der Reiz des Neuen, den die Galerie versprüht, hat sich bei mir abgenutzt.

»Oh, na klar.«

»Was machst du da?« Warren dreht sich um und stellt sich neben mich, dabei hält er Luke davon ab, die unterste Stufe zu erreichen.

»Ich will die Galerie anschauen.« Luke zeigt auf mein Zimmer.

»Das ist Chloes Bereich.« Seine Hände bewegen sich so schnell, dass ich kaum erkennen kann, was er gebärdet.

»Mir macht es nichts aus«, bedeute ich Warren. Ich freue mich über seine Rücksichtnahme, aber das ist nicht nötig.

»Nun, mir schon.« Er starrt mich an. Meine Füße bleiben wie angeklebt am Boden stehen, während mein Herz für einen Moment aussetzt. Jemand, der dir mit Wut in den Augen etwas gebärdet, unterstreicht seinen Standpunkt noch viel deutlicher.

»Oh, okay.« Ich versuche mein bestes höfliches Lächeln, um Luke zu bestärken und gleichzeitig den Blickkontakt mit Warren zu vermeiden.

»Luke.« Ich merke mir Lukes Gebärdenname, als Warren ihn benutzt.

»Was?«, erwidert Luke mit finsterer Miene. Es ist wohl höchste Zeit für mich, nach oben zu verschwinden.

»Los, wir müssen noch einkaufen gehen.« Warren spricht gleichzeitig zu seinen Gebärden, weil er weiß, dass ich ihn nicht sehen kann.

Ich drehe mich um, als die Treppe eine Kurve in ihre Richtung macht, und reagiere sowohl mit Worten als auch mit Gebärden: »Oh, ich muss später sowieso noch los. Wenn ihr mir aufschreibt, was ihr braucht, bring ich es mit.«

»Nein«, sagt Warren barsch.

Frustration erfüllt meine Brust, und ich lasse die Energie durch ein verärgertes Seufzen entweichen, während ich den Rest der Treppe zu meinem Zimmer hochsteige. *Warren ist so ein Arschloch.* Doch das sind die meisten gut aussehenden Männer. Anscheinend bekommen sie eine offizielle Erlaubnis dafür, sobald sie volljährig sind. Ich setze mir die Kopfhörer auf und kümmere mich wieder um meine Arbeit, einen langweiligen, aber gut bezahlten Job für ein lokales Technologieunternehmen, das neue Visitenkarten braucht.

Stunden vergehen, während ich drei verschiedene Designs ausarbeite. Ich schicke die Entwürfe ab und schaue auf die Uhr. Noch bevor mein Gehirn registriert hat, dass es acht Uhr abends ist, meldet sich mein Magen.

Ich nehme meine Kopfhörer ab und lausche in die Wohnung unter mir. Es scheint niemand da zu sein. Ich mache mich auf den Weg nach unten und fange an, die Zutaten für das Abendessen zusammenzusuchen. Der Kühlschrank ist jetzt komplett gefüllt. Ich bemerke eine Menge *L* und *W*, die auf Lebensmittel gekritzelt sind. Teilen ist vermutlich auch vom Tisch. Als Luke an den Schrank klopft, drehe ich mich zu ihm um und merke, wie leicht ich wieder in die Routine zurückfalle, die das Zusammenleben mit einem gehörlosen Haushaltsmitglied mit sich bringt.

»Was machst du da?«, gebärdet Luke.

»Taco-Bowl.« Ich wackle vor Begeisterung.

»Cool.« Luke rührt sich nicht. Ich bin mir nicht sicher, ob er Gesellschaft oder Essen möchte.

»Bin ich im Weg? Brauchst du was aus dem Kühlschrank?«

»Nein, danke.«

»Willst du auch eine?« Ich gestikuliere zu den Zutaten.

»Klar.«

»Schneidest du die Paprika?«, frage ich.

»Okay.«

Luke stellt sich neben mich, und ich reiche ihm ein Messer und ein Schneidebrett, zusammen mit den roten Paprikaschoten.

»Tut mir leid, dass Warren vorhin so ein Arsch war.«

Ich verziehe das Gesicht. Ich wünschte, *er* hätte nicht das Gefühl, sich entschuldigen zu müssen. »Es muss dir nicht leidtun.«

»Er ist ein guter Kerl, ehrlich.« Luke schenkt mir ein so aufrichtiges Lächeln, dass sich seine Augen zu Mondsicheln verformen.

»Er scheint mich nicht besonders zu mögen.«

»Das liegt nicht an dir. Ich glaube, er mag dich sogar. Er findet es bloß ätzend, dass ich nicht einfach zu ihm ziehen konnte.« Er zuckt mit den Schultern und schiebt das Kerngehäuse einer Paprika an die Seite des Schneidebretts. »Er ist kein großer Fan von den CPS oder ihren Regeln.«

Luke erinnert mich stark an mich selbst in seinem Alter. Er ist sich der Welt um ihn herum überdeutlich bewusst und achtet darauf, dass es harmonisch bleibt – eine Fähigkeit, die Kinder nicht so früh lernen sollten.

»Was ist mit dir? Rachel hat erwähnt, dass keiner in der Wohngruppe Gebärdensprache konnte … das muss schlimm gewesen sein.«

»Tja, meine Handschrift ist jetzt auf jeden Fall besser geworden.« Luke grinst, aber in seinen Augen spiegelt sich die Schwere seiner Worte.

»Immerhin.« *Uff.* Wir greifen uns beide unsere Zutaten und machen uns an die Arbeit.

Nachdem Luke das letzte Stück Paprika in die heiße Pfanne geworfen hat, dreht er sich zu mir um. »Falls mein Bruder es nicht schon gesagt hat: Danke!«

»Nein! Das ist nicht nötig. Ich brauche euch genauso sehr, wahrscheinlich sogar mehr.«

Wir nicken beide und widmen uns für einige Momente unseren jeweiligen Tätigkeiten. Ich raspele etwas Käse, während das Gemüse schmort.

»Deine Schwester heißt Willow, richtig?«, gebärdet Luke.

»Genau.«

»Warren hat gesagt, dass sie irgendwann nächste Woche einzieht.«

»Hoffentlich. Ihr Atemschlauch muss mindestens zweiundsiebzig Stunden lang draußen bleiben.« Ich seufze und lächle schwach.

»War sie krank?«

»Ja. Sie wurde zu früh geboren. Außerdem hat sie das fetale Alkoholsyndrom, das ihr Herz geschädigt hat. Meine leibliche Mutter wusste nicht, dass sie schwanger war.«

»Scheiße.«

Ich bin mir nicht sicher, ob ich eine erzieherische Augenbraue heben soll, weil er ein Schimpfwort benutzt hat, aber ich lasse es durchgehen. Vielleicht sollte ich bei Warren nachfragen, wie seine Hausregeln lauten. »Besser kann man es nicht ausdrücken.«

»Siehst du sie oft? Deine Mom?« Lukes Gesicht zeigt keine Emotionen. Solche Gespräche sind für ihn nicht ungewöhnlich, vermute ich. Vor allem in den Wohngruppen müssen sie ziemlich häufig vorgekommen sein.

»Nein. Ihr geht's nicht so gut.«

»Wo ist sie jetzt?«

»Keine Ahnung. Seit sie aus dem Krankenhaus raus ist, hat sie sich bei niemandem gemeldet.« Ich vermeide Augenkontakt. Zu viel Mitgefühl von anderen führt oft dazu, dass die Tränen kullern, und ich will den Jungen nicht verschrecken.

»Tut mir leid.« Luke verzieht besorgt den Mund.

Ich stelle uns die Schüsseln hin, und wir setzen uns an den Tisch. Kurz darauf taucht Warren mit einer Einkaufstasche von der örtlichen Apotheke in der Wohnungstür auf. Ich vermute, es sind Sachen für Luke, denn er stellt sie in dessen Zimmer ab. Er blickt in Richtung Tisch, verlangsamt seinen Schritt und spannt sich an, als er unser Abendessen sieht. Er geht an uns vorbei in die Küche, holt sich ein Glas Wasser und kehrt in den Flur zurück.

Die Dusche wird angestellt, und mein Gehirn springt zu

der Vorstellung von ihm ohne Shirt, bevor ich die Zeit finden kann, mich zu bremsen. Was versteckt er unter diesen locker sitzenden schwarzen Shirts, von denen er Unmengen zu besitzen scheint?

Es ist schon lange her, dass ich jemanden nackt gesehen habe. Dass meine kleine Schwester einzieht, wird die Situation sicher nicht vereinfachen. Soll ich versuchen, Sex zu haben, bevor sie zu mir kommt? Um die Zeit zu überbrücken? Nein, das ist daneben ... Ich muss an etwas anderes denken. Etwas, das für ein Tischgespräch viel besser geeignet ist. *Worüber haben wir gerade geredet?*

»Was ist mit eurer Mom? Seht ihr sie oft?«, frage ich Luke.

»Unsere Mom ist gestorben, als ich noch ein Baby war. Unser Dad kommt und geht, wie es ihm passt.«

Na, das ist ja ernüchternd. »Tut mir leid ...«, bedeute ich mit müden Handgelenken.

Wenn Luke ein Baby war, muss Warren um die acht gewesen sein, als seine Mom starb. Ich denke daran zurück, wie ich als Vierjährige im Bus saß, und ziehe die Schultern hoch. Ich habe meine Mom verloren, allerdings nicht für immer. Sogar während der schwierigsten Zeiten trug ich dieses Wissen tief in mir.

»Es war nicht so schlimm, als Warren und ich zusammen waren, aber wir haben nicht mehr im selben Haus gewohnt, seit ich neun bin.«

»Ich bin froh, dass ihr jetzt zusammenlebt.«

»Ich auch.«

Die Badezimmertür geht auf, und Warren kommt ins Wohnzimmer ... nur mit einem Handtuch bekleidet. *Nicht hinsehen. Nicht hinsehen. Nicht ... ach, Mist.* Mein Atem stockt mir in der Kehle, während mein Herz in den Ohren brummt. Sein Oberkörper besteht nur aus Muskeln und glatter Haut.

Ich habe mal gehört, man kann sich vorstellen, wie sich etwas auf der Zunge anfühlt, indem man es einfach nur ansieht. Gilt das auch für die Linie in der Mitte seiner Brust? Die Mulde zwischen seinen Schlüsselbeinen, wo noch immer Wassertropfen perlen? Mein Blick sinkt tiefer. Sein Bauch verjüngt sich zu einer V-Form, die nach unten zeigt zu seinem ... *Verdammt, habe ich gerade meinen Eisprung oder so? Reiß dich zusammen, Chloe!*

»Hey. Alles in Ordnung?«, gebärdet Warren zu Luke und würdigt mich wieder mal keines Blickes. Ich schlucke und richte meine Aufmerksamkeit auf die letzten Bissen meines Essens.

»Ja. Wir lästern über dich«, erwidert Luke und grinst.

»Lustig. Es ist Zeit, ins Bett zu gehen. Fünfzehn Minuten noch, okay?« Ich schaue auf die Uhr am Herd; es ist gerade mal neun. Ein bisschen früh für einen Fünfzehnjährigen, oder?

»Okay.«

»Wir müssen um halb acht hier raus sein. Stell deinen Wecker, ja?« Luke steht auf, bringt sein Geschirr zur Spüle und räumt auf, während Warren jeden Handgriff aufmerksam beäugt. Der Junge trocknet sich die Hände an dem Geschirrtuch auf dem Herd ab, dann geht er zu Warren, der immer noch am Ende des Flurs wartet, und zieht ihn in eine Umarmung. Warren sträubt sich kurz und ist stocksteif, bevor er sein Kinn nach unten neigt und seine Armbeuge um Lukes Kopf schlingt, um ihn näher an sich zu ziehen.

Ich stehe auf und mache leise die Küche sauber. Schätze, Warren gefällt es nicht, dass ich Zeugin dieses Moments geworden bin.

Kapitel 10

»Wie ich höre, sind Glückwünsche angebracht.« Calvins Stimme ertönt, noch bevor der Rest von ihm in Erscheinung tritt und sich die Schiebetür von Willows Zimmer öffnet. Ich rücke sie an meiner Brust hoch, während sie auf mir schlummert, und schaue ihm lächelnd entgegen.

»Ich war mir nicht sicher, ob du heute arbeitest«, sage ich.

»Tu ich theoretisch auch nicht. Aber ich wollte meine Lieblingspatientin noch einmal sehen, bevor sie entlassen wird.« Er kitzelt Willow am Fuß. Für gewöhnlich kümmert sich Calvin vier Schichten pro Woche um Willow. Es hat mich immer sehr beruhigt, dass er bei ihr war, wenn ich es nicht konnte.

»Willow, sei nicht so unhöflich. Bedank dich bei Calvin für seinen Einsatz.« Ich neige mich zwar näher an ihr Ohr, aber spreche so, dass auch Calvin mich hören kann. »Das bist du ihm schuldig, Kleine.« Als ich den Kopf hebe, bemerke ich, dass Calvin uns mit einem liebevollen Blick beobachtet.

Er räuspert sich hinter seiner Faust. »Da ich heute eigentlich nicht arbeite und Willow nicht mehr meine Patientin ist, habe ich mich gefragt, ob ich dir vielleicht meine Nummer geben kann«, murmelt er.

Meine Augen werden groß, aber wenn ich ehrlich bin, überrascht es mich nicht. Ich weiß, wie sehr Willow ihm am Herzen liegt – er hat mir erzählt, dass er an dem Tag, an dem Willow geboren wurde, auf der Frühchenstation angefangen hat, vorher war er in einer anderen Abteilung. Sie war seine allererste Patientin hier. »Selbstverständlich!«

Er lächelt, sieht aber überrascht aus. »Ich hätte ehrlich gesagt nicht gedacht, dass das klappen würde.« Er reicht mir einen Zettel mit seiner Nummer.

Ich drehe mich um und setze Willow zum ersten Mal in ihre Babyschale. »Was? Warum nicht?«

»Na ja, es ist ein bisschen ungewöhnlich, und du spielst in einer komplett anderen Liga als ich.«

Ich versteife mich. Zum Glück stehe ich gerade mit dem Rücken zu ihm, weil ich Willow anschnalle. Oh, er wollte *mir* seine Nummer geben. Ich blättere durch mein Archiv der Erinnerungen während der letzten elf Wochen mit ihm.

Er ist süß, ungefähr in meinem Alter, und scheint echt nett zu sein. Außerdem kennt er das kleine, wertvolle Bündel, das ich zu tragen habe, ziemlich gut. Also schön, ich komme damit klar. Ich drehe mich um und schenke ihm ein scherzhaftes Augenrollen zusammen mit einem Lächeln. »Ich spiele nicht außerhalb deiner Liga.«

Er schaut auf den Koffer in meiner linken Hand, die Wickeltasche über meiner Schulter und die Babyschale zu meiner Rechten. »Soll ich dir helfen, die Sachen zu deinem Auto zu tragen?«

»Oh, wir nehmen ein Taxi.« Ich bin dabei, für ein Auto

zu sparen, um mit Willow zu den ganzen Facharztterminen zu fahren. Aber ich will auch nicht noch mehr Schulden machen und bei den CPS-Göttern in Ungnade fallen.

Calvin blickt beim Sprechen auf seine Füße hinunter. »Ich ... ich bin mit dem Auto hier. Kann ich euch zwei mitnehmen? Ich will sowieso nicht zu lange hier rumhängen, sonst bekomme ich noch Arbeit aufgebrummt.« Verunsichert schaut er mir ins Gesicht.

Dreiunddreißig Dollar. So viel würde das Taxi kosten. »Oh, das wäre großartig. Danke schön.«

Er greift nach der Tasche, während ich sie ihm reiche, und unsere Finger berühren sich kurz.

»Na gut, dann entführe ich euch jetzt zu Willows erster Autofahrt.« Er schiebt die Tür auf, und ich verabschiede mich im Stillen von dem Zimmer, in dem meine Schwester die letzten elf Wochen verbracht hat.

»Nur kein Druck.« Ich zwinkere ihm zu, als wir Seite an Seite den Flur betreten.

Wir halten an der Schwesternstation an, um uns zu verabschieden. Calvin erntet mehr als nur ein misstrauisches Lächeln und aufgerissene Augen, als er in Straßenkleidung Willows Koffer in der Hand hält. Ich werde rot und frage mich, wie weit die Fantasie des übrigen Pflegepersonals geht.

Calvin führt uns zum Aufzug und hinunter in die Tiefgarage des Krankenhauses. Nachdem ich mindestens dreimal überprüft habe, ob der Sicherheitsgurt richtig durch die Babyschale gezogen ist, setze ich mich neben Willow auf den Rücksitz von Calvins sportlichem SUV.

»Es ist doch okay, wenn ich hinten sitze, oder? Ich bin ein bisschen nervös«, sage ich.

»Na klar. Das wäre ich auch.«

Plötzlich dämmert es mir, dass ich so gut wie nichts über Calvin weiß. Heißt es nicht, dass man zu keinen Fremden ins Auto steigen soll, auch nicht zu freundlichen Krankenpflegern?

Während der gesamten zwanzigminütigen Fahrt zu meiner Wohnung unterhalten wir uns vollkommen ungezwungen. Calvin besteht darauf, den Wagen zu parken und uns bis zur Wohnungstür zu bringen, wie ein echter Gentleman. Er trägt die Wickeltasche und Willow in ihrer Babyschale, während ich den Koffer hinter mir herziehe.

»Ja, nicht wahr?«, sagt er. »Das war das letzte Mal, dass ich mich von einem Patienten zu einer Extraportion Wackelpudding habe überreden lassen. Es war furchtbar. Ich kann nie wieder etwas mit Limonengeschmack essen.« Das Lachen sprudelt aus mir heraus, als wir aus dem Aufzug steigen.

»Da sind wir.« Beim dritten Versuch gelingt es mir, die Tür aufzuschließen, ich quetsche den Koffer in den Spalt, um die Tür aufzuhalten, und drehe mich zu Calvin um, der im Korridor wartet.

»Richtig. Danke, dass ich euch heimfahren durfte, und danke, dass ...« Calvin stockt und schaut über meine Schulter.

Ich drehe mich um und sehe Warren, der hinter mir an der Wand neben der Badezimmertür lehnt. Er starrt uns mit einem verschmitzten Funkeln in den Augen und vor der Brust verschränkten Armen an. Ich schaue zu Calvin, der den Mann hinter mir verlegen anlächelt.

»Das ist mein Mitbewohner Warren. Warren, das ist Calvin.« Calvin tritt um mich herum, stellt Willows Babyschale ab und reicht Warren die Hand. Warren geht nur widerstrebend darauf ein. »Schön, dich kennenzulernen, Mann.«

»Ja, dich auch«, antwortet Warren und mustert ihn von oben bis unten.

Ich schaue zwischen den beiden Männern hin und her, die offenbar auf eine Art kommunizieren, die für das weibliche Ohr nicht wahrnehmbar ist. Ich glaube, das ist wie bei dieser Stelle in *West Side Story*, als die Typen anfangen zu schnipsen und aufeinander losgehen. Warum, weiß ich absolut nicht.

»Okay, super. Danke, Calvin«, unterbreche ich den unangenehmen Austausch.

Er dreht sich zu mir um und nickt. »Immer wieder gern.« Er schaut flüchtig an mir vorbei und dann zu Willow hinunter. »Wir sehen uns bald, Will.« Er streckt einen Arm aus, und ich halte wie ein Trottel inne – nicht ahnend, dass er mich zu einer Umarmung auffordert. Ich stürze nach vorne, und unsere Körper prallen unbeholfen aufeinander. Wir ziehen uns zurück und kichern leise. »Alles klar, wir sehen uns.«

»Super!«, antworte ich ein bisschen zu eifrig.

»War nett.« Calvin winkt Warren zu, der eine Hand hebt, bevor er sie tief in seine Jeanstasche schiebt.

»Bye«, sage ich, während ich den Koffer von der Tür wegschiebe und sie zufallen lasse. Ich drehe mich um und bemerke, dass Warren immer noch an der gleichen Stelle lehnt und mich ansieht, als hätte ich etwas im Gesicht.

»Was?«, schnaufe ich.

»Wer ist dieser Typ?«

»Der Typ«, äffe ich seinen spöttischen Tonfall nach, »ist Calvin. Willows Krankenpfleger und ... ein Freund.«

»Bieten Krankenpfleger neuerdings einen Tür-zu-Tür-Service an, oder ist das nur für die heißeren Single-Vormunde reserviert?« Er grinst, aber seine Stimme bleibt todernst.

Ich versuche, da nicht zu viel hineinzuinterpretieren, dass er mich als heiß bezeichnet hat, doch mein Herz macht trotzdem einen Hüpfer. Ich beschließe, Warren nicht zu antworten, und knie mich stattdessen hin, um Willow aus ihrer Babyschale zu befreien.

Ich stehe auf und drücke Willow an meine Brust. »Willow, das ist Warren. Unser griesgrämigster Mitbewohner.«

In diesem Moment taucht Luke aus seinem Zimmer auf. Sein Gesicht leuchtet auf, und er steuert eilig auf mich zu. Er gebärdet ein paarmal Hallo und greift nach Willows Hand. Ich schaue zu Warren, der buchstäblich auf dem Boden festgeleimt sein muss, um keinen Blick auf das süßeste Baby der Welt zu werfen.

Schließlich tippt er Luke auf die Schulter. »Gehen wir besser aus dem Weg. Willow soll sich den Rest der Wohnung ansehen.« Er drängt ihn ins Wohnzimmer, Warren lässt sich in den Sessel fallen und Luke auf die Couch.

Ich schaue auf Willow und dann auf die Wohnung um mich herum. Ich wollte schon so lange, dass sie herkommt – der Moment fühlt sich komplett surreal an. Eine Welle der Angst durchflutet mich, als mir klar wird, dass das Team aus Pflegekräften, Kinderärzten, Kardiologinnen und Atmungstherapeuten jetzt nur noch aus mir besteht. Ich fühle mich unglaublich unvorbereitet.

Ich setze mich auf die Couch und lege Willow zwischen Luke und mich. Sie ist fast drei Monate alt, aber nur so groß wie ein Einmonatskind und wiegt nicht mal fünf Kilo.

»Darf ich sie mal halten?«, fragt Luke.

Mit einem Blick bitte ich Warren um Erlaubnis, um ihn nicht wieder zu übergehen, und er nickt.

»Natürlich. Denk daran, ihren Kopf zu stützen.« Ich nehme Willow und lege sie in Lukes Schoß.

Lukes Lächeln wird breiter, als er sie ansieht, wie sie in seinem Ellbogen eingenestelt liegt. Er ist ein Naturtalent. Vielleicht hatte er schon jüngere Pflegegeschwister. Ich schaue zu Warren, der Luke mit besorgter Miene beobachtet, und versuche, ihn mit Blicken zu beruhigen, aber er achtet nur auf die beiden.

Nach ein paar Minuten wird Willow unruhig, und Luke verkrampft sich, bevor er mich anschaut, damit ich sie nehme. Ich lächle und hebe sie an meine Brust, lehne sie gegen mich, um meine Hände zu benutzen.

»Das hast du super gemacht. Sie ist ein bisschen quengelig, weil Essenszeit ist.«

Ich gehe zu der Babywippe in der Ecke des Zimmers und lege sie vorsichtig hinein, damit ich ihr ein Fläschchen zubereiten kann. Ich nehme das Milchpulver aus der Wickeltasche und mache mich in der Küche an die Arbeit. Das Glucksen und Grunzen wird zunehmend lauter.

Als ich zu Willow zurückschaue, sind Warren und Luke nicht mehr zu sehen. Mein Herz wird schwer. Menschen sind sicher nicht dazu bestimmt, so etwas allein bewältigen zu müssen. Trotzdem werde ich sie nicht um Hilfe bitten – nicht nach Warrens Urteilen und Kommentaren. Ich muss das allein schaffen – wie schwer kann das schon sein?

Kapitel 11

Ich habe die vergangenen Wochen nicht länger als zwei Stunden am Stück geschlafen. Willow hasst Schlafen. Sie hasst auch den Stubenwagen, mein Bett, ihre Babywippe und ihre Spielmatte. So ziemlich alles außer meine Arme.

Ich wusste gar nicht, wie gut ich es früher hatte, als ich im Bett liegen konnte, bis meine Blase mich zum Aufstehen zwang. Ich konnte problemlos einschlummern, ohne mir Sorgen zu machen, dass ich nicht mindestens sechs Stunden Schlaf bekomme – selbst wenn ich viel zu lange aufblieb. Mein Körper besteht nicht mehr zu achtzig Prozent aus Wasser. Er besteht jetzt hauptsächlich aus Kaffee, der in meinen Adern zirkuliert.

Ich nehme Willows Babywippe mit in die Küche, damit ich mein Frühstück machen kann. Sie quengelt, als ich mit dem Fuß den Sitz anstoße und dabei versuche, mich quer durch die Küche zu strecken, um mir ein paar Zutaten zu angeln. Die Milch ist ausgegangen. Genauso wie Eier, Brot, Käse und alles andere – aber das wusste ich ja schon gestern. Ich schließe den Kühlschrank und nehme mir einen Müsliriegel aus Lukes Kiste auf dem Tresen.

Nicht gerade mein edelster Moment, einen Minderjährigen zu beklauen, aber ich zahle es ihm ja zurück. Die Kanne läuft voll, und ich muss den Kaffee schwarz trinken. Schwarzer Kaffee hat mir noch nie geschmeckt, aber jetzt kann ich nicht mehr ohne ihn auskommen. Ich mache Willow ein Fläschchen und überlege kurz, ob ich etwas davon in meine Tasse schütten soll. *Nein*, sage ich mir, *du kannst nicht einfach statt Milch Babynahrung nehmen.* Ich verfrachte unsere beiden Flüssigfrühstücke auf die Couch. Den Sonnenaufgang zu beobachten ist vielleicht der einzige Vorteil, den die Vormundschaft bisher mit sich gebracht hat. *Und Willow natürlich auch …*

Warrens Tür geht auf, und ich zähle die vierzehn Schritte, die er von seinem Zimmer zu Lukes Zimmer braucht. Es ist jeden Morgen dasselbe. Warren wacht lange vor dem Wecker auf, den er auf sieben Uhr dreißig gestellt hat, geht zu Lukes Tür, öffnet sie, schaltet das Licht an und wartet etwa zwanzig Sekunden, bevor er eintritt. Dann duscht Luke, während Warren den beiden Frühstück macht, meistens Cornflakes oder Toast und Eier.

Anschließend bereitet er Lunchboxen für sie beide vor, während Luke für Ordnung sorgt. Ohne ein Wort zu mir oder zueinander zu sagen oder zu gebärden, verschwinden sie um halb neun aus der Tür. Heute wird es nicht anders sein, da bin ich mir sicher.

»Äh. Alles in Ordnung?«, fragt jemand.

Ich starre aus dem Fenster, während der rosafarbene Himmel immer mehr ins Orange übergeht.

»Chloe?«, sagt die Stimme. *Huch, das bin ja ich.*

»Hmm. Was?«

»Geht es dir gut?« Warren steht am hinteren Ende der Couch. Ich habe nicht die Kraft, zu ihm aufzuschauen, aber in seinem Tonfall schwingt immer noch eine gewisse Verurteilung mit – und da ist auch etwas Neues. Mitleid, glaube ich.

»Ja ... warum?«

»Weil du versuchst, das Sofakissen mit einer Flasche zu füttern.«

Wie? Oh, Mist. Ich schaue auf die rechte Hand, die die Flasche hält, und bemerke, dass Willow auf der linken Seite liegt und fest schläft.

»Oh ...« Ich stelle die Flasche auf den Couchtisch. Ein leises Wimmern verlässt meinen Mund und ein paar Tränen kullern herunter. *Mann, bin ich müde.* »Sorry ... hab nicht geschlafen.« Ich drehe mich nicht zu Warren um, um seinen Gesichtsausdruck nicht sehen zu müssen. Sicherlich stünde darin etwas wie: *Armes verwöhntes Mädchen, jetzt bist du in der Realität gelandet, was?*

Unwillkürlich schließe ich die Augen, um ein paar Momente der Ruhe zu genießen, während Willow neben mir schläft. Ich schrecke auf, als ich ein Knarzen höre, das von der Armlehne der Couch kommt. Als ich mich umdrehe, entdecke ich Willow, die gemütlich auf Warrens Arm ruht.

Er nickt mir zu, ein halbes Lächeln umspielt seine Lippen, dann dreht er sich um und geht in Richtung von Lukes Zimmer. Er öffnet die Tür und weckt seinen Bruder, während Willow noch immer wie ein Koala an ihn gekuschelt ist. Meine Blicke folgen ihm gespannt, als er in die Küche geht und zwei Schüsseln für die Cornflakes herausstellt.

Er redet mit mir, ohne sich umzudrehen. »Willst du duschen gehen oder so?«

Ich könnte Tränen des Glücks weinen. »Äh, ja. Gern. Ähm, ist das in Ordnung?«

Warren wendet sich um und nickt.

Wahrscheinlich werde ich später dafür büßen, aber ich brauche das viel zu sehr, als dass mein Stolz noch eine Rolle spielen würde. Ich renne nach oben, um babykotzefreie Kleidung herauszusuchen, die letzten Teile, die ich finden kann, und sprinte praktisch ins Bad. Ich lasse das heiße Wasser der Dusche eine ganze Minute lang auf meinen Rücken prasseln, bevor ich anfange, mich zu waschen. Es ist herrlich! Ob Warren hier drinnen auch manchmal an mich denkt? Stopp, dafür verschwende ich jetzt keine kostbare Duschzeit.

Als ich meine Klamotten anziehe, klopft es leise an der Tür. Ich ziehe den Reißverschluss meiner Jeans hoch, öffne die Tür und sehe Luke im Flur vor mir stehen.

»Guten Morgen«, gebärde ich.

»Hey.« Wir umrunden uns, und ich mache mich auf den Weg zurück in die Küche, das Handtuch noch um die Haare gewickelt. Ich fühle mich wie neugeboren.

»Vielen, vielen Dank.« Als ich Willow aus Warrens Armen nehmen will, überreicht er sie mir wie eine Trophäe. »Ich habe die Dusche echt gebraucht. Danke.«

Er lächelt schalkhaft. »Die Dusche war hauptsächlich aus Eigennutz.«

Ich verdrehe die Augen, kann mir aber ein Grinsen nicht verkneifen. »Na ja, egal, trotzdem danke. Wirklich, danke.«

»Du kannst jetzt aufhören, das zu sagen.«

»Was?«, frage ich verwirrt.

»Danke«, antwortet Warren knapp.

»Na ja, es sollte ganz unmissverständlich sein. Du hast ziemlich deutlich gemacht, dass Helfen nicht infrage kommt, also möchte ich dir meine Wertschätzung zeigen – bevor du anfängst, mir das übelzunehmen.« Bin ich einfach nur müde, oder ist es leichter, ehrlich zu sein, wenn man weiß, dass der andere einen sowieso nicht leiden kann? *Wie dem auch sei …*

Warren nimmt einen Bissen von seinem Toast, starrt mich nieder, sodass ich wie angewurzelt stehen bleibe. Ich warte darauf, dass er etwas sagt, doch er tut es nicht, wie immer.

»Was ist?«, frage ich erneut.

»Nichts.« Warren mustert mich langsam von oben bis unten, bis unsere Blicke sich treffen.

»Du starrst mich an«, sage ich leise, aber bestimmt.

»Du bist ein hübscher Anblick – vor allem, wenn du sauber bist.« Er zwinkert mir zu.

»Sag so was nicht«, schieße ich zurück.

Warren legt den Kopf schief und schafft es, seinen Toast zu kauen und dabei teuflisch zu grinsen. »Warum?«

»Weil das so eine Freunde-Ding ist. Du willst nicht befreundet sein, schon vergessen?«

»Ja, da hast du wahrscheinlich recht.« Doch er schaut nicht weg.

»Also, danke noch mal.« Ich drehe mich um und bringe Willow nach oben, damit ich sie anziehen kann.

Gerade als ich sie auf die Bettkante lege, um ihr die Windel zu wechseln, höre ich unten mein Telefon klingeln. Da müssen sie wohl eine Nachricht auf der Mailbox hinterlassen. Hoffentlich ist es kein potenzieller Kunde – ich brauche die Aufträge.

Als ich Willow ihre Tageskleidung anziehe, macht die kalte Luft in der Wohnung, die auf ihre Haut trifft, sie unruhig. Ich schnappe mir ein Ersatzoutfit, eine Windel und einen Schnuller und packe alles in eine alte Tragetasche, damit ich es zum Supermarkt mitnehmen kann. Dann gehe ich wieder nach unten. »Wir wagen uns heute nach draußen, Will, ob es dir gefällt oder nicht. Große Schwestern müssen auch essen.«

Ich greife in die Sofaritze und ziehe mein Telefon heraus – Calvin hat angerufen. Das zweite Mal, seit er uns zu Hause abgesetzt hat. Er ist offenbar kein Fan von Textnachrichten. Ich setze »Calvin zurückrufen« auf die Liste der Aufgaben für heute, neben Einkaufen, Wäsche, Arbeit und Schlafen. *O bitte.*

»Wohin gehst du heute Morgen?«, fragt Luke vom Esstisch aus.

»Zum Supermarkt. Ich schulde dir übrigens noch einen Müsliriegel.«

»Kein Stress.«

Ich schaue zu Warren, der mir zum Glück den Rücken zuwendet. »Danke.«

»Du kannst dich gerne an allem bedienen, wo ein L draufsteht.« Er gestikuliert in Richtung des Kühlschranks. »Ich habe nichts gegen Teilen.«

»Ich auch nicht.« Ich lächle.

Warren räuspert sich, und Luke folgt meinem Blick zu ihm. Er gebärdet zu Luke: »Bist du soweit?«

Daraufhin bringt Luke seine Schüssel zur Spüle, wäscht

sie kurz ab und stellt sie in den Geschirrständer. Ich habe noch nie mit einem fünfzehnjährigen Jungen zusammengelebt, aber mit ihm scheint es wirklich einfach zu sein. Ich fühle mich schlecht wegen der Sorgen, die ich hatte, bevor wir uns kennengelernt haben. Er ist ein guter Junge. Und sein Bruder ist vielleicht auch nicht so übel.

Ich schlüpfe aus der Tür, während die Jungs sich ihre Schuhe anziehen. Es ist kein Wettbewerb, aber ich habe trotzdem gewonnen. Ich erreiche den Bürgersteig vor unserem Haus, schiebe Willows Kinderwagen einhändig vor mir her und halte in der anderen Hand einen To-go-Becher mit fiesem schwarzem Kaffee. Die Frau, die heute Morgen versucht hat, ihre Couch mit einer Flasche zu füttern, ist schon längst Geschichte. *Ich habe alles im Griff, Welt. Sieh mich an!*

Da noch ein fünfzehnminütiger Fußmarsch zum Supermarkt vor mir liegt, rufe ich Calvin zurück. Effizienz ist mein neuer zweiter Vorname.

»Hey, tut mir leid, dass ich deinen Anruf verpasst habe«, haspele ich, sobald er abnimmt.

»Kein Problem. Ich dachte schon, es wäre zu früh, aber ich bin gerade von der Arbeit gekommen.«

»Auf dem Weg nach Hause, um zu schlafen?« Ich kann meinen Neid nicht unterdrücken, selbst wenn ich gewollt hätte.

»Ich muss noch ein paar Dinge erledigen, aber dann ja. Was hast du heute vor?«

»Heute haben wir endlich mal das Haus verlassen. Wir gehen Lebensmittel einkaufen und waschen Wäsche, wenn Will mitmacht. Ich muss ein Projekt abschließen, das bald überfällig ist, und ich brauche dringend eine Runde Schlaf.«

Ich fange an zu plappern. »Also ... im Großen und Ganzen muss ich auch Dinge erledigen, schätze ich.«

»Nächstes Mal sagst du einfach Bescheid, dann komme ich mit.« Er will helfen, was süß ist, weil er es nicht ausspricht.

»Ja, danke. Das wäre toll«, antworte ich.

»Ich muss los, aber da du gerade dran bist ... Ich habe mich gefragt, ob du nächstes Wochenende Zeit hast. Ich muss an beiden Tagen nicht arbeiten – was wirklich selten vorkommt. Ich dachte, wir könnten uns einen Film ansehen, wenn Willow schläft?«

»Sie schläft nicht, sie ruht die Augen aus. Das ist irgendwie ihr Ding.«

»Oh, ich erinnere mich. Sie hat mich nachts auf Trab gehalten.«

Ich lache. »Aber ja, das hört sich gut an.«

»Okay. Bis bald«, sagt Calvin.

»Bye.« Ich lege auf und schiebe das Telefon in die Ablage des Kinderwagens. Ich bin geduscht, auf dem Weg zum Einkaufen und habe ein Date in Aussicht – der Tag entwickelt sich nach meinem Geschmack.

Kapitel 12

Ich stopfe meine Lebensmittelvorräte für die nächste Woche in die Bodenwanne von Willows Kinderwagen und hänge ein paar Taschen an den Schiebegriff, bevor ich mich wieder hinaus in den Frühherbsttag begebe. Vor knapp drei Monaten verließ ich diesen Parkplatz, um meine Schwester zum ersten Mal zu besuchen, und heute ist sie bei mir. Sollte mich jemand als die örtliche Einkaufswagen-im-Stich-Lasserin gebrandmarkt haben, war davon nichts zu bemerken. Zumindest habe ich keine Fahndungsplakate gesehen.

Ich fühle mich immer noch genauso unqualifiziert, eine Vormundschaft zu übernehmen, wie damals, aber ich habe meine Entscheidung kein einziges Mal infrage gestellt. Und das wird auch so bleiben. Willow verdient eine Familie. Das gilt für uns alle.

Ich beschließe, den langen Weg nach Hause durch den Park zu nehmen, da der Kinderwagen das Einzige zu sein scheint, bei dem Willow ihr Missfallen nicht lautstark kundtut. *Ein weiterer Sieg.* Die Bäume färben sich bereits braun, und die raschelnden Blätter knistern unter den rollenden

Rädern des Kinderwagens. Die Luft ist still und friedlich. Ich spreche laut mit Willow – irgendwo habe ich gelesen, dass das gut für Babys ist.

»Eines Tages werden wir hierherkommen, um auf dem Spielplatz zu rutschen, Will. Wäre das toll?« Sie ist keine besonders mitteilsame Gesprächspartnerin, aber ich gebe nicht auf. »Dir wird der Park bestimmt gefallen. Du kannst schaukeln und auf Klettergerüste steigen. Du kannst alles ausprobieren.« Ich schaue auf sie hinunter, sie ist immer noch so klein, doch sie wächst jeden Tag. »Ich bin so stolz auf dich, Will. Du machst das gut.«

Starke Stirn, starke Nase, starker Körper, starkes Herz. Eine weitere Frau, die in diese Familie hineingeboren wurde – und sie hat unserer Mutter bereits bewiesen, wie widerstandsfähig sie ist.

Ich komme an einer Gruppe Teenager vorbei, die in einer Traube zusammenstehen, und entdecke ein bekanntes Gesicht. Vom Weg aus kann ich Luke, der an einem Zaunpfosten lehnt, deutlich erkennen, doch ich bezweifle, dass er mich bemerkt. Er ist mit ein paar Freunden zusammen, eine Handvoll Mädchen, aber hauptsächlich Jungs – sie scheinen alle in seinem Alter zu sein. Die Mädchen unterhalten sich in Gebärdensprache, ich kann von hier aus allerdings nicht entziffern, worüber sie sie reden. Ich sollte wahrscheinlich weitergehen und mich um meine eigenen Angelegenheiten kümmern. Aber darf er das Schulgelände vormittags verlassen?

»Willow, schau jetzt nicht hin, doch dein Freund Luke ist da drüben. Weißt du, wie man eine Gruppe von Teenagern nennt? Hooligans.«

Ich trete einen Schritt zurück, um Schwung zu holen und den schweren Kinderwagen nach vorne zu schieben, nachdem ich kurz stehen geblieben war.

Eines der Mädchen reicht Luke eine Zigarette. Dem Geruch nach zu urteilen, der im Park in der Luft liegt, ist es gar keine Zigarette. *Ich weiß, was ihr da raucht, Kids.* Ich erspähe einen Picknicktisch, der etwa fünf Meter von ihrer Gruppe entfernt steht, und schiebe Willow darauf zu. Ich werde ihn nicht vor seinen Freunden bloßstellen, aber ich möchte, dass er weiß, dass er erwischt wurde.

Ich setze mich an den Tisch und nehme meinen Kaffee aus dem Ablagefach des Kinderwagens. Einfach eine Mom, die mit ihrer Tochter im Park sitzt. Lukes Freunde werden nichts merken. Doch er entdeckt mich natürlich, und ich winke höflich. Er versteift sich, gibt sich aber cool, damit seine Freunde, die jetzt auch zu mir schauen, keinen Verdacht schöpfen. Ich hole mein Handy heraus, um Desinteresse vorzutäuschen. Als ich wieder aufschaue, macht sich die Gruppe auf den Weg zum Ausgang des Parks, der, wenn ich es richtig im Kopf habe, zumindest in Richtung ihrer Schule liegt.

Ich stehe vom Tisch auf und fühle mich siegessicher. »Wir müssen später mit Onkel Griesgram reden, Willow. Was dein Freund Luke da macht, ist nicht in Ordnung.« Das sind wahrscheinlich nicht die Sprüche, die die Mami-Blogs empfehlen würden, aber sie müssen ausreichen.

Zu Hause lege ich Willow zum Mittagsschlaf hin und schmeiße mich anschließend theatralisch auf die Couch. Soll ich arbeiten, essen, schlafen oder Wäsche waschen? Variante E, auf meinem Handy zu scrollen, scheint die offensichtliche Wahl zu sein. Als ich es aus meiner Gesäßtasche ziehe, wird die Wohnungstür aufgeschlossen. Lukes Rucksack knallt auf den Boden, und ich schaue auf die Uhr – es ist viel zu früh, als dass er schon zu Hause sein sollte. Auch von Warren keine Spur. Ich setze mich auf, um vom Sofa aus in den Flur zu sehen.

»Hey.«

»Hi.« Luke kommt zu mir und setzt sich vor den Sessel auf den Boden.

»Alles in Ordnung?«

»Nein.« Seine Augen sind stumpf.

»Willst du drüber reden?«

»Ich weiß, dass du mich vorhin gesehen hast.« Luke beißt sich auf die Lippe.

Ich schiebe mein Bein unter mich, und wappne mich für ein heikles Gespräch. »Ja, das habe ich.«

»Erzählst du es Warren?«

»Das sollte ich wahrscheinlich.«

Luke lehnt sich zurück und legt den Hinterkopf auf die Sitzfläche des Sessels. Seine Augen starren an die Decke, weit über uns. Er hat einen Vorteil, den die meisten Teenager nicht haben: Er kann die Erwachsenen ausblenden, wann immer er will.

Ich werfe ihm ein Sofakissen auf den Schoß. »Weißt du, Warren wird wahrscheinlich nachsichtiger mit dir sein, wenn du es ihm zuerst sagst.«

»Schätze, ich bin so oder so am Arsch.«

»Jetzt warte doch mal. Wieso bist du überhaupt schon zu Hause?«

»Mir geht's nicht gut.«

Lukes Haut ist blasser als sonst. Seine Stirn glänzt leicht, und seine Augen sind rot. »Ist dir übel?«, frage ich.

»Ja.«

»Hast du das zum ersten Mal gemacht, Luke? Kiffen?« Ich habe keinen Schimmer, ob ich das richtig gebärdet habe – das ist kein Begriff, den mir mein Dad beigebracht hat.

»Ja.«

»Ist das die Wahrheit?«

»Nein.«

Ich kann mir ein Grinsen nicht verkneifen. »Wenn Warren nach Hause kommt, gehe ich nach oben und lasse euch in Ruhe reden.« Ich stehe auf, um mir etwas zu essen zu machen. Luke starrt auf den Boden vor sich und zupft an dem Teppich herum. »Hast du Hunger?«

»Ja.« Luke zieht eine Schnute.

»Na gut, komm schon.« Ich deute in Richtung Küche, und er folgt mir.

Ich mache Luke ein gegrilltes Käsesandwich, und er trägt es nach einem kurzen dankbaren Nicken in sein Zimmer. Ich kann mir nicht vorstellen, dass Warren nachsichtig mit ihm sein wird, aber das wäre ich, wenn es um Willow ginge, wahrscheinlich auch nicht. Ich wünsche mir von ganzem Herzen, dass ich es nie herausfinden muss. Gras zu rauchen, ist eine Sache, doch bei unserer Familiengeschichte? Da ist alles ein Risiko.

Ich habe mich von allem, was süchtig macht, ferngehalten. Na ja, abgesehen von Koffein. Und Zucker. Und ab und zu auch ein Glas Wein. Zum Glück neige ich nicht zu übermäßigem Genuss – aber vielleicht sollte ich meinen aktuellen Kaffeekonsum einschränken.

Ich hoffe, dass es Connie, wo auch immer sie ist, gut geht. Ich hoffe, ihre Nähte sind verheilt, und ich hoffe auch, dass sie sie sauber gehalten hat. Als Odette anrief, nachdem ich Willow nach Hause geholt hatte, hatte sie nichts mehr von ihr gehört. »Bisher noch nichts«, hatte sie gesagt, als ob Connies Wiederauftauchen unausweichlich wäre. Wir haben uns etwa eine Stunde lang unterhalten. Odette ist eine großartige Zuhörerin – jemand, dem ich auch meine tiefsten Gefühle anvertrauen würde, wenn ich wüsste, wie ich sie alle erschließen kann. Wir sprachen über die Einsamkeit, die ich nicht erwartet hatte, obwohl ich eine ständige Begleiterin hatte. Sie versicherte mir, dass das ganz normal sei.

Ich bin erst seit einer Woche in der Elternrolle, und mir ist klar, dass diese Gefühle mit der Zeit vergehen werden, trotzdem bin ich müde bis zum Umfallen. Die Einsamkeit, die seit Jahren über mir brütet, droht mich zu verschlingen. Ich vermisse das Leben, das ich nie gelebt habe – das Leben mit der neu gefundenen Familie und den Freunden, die ich niemals kennenlernen durfte. Ich trauere ihnen nach.

Odette schlug vor, eine Liste mit all den Dingen zu machen, die ich tun kann, jetzt, wo ich Willow habe. Doch das wäre nur eine lange Aufzählung von unrealistischen Erwartungen. All die Meilensteine, auf die ich mich freue, aber keiner von ihnen ist mein eigener. Nur die von Willow. Vielleicht bedeutet Elternschaft, sich selbst immer in den Hintergrund zu stellen.

Vielleicht gefallen meinen Eltern deshalb die Entscheidungen, die ich getroffen habe, nicht. Nämlich Grafikdesign, Selbstständigkeit und die Pflege von Willow …

In den letzten Jahren habe ich die Pläne meiner Mutter für mein Leben immer wieder durcheinandergebracht. Wenn ich nur irgendetwas für Will tun kann, dann ist es, sie bei ihren Entscheidungen zu unterstützen, wenn sie erwachsen wird. Es werden schließlich *ihre* sein.

Kapitel 13

Chloe!« Warrens aufgeregte Stimme donnert durch die Wohnung. Ich rolle meinen Computerstuhl an den Rand meines Schreibtischs und strecke meinen Kopf über die Kante.

»Ja?« Mein Tonfall kommt fälschlicherweise eher verwirrt als besorgt heraus.

»Kannst du mal runterkommen?« Seine Stimme ist streng, ein Befehl als Frage getarnt. Hoffentlich hat Luke mich nicht in die Pfanne gehauen – immerhin habe ich ihm ein Sandwich gemacht!

»Okay.« Ich bemerke, dass Willow nicht mehr schläft, sondern mit Inbrunst auf ihrer Faust kaut. Ich werde sie als menschlichen Schutzschild benutzen. *Das schuldet sie mir gewissermaßen.*

»Was ist los?« Luke sitzt mit hängendem Kopf da. Warren steht am Ende des Tisches, die Arme verschränkt und schaut grimmig.

Warren spricht und gebärdet gleichzeitig, auch wenn Luke nicht zu ihm aufschaut. »Ich habe gehört, dass du und Luke euch heute im Park begegnet seid.«

Ich bin mir nicht sicher, wann ich etwas sagen soll, also warte ich ab.

»Luke hat mir außerdem erzählt, dass er drei Stunden früher von der Schule nach Hause gekommen ist und ihr beide gemütlich zusammen zu Mittag gegessen habt.«

Ich verziehe leicht die Lippen. Ich bin nervös und irgendetwas daran, wie Warren »gemütlich« sagt, ist ein bisschen lustig. Mein Grinsen macht ihn wütend. Sein Kiefer spannt sich an, und sein Fuß klopft ruckartig auf den Parkettboden.

»Herzlichen Dank, dass du dir die Zeit genommen hast, mir davon zu erzählen.« Warren funkelt mich wütend an.

»Ich habe Luke gesagt, dass ich es für das Beste halte, wenn er selbst mit dir redet. Dass ich es sonst übernehme, wenn er es nicht tut.« Luke sieht mich an, während ich spreche, aber ich gebärde nicht. Ich rücke Willow zurecht, wiederhole das Gesagte in Gebärden und fahre dann so fort: »Ich wollte mich nicht zwischen euch drängen.«

»Das hast du in dem Moment getan, als du beschlossen hast, mir nicht mitzuteilen, dass er die Schule schwänzt. Ich wusste nicht, wo er war. Jedenfalls dachte ich, ich wüsste es. Ich bin davon ausgegangen, dass er in der Schule ist!« Warrens Gesicht läuft rot an. »Aber dann rief mich seine Lehrerin an und sagte mir, dass er die beiden letzten Stunden verpasst hat. Du kannst dir vorstellen, wie überrascht ich war, als ich nach Hause kam und er komplett weggetreten in seinem Bett lag – nach Gras riechend und mit einem leckeren gegrillten Käsesandwich neben seinem Kopfkissen.«

Ich beiße mir auf die Lippe. *Jetzt nicht lachen.*

»Das ist nicht lustig.« Warrens tiefe Stimme schickt einen

eiskalten Windhauch durch den Raum. Ich drücke Willow fester an meine Brust.

»Ich weiß. Es tut mir leid. Ich muss immer lachen, wenn ich nervös bin.«

Warren kneift sich in den Nasenrücken. »Ich wusste, dass das passieren würde.«

»Dass was passiert?«, gebe ich frustriert zurück.

Warren verlagert sein Gewicht und einen Moment lang sieht es so aus, als würde er sich umdrehen und gehen. Stattdessen stellt er sich so hin, dass er mir mit seinem ganzen Körper zugewandt ist. Er reibt sich wütend mit einer Hand über den Kopf, als würde er versuchen, die Beruhigung durch seinen Schädel zu massieren.

»Wir sind keine Teamkollegen, okay?«, brüllt Warren.

Mein Körper versteift sich. In Warrens Gesicht ist nichts Attraktives mehr zu sehen, wenn er die Beherrschung verliert. Da ist kein Glitzern in seinen Augen und kein warmer Zug um seinen Mund.

»Wir spielen hier nicht Good Cop, Bad Cop. Wenn es um meinen Bruder geht, hast du nicht das Recht, irgendwelche Entscheidungen zu treffen. Du hättest mich sofort anrufen müssen, als du ihn im Park gesehen hast.«

Ich schaue auf meine Füße. Ich habe mich nicht mehr so sehr dem Temperament von jemandem ausgeliefert gefühlt, seit ich zum Studieren weggegangen bin. Es gab einen Grund dafür, dass ich von zu Hause ausgezogen und weggeblieben bin. Ich hasse es. Ich hasse es, wenn mir das Gefühl gegeben wird, ich hätte jemanden im Stich gelassen. Als ob ich von Natur aus schlecht oder im Unrecht wäre. Tränen brennen mir in den Augen. »Ich weiß. Es tut ...«

Warren unterbricht mich, noch aufgebrachter als zuvor. »Du hast nicht über unser Leben zu bestimmen.« Sein Tonfall ändert sich zum Ende hin und klingt wie jemand, der an seiner Belastungsgrenze angekommen ist – die Stimme wird höher und zittriger.

Ich trete einen Schritt zurück, bis meine Waden gegen einen Stuhl stoßen; ich lasse mich nieder. Wenn ich ihm zeige, dass von mir keine körperliche Bedrohung ausgeht, wird er sich vielleicht entspannen, wie ein Bär oder so. »Das weiß ich, Warren.«

»Okay.« Er wirft verärgert die Hände in die Luft, zögert aber, als sein Gesichtsausdruck wieder etwas Vertrautes annimmt. Sein Blick fällt auf den Boden, während er sich mit dem Fingerknöchel über die Nase wischt und dann die Hände in die Hüften stemmt. Er schüttelt den hängenden Kopf.

Als er aufblickt, zeigt sich keine arrogante Maske oder Wut. Seine Miene verrät mir etwas völlig anderes – er schämt sich. Nachdem er einen Moment lang zwischen Luke und mir hin und her geschaut und versucht hat, die richtigen Worte zu finden, wendet er sich ab und stürmt durch den Flur in sein Schlafzimmer.

Immer wenn meine Eltern mich bestraften, haben sie mich weggeschickt. Normalerweise sagten sie: »Geh auf dein Zimmer« oder »Wir sind fertig mit dem Gespräch«, und ich wusste zumindest, was ich tun musste, um es nicht noch schlimmer zu machen. Jetzt allerdings habe ich keine Ahnung ... Ich schätze, es liegt an mir. Ich bringe Willow zurück in unser Zimmer, und das Gefühl, eine tiefe Niederlage erlitten zu haben, brennt in mir.

Zwei stille Stunden vergehen. Nachdem ich mehrere

lange Textnachrichten über Mitbewohnergrenzen, Gefühlsausbrüche und ein paar Entschuldigungen verfasst und anschließend wieder verworfen habe, trage ich Willow die Treppe hinunter. Ich lege sie auf die Spielmatte im Wohnzimmer und kümmere mich dann um das Abendessen.

Warren und Luke haben sich immer noch in ihren Zimmern verschanzt, und außer Willows Gurren und dem Klappern von Spielzeug gibt es kein Lebenszeichen. Oben habe ich beschlossen, dass die beste Strategie darin besteht, genug Spaghetti und Fleischbällchen für die ganze Wohngemeinschaft zu machen – eine Art Friedensangebot. So etwas wie ein Olivenölzweig.

Warrens Gesichtsausdruck, bevor er sich einschloss, verriet mir alles, was ich wissen musste. Weil er in die Luft gegangen ist, hat er sich viel mehr über sich selbst geärgert als über Luke oder mich.

Es ist eine Herausforderung, mich um Willow zu kümmern, aber wenigstens habe ich über ein Jahrzehnt Zeit, ehe ich einen Teenager erziehen muss. Warren tut sein Bestes, um einer sehr schwierigen Situation Herr zu werden, trotzdem muss er sich dabei nicht wie ein Mistkerl aufführen.

Ich gieße gerade die Pasta ab, als ich höre, dass Warrens Tür aufgeht. Ich atme tief ein und erinnere mein Nervensystem daran, dass ich jedes Recht habe, hier Raum zu beanspruchen. Er mag ja stinksauer sein, aber er darf nicht dafür sorgen, dass ich mich in meiner eigenen Wohnung unwohl fühle – diese Macht werde ich ihm nicht zugestehen.

Ich schaufle drei Portionen Spaghetti in die Schüsseln, die auf dem Tresen stehen, als Warren sich vom Flur her nähert.

Seine Schritte halten an der Ecke der Küche inne, und

ich höre, wie er leise eine Schublade schließt, die ich offen gelassen hatte. Er rührt sich nicht. Ich drehe mich um, zwei Schüsseln in der Hand, und gehe auf ihn zu.

Für jemanden, der heute Nachmittag noch herumgebrüllt hat, wirkt er überraschend geknickt. Er lässt den Kopf so tief hängen, dass er wahrscheinlich meine Füße sehen kann, dann schaut er langsam auf. Sein Blick ist bedrückt und zaghaft. Vielleicht ist da sogar so etwas wie Angst. Vor mir? Seltsam. Nicht ein einziges Mal, nicht einmal während seines Geschreis, hatte ich Angst vor ihm. Nervös, ja, das war ich schon ... aber nicht verängstigt.

Ich nicke in Richtung Wohnzimmer und halte die beiden Schüsseln hoch, um ihm damit zu verstehen zu geben, dass er mir folgen soll. Wir setzen uns nebeneinander auf die Couch.

»Danke.« Er nimmt mir seine Portion ab, und dann sitzen wir schweigend da, während ich versuche, meine Spaghetti so leise wie möglich zu schlürfen.

Als ich meine leere Schüssel auf dem Couchtisch abstelle, drehe ich mich um und bemerke, dass Warren sein Essen kaum angerührt hat. Er wirft mir einen kurzen Blick zu, bevor er das Wort ergreift. »Es tut mir leid wegen vorhin. Das war nicht in Ordnung.« Ich nicke und vermisse beinahe schon das unbehagliche Schweigen.

»Manchmal werde ich wütend. Es ...« Er zögert. »Ich arbeite daran, unter anderem in der Therapie ...« Seine Stimme ist leise und rau, sie klingt wie der Schatten seines üblichen Selbst.

»Das ist schon in Ordnung.«

»Ist es nicht.« Er legt ein angewinkeltes Bein auf das Sofakissen, sodass sein Körper mir zugewandt ist. Der Ausdruck in seinen Augen ist sehr nachdenklich, und er schaut nicht direkt in meine Richtung. Ich schwöre, man könnte Jahre damit verbringen, das Innenleben, das hinter seinen Augen brodelt, zu entschlüsseln. »Es ist nicht in Ordnung und es tut mir leid.« Mit bebenden Nasenflügeln blickt er auf seinen Schoß. Ich kann praktisch hören, wie er sich selbst eine Standpauke hält. Kein Grund, noch weiter draufzuhauen. »Fuck, ich ...«

Ich unterbreche ihn. »Ich hätte dich anrufen sollen. Das weiß ich jetzt. Ich glaube, ich habe versucht, den Spagat zu schaffen, Lukes Mitbewohnerin und auch deine zu sein – aber das war falsch. Er ist ein Kind, ein Teenager. Selbst wenn wir kein Team sind, hätte ich deine Interessen über seine stellen sollen.«

Warren kaut auf seiner Lippe, während er mich direkt anschaut. Ich ziehe es vor, weiterzusprechen, anstatt über das Flattern in meiner Brust nachzudenken, das augenblicklich einsetzt. »Team ist ein komischer Begriff, oder?«

»Miteinander auskommende und zusammenlebende Individuen.« Er wendet den Blick nicht von mir ab, aber seine Stimme hat einen ernsten Ton angenommen.

»Kurz MAUZI?«, witzele ich.

»Du könntest diese grässlichen Broschüren, die Rachel hatte, neu gestalten.« Die gewohnte Selbstsicherheit in seiner Stimme kehrt ein wenig zurück.

Ich lächle. »Das würde ich liebend gerne tun.«

Warren zupft an der Haut um seinen Daumen und scheint seine Gedanken zu ordnen. Ich schaue weg, um ihm Raum zu geben.

»Ich bin wirklich froh, dass dir Luke nicht egal ist. Das war nicht bei vielen Leuten so. Er ist ein guter Junge. Er trifft schlechte Entscheidungen, wenn er versucht, andere zu beeindrucken – liegt in der Familie.« Warren fährt fort, bevor ich etwas dazu sagen kann. »Ich will nur nicht, dass ihr euch zu sehr aneinander gewöhnt. In etwas mehr als fünf Monaten sind wir aus dem Leben des anderen verschwunden. Ich habe mir eine Schule in einer anderen Stadt angesehen – dort ist es einfacher, eine Wohnung zu finden, und ich könnte pendeln oder mir eine neue Werkstatt suchen.«

Nach einer Pause schaut er von seinen Händen im Schoß auf. »Ich will nicht, dass er noch jemanden verliert.« Er sieht müde aus, und sein Kiefer ist angespannt.

Ich überlege kurz, was ich als Nächstes sagen soll. »Ich will nicht wieder über das Ziel hinausschießen, aber ... was du verlangst, fühlt sich nicht wirklich fair an. Für keinen von uns. Das ist auch mein Zuhause, und ich will nicht ständig wie auf rohen Eiern laufen müssen oder ... auf Distanz leben.« Ich halte vorsichtig seinen Blick. »Wenn ich ehrlich bin, könnte ich etwas Unterstützung gebrauchen. Heute war das erste Mal, seit Willow zu Hause ist, dass ich mich wieder ein bisschen wie ich selbst fühlen durfte, und das nur wegen der Dusche. Ich will keine Angst haben müssen, ab und zu um Hilfe zu bitten. Wir können die Dinge voneinander trennen und trotzdem so was wie Freunde sein.«

»Freunde?« Ein neckisches Funkeln kehrt in seine Augen zurück.

»Denk einfach wie die Jäger und Sammler. Wir tun es zum Wohle unserer Jungen und unseres Überlebens.«

»Was schlägst du vor?«, fragt Warren.

Ich freue mich, dass Warrens Mundwinkel wieder leicht nach oben wandern.

»Eine einzige Einkaufsliste – wir können die Sachen immer noch beschriften, aber es hat keinen Sinn, zweimal zu fahren. Du machst das Frühstück, und ich koche das Abendessen. Die Rechnungen teilen wir uns fifty-fifty. Ich werde mich nicht in Lukes Erziehung einmischen, aber ich werde ihm eine Freundin sein – weil ich ihn mag und weil er vielleicht einen anderen Freund als seinen mürrischen älteren Bruder braucht.« Ich schenke ihm ein verschmitztes Grinsen. »Hin und wieder werde ich dich oder Luke bitten, auf Willow aufzupassen, wenn ich zehn Minuten für mich brauche. Wir können aufhören, uns zu umkreisen, und stattdessen vielleicht anfangen, uns gegenseitig zu fragen, ob alles in Ordnung ist ... damit wir nicht in die Luft gehen, wenn es mal schwieriger wird.«

»Okay ... das könnte funktionieren.« Warren schiebt seine Unterlippe nach vorne, während er leicht nickt.

»Sehr gut«, antworte ich triumphierend. *Ich habe ehrlich gesagt damit gerechnet, dass ich viel mehr Überzeugungsarbeit leisten muss.*

Warren schnappt sich unsere Schüsseln und öffnet Lukes Tür. Einen Moment später treten beide heraus, und Warren klopft Luke, der jetzt meine Schüssel trägt, auf den Rücken.

Warren gebärdet: »Und Luke übernimmt den Abwasch.«

Luke scheint erleichtert zu sein – vielleicht ist das eine weniger harte Strafe, als er erwartet hat.

Kapitel 14

Wo wollt ihr zwei denn so früh hin?« Warren nimmt mir Willow ab, damit ich die Hände frei habe, um den Kindersitz und die Wickeltasche auf den Esstisch zu hieven. Er stupst ihre Nase, wenn er denkt, dass ich es nicht mitbekomme.

»Wir haben um zehn Uhr Willows erste Nachuntersuchung beim Kardiologen im Krankenhaus. Es würde auch nicht so verdammt lange dauern, wenn die Busse direkt nacheinander fahren würden, aber wir müssen dreißig Minuten zwischen unserem zweiten und dritten Bus warten.« Ich stecke eine weitere Babyflasche mit Wasser in die Wickeltasche und gehe in die Küche, um den Vorratsbehälter mit Milchpulver aufzufüllen.

»Drei Busse?«

Warren klingt zwar, als ob er Willow fragt, doch ich antworte stellvertretend für sie. »Genau.«

Er hebt Willow an seine Brust und hält ihren Kopf mit einer Handfläche an sich, während ihr Popo in seiner Armbeuge ruht. Die Art und Weise, wie er sie einhändig tragen kann und wie klein sie in seinen Armen aussieht, lässt mich förmlich dahinschmelzen. Wie natürlich es für ihn ist, sie zu halten, als würde sie überhaupt nichts wiegen. Er nimmt einen großen Schluck von seinem Wasser und beobachtet mich, wie ich durch die Küche gehe. *Er starrt mich immer an.*

»Was ist denn?«, frage ich skeptisch.

Warren schmunzelt in sein Glas und schüttelt den Kopf. »Kannst du fahren?«

»Ich spare auf ein Auto – das weißt du doch.«

»Das habe ich nicht gefragt«, sagt er und grinst.

»Ja, ich kann fahren«, schnaube ich.

»Sicher?« Warrens Tonfall klingt fast spöttisch.

»Ich denke schon.« Ich starre ihn finster an, und sein dämliches Grinsen wird noch breiter. *Ihm macht es Spaß, mich zu ärgern.*

Warren wiegt den Kopf hin und her, anscheinend trifft er *irgendeine* Entscheidung. »Also gut.«

»Gut, was?«

Er holt einen Autoschlüssel aus seiner Tasche und klimpert damit. »Du müsstest Luke und mich absetzen und uns auch wieder abholen, aber du kannst mein Auto haben ... heute.«

Ehe ich mich versehe, habe ich die Küche durchquert und schlinge die Arme um seine Taille. Ich drücke meinen Kopf seitlich an seine Brust, genau gegenüber von Willow. »Danke!« *Ich fahre wirklich nicht gern mit dem Bus.*

Der Stoff seines Shirts ist weich unter meinen Fingern, doch sonst ist nichts an ihm weich. Die harten Konturen seiner Brust bestehen nur aus harten Muskeln und Knochen. Er riecht ganz leicht nach Öl und Rost – ein bisschen wie ein alter Penny. Nichts, was ich normalerweise sexy finden würde, aber *verdammt*, der Duft steigt mir von der Nase direkt ins Herz.

Plötzlich bin ich mir meiner Brüste bewusst, die sich in seine Seite drücken und mit jedem tiefen Einatmen seines berauschenden Dufts weiter nach vorn drängen. Ich stehe schon viel zu lange hier. *Geh weg, Chloe.* Ich halte inne und sehe hoch in sein Gesicht.

Mit einem gequälten Gesichtsausdruck blickt er zu mir herunter, sodass ich einen Schritt zurücktrete, bis meine Hände die Arbeitsplatte hinter mir erreichen. »Tut mir leid«, murmle ich.

Er runzelt die Stirn und räuspert sich. »Muss es nicht.«

»Wann, ähm, wann kannst du kommen?«, frage ich.

Seine Augen werden größer, und er zieht einen Mundwinkel hoch.

»Ich meine von der Arbeit! Also, wann hast du Feierabend?« Meine Wangen werden heiß.

»Um vier.«

Ich nicke, nehme ihm den Autoschlüssel ab und stecke ihn in die Wickeltasche. »Ich schätze, wir haben doch noch Zeit für ein Frühstück, Will.« Ich vermeide den Blickkontakt mit Warren so sorgfältig, als hinge mein Leben davon ab.

Ich strecke gerade die Hand nach ihr aus, als Warren sagt: »Ja. Die Pflicht ruft.«

Er macht uns Rührei und Toast. Luke setzt sich zu uns an den Tisch, und wir frühstücken alle gemeinsam, so wie wir es seit unserem Verhandlungsgespräch letzte Woche tun. Ob Warren es nun zugeben will oder nicht, ich glaube, Willow und ich sind ihm ans Herz gewachsen. Gestern

Abend hat er sie aus ihrer Babywippe gehoben und dann auf der Couch ein Buch gelesen, während sie auf seiner Brust schlief.

Ich hatte nicht einmal darum gebeten, aber das gab mir die Gelegenheit, Arbeit nachzuholen. Momente wie diese und das gemeinsame Frühstück halten die Einsamkeit in Schach. Allmählich graut es mir vor dem Ende dieser fünf Monate.

»Ich räume auf.« Luke sammelt alle Teller ein und geht in die Küche.

Warren wendet sich mir zu. »Ich muss dich um einen Gefallen bitten.« Ich denke an die Autoschlüssel, die in meiner Wickeltasche liegen, die vielleicht keine nette Geste sind, sondern eher eine Art Bestechung.

»Und zwar?«, frage ich skeptisch.

»Nächstes Wochenende habe ich Geburtstag, und ich wollte am Samstag ein paar Leute einladen. Ist das okay?«

Ich ziehe eine Augenbraue hoch. »Bryce?«

Warren grinst. »Ja, er wäre einer von ihnen.«

Ich seufze. »Ich meine, das ist auch dein Zuhause. Natürlich kannst du Leute zu dir einladen. Sag einfach Bescheid, wenn ich mich verdrücken soll.«

»Oh, richtig.« Warrens Gesicht verfinstert sich. Wollte er mich etwa fragen, ob ich mit ihm und seinen Freunden rumhängen will? *Ganz sicher nicht.* »Danke.« *Dachte ich's mir doch.* Trotzdem verspüre ich einen Anflug von Enttäuschung. Ich möchte eingeladen werden, auch wenn es nur aus Mitleid ist.

Oh, verdammt, Samstag – das habe ich glatt vergessen. »Tatsächlich will am Samstag auch jemand bei mir vorbeikommen. Sorry, ich hätte fragen sollen.«

»Pflegeboy?« Na ja, immer noch besser als der Spitzname von letzter Woche – *halbes OP-Hemd*.

»Calvin, genau.« Ich stehe auf, um Willow startklar zu machen.

»Und dann hängt ihr oben rum …«, sagt er, als ob es eine Frage wäre, obwohl es gar keine ist.

Ich nicke und studiere seinen Gesichtsausdruck, den ich nicht deuten kann.

Warren schürzt die Lippen. »Cool.« Er dreht sich um, um seine Lunchbox aus der Küche zu holen, und zur Abwechslung folgt mein Blick ihm, während er in der Küche herumwühlt. Er greift in den obersten Schrank, in dem er seine Snacks aufbewahrt – wohl wissend, dass wir anderen dort nicht drankommen. Sein Shirt rutscht ein wenig höher, und ich erhasche einen Blick auf seinen durchtrainierten Bauch. Ich presse die Oberschenkel zusammen.

Warren ist heiß. Das lässt sich nicht leugnen. Leider ist er sich dieser Tatsache auch sehr bewusst. Ich frage mich, ob unter den Leuten, die vorbeikommen, auch seine feste Freundin ist. Ich wette, sie ist hinreißend. Ich wette, sie hat jetzt auch eine Pawlow'sche Reaktion auf den Geruch von Motoröl.

Luke räuspert sich, und ich richte meine Aufmerksamkeit auf das Ende des Flurs, wo er steht und mich mit belustigter Entrüstung ansieht. »Du hast gesabbert«, gebärdet Luke, während er an mir vorbeirauscht, um seinen Rucksack zu holen.

»Halt die Klappe«, schieße ich zurück.

Er zieht eine Augenbraue hoch, als er sich den Rucksack über die Schulter wirft.

»Nein, hab ich nicht!« *Verdammt, habe ich doch?* Das ist das zweite Mal an diesem Morgen, dass ich mich wegen Warren so ... aufgewühlt fühle. Den Pfad darf ich keinesfalls einschlagen. Mit Warren gibt es kein Sicherheitsnetz. Er ist zu nah, zu gut aussehend, zu geheimnisvoll, zu verlockend. Dazu kommt die Tatsache, dass Willow zur Pflege weggegeben wird, wenn er geht. Allein das reicht aus, um meine Gefühle im Keim zu ersticken.

»Zeit zu gehen, Will.« Ich schnalle sie vorsichtig in die Babyschale auf dem Kinderwagen, und wir verlassen schweigend die Wohnung.

Wir steigen aus dem Aufzug und nehmen den Seitenausgang. Wenn ich mir in den nächsten Monaten ein Auto kaufe, müssen wir uns darum streiten, wer den Parkplatz bekommt. Ich lege Willows Babyschale auf den Rücksitz und schnalle sie an. Luke setzt sich neben sie, und Warren schlüpft auf die Beifahrerseite.

Ich versuche, lässig zu wirken, als ich mich auf dem Fahrersitz niederlasse. Sein Auto ist genauso sexy wie er – vielleicht sogar noch mehr –, aber ich kann schlecht Warren besteigen, um ans andere Ende der Stadt zu gelangen. *O nein, fang nicht so an, Gehirn.*

Das Auto ist innen mit glattem, schwarzem Leder ausgestattet, hat eine Stereoanlage, und der Fahrersitz ist so weit nach hinten gekippt, dass man den Himmel betrachten kann. Warum denken Männer immer, je weiter sie vom Lenkrad entfernt hocken, desto cooler sind sie? *Und warum haben sie ein bisschen recht damit?* Ich stelle schnell den Sitz und die Spiegel ein, und Warren grinst in meine Richtung.

»Wann immer du so weit bist.« Er stößt ein schnaubendes Lachen auf meine Kosten aus. Der elektronische Sitz brummt, als er nach vorne gleitet. Ich kämpfe gegen den Drang an, Warren den Mittelfinger zu zeigen, als der Sitz in einer für meine kurzen Beine angenehmen Position stehen bleibt.

Warrens Auto ist viel leistungsstärker als der Mitsubishi meiner Eltern, in dem ich Fahren gelernt habe, darum drücke ich vielleicht etwas zu fest auf das Gaspedal, als wir vom Parkplatz fahren. Man muss ihm anrechnen, dass er sich, außer einem kurzen Blick auf den Tacho, nichts anmerken lässt.

Wir setzen Luke zuerst ab und beobachten, wie er auf eine Gruppe von Freunden zugeht, die vor dem Haupteingang der Schule wartet. »Das sind die, mit denen ich ihn im Park gesehen habe«, erkläre ich.

Warren kratzt sich am Kinn, während er sich vorbeugt, um einen besseren Blick zu erhaschen.

»Sie sehen relativ harmlos aus«, bemerke ich und hoffe, Warrens gerunzelte Stirn zu glätten. »Er ist ein anständiger Junge.« Ich schenke ihm mein bestes aufmunterndes Lächeln, unaufdringlich, aber warm. Warren seufzt, bevor er mir den Weg zu seiner Arbeit weist.

Etwa zehn Minuten später steuere ich auf eine Autowerkstatt am Ende einer Industriestraße zu. Warren zeigt auf einen Parkplatz mit einem aufgesprühten Peace-Zeichen am Zaun davor, und ich fahre hinein.

»Wie *War and Peace*, Krieg und Frieden?«, frage ich. »So nennen sie dich doch, oder? War?«

Er blinzelt hastig und dreht den Kopf, um mir zu antworten, aber ein zweimaliges Klopfen an mein Fenster unterbricht ihn. Ich schaue schnell zu Warren, der nickt, bevor ich es herunterlasse.

»Na hallo.« Ein älterer Mann, wahrscheinlich um die sechzig, steht neben dem Auto, den Körper seitlich weggedreht. Er ist stämmig und hat einen langen grauen Bart.

»Hallo«, gebe ich zurück und spähe zum Beifahrersitz, der jetzt nicht mehr besetzt ist.

»Du bist bestimmt die Mitbewohnerin?«

Ein unbeholfenes Lachen ertönt, bevor Warren neben dem Mann auftaucht. »Morgen, Ram«, sagt Warren. Noch ein Spitzname? *Ich will auch so einen.*

»War«, quittiert Ram Warrens Begrüßung, doch sein Blick wandert zwischen mir und dem Rücksitz hin und her – dort verharrt er, und ein kleines Lächeln blitzt unter seinem dichten Bart hervor. »Ich bin Ram. Das ist meine Werkstatt.«

»Schön, Sie kennenzulernen, ich bin Chloe.«

»Freut mich, Chloe. Ich habe schon eine Menge von dir gehört.«

Ich werfe einen Blick in Richtung Warren. *Er hat schon eine Menge von mir gehört?* Mit Sicherheit würde er nur ungern zugeben, dass er über mich geredet hat ... aber Warren reagiert nicht im Geringsten, nicht einmal ein bisschen verlegen.

»Belle!«, ruft Ram, und ich beobachte im Rückspiegel, wie eine Frau in seinem Alter aus der Werkstatt kommt. Sie ist von Kopf bis Fuß in Jeans gekleidet, und ihr gebleichtes Haar könnte als Signalleuchte bei der Landung eines Flugzeugs dienen. Ich bin sofort hin und weg von ihr.

»Chloe hat nicht den ganzen Tag Zeit, Ram«, meldet sich

Warren zu Wort, aber er sieht resigniert aus. Belle tritt neben Ram.

»Hallo, Darling.« Belle könnte eine Dolly-Parton-Imitatorin sein, sowohl von der Stimme als auch vom Körper her.

Ich lächle so breit, dass meine Wangen gegen meine Augen drücken. »Hallo, ich bin Chloe.«

Sie nickt und schaut auf den Rücksitz, dann zu Warren, während sie auf Willow zeigt. »Und das ist dann wohl ...«

Warren nickt, öffnet die Autotür und lässt sie einsteigen. Ich hatte ehrlicherweise gedacht, dass niemand in seinem Leben weiß, dass es uns gibt, geschweige denn, dass man sich freuen würde, uns zu treffen. *Oder schon eine Menge von uns gehört hat.* Mein Herz flattert ein wenig bei diesem Gedanken.

Belle schlüpft auf den Rücksitz und schnappt nach Luft, als sie Willow ansieht. »Ach du meine Güte! Wenn das mal nicht das schönste Baby ist, das ich je gesehen habe! Hallo, meine Kleine!«

Warren lehnt sich mit verschränkten Armen zurück und lächelt vor sich hin. Er sieht stolz aus ... worauf genau, ist mir nicht klar.

»Alles klar, nun wird's aber Zeit. Willow muss zu einem Termin.« Warren schaut Ram an, als ob er derjenige sein muss, der Belle wegzerrt.

»Na gut, in Ordnung. Pass gut auf sie auf. Okay, Chloe? Und auf dich auch.« Belle klopft mir sanft auf die Schulter.

»Mach ich.«

»Wunderbar. Hat mich gefreut, dich kennenzulernen.« Sie schließt die Hintertür, und ich lehne mich aus dem Fenster, um zu antworten.

»Ganz meinerseits!«

Ram und Belle schlendern zurück zum Geschäft, die Hände in den Gesäßtaschen des anderen, und Warren macht einen Schritt auf das Auto zu und senkt seinen Kopf zum Fenster.

»Die beiden wirken echt nett.« Ich mache mir keine Mühe, das Funkeln in meinen Augen oder mein »Wir sind dir nicht egal«-Grinsen zu verbergen.

»Sind sie, auf jeden Fall.« Als er meinen Gesichtsausdruck sieht, verdreht er die Augen. Kurz wirkt es, als ob er etwas sagen will, aber er überlegt es sich offenbar anders und klopft lächelnd aufs Autodach. »Wir sehen uns um vier.« Als er weggeht, lasse ich das Fenster hoch. Und den ganzen Weg zu Willows Termin habe ich ein unerschütterliches Lächeln auf den Lippen.

Kapitel 15

Ich fürchte, das sind nicht die besten Nachrichten.« Doktor O'Leary blättert das Krankenblatt zweimal hin und her und reicht mir dann die Seite.

Ich habe keine Ahnung, was ich da vor mir habe. Es ist eine Grafik mit einer leichten Kurve, die nach oben zeigt.

»Wir hoffen, dass diese Linie, die den Blutdruck in ihrer Lunge abbildet, nach unten geht oder sich abflacht. Bei einem PDA – einem persistierenden Ductus arteriosus – müssen wir sicherstellen, dass durch die Öffnung nicht zu viel Blut in ihre Lunge fließt. Je höher ihr Blutdruck ist, desto größer das Risiko, dass dies geschieht. Im Moment ist ihr Blutdruck noch nicht besorgniserregend, aber wir müssen aufpassen, dass er nicht weiter ansteigt.«

Ich prüfe die Seite mehrmals gründlich. Ich habe gut sechzig Prozent von dem verstanden, was er gesagt hat. »Was soll ich tun?«

»Wir passen ihre Medikamente leicht an, und Sie müssen sie mindestens einmal pro Woche zu uns bringen, bis sich ihr Zustand stabilisiert hat. Wahrscheinlich wird ihr Herz in ein paar Monaten kerngesund sein. Wenn ihr Blutdruck jedoch weiter ansteigt oder sich die Öffnung in ihrer Arterie nicht schließt, müssen wir eventuell über eine Operation nachdenken.«

Mein Mund klappt auf, und ich atme zu viel Luft ein. »Okay.«

»Ansonsten macht sie sich sehr gut.« Er streckt seine Hand nach dem Krankenblatt aus, und ich reiche es ihm zurück. »Ihre Gewichtszunahme verläuft vorbildlich; ihre Entwicklung scheint weder durch das Fötale Alkoholsyndrom noch durch die Frühgeburt beeinträchtigt zu sein. Sie leisten großartige Arbeit, Chloe.« Er legt mir beruhigend die Hand auf die Schulter, und ich atme tief durch, wobei mir eine einzelne Träne über die Wange läuft. Es ist schön, das gesagt zu bekommen. Denn die meiste Zeit über fühle ich mich absolut nutzlos.

»Sprechen Sie auf dem Weg nach draußen mit der Anmeldung. Unsere Ambulanztage sind freitags. Sie können einen Plan festlegen, der jede Woche zur gleichen Zeit Termine vorsieht. Sagen Sie ihnen, sie sollen sie für die nächsten acht Wochen vormerken, und dann sehen wir weiter.«

Ich nicke, packe unsere Tasche und setze Willow in ihre Babyschale, während ich gegen mein zitterndes Kinn ankämpfe und eine tapfere Miene aufsetze.

Nach einem kurzen Halt an der Anmeldung schnalle ich uns beide in Warrens Auto an und lasse den Tränen endlich freien Lauf. Ich habe so viele Fragen, dass ich gar nicht daran gedacht habe, sie dem Arzt zu stellen. Ich schreibe Calvin ein paar davon. Ich füge auch hinzu, dass ich mich freue, ihn dieses Wochenende zu sehen, damit er nicht denkt, ich würde ihn als medizinische Datenbank benutzen.

CALVIN: Shit, es tut mir wirklich leid. Ich habe am Samstag einen Termin, den ich nicht absagen kann. Können wir das Treffen auf nächste Woche verschieben? Was die medizinischen Dinge angeht, frage ich den Kardiologen und melde mich bei dir.

CHLOE: Oh, schade. Aber keine Sorge. Nächste Woche passt auch. Danke!

Ich reiße mich zusammen, so gut ich kann, und fahre nach Hause. Dabei denke ich an Connie. Ich frage mich, wo sie ist, ob es ihr gut geht und ... vor allem möchte ich wissen, ob sie versteht, welche Auswirkungen ihr Handeln auf Willows Leben hatte. Auf ihr Herz. Möglicherweise für immer. Ich bezweifle, dass der Rausch das wert war.

Ich denke auch an Willows Dad – wer auch immer er ist. Connie hat ihn überhaupt nicht erwähnt, weder mir noch Odette gegenüber, aber ich wüsste zu gerne, ob sie noch Kontakt hat. Ob sie ihm gesagt hat, dass er ein Kind hat. Ich hoffe nicht. Es soll bloß niemand kommen, um sie zu holen.

Willows Gerichtsanhörung ist erst in acht Monaten, und ich bin mir ziemlich sicher, dass ein biologischer Vater sie anfechten könnte, wenn er wollte – zumindest könnte er sie hinauszögern. An einer roten Ampel halte ich die Luft an, bis meine Lunge gerade genug schmerzt. Kleine Dosen an Selbstkontrolle helfen nicht gegen das eigentliche Problem. Aber es fühlt sich gut an. Einen Moment lang.

Zu Hause angekommen lege ich Willow für ihren Mittagsschlaf hin. Ich kuschle ein wenig länger mit ihr als sonst und drücke mein Ohr an ihre winzige Brust, um zu spüren, wie sie sich sanft hebt und senkt.

Ich liebe sie so sehr.

Ihr breites Näschen und die kräftigen Augenbrauen passen zu meinen eigenen. Die meisten Außenstehenden werden annehmen, dass ich ihre Mutter bin. Davon werde ich profitieren, da bin ich mir sicher.

Nach ein paar Minuten Rückenstreicheln schläft Willow in ihrem Stubenwagen, und ich beginne mit der Arbeit an meinem neuesten Auftrag: Plakate für ein anstehendes Musikfestival. Bislang musste ich keine Abstriche beim Job machen – nur beim Schlaf.

Bis ich sicher bin, dass Rachel und CPS mit meinem durchschnittlichen Monatseinkommen zufrieden sind, muss ich weiterhin so viel Arbeit wie möglich finden. Ausruhen kann ich mich, sobald meine Neubeurteilung abgeschlossen ist. Oder, falls das nicht klappt, wenn das Sorgerecht für Willow endgültig geklärt ist.

Die Stunden vergehen langsam, bis mein Handyalarm losgeht und verkündet, dass es Zeit ist, Willow zu wecken und Luke von der Schule abzuholen. Ich erlaube mir einen kurzen Moment des Stolzes, wie ich Arbeit, Kindererziehung, Termine und WG-Pflichten unter einen Hut bringe, während ich Willow in Warrens Auto anschnalle.

Ich schaffe es, die Stereoanlage einzuschalten, und die CD spielt eine Rockballade, die ich nicht kenne. Die Band klingt irgendwie nach einer Mischung aus Rush und Led Zeppelin, aber es ist eindeutig etwas Neues. Und ich liebe es. Ich muss Warren später fragen, wer die Band ist, oder herausfinden, wie ich die CD auswerfen kann. *Warum hat dieses Ding nur so viele Knöpfe?*

Als ich vor Lukes Schule anhalte und ihn sehe, hupe ich zweimal, bevor ich merke, dass die meisten Kinder mich nicht hören können, auch Luke nicht. Ein Lehrer funkelt mich böse an, und ich wedele verlegen mit der Hand, um mich zu entschuldigen. Schließlich entdeckt mich Luke und winkt einem Mädchen zum Abschied, das sich die Haare zwirbelt, als es zu ihm schaut. Ich lächle vor mich hin. Glitzert da ein bisschen Verknalltheit in ihren Augen, als sie beobachtet, wie er sich mit seiner Tasche zusammen auf den Vordersitz wirft? Luke winkt mir zu.

»Hey! Wer ist das denn?«, frage ich.

Luke sieht zu dem Mädchen, er weiß direkt, wen ich meine. »Stephanie.«

Ich lenke das Auto vom Schulparkplatz. Ich musste noch nie fahren und gleichzeitig gebärden, und ich werde es auch gar nicht erst versuchen.

In Warrens Leben scheint sein Auto einen deutlich höheren Stellenwert zu haben als die meisten seiner Mitmenschen. Ich darf auf keinen Fall eine Macke reinfahren. An der nächsten roten Ampel nutze ich die Chance, mich mit Luke zu unterhalten.

»Und? Erzähl mir von ihr.«

Luke wird rot. »Warren hat die Regel, im Auto nicht zu gebärden.« Das könnte eine bequeme Ausflucht sein, aber ich nehme ihn beim Wort. Wir fahren schweigend zu Warren, um ihn von der Arbeit abzuholen; es ist ruhig, abgesehen von Willows Glucksen auf dem Rücksitz.

»Hey«, gebärden wir alle unisono, als Warren auf den Rücksitz rutscht.

»Ich glaube, ich habe noch nie hier hinten gesessen.«

»Willst du tauschen?« Ich gebärde beim Sprechen und drehe mich zur Rückbank, während Warren sich anschnallt und die Sonnenblende an Willows Babyschale hochschiebt, um einen Blick auf sie zu werfen.

»Nein. Alles gut.« Er wechselt zu einem affektierten britischen Akzent: »Nach Hause bitte, Fahrerin.«

Ich verdrehe die Augen und lege den Gang ein.

Luke dreht sich um, und aus dem Augenwinkel kann ich sehen, wie er Warren etwas zu verstehen gibt – allerdings kann ich nicht erkennen, was er sagt.

Als wir aussteigen, werfe ich Warren die Schlüssel zu, und er läuft einmal komplett herum, um nach Schäden zu suchen. Ich kann es ihm nicht mal verübeln – die Tatsache, dass er mir sein Auto geliehen hat, als ich es brauchte, ist schon mehr als genug. Er hat heute wichtige Mitbewohnerpunkte gesammelt.

»Guck nicht zu genau auf die Stoßstange. Ich habe ein paar ältere Leute umgenietet, als ich vom Krankenhausparkplatz gefahren bin.«

»Bist echt gnadenlos«, gibt Warren zurück und seine Augenwinkel kräuseln sich, als er versucht, seine Erheiterung zu unterdrücken.

Ich grunze als Antwort, was ziemlich peinlich ist, aber Warren reagiert nicht darauf; er ist zu sehr auf das Auto konzentriert.

Ich hebe das Kinderwagengestell aus dem Kofferraum, während Warren Willows Babysitz abschnallt. Luke geht voraus und spielt die Rolle des schwermütigen Teenagers gut. Vielleicht hat ihm das Gespräch mit Warren eine Lektion erteilt.

»Wie lief Willows Termin?« Warren hält die Tür für mich und den Kinderwagen auf.

»Nicht so gut. Sie passen ihre Medikamente an. Ihr Arzt ist besorgt, dass ihr Blutdruck ansteigt. Sie müssen sie jetzt regelmäßiger sehen. Jeden Freitag.« Ich schaue ihm in die Augen. Warren hat in der letzten Woche viel mehr für uns getan, als ich es von ihm erwartet hätte. Ich bringe es nicht über mich, nach mehr zu fragen.

»Freitags?« Er nickt, und ich nicke ebenfalls. »Okay«, sagt Warren ruhig.

»Okay?« Meine Augen quellen über vor Dankbarkeit.

»Ja – heute hat es doch auch geklappt, oder?« Warren sagt das so sachlich, als hätte er die harten, strengen Regeln vergessen, die er vor ein paar Wochen noch aufstellen wollte.

»Ja. Also, danke, Warren.« Ich weiß nicht, was in mich gefahren ist, aber als wir auf den Aufzug warten, greife ich nach seiner Hand, umfasse seine Fingerknöchel und drücke leicht.

Ich muss aufhören, ihn zu berühren – das richtet schreckliche Dinge in meinem Gehirn an. Zum Beispiel bin ich kurz davon überzeugt, dass er seine Hand umdreht, um meine festzuhalten, bevor der Aufzug klingelt und ich den Kinderwagen hineinschieben kann.

Kapitel 16

Zwar habe ich Warren gesagt, er solle sich wegen des Lärms auf seiner Party keine Sorgen machen und wenn Willow aufwacht, würde ich mich um sie kümmern – sie schläft ja sowieso nicht besonders gut –, aber *fuck*, seine Freunde sind echt laut.

Ich werfe einen Blick von der Galerie, den dritten, den ich mir erlaube, seit sie alle da sind. Sie sind zu sechst: Bryce, ein anderer Typ, den ich am Montagmorgen in der Werkstatt gesehen, aber nicht kennengelernt habe, und zwei Typen mit ihren Freundinnen, vermute ich, so wie sie an den beiden Männern hängen.

Eine der Frauen ist besonders laut und sehr wahrscheinlich betrunken. Sie hat mehrfach gekreischt, dass sie »tanzen« will und dass sie »zu aufgedreht ist, um an einem Samstag nicht auszugehen«. Ich ertappe mich dabei, wie ich Luke *kurz* beneide.

Warren wusste wohl nicht, was für eine Party er veranstalten wollte, obwohl es seine eigene ist. Er hat Pizza bestellt und ein paar Flaschen Billigbier rausgestellt; dann eine gute Flasche Wein und eine Playlist, die zu einem Indie-

Coming-of-Age-Film passt. Der Wein hat mich am meisten verwirrt. Warren kommt mir nicht wie ein Weintyp vor. Er hat sogar ein paar meiner Weingläser neben den roten Einwegbechern abgestellt.

Seit über einer Stunde wehre ich mich tapfer, aber meine Blase ist wieder einmal ein mieser Verräter. Ich schaue mich im Spiegel in meinem Zimmer an. Möglicherweise habe ich ein Outfit angezogen, das einigermaßen partytauglich ist, nur für den Fall, dass ich eingeladen werde. Eine langärmelige durchsichtige schwarze Bluse, die ich in meine beste Jeans gesteckt habe, die meine ... *Vorzüge* gut zur Geltung bringt.

Der BH darunter ist leuchtend lila, und unter dem dünnen Stoff meines Oberteils kann man Form, Farbe und Struktur der Spitze erkennen. Das ist nichts im Vergleich zu dem, was die anderen Frauen da unten tragen; sie sehen aus wie Models. *Halb nackte Models*. Ich versuche nur, nicht aufzufallen, oder?

Ich steige die Wendeltreppe hinunter, und die laute Frau quiekt: »O mein Gott! Warst du etwa die ganze Zeit da oben?«

Ich schaue an ihr vorbei zu Warren, der mir schnell zublinzelt, während er sich in seinem Stuhl nach vorne lehnt. Bevor ich ihr antworten kann, sagt Warren: »Das ist meine Mitbewohnerin Chloe.« Sein Blick wandert langsam über meinen Körper, vom Fußboden bis zu meinem Scheitel, und ein Muskel in seinem Kiefer zuckt. Gänsehaut bildet sich auf meinen Armen angesichts seines intensiven Blicks. *Die Bluse wirkt.* »Sie hat heute Abend ein heißes Date.« Er nimmt einen Schluck Bier, während er die Stirn runzelt.

Ich zögere, genieße seine Reaktion, entscheide mich dann aber für eine Erklärung. »Nein, habe ich nicht. Ich muss nur mal auf die Toilette. Tut mir leid, wenn ich störe.« Ich versuche, so lässig wie möglich an den anderen vorbeizukommen, und atme auf, als ich die Badezimmertür hinter mir schließe. Nachdem ich mir das Gesicht gewaschen habe, trage ich noch etwas Mascara auf.

Bryce meldet sich zu Wort, als ich hinter der Couch entlanghusche, um wieder nach oben zu gehen: »Hey, Chloe, setz dich doch zu uns.«

Ein paar Leute stimmen zu, und ich schaue zu Warren, der auf den leeren Platz neben sich deutet. Ein kleiner Anflug von Stolz durchströmt mich, dass ich eingeladen bin, fast so, als dürfte ich in der Mensa bei den coolen Kids sitzen.

Ich lasse mich auf einen Sessel fallen, und die laute Frau bringt mir ein Bier.

»Danke.« Ich lächle zu ihr hoch.

»Ich bin Giorgianna. Du kannst mich GiGi nennen. Das ist mein Freund Tyler.« Der Mann im abgedunkelten Teil des Raumes, der dem Esstisch am nächsten ist, hebt zur Begrüßung seinen Becher. »Das sind Cassie und ihr Freund Caleb. OMG! Mir ist gerade aufgefallen, dass eure Namen beide mit einem *C* beginnen.«

Cassie und Caleb winken, also tue ich es auch. Ich werfe einen kurzen Seitenblick auf Warren, der das Etikett seines Biers studiert, als würde es ihm die Geheimnisse des Universums verraten.

»Ich bin Matt. Freut mich, dich kennenzulernen.« Der Mann neben Bryce beugt sich vor, um mir die Hand zu schütteln. Er scheint am wenigsten einschüchternd und am zugänglichsten zu sein. Außerdem sieht er gut aus. Seine Augen sind genauso durchdringend wie die von Warren, doch sie sind weniger bedeutungsschwer, und er trägt eine Brille. Er hat widerspenstige schwarze Locken, einen Vollbart und warme braune Haut.

»Und du erinnerst dich bestimmt an Bryce«, meldet sich Warren neben mir.

Ich lächle höflich, wende aber meinen flammenden Blick auf Warren. Er grinst in sein Bier.

»Schön, euch alle kennenzulernen.« Ich schlucke meinen Stolz herunter. »Schön, dich wiederzusehen, Bryce.«

GiGi holt sich ein Getränk und wendet sich wieder ihrem Gespräch mit Tyler und C^2 zu. Bryce geht zum Esstisch, um sich einen weiteren Drink zu genehmigen. Die Musik, die aus der Stereoanlage dröhnt, passt nicht so recht zur Stimmung. Eher entspannt akustisch und weniger Verbindungsparty. Aber es ist so viel los in diesem Wohnzimmer wie schon lange nicht mehr. Das ist gut für die Seele der Wohnung.

Matt rutscht von der Couch auf den Platz neben mir mit Blick auf die Mitte des Wohnzimmers. Warren richtet sich auf.

»Also, Chloe, was ist mit deinem Date passiert?« Matt ist eindeutig ein bisschen betrunken und lallt, aber sein Lächeln ist angenehm.

»Er hatte einen Termin, den er nicht absagen konnte.« Ich zucke mit den Schultern.

»Ihr Typ ist Krankenpfleger.« Warren sagt »Krankenpfleger« so, als wäre es ein Schimpfwort.

»Ich würde ihn nicht als *meinen Typ* bezeichnen …« Wir hatten noch nicht einmal ein Date. »Heute Abend wollten wir das erste Mal zusammen was unternehmen. Essen gehen und einen Film schauen – nichts Großes.«

Matt sieht Warren an und hebt eine Augenbraue. Ich spähe zwischen den beiden hin und her und versuche zu verstehen, was hier vor sich geht.

Matt erlöst mich. »Ich frage mich nur, warum jemand freiwillig auf ein Date verzichtet, wenn er dabei …«, er hält inne und reibt sich das Kinn, »Sex … mit einer Frau wie dir haben könnte.« Er gestikuliert zu mir hin. »Du weißt schon, weil du so nett zu sein scheinst!« Seine Stimme wird höher.

Warren verkneift sich ein Lachen.

Ich habe Calvin doch nicht zum Sex eingeladen, oder? Nein, wir treffen uns hier wegen Willow.

Ich hebe die Flasche an die Lippen. *Igitt, warmes Bier.* »Es war nicht, ähm … Ich hatte nicht vor …« Ich unterbreche mich selbst. Es hat keinen Sinn, über meine Absichten zu diskutieren.

Matts Blick wandert zu meinen Lippen, und ich drücke unwillkürlich den Rücken durch. Er legt den Kopf schief und konzentriert sich, tief in Gedanken versunken. Seinem Blick entnehme ich, dass es um mich geht. Ich linse zu Warren, der Matt mit einem Grinsen über den Rand seiner Bierflasche hinweg anfunkelt. Ich glaube, das Outfit funktioniert *zu* gut.

Ich räuspere mich. »Ich hole mir einen Wein. Möchte einer von euch auch was?« Ich gehe, bevor sie antworten können. Warren folgt mir dicht auf den Fersen, als ich in die Küche gehe, um einen Korkenzieher aus der Schublade zu holen. »Ich glaube, ich nehme den Wein mit nach oben«, sage ich über meine Schulter.

Er scheint etwas einwenden zu wollen, aber dann drehen wir uns beide zum Wohnzimmer und werden ganz starr.

Ich lege den Korkenzieher auf den Küchentisch und halte mich fest. *O verdammt nein.*

Ich sehe zu, wie Tyler, GiGi und Bryce mit einer Kreditkarte weißes Pulver auf einem Tablett zerteilen.

Meine Lippen zittern, so sehr muss ich mich beherrschen, diese Idioten nicht auf der Stelle anzuzünden.

»Auf gar keinen beschissenen Fall«, murmle ich, hauptsächlich zu mir selbst.

Warrens Gesichtsausdruck verändert sich, seine Lippen sind zusammengepresst und blass. Er legt mir sanft die Hand auf die Schulter, aber ich zucke zurück und stürme zum Esstisch.

»Packt den Scheiß weg und verschwindet!« Ich erkenne meine eigene Stimme kaum wieder. »Das könnt ihr hier nicht machen.«

Ich gebe mir jeden Tag so viel Mühe, um angenehm und sympathisch zu wirken. Meine Kleidung ist angemessen, meine Haare sind ordentlich hochgesteckt, meine Stimme ist hell und ruhig, meine Haltung geduckt, und meine Beine sind überkreuzt, wenn ich sitze, um so wenig Platz wie möglich zu beanspruchen. Aber nicht jetzt.

Es fühlt sich gut an, ein bisschen Wut rauszulassen. Überraschenderweise.

Die drei schauen kurz zu Warren, der weiterhin in der Küche steht, als ob sein Körper in nassem Zement feststecken würde, dann wieder zu mir.

Bryce türmt sich vor mir auf, dumm wie immer, und sieht mit einem fassungslosen Ausdruck über meine Schulter hinweg in Richtung der restlichen Gäste. Ich warte nicht auf Warrens Unterstützung. Das ist auch mein Zuhause. Meine kleine Schwester liegt da oben.

Ich werde so was von einen Aufstand machen.

»Hier wohnen zwei Minderjährige, die wir nie wieder zu Gesicht bekommen, wenn ihr Arschlöcher etwas Dummes anstellt oder ihre Sozialarbeiterin es herausfindet. Das hier ist eine drogenfreie Zone.« Ich ziehe die Augenbrauen noch tiefer zusammen, während ich näher an Bryce herantrete und langsamer spreche. »Ich sagte: *Verpisst. Euch.*« Es könnte sein, dass ich dabei mit dem Fuß aufgestampft habe. Peinlich, aber ich gebe mir einen Ruck – Konfrontation ist neu für mich.

»Warren, Mann, lässt du diese *Bitch* so mit uns reden?« Bryce grinst höhnisch, den Kopf in Richtung Küche gewandt.

Ich balle die Fäuste an meinen Seiten und drehe mich nicht um, damit ich Warrens Reaktion nicht sehen muss. Stattdessen starre ich GiGi an, die mit offenem Mund dasteht und amüsiert zu sein scheint. Ich hebe eine Augenbraue. *Du willst dich doch jetzt nicht mit mir anlegen.*

Zu ihrer Ehrenrettung nickt GiGi rasch und steckt die Metalldose, die sie als Tablett benutzt haben, in ihre Handtasche. Ihr Freund, der nicht so einsichtig ist, stößt auf dem Weg zur Tür einen Stapel Pappbecher um.

Bryce folgt ihnen, sein wütender Blick auf mich gerichtet, aber ich reagiere nicht. Ich bewege mich nicht, bis sich die Wohnungstür hinter ihnen schließt. Ich lasse mich auf einen Esszimmerstuhl sinken, der Impuls verlässt mich zusammen mit dem Atem in meiner Lunge.

Hinter mir erklingen Schritte, während ich meine Wangen in den Händen verberge. Die Tür fällt mit einem dumpfen Schlag ins Schloss. Matt, wie ich vermute, murmelt Warren etwas von feiern an einem anderen Tag zu, wartet aber nicht auf eine Antwort, bevor er sich ebenfalls auf den Weg macht.

Ich schaue hinter mich. *Ja, alle sind weg.* Ich habe Warrens Party innerhalb von nur zwanzig Minuten gecrasht. Ach, Mist. Ich streiche mir mit beiden Händen durch die Haare, bis meine Stirn in den Armbeugen ruht.

Ich höre, wie Warren langsam aus der Küche zu mir kommt, dann das Knarren eines Stuhls. Als ich den Kopf hebe, sehe ich, dass er sich rittlings auf den Stuhl mir gegenüber gesetzt hat, wo vor ein paar Sekunden noch die drei Idioten standen. Seine breite Brust ragt zu beiden Seiten der Rückenlehne hervor. Sein Kiefer ist angespannt, und seine großen Augen sind auf etwas auf der anderen Seite des Tisches fixiert. Er umklammert die Stuhlkanten, die Knöchel sind so weiß wie seine bleichen Wangen.

Ich wappne mich für ein anstrengendes Gespräch.

Kapitel 17

Ich bringe den Mut auf, zuerst den Mund aufzumachen. »Ich würde mich ja dafür entschuldigen, dass ich deinen Geburtstag ruiniert habe, aber …«

»Nein.« Warrens Stimme ist tief und eindringlich. Er räuspert sich, während er sich mit einer Hand übers Gesicht wischt und dabei Augenlider und Lippen nach unten zieht. »Tut mir leid, nur … gib mir eine Minute.« Das Geräusch seines Fußes, der gegen das Tischbein klopft, durchdringt die stille Wohnung, während auf der anderen Seite des Wohnzimmers ein Lied in das nächste übergeht.

»Alles okay bei dir?« Ich bin mir nicht sicher, wie ich ihn jetzt einschätzen soll. Wenigstens scheint er nicht wütend auf mich zu sein.

»Ich … ich versuche, mich zu beruhigen, damit ich Bryce nicht nachlaufe.« Sein Brustkorb bläht sich ein paarmal auf.

Warren erhebt sich und geht zwischen dem Stuhl und der Wand mit seinem Lieblingskunstwerk von mir hin und her. Ich beobachte seine Bewegungen, während mir das Herz in den Ohren pocht. Er strotzt vor Konzentration, vor Intensität, vor Unruhe.

Sobald sich sein Körper entspannt und er sich setzt, schenke ich zwei Gläser Wein ein und schiebe eines zu ihm rüber.

»Danke.« Er stürzt es in großen Schlucken hinunter und stellt das leere Glas ab.

Ich schenke ihm nach.

Er nimmt noch einen kleinen Schluck. »Chloe, ich hatte keine Ahnung, dass sie Drogen dabeihaben. Mir ist wichtig, dass du das weißt. Ich hätte nicht ...« Sein Kiefer verkrampft sich, und er schließt die Augen. »Ich war wie erstarrt. Es tut mir leid.«

Ich lege meine Hand auf seine, und endlich sieht er mir in die Augen.

»Ich bringe dir das so schonend wie möglich bei, Warren, aber du hast beschissene Freunde.«

Er grinst und legt seinen Daumen zwischen meinen Zeigefinger und Daumen. Dann reibt er mit seinem schwieligen Daumen über die Seite meines Fingers. Ein Prickeln schießt durch meine Adern, von der Seite meines Fingerknöchels bis zu meinem Herzen, das mit jedem Streicheln schneller schlägt.

»›Freunde‹ ist ein ziemlich dehnbarer Begriff. Bryce hat Tyler und Caleb eingeladen, die ihre Freundinnen mitgebracht haben. Ich kenne die gar nicht. Bryce ist ein Stück Scheiße. Das weiß ich. Matt mochte ich allerdings ... bis heute Abend.«

Ich bin mir nicht sicher, was er damit meint, denn ich hatte nicht den Eindruck, dass Matt auch Drogen nehmen wollte. Er scheint wirklich nett zu sein.

»Tut mir leid, dass ich deine Party ruiniert habe.« Ich

hatte nicht vor, mich zu entschuldigen, aber ich kann nicht anders. Er sieht so traurig aus. Wie ein Kind, das die ganze Klasse zu seinem Geburtstag eingeladen hat, und dann kommt niemand.

»Es hat sowieso keinen Spaß gemacht. Ich weiß nicht, was ich mir dabei gedacht habe.« Er sieht mich an, aber nicht mit seiner üblichen Arroganz. Da ist kein Glanz in seinen Augen, keine Zuversicht in seinen Mundwinkel. Ein bisschen vermisse ich das sogar.

Er nimmt einen großen Schluck, stellt das Glas ab und legt die Hände in den Schoß. »Meine Mom ist an einer Überdosis gestorben.«

Mein Magen krampft sich zusammen, ich versuche aber, mir das nicht anmerken zu lassen. Warren hat mir noch nicht viel Einblick in sein Inneres gewährt, und ich will nicht abgeblockt werden, wenn ich falsch reagiere.

»Das tut mir so leid.«

Er winkt meine Beileidsbekundung ab, aber seine Miene verdüstert sich, seine Fassade bröckelt. Sein Blick wandert in seinen Schoß.

»Sie ist an meinem Geburtstag gestorben.«

Zur Hölle noch mal. Diesmal versuche ich nicht einmal, zu verbergen, dass mir die Kinnlade runterfällt. Mir fehlen die Worte.

»Das ist immer ein seltsamer Tag für mich. Und dann das heute Abend?« Er schnaubt, während er wieder einen großen Schluck Wein nimmt. »Es tut mir leid, dass du diejenige warst, die sich einmischen musste, aber ... danke.«

Er hebt die Hände, als wolle er nach mir greifen. Doch er zögert und nimmt stattdessen sein Glas, um es auszutrinken. Als er es wieder abstellt, sieht er mir direkt in die Augen – und ich wende mich nicht ab.

Es fühlt sich an, als würde ich ihm die Erlaubnis erteilen. Im Gegenzug für seine Verletzlichkeit gestatte ich ihm, mich ganz zu sehen. Normalerweise lasse ich Menschen nicht auf diese Weise an mich heran. Offenheit hat mir noch nie etwas anderes gebracht als ein gebrochenes Herz.

Meine Eltern taten sich äußerst schwer mit Emotionen. Connie hat mich im Stich gelassen. Kinder können furchtbar grausam sein, und Teenager denken nur an sich selbst. Alles, was ich bisher also hatte, waren oberflächliche Beziehungen und leere Bindungen. Es hat mich gelehrt, Höflichkeit der Realität vorzuziehen.

Das hier ist nicht leer. Es ist tief, voll und umfassend. In Warrens Augen spiegelt sich derselbe Schmerz wie in meinen eigenen. Jetzt und hier könnte ich mich entscheiden, einen Teil meines Schmerzes gegen seinen einzutauschen. Wir könnten ihn füreinander aufbewahren. Uns gegenseitig heilen.

»Auch wenn ich auf eine Auszeichnung von meinem Therapeuten hoffe, wünschte ich, ich hätte Bryce für das, was er gesagt hat, verprügelt.« Seine Stimme ist tief und leise. Ich unterbreche den Blickkontakt und beobachte, wie er die Fäuste auf dem Tisch ballt.

»Ich hab schon Schlimmeres erlebt«, füge ich leise hinzu.

Warren spannt sich an. »Ich hatte früher ein echtes Problem mit Schlägereien. Deshalb habe ich vorher auch noch nie mit Luke zusammengelebt. Ich habe mich in dem Heim, in dem wir untergebracht waren, mit einem anderen Jungen geprügelt ... Ich weiß nicht einmal mehr, warum.« Er streckt die Finger aus, bevor er die Hände flach hinlegt. »Trotzdem darf er dich nicht so nennen.«

»Ich sag dir was. Nächstes Mal schlage ich ihn, und du kannst aus der Ferne zusehen.« Sein Blick ist auf meine Lippen gerichtet, als ich den letzten Schluck Wein aus meinem Glas trinke. »Aber ich bin froh, dass du es nicht getan hast. Du bist besser als das.«

Ich bin mir überaus bewusst darüber, dass er mich beobachtet, während ich den letzten Tropfen Wein von meiner Oberlippe lecke. Irgendetwas in mir schreit danach, etwas Abstand zwischen uns zu bringen. Ich trage unsere beiden leeren Gläser zum Spülbecken und beginne mit dem Abwasch. Hier ist noch Platz zum Atmen. Hier ist Platz vor dem Ausdruck in seinen Augen. *Als wäre ich zum Anbeißen.*

Nachdem die Gläser glänzen, drehe ich mich um und lehne mich an die Spüle. Warren sammelt leere Pizzakartons, Teller und Becher aus dem Wohnzimmer ein und scheint ganz in Gedanken versunken, als er sie neben dem Herd abstellt.

Ich glaube, er kann aus dem Augenwinkel heraus erkennen, wie ich meinen Blick auf sein Profil richte. Ich kann mir nicht helfen; die angespannte Miene betont nur noch mehr seine scharfen Konturen, die mir den Atem rauben. Ich folge der harten Linie seines Kiefers bis zu seinem Hals – was nicht dazu beiträgt, die Hitze in mir abzukühlen.

Wenn ich wollte, könnte ich den Blick abwenden, aber ich will nicht. Meine Brüste heben und senken sich, während ich immer schwerer atme. Meine Kleidung fühlt sich viel zu eng auf meiner Haut an. In dem Moment, in dem er seinen Kopf dreht und mir in die Augen sieht, weiß ich, was wir gleich tun werden.

»Chloe …«

Er kommt auf mich zu, umfasst meine Taille und hebt mich mühelos auf den Rand der Spüle. Meine Hände ruhen auf seinen Schlüsselbeinen, die Finger in sein T-Shirt gekrallt. Mit einer Hand an meiner Taille streicht er mit der anderen über meinen Kiefer. Trotzdem senkt er seinen Mund nicht auf meinen. Sein Blick wandert zwischen meinen halb geschlossenen Lidern hin und her und konzentriert sich dann auf meine Lippen … woraufhin ich einen Schmollmund ziehe.

»Du musst aufhören, mich so anzuschauen.« Er streift mit dem Daumen über meine Unterlippe, und ich schließe die Augen. Er stöhnt. »Das solltest du auch nicht tun.«

»Was tun?« Meine Stimme ist atemloser, als ich sie je zuvor gehört habe.

»So tun, als ob du meine Berührung so sehr willst.« Er streicht wieder über meine Lippen, diesmal länger, von einem Mundwinkel zum anderen. Ich erschaudere, aber ich halte still, damit er nicht zurückweicht. Ich will nicht, dass er aufhört.

Meine Zunge trifft auf die Kuppe seines Daumens. Rau und salzig. Berauscht von der Kraft, die zwischen uns pulsiert, knabbere ich sanft daran, dabei sehe ich zu ihm auf. Warrens Augen schließen sich dieses Mal. Es ist unermesslich befriedigend, ihn reagieren zu sehen. *Ich will herausfinden, welche Reaktionen ich ihm noch entlocken kann.* Mein Herz stolpert bei diesem Gedanken.

Er greift in mein Haar und umfasst meinen Hinterkopf, bevor er mich so breit anlächelt, dass ich ihn kaum wiedererkenne. Es ist weniger Begierde, die sich auf seiner Miene abzeichnet, als vielmehr Aufregung, Freude und Dankbarkeit. Irgendwo in meinem Kopf schrillen Alarmsirenen. Das könnte schiefgehen. Schrecklich schief. Ich kenne Warren kaum, und er ist die einzige Person, die zwischen Willow und einer Pflegefamilie steht. *Was mache ich hier?*

»Wir sollten einfach nur Freunde sein«, stottere ich, während ich sehnsüchtig über seine Schultern und seinen Nacken streiche und damit das Gegenteil beweise. Mein gesunder Menschenverstand sagt mir, dass das eine schlechte Idee ist. Aber der Rest von mir schreit, dass sich diese schlechte Idee so, so gut anfühlen würde.

Warren legt grinsend den Kopf schief. Er blickt auf meine Brust, die nach oben drückt, und dann auf meine Hände, die sein T-Shirt gepackt halten.

Er leckt sich über die Lippen und flüstert dann: »Ich habe doch gesagt, dass ich nicht mit dir befreundet sein will«.

Dann treffen seine Lippen auf die meinen, fest und allumfassend.

Mein Gehirn schmilzt. Die Version von mir, die vorgeschlagen hat, dass wir alles andere als *das* tun sollten, ist vergessen. Sie war sowieso eine Närrin.

Seine Zunge gleitet in meinen Mund, und ich fasse in seinen Nacken, um ihn noch weiter zu mir zu ziehen.

Meine Finger streifen den Ansatz seines kurz geschorenen Haares. Es ist weicher, als ich erwartet hatte. Seine Hand an meiner Taille löst sich und wandert seitlich an meinem Körper hinunter, bis er sie um meinen Hintern legt. Seine Hände sind überall auf meinem Körper. Er ist gierig, und ich liebe es.

Warren gibt ein leises Stöhnen von sich, als er sich wieder aufrichtet und auch seine andere Hand zu meinem Hintern führt. Er kann küssen, also, so *richtig* küssen. Vielleicht bin ich aber auch noch nie richtig geküsst worden. Ich knabbere an seiner Oberlippe und lehne mich leicht zurück, um sie mitzuziehen. Er lächelt gegen meinen Mund und erwidert meinen Kuss. Wir küssen uns, wie wir zanken – wir versuchen, uns gegenseitig zu übertrumpfen.

Meine Lippen prickeln an seinen. Die Küsse sind wie Flammen, die durch Metall schneiden. Unsere Münder sind in einem solchen leidenschaftlichen Rhythmus gefangen, als ob wir nie etwas anderes getan hätten. In meinem Bauch brennt ein Feuer, wenn ich an die ganze Zeit zurückdenke, die wir damit verschwendet haben, uns nicht zu küssen, seit er durch meine Wohnungstür getreten ist. *Ich mache es wieder gut, Körper.*

Er schmeckt nach Wein und Lakritze, und ich kann nicht genug davon bekommen. Er muss das Gleiche fühlen, denn seine Zungenspitze leckt immer wieder über meine Lippen. Bei der Vorstellung, dass er das auch an anderen Stellen meines Körpers tun könnte, kann ich nicht anders, als in seinen Mund zu stöhnen.

Als Reaktion darauf wird Warrens Griff um mich fester. Er löst sich von mir, um etwas zu sagen, aber er schüttelt es ab und widmet sich wieder meinem Mund. Ich lächle an seinen Lippen und denke an den Mann, der mich vor ein paar Wochen noch nicht einmal neben sich sitzen lassen wollte – und jetzt fehlen ihm die Worte.

»Was?« Seine Stimme ist voller Belustigung und Sinnlichkeit. Ich küsse seinen Mundwinkel, dann seinen Kiefer, den er mit einem leisen Atemzug anhebt und mir Zugriff auf seinen Hals gewährt.

»Ich habe darüber nachgedacht, wie sehr ich dich überzeugt haben muss ... um jetzt hier gelandet zu sein.« Ich küsse sein Ohrläppchen, und er stöhnt gedämpft. »Ich dachte, du hasst mich.« Ich knabbere an seinem Hals, und er atmet tief ein.

»Chloe, du bist ganz und gar nicht so, wie ich dachte. Aber scheiß auf meine Meinung. Ich bin ein arroganter Arsch.« Während er das sagt, verstärkt er den Griff um meinen Hintern. »Deiner ist übrigens fantastisch.«

Ich bewege mich von seinem Hals weg, hin zu seinem Mund, doch er drückt die Stirn an meine. Das fühlt sich irgendwie intimer an als das Küssen.

Meine schnellen Atemzüge verlangsamen sich, während er sich sammelt. »Aber ich habe dich nie gehasst«, fährt er fort. »Nicht einmal annähernd. Du bist hier nicht das Problem.« Mit diesem Geständnis bewegt er sich auf meine Lippen zu und vertieft den Kuss, bis wir wieder den gleichen Rhythmus und das gleiche fiebrige Verlangen wie vorher haben – nur dass jetzt noch eine zusätzliche Ebene von etwas Unausgesprochenem dazukommt.

Ich schlinge die Beine enger um seine Hüften, und er tritt näher an mich heran, lässt keine Lücke zwischen uns, während unsere Hände über den Körper des anderen wandern. Ich streiche wieder über seinen Kopf und genieße das Gefühl. Meine Brust drückt gegen seine und scheint ihm als eine Erinnerung zu dienen.

Er gleitet mit einer Hand über meinen Rücken und dann mit einer schmerzhaft langsamen, zarten Bewegung an meinem Körper hinauf. Durch den hauchdünnen Stoff der Bluse spüre ich deutlich seine Finger. Er umfasst meine Brust und beißt mir in die Lippe.

Ich will, dass er mich in sein Zimmer trägt. Auch ohne Worte denke ich, dass er das weiß. Er schiebt beide Hände unter meine Oberschenkel, um mich anzuheben. Ich wappne mich und schlinge die Arme um seinen Hals, als am Rande des Zimmers Geschirr klappert. Wir schrecken auseinander, und ich rutsche in die Spüle, als Warren sich umdreht, um nach dem Geräusch zu schauen. *Ach verdammt.*

»Was ist hier los?« Luke kann sich nicht entscheiden, wohin er schauen soll.

Ich schaue Warren an, der versucht, die Beule vorne in seiner Jeans zu richten. Dann stemme ich mich aus der Spüle und lasse mich vom Tresen heruntergleiten. *Nein, nein, nein.*

»Ich denke, du bist alt genug, um zu erkennen, was hier passiert ist«, gebärdet Warren zu Luke. Seine Hände bewegen sich so schnell, dass sie beinah zu qualmen beginnen.

»Ja, danke.« Zuerst dachte ich, Luke wäre entsetzt, aber er ist nur wütend.

Ich versuche abzuschätzen, wie rasch ich das Ende meiner Treppe erreichen könnte, wenn ich renne. Ich mache einen kleinen Schritt nach links und rücke näher an meinen Fluchtweg heran. Unterdessen gebärdet Luke:

»Was ist aus der Sache geworden, sich nicht zu sehr aneinander zu gewöhnen? Wenn du das vermasselst, bin ich in einem anderen Heim, noch bevor du deinen Pimmel wieder in die Hose stecken kannst.« Luke ist wütend, und Warren steht ihm in nichts nach.

»Ich gehe jetzt.« Ich schaue keinen der beiden an, als ich mich zwischen ihnen hindurchquetsche und die Treppe hochstürme. Ich sitze auf der Bettkante und wünsche mir verzweifelt, ich könnte die Gebärdensprache aus sicherer Entfernung belauschen. Die Lichter unten gehen erst nach einer Stunde aus. Eine langsame, qualvolle Stunde. Sie hatten anscheinend eine Menge zu besprechen.

Ich schaue auf mein Handy und öffne meinen Nachrichtenverlauf mit Warren. Drei Pünktchen erscheinen und verschwinden. Ich weiß auch nicht, was ich schreiben soll, aber ich fange trotzdem an.

CHLOE: Ist Luke okay?

WARREN: Ja, ihm geht's bestens.

CHLOE: Sehr gut.

WARREN: Ein Wahnsinnskuss … Der hat mir auf jeden Fall den Geburtstag gerettet.

CHLOE: Na dann, alles Gute zum Geburtstag.

WARREN: Bist du sicher, dass du nicht ins Bad musst? Du weißt schon, vor dem Schlafengehen …

CHLOE: Nicht nötig, denke ich.

WARREN: Ein Glas Wasser vielleicht?

CHLOE: Ist wohl keine gute Idee.

WARREN: Es ist sehr wichtig, viel zu trinken.

CHLOE: Gute Nacht, Warren.

WARREN: Gute Nacht, Täubchen.

CHLOE: Täubchen?

Er antwortet nicht, bevor mir die Augen zufallen. Ich kuschle mich ins Bett und berühre mit dem Finger meine Lippen. Sie sind geschwollen und warm, auch jetzt noch. *Ein Wahnsinnskuss, in der Tat.*

Kapitel 18

Der Schlaf in Kombination mit dem nicht mehr vorhandenen Alkohol in meinem Kreislauf hat die Vernunft zurückgebracht. Ich muss zugeben, dass es ein toller Kuss war – unglaublich sogar –, aber es wird bei diesem einen Mal bleiben. Das ist die endgültige Entscheidung. Auch wenn meine Vagina etwas anderes behauptet. *Ich habe hier die Kontrolle, verdammt noch mal.*

Willow gurrt im Stubenwagen neben meinem Bett, und ich ziehe sie auf meinen Schoß, damit sie der Länge nach auf meinen Oberschenkeln liegt. Dann hebe ich die Knie an, um einen guten Blick auf ihr kleines Gesicht zu werfen. In letzter Zeit ist sie viel ausdrucksvoller geworden und schenkt mir Lächeln, von denen ich weiß, dass sie nur für mich bestimmt sind.

»Ich werde das nicht vermasseln, Kleine. Das verspreche ich«, flüstere ich ihr zu und streiche über ihre weiche Wange. Kein noch so gut aussehender Mann auf dieser Welt könnte mich dazu bringen, das Wohl dieses kleinen Mädchens zu gefährden. Selbst wenn er zufällig eine Etage tiefer wohnt. Selbst wenn er zufällig *so* küssen kann.

Meine Strategie ist es, mutig, direkt und klar zu sein. Diese drei Worte habe ich heute Morgen schon ein Dutzend Mal zu mir gesagt. »Mutig, direkt, klar«, murmle ich noch einmal, als ich von der Treppe ins Wohnzimmer trete.

Uuuuund er hat kein Shirt an. Sehr cleverer Zug, Warren, sehr clever.

Ich setze Willow nicht auf ihren Stuhl, wie ich es normalerweise tue, um ihr das Fläschchen zu geben. Stattdessen schleppe ich sie in die Küche und halte sie fest im Arm. Dieses arme Baby muss viel zu oft als menschlicher Schutzschild herhalten.

»Morgen.« Warren mustert mich von oben bis unten und grinst breit, während er einen Pancake auf dem Herd wendet. Auch noch Pancakes? *Er spielt Schach, während ich das Damebrett herausgeholt habe.*

»Was geht?« *Was geht?* Atme, Chloe. Einfach weitermachen. Greif dir eine Flasche. Schüttle sie. Setz dich auf die Couch. Füttere Willow. Die Couch zeigt von der Küche weg – geh dorthin, dann bist du in Sicherheit. *Sicher vor dem Anblick seiner Bauchmuskeln – welch süße Gnade.*

»Hast du gut geschlafen?«, fragt Warren, als er mir Willow aus den Armen nimmt, nachdem ich mich erfolglos damit abgemüht habe, die Packung Milchpulver mit einer Hand zu öffnen. *Verflixt, mein Schild …*

»War okay.« Ich spreche mit dem Selbstbewusstsein einer unbeeindruckten Frau, aber ich schaue ihn immer noch nicht an. Er ist viel zu nah und viel zu nackt.

»Ich hab fantastisch geschlafen, danke der Nachfrage. Ich hatte diesen unglaublichen Traum … vielleicht kannst du ihn für mich deuten?« Es ist schwer, Warrens Selbstzufriedenheit zu ignorieren, ob ich ihn nun anschaue oder nicht, sie ist kaum zu übersehen. Er will mir ganz offensichtlich unter die Haut und in mein Bett. »Stell dir das mal vor. Diese Frau und ich haben uns geküsst, richtig? Und es war unglaublich, fast perfekt, aber dann ...«

»O Mist!« Ich unterbreche ihn, nachdem ich Pulver für gut drei Flaschen über den Küchentisch und den Boden verteilt habe. Ich versuche, so viel wie möglich mit dem Handrücken zurück in den Behälter zu schieben – der Tresen ist doch sauber genug, oder?

Warren verzieht das Gesicht, während er Willow in einem Arm hält und mit der anderen Hand einen weiteren Pancake auf den Teller neben dem Herd gleiten lässt.

Als ich endlich die letzten Reste des Milchpulvers vom Boden gefegt habe, füttert Warren Willow mit einer Flasche, die er zubereitet haben muss, als ich geputzt habe. Ihr Händchen spielt mit der schwarzen Kordel um seinen Hals, während sie trinkt. Er trägt sie und den Teller mit den Pancakes zum Esstisch.

Ich habe ein etwa fünfzehnsekündiges Zeitfenster. Dieser Morgen scheint so perfekt zu sein – abzüglich des verschütteten Pulvers –, dass ich mich nicht mehr dazu durchringen kann, überhaupt etwas zu sagen.

»Wir müssen über gestern Abend reden«, platzt es aus mir heraus, als ich mich gegenüber von Warren auf einen Stuhl fallen lasse.

»Schieß los.« Warren rückt die Flasche in Willows Mund zurecht. Ihr Kopf wird an seine nackte Brust gepresst. *Der kleine Glückspilz.*

Ich räuspere mich. »Okay. Also ... offensichtlich sind wir uns beide einig, dass gestern Abend ...«

»Welcher Teil davon?« Warren ist ein guter Schauspieler. Das muss ich ihm lassen. Ich nehme ihm fast ab, dass er nicht weiß, worauf ich hinauswill, aber das Zucken seiner Lippen verrät ihn.

»Der Teil mit dem Küssen?«

»Oh! Richtig, *das*. Gute Technik, übrigens.« Warrens Grinsen ist sexy und nicht gerade hilfreich.

»Mm-hmm, danke. Wie auch immer, ich will mich klar ausdrücken ...«

»Meinst du nicht mutig, direkt und klar?«

Mein Magen verknotete sich. Er hat es gehört – *wie peinlich*.

»Ja ...« Ich nehme meinen Mut zusammen. »Küsse dürfen nicht mehr vorkommen.« Da, ich habe es gesagt. Ich nehme es nicht zurück. Kurz konzentriere ich mich auf Warrens Lippen. *Macht's gut, liebe Freunde.*

»Okay ... ist angekommen«, sagt Warren und klopft Willow auf den Rücken, bis sie ein Bäuerchen macht.

Als Willow fertig ist, legt er sie auf ihre Spielmatte und schubst das Spielzeug an, das über ihr hängt.

Mein Blick folgt ihm, während er durch die Wohnung schlendert. Die Arroganz, die gestern Abend noch fehlte, ist heute umso stärker zurückgekehrt. Er grinst über seinen Becher hinweg, als er sich mir gegenüber hinsetzt. Seine Augen fixieren meine, und ich schnappe nach Luft, als er seinen Kaffee herunterschluckt. Ich bleibe stumm, weil ich weiß, dass er seinen Gedanken noch nicht zu Ende gedacht hat und weil ich schon alles gesagt habe, was ich sagen musste.

»Ich bin allerdings anderer Meinung.« *Da haben wir's.*

»Warren ...«

»Chloe«, unterbricht er mich. Er nimmt das nicht ernst.

Die Frustration steht mir ins Gesicht geschrieben, und er sieht es. Seine Augen werden schmal, und er hält inne, vielleicht um die folgenden Worte sorgfältiger zu wählen.

Er versucht es erneut. »Wir können beide beschließen, dass wir uns nicht mehr küssen. Ich kann mich zurückhalten. Aber das wird nichts daran ändern, wie du mich ansiehst. Es wird auch nichts daran ändern, wie ich dich ansehe. Irgendwann werden wir es auf jeden Fall wieder tun – wahrscheinlich auch viel mehr als nur küssen. Entweder wir kämpfen dagegen an und die Spannung wächst, bis wir uns nicht mehr beherrschen können wie notgeile Teenager, oder wir geben einfach gleich nach.«

Ich klappe den Mund zu – *verdammt, wann ist mir denn die Kinnlade heruntergesackt?* Ich schaue auf meinen Teller, unfähig, einen klaren Gedanken zu fassen, solange ich ihn ansehe. Ich zögere, ob ich überhaupt etwas sagen soll, aber es vergeht einfach zu viel Zeit. Ich sehe ihn an. »Nein.«

Warren zuckt zurück und zieht die Augenbrauen hoch. Er ist überrascht.

Wenigstens das habe ich geschafft.

Ich schaue zu Willow hinüber, als ich zu sprechen beginne. »Tut mir leid, aber nein. Wenn wir uns miteinander ... *verflechten* und es dann irgendwie vermasseln und du und Luke vor meiner Beurteilung mit Rachel ausziehen ... dann würde ich Willow verlieren. Ich ... ich kenne dich einfach noch nicht gut genug, um so etwas ausschließen zu können. Ich würde es mir nicht verzeihen, wenn sie bei einer

Pflegefamilie landet, weil ich mich nicht davon abhalten konnte …« Ich beschließe, diesen Gedanken nicht laut auszusprechen.

Bedrückende Stille füllt den Raum zwischen uns. Ich atme tief ein, um die nötige Kraft zu sammeln, ihn anzuschauen. Er kaut auf seiner Unterlippe und schaut über meine Schulter zur Wendeltreppe hinter mir.

Er nickt vor sich hin, erst langsam, dann immer entschlossener, als er sagt: »14. Januar, richtig?«

Wie kann er sich an den Tag meiner Neubeurteilung erinnern? Vielleicht hat er ja doch auf den Kalender geschaut, den ich neben der Haustür aufgehängt habe.

»Genau …«, antworte ich skeptisch.

»Okay.« Nickend leckt sich Warren über die Lippen.

»Okay?«, frage ich.

»Dann lass uns einen Deal machen.« Er dreht sich zu mir um, sein Blick jagt mir einen Schauer über den Rücken.

»Ich höre …«

»Am 15. Januar darf ich dich zu einem Date einladen«, sagt Warren.

Ich verdrehe die Augen, aber er starrt mich weiterhin an. Ich halte inne.

Er plant ein Date schon Monate im Voraus? Ein Date mit mir? Vor fünf Wochen wollte er nicht mal mit mir befreundet sein. »Wirklich?«

Warren nickt einmal. Er setzt gerade an, um zu sprechen, als mein Telefon auf dem Tisch zu summen beginnt. Calvin ruft an. Ich sehe, wie Warren es ebenfalls bemerkt.

»Es sei denn, du hast noch einen anderen Grund, der dagegenspricht.« Seine Augen strahlen nicht mehr so viel

Wärme aus wie noch zuvor. Auch sein Kiefer hat sich verkrampft.

Das Telefon vibriert wieder, und ich bin wie gelähmt vor Unentschlossenheit. Alles in mir will über den Esstisch zu Warren springen, aber ich habe Calvins Anruf schon einmal verpasst. Ich will nicht, dass er denkt, ich würde ihn ghosten.

»Ich, ähm, ich sollte rangehen.« Ich kann Warren nicht in die Augen sehen, als ich aufstehe und mein Handy mit ins Bad nehme. Ich brauche einen Moment, um mich zu sammeln. Ich schließe die Tür und betrachte mich im Spiegel. Meine Wangen sind gerötet, und die Reste der Wimperntusche von letzter Nacht kleben unter meinen Augen.

»Hey, Calvin, das ist kein guter Zeitpunkt. Kann ich dich zurückrufen?« Meine Stimme ist brüchig und klingt höher als sonst.

»Hey, sorry«, sagt er.

Ich presse mir den Handrücken gegen die Wange und versuche, mich abzukühlen und zu beruhigen. Ich kann kaum verstehen, was Calvin sagt.

»Ich muss zur Arbeit, aber um sieben habe ich Feierabend. Kann ich dich anrufen, wenn meine Schicht zu Ende ist? Oder kann ich vorbeikommen?« Calvin läuft gerade, er klingt hektisch und durch die Bewegung wackelig.

»Klar.« Ich halte das Telefon weg und starre mit einer Grimasse auf den Bildschirm. Sieht so aus, als hätte ich gerade einem richtigen Date zugestimmt, während ich mit meinen Gedanken noch irgendwo im Esszimmer war.

»Super. Dann sehe ich dich heute Abend. Ich bringe was zu essen mit. Schreib mir später, worauf du Lust hast.«

Verdammt, verdammt, verdammt. Zu spät, um jetzt noch einen Rückzieher zu machen. »Okay, bis nachher.«

Ich lege auf und drücke das Telefon an meine Schläfe. Worauf habe ich mich bloß eingelassen? Calvin ist nett, klar. Er ist süß. Aber ich spüre kein Kribbeln in meinem Bauch, wenn ich ihn ansehe. *Ich fühle mich nicht zum Anbeißen.*

Außerdem, wie sagt man jemandem, dass man nicht mit ihm ausgehen will, weil man in vier Monaten vielleicht schon etwas vorhat? Das geht schlichtweg nicht. Ich stoße die Badezimmertür im selben Moment auf, in dem Warrens Tür auf der anderen Seite des Flurs zufällt. Ich klopfe bei ihm.

»Besetzt«, antwortet er von drinnen.

»Können wir reden?«, frage ich.

»Warte kurz. Ich ziehe mich gerade um. Oder du kommst rein und guckst zu.«

Ich lehne mich mit dem Rücken an die Wand neben seiner Tür, den Kopf zur Decke geneigt, und versuche, mich zu beruhigen. Und weil meine ganze Selbstbeherrschung darauf abzielt, keinen Blick auf seinen halb nackten Körper zu werfen, fange ich an zu plappern.

»Calvin kommt später vorbei. Ich wollte eigentlich nicht zusagen, aber irgendwie ist es trotzdem passiert. Er ist doch echt nett, oder? Ganz süß. Oder was denkst du? Nein, tut mir leid. Ich sollte nichts unterstellen. Vielleicht findest du ihn ja doch süß, dann ist das okay für mich. Das geht mich nichts an, sorry ... Ich bin mir nicht sicher, ob es ein Date ist oder nicht. Aber für mich war es noch nie so wie in den Filmen. Du weißt schon, die Leute gehen essen, ins Kino – oder manchmal auch beides –, und dann schlendern sie händchenhaltend nach Hause. Das habe ich noch nie erlebt. Bisher haben wir höchstens was zu essen bestellt. Ich gehe vermutlich nicht mehr so oft aus. Jetzt, wo ich Willow habe, meine ich. Ich bin noch nie zu einem richtigen Date eingeladen worden, vor heute, als du ... Meinst du so ein Date? Oder ...« Warrens Tür schwingt auf.

Er sieht mich mit großen Augen und einem verkrampften Kiefer an. »Chloe?«

»Hmm?« Mein Blick wandert über seine Schulter zu seinem Bett.

»Atme tief durch.«

»Tut mir leid ...« *Zu viel, Chloe. Immer zu viel.*

»Das muss es nicht.« Warren fährt hinter geschlossenen Lippen mit der Zunge über seine oberen Zähne. Er schaut zu mir, aber mich nicht an. »Hör zu, es war ein guter Kuss – das wissen wir beide ... aber du hast wahrscheinlich recht. Es wäre eine Katastrophe, du und ich.« *Warte mal, das habe ich gar nicht gesagt.* »Das mit uns würde nicht funktionieren. Sie würden uns Luke und Willow wegnehmen – und dann? Mr OP-Hemd ist eine viel sicherere Wahl.«

Er tritt um mich herum und marschiert den Flur hinunter in Richtung Wohnzimmer. Ich folge ihm und fühle mich durch meine aufrichtige Verwirrung ziemlich ermutigt.

»Ich habe nicht gesagt, dass das mit uns nicht funktionieren würde. Ich sagte ...« Ich gehe um die Couch, während er auf den Esstisch zusteuert.

»Nun, dann glaub mir ... das mit uns würde nicht funktionieren, Chloe.« Er nimmt den Teller mit den kalten Pancakes und stellt ihn auf den Küchentisch.

Er hat bloß zwei Teller auf den Tisch gestellt. Hat er das

Frühstück nur für uns gemacht? Ich folge ihm in die Küche.

»Warum?«, frage ich ihn.

»Willst du mir den ganzen Tag hinterherlaufen?«

»Nein.« Aber ich verlasse die Küche nicht. Meine Frage schwelt noch immer zwischen uns, und er lenkt ein, allerdings nicht, ohne vorher mit den Augen zu rollen.

»Du bist *du*.« Warren stößt das Wort »du« aus, als ob es eine Beleidigung wäre. Und es kommt auch so an. »Du bist gelbe Overalls und rosa Sofas. Du bist süß. Du bist ein OP-Hemd-Typ. Das brave Mädchen ... Ich habe keine Mutter, der ich dich vorstellen kann. In meinem Freundeskreis wird sich niemand von deinen süßen Kleidern oder bunten Farben beeindrucken lassen. Du passt nicht dazu, sosehr wir uns auch bemühen würden.«

Ich schnaube, ohne es zu wollen, und sauge die Lippen ein, um meine finstere Miene zu verbergen. »Also am 15. Januar ...?« Das ist eine Frage, aber ich spreche sie nicht ganz aus.

»Betrachte es als abgesagt.« *Das ging ja schnell.* Das erste Date war noch Monate entfernt; jetzt ist es komplett unerreichbar geworden. Ich versuche nicht, die Enttäuschung zu verstecken, die sich in meinen Augen niederlässt und für Tränen sorgt.

»Eines Tages, *Warren*, werde ich *dir* sagen, wer *du* bist.« Ich versuche, das »Du« mit der gleichen Verachtung auszusprechen wie er, aber es hat nicht dieselbe Kraft. Es ist ein trauriger Klang, die Stimme einer entmutigten Frau.

»Bitte mach das. Ich würde es so gerne hören!« Er ballt die Fäuste, seine Nasenflügel beben, sein Körper ist angespannt vor Wut. In seinen Augen glimmt ein Funken Schmerz.

Meine lächerliche Erwiderung hat wohl etwas besser ins Schwarze getroffen, als ich dachte – oder wollte. Ich bemühe mich, mir eine Entschuldigung zu überlegen, aber es gelingt mir nicht.

In diesem Moment schicken uns die Götter, die sicher schon über uns lachen, eine gut getimte Erinnerung, denn Willow fängt mit der ganzen Kraft ihrer kleinen Lungen an zu weinen und Luke kommt aus seinem Zimmer. *Wenigstens sind sie synchron.*

Warren und ich unterbrechen den Blickkontakt und schauen auf unsere Hände, die irgendwann angefangen haben, nacheinander zu greifen. Langsam schiebe ich meine in die Taschen und wirbele herum, um Willow zu holen.

Kapitel 19

Mir klappt die Kinnlade herunter, als ich Calvin ansehe, der auf der Kante meines Bettes sitzt.

Wow! »Das gibt's doch nicht!«

Er lacht und stützt beide Hände auf seine Knie. »War keine Absicht!«

»Wie ist das möglich?« Meine Stimme wird höher, als meine Belustigung durchbricht.

»Ich bin super-religiös aufgewachsen. Meine Eltern waren damit nicht einverstanden, und dann habe ich einfach ... keine Ahnung. Ich habe mir bisher nicht viele Gedanken darüber gemacht!«

»Gut, dann ist das ja geklärt. Wir schauen ihn uns an.« Ich greife nach der Tastatur auf dem Schreibtisch und tippe: *Harry Potter*.

Ich lächle, als ich mich wieder zu ihm umdrehe. Er späht nervös in meinem Zimmer umher, und ich beobachte ihn besorgt.

Er sieht mich an. »Stimmt etwas nicht?«

»Nein, alles okay ... Ich dränge dir den Film doch nicht auf, oder?«

»Wie bitte? Chloe, nein. Ich schaue mir gerne alles an. Ich bin ein bisschen traurig, dass ich meinen Joker verliere, aber ich freue mich, herauszufinden, was es mit dem ganzen Rummel auf sich hat.« Er deutet auf den Bildschirm, während er sich auf dem Bett zurücklehnt und sich mit einem Ellbogen abstützt. »Wie viele Filme gibt es? Acht?«

Ich nicke.

»Na dann ... noch ein Bonus, sieben weitere Dates stehen schon fest.« Calvins Lächeln ist herzlich.

Ich halte inne und bemerke das Glitzern in seinen Augen. »Willst du was trinken, bevor wir anfangen?«

»Klar, gern.« Er erhebt sich vom Bett und wirft einen kurzen Blick in Willows Stubenwagen, als wir am Treppenaufgang vorbeikommen. Ich habe sie für heute Abend von meinem Bett weggeschoben. Nicht, weil ich glaube, dass in meinem Bett etwas passieren wird, auch wenn Warren und sein Freund das vielleicht gedacht haben, sondern damit die Geräusche vom Film sie nicht wecken.

Calvin erreicht die Küche als Erster.

»Hey, Mann«, sagt er.

Von der letzten Stufe aus kann ich Warren sehen, der am Herd steht und einen Wasserkocher im Auge behält. Er dreht sich nicht zu uns um und spricht auch nicht, als er eine Hand aus der Tasche seiner Jogginghose zieht und sie zur Begrüßung hebt. *Es ist also so weit.* Ich schenke Calvin ein entschuldigendes Lächeln, während ich zwei Gläser aus dem Eckschrank hole.

»Ich muss mal kurz auf die Toilette. Bin gleich wieder da.« Calvin geht den Flur entlang, während ich den Gefrierschrank öffne, um Eis herauszunehmen.

Ich schließe die Tür. Warren hat seinen Posten am Wasserkocher verlassen und steht nun näher an der Spüle, mir gegenüber.

»Was?«, frage ich.

»Hast du bemerkt, dass er einen Ehering trägt?«

Ich reiße den Kopf zu ihm herum. »Das ist nicht lustig.«

»Ich meine es ernst! Ich glaube, er hat gesehen, dass ich es bemerkt habe. Wahrscheinlich hat er sich deshalb auf die Toilette verzogen.« Er grinst und bricht trotz all seiner Bemühungen mit seiner Rolle.

»Du kannst mich mal.« Ich verdrehe die Augen und gieße die Limonade ein, die Calvin für uns mitgebracht hat.

»Sehr gern.« Warrens Stimme wird tiefer und leiser. Er legt die Hand auf den Rand der Spüle, nur wenige Zentimeter von meiner rechten Hüfte entfernt.

Ich starre auf seine Hand. Es ist dieselbe Hand, die mich gestern Abend hochgehoben und an die Stelle befördert hat, an der sie jetzt ruht. Ich senke die Flasche, ohne den Blick von seinem Daumen abzuwenden, der über die Vorderseite des Spülbeckens reibt. Ich erinnere mich an das Gefühl auf meiner Zunge und schlucke. *Seit wann sind meine Atemzüge so flach?*

Warrens Hand spannt sich um das Waschbecken, die Sehnen und Muskeln bewegen sich. Er weiß, was er tut, da bin ich mir sicher. Ich denke daran, wie es sich angefühlt hat, seine Hand auf meine zu legen, wie ein kleines Feuerwerk in meiner Blutbahn. Mein Blick folgt der Ader, die von seinem Handgelenk bis zum Ellbogen verläuft, wo der Ärmel des Shirts beginnt.

Ich folge der Naht bis zum Ansatz seines Halses, wo sie

in eine leichte V-Form übergeht. Sein Adamsapfel hüpft. Ich schaue in sein Gesicht und spüre, wie Nebel den Raum erfüllt und uns in eine Blase einschließt, in der nur wir beide existieren. Er blickt mit leicht geöffneten Lippen und unter schweren Lidern auf mich herab. Ich atme tief ein und bereite mich auf das vor, was Warren sagen wird.

»Chloe …« Warren flüstert meinen Namen wie ein Gebet.

»Hey-ooo-kay. Was ist denn hier los?« Calvins Stimme wird bedächtiger, als er von der Ecke des Flurs kommt.

Das Blut schießt mir ins Gesicht. Warren dagegen bleibt cool, greift zum Schrank über mir, öffnet ihn und reicht mir zwei Strohhalme aus dem obersten Regal.

»Hier, bitte«, sagt Warren betont gelassen.

»Danke«, murmle ich und schaue auf die beiden Becher vor mir, von denen nur einer gefüllt ist. Ich gieße ein weiteres Glas ein.

Calvin weiß ganz bestimmt, was er gesehen hat oder fast gesehen hätte, denn er erscheint an meiner Seite. Er legt seinen Arm um meine Taille und greift nach einem der Gläser.

»Danke, C«, sagt Calvin. *C?* Das ist neu. Genauso wie die Hand um die Taille. Ist es das, was Männer tun? Ihr Revier abstecken? Ich bin weder Eigentum noch Land, das erobert werden muss. Ich muss nicht aufschauen, um zu wissen, dass sich Calvin und Warren gegenseitig niederstarren. Ich nehme meinen Drink.

»Gehen wir.« Ich löse Calvins Hand von meiner Taille und halte sie fest, um ihn zur Treppe zu ziehen. Seine Hand passt gut in meine und fühlt sich weich an, aber … kein Feuerwerk.

Oben angekommen, drücke ich auf »Play«, bevor er die

Chance hat zu fragen, was in der Küche passiert ist. Denn ich weiß es nicht. *Ich weiß es wirklich nicht.*

Den gesamten Film über sitzen wir schweigend da, an mein Kopfteil gelehnt, ohne uns zu berühren. Ich fühle mich wieder wie sechzehn.

»Alles klar. Ich bin schon gespannt auf den nächsten Film!«, sagt Calvin, als der Abspann losgeht.

»Großartig! Meiner Meinung nach werden sie immer besser.«

»Ich vertraue auf dein Wort.« Er lächelt aufrichtig, und ich erwidere sein Lächeln, ohne es erzwingen zu müssen.

»Darf ich ...« Er zögert. »Darf ich dich wegen vorhin was fragen?« Mein Magen verknotet sich.

»Was denn?« *Als ob ich das nicht wüsste.*

»Als ich aus dem Bad zurückkam, hatte ich den Eindruck, dass ich in irgendetwas reinplatze? Einen besonderen Moment?«

»Einen besonderen Moment? Oh, nein, ganz und gar nicht, nein!« *Die Dame, wie mich dünkt, gelobt zu viel.*

»Okay. Ich will es lieber jetzt als später erfahren. Ich habe schon öfters mitbekommen, dass Mitbewohner miteinander anbandeln. Es kann ganz schön anstrengend werden, wenn man unter einem Dach wohnt.«

»Oh, ähm. So ist es nicht ...« Es ist alles genau so.

Schon während ich rede, merke ich, dass ich ihn nicht überzeugen kann. Ich will ihn aber überzeugen. Ich will mich selbst überzeugen.

Ich greife nach dem Kragen seines Shirts und ziehe ihn zu mir.

Wir krachen mit den Nasen zusammen.

»O Mist, tut mir leid.« Ich verziehe das Gesicht.

»Ist schon okay. Besser ... hier«, sagt Calvin, während er meinen Kiefer leicht wie eine Feder umfasst. Er gibt mir einen sanften, langen Kuss auf die Oberlippe. Dann zieht er sich mit weit aufgerissenen Augen zurück, als ob er bereits fertig wäre, anstatt Luft zu holen vor einem zweiten Anlauf.

»Bringst du mich zur Tür?« Er steht auf.

Oh. Er *ist* fertig. Ich erkenne einen Mitleidskuss, wenn ich einen bekomme.

»Klar.« Ich nehme die Hand, die er mir anbietet, um vom Bett aufzustehen, und er führt uns die Treppe hinunter.

An der Tür umarmt er mich kurz.

»Bis bald«, sage ich in seine Schulter.

Er tritt in den Hausflur zurück und nickt mir mit einem leicht verschämten Lächeln zu, bevor er zum Aufzug geht.

Ich glaube nicht, dass er den zweiten Harry-Potter-Film jemals anschauen wird – zumindest nicht mit mir.

Kapitel 20

Hallo, Darling!
Dein Vater und ich haben Flüge gebucht, um dich zu besuchen. Überraschung! Wir landen am 19. und fliegen am 24. wieder zurück. An deinem Geburtstag können wir dich besuchen, aber sonst ist unser Terminkalender schon ziemlich voll. Wenn du keine Zeit hast, sag uns bitte Bescheid, damit wir anderweitig planen können. Wir können ausgehen (wenn du einen Babysitter findest) oder bei dir essen. Wie auch immer, ich hoffe, es geht dir gut und du kommst trotz der Ablenkungen mit deiner Arbeit voran. Janine hat gesagt, dass Rodney immer noch nach guten Leuten für die Firma sucht, falls du interessiert bist.
Alles Liebe, Mom

Man könnte eine Dissertation über all die passiv-aggressiven E-Mails schreiben, die ich von meiner Mutter bekommen habe. Diese hier ist nicht mal die schlimmste.

Trotzdem fühle ich einen kleinen Stich im Herzen. Sie

kommen für fünf Tage, wollen mich aber nur an einem Abend an meinem Geburtstag besuchen. Und sie hat nicht nach Willow gefragt – nicht einmal ihren Namen genannt. Dann erwähnt sie die Arbeit und bietet mir an, in der Marketingfirma vom Ehemann ihrer besten Freundin zu arbeiten – und ignoriert dabei völlig, dass ich im Moment von zu Hause aus arbeiten muss.

Ich schreibe eine Antwort.

Hallo, Mom und Dad,
ich freue mich darauf, euch am 20. zu sehen. Ich organisiere das Essen hier. Wenn ihr immer noch vegan esst, gibt es um die Ecke ein ziemlich gutes Lokal. Das können wir aber noch klären, wenn es so weit ist. Willow und mir geht es gut. Sie ist großartig. Ich kann es kaum erwarten, dass ihr beide sie kennenlernt. Ich habe auch neue Mitbewohner, die ich euch vorstellen möchte. CPS bringen manchmal Bewerber zusammen, damit sie sich in den ersten sechs Monaten gegenseitig unterstützen können. Das hat mir bei der Eingewöhnung bisher sehr geholfen. Ich hoffe, es geht euch beiden gut. Ich vermisse euch. Umarmt Abuela von mir.

Als ich Mom von Willow erzählt habe, war sie völlig aus dem Häuschen – aber nicht im positiven Sinne. Sie hat mir mehrere Punkte aufgezählt, warum ich für das Sorgerecht nicht infrage komme. Ganz oben auf ihrer Liste stehen meine Finanzen. Ich werde also ganz bestimmt nicht ehrlich sein und ihr erzählen, dass TeamUp die einzige Möglichkeit war,

Willow hierzubehalten. Auch wenn ich weiß, dass sie es nur gut meint – das tun sie beide.

Als ich mit sieben Jahren adoptiert wurde, begann ich gerade erst herauszufinden, wer ich bin und was mich interessiert. Ich liebte Kunst, Chaos, verschwommene Linien und laute Musik, bunte Farben und meine Wuschelhaare, Glitzerkleber und Comics. Dann kam ich in eine Familie, die das Gegenteil der meisten dieser Dinge wertschätzte und die ich unbedingt beeindrucken wollte. Sie zähmten mich.

Das habe ich meine Mutter einmal zu ihren Freundinnen sagen hören, als sie um unseren Esstisch saßen. »Wir haben sie gezähmt.« Als wäre ich ein Hund, den sie aus dem Tierheim geholt haben. Die anderen Erwachsenen lachten daraufhin, ohne zu wissen, dass ich auf der anderen Seite der Tür stand.

Ich versuchte den Gedanken, so schnell wie er kam, wieder loszuwerden. Als ich ihr sagte, dass ich es gehört hatte, entschuldigte sie sich tausendmal. Trotzdem brennt diese Flamme noch immer so hell in meiner Brust wie damals. Ich setze mich auf und schaue in das leise Wohnzimmer. Es muss sicher noch einiges aufgeräumt werden, bevor sie zu uns kommen – aber ich habe noch einen ganzen Monat Zeit.

Gerade als ich mich wieder ans Scrollen machen will, öffnet sich eine Tür im Flur.

»Hey.« Warrens tiefe Stimme ist leise, um Willow oben nicht zu wecken. »Können wir reden?«

»Klar«, ahme ich seinen Tonfall nach und setze mich auf. Warren seufzt mit einem müden Lächeln. »Es tut mir leid wegen vorhin. Ich hätte mich nicht in dein Date einmischen sollen. Ich wollte nicht, dass es schräg wird.«

Ich werfe ihm einen gespielt finsteren Blick zu. »Doch, wolltest du.«

Er grinst. »Ja ... na schön. Aber ich wünschte, ich hätte es nicht getan.«

Das kaufe ich ihm immerhin ab. »Ich hab dich ja auch nicht aufgehalten.«

»Nein, hast du nicht.« Er setzt sich ans andere Ende der Couch und stützt seinen Arm auf die Rückenlehne.

»Es ist also nicht allein deine Schuld.« Ich beiße mir in den Daumen.

Wir sind beide still und warten darauf, was der andere sagen wird. Ich halte länger durch – ausnahmsweise.

Warren atmet aus und reibt sich die Stirn. »Was immer du tun willst«, sagt er. »Ich werde es tun. Ich werde deine Regeln befolgen, Chloe. Keiner von uns soll darunter leiden müssen. Obwohl ...« Seine Dreistigkeit kehrt zurück. »Ich könnte dasselbe Argument wie bei Luke anführen, um ihn zu überzeugen, dass es eine gute Idee ist ... wenn du willst.«

Bettle nicht mit deinem Blick, Chloe.

»Diesen Faktor sollte ich bei der Entscheidungsfindung vielleicht berücksichtigen«, scherze ich leise.

»Und Calvin? Ist er ein Faktor?«

Ich schüttle den Kopf. Warren neigt das Kinn und wendet das Gesicht von mir ab, wohl um sein Grinsen zu verbergen.

»Also, dieses Argument?« Ich kann nicht anders, ich will es unbedingt wissen.

Er hält inne und mustert mich. Es ist, als würde er zum ersten Mal verstehen, dass ich an ihm interessiert bin, als wäre das *nicht völlig* offensichtlich. Ein schiefes Lächeln erscheint, und seine Augen bleiben eine Sekunde zu lange auf meinen Lippen haften. Er schüttelt sich. »Luke war wütend, das hast du ja gesehen. Er fand es unfair, weil es mir so wichtig war, dass wir uns nicht zu sehr aufeinander einlassen.« Seine Miene wird ernst. »Ich habe ihm gesagt, dass du es einem unmöglich machst, Abstand zu halten. Dass mich alles an dir anzieht.« Er seufzt, und ein ungläubiges Lächeln breitet sich auf seinen Lippen aus. »Ich habe dich vielleicht als eine Art Mahlstrom bezeichnet ... auch wenn es kitschig klingt.«

Ich beiße mir auf die Lippe, um meine Belustigung zu verbergen, aber Warrens Gesichtsausdruck wird immer entschlossener.

»Ich könnte mich dagegenstemmen, versuchen wegzuschwimmen, versuchen, ihn zu umschiffen – doch es wäre einfacher, sich treiben zu lassen. Und zum ersten Mal habe ich keine Angst davor.« Warrens blaue Augen blicken hoch, und ein Strudel unterschiedlicher Emotionen wirbelt darin. Hoffnungsvoll und doch müde.

»In meinem Leben sind viele Menschen gekommen und gegangen – die meisten, denen ich vertrauen sollte, haben mich im Stich gelassen.« Er schließt die Augen und hält einen Moment inne, bevor er sie wieder öffnet. »Ich wäre ein Trottel, wenn ich zulassen würde, dass ich verletzt werde. Also fälle ich Urteile. Ich stecke Menschen in Schubladen. Ich lasse mich von meiner Wut überwältigen und stoße sie weg. Aber du kehrst immer wieder zurück. Ich glaube, du verstehst mich.«

Habe ich gerade meine erste Liebeserklärung bekommen? *Sie war perfekt.* Wie kann ich das zurückgeben?

»Ich, äh, verdammt, das war viel mehr, als ich eigentlich ...« Er reibt sich mit einer Hand über den Kopf. »Bitte sag etwas.« Er stößt ein angestrengtes Lachen aus.

»Wow. Ähm ... wow.« Ich beiße mir auf die Innenseite der Wange. »Ich glaube, äh ...« *Sag das Richtige, verdirb es nicht.* »Ich mag dich wirklich, Warren. Ehrlich. Wahrscheinlich viel mehr, als ich zugeben möchte.« Ich lächle, aber sein Gesicht bleibt neutral. Er wartet darauf, dass ich weiterrede.

»Ich frage mich nur, ob wir jetzt, wo alles auf dem Spiel steht, versuchen sollten, Freunde zu sein. Ich weiß, du hast gesagt, dass du nicht mit mir befreundet sein willst, und ich muss gestehen, das war ein Satz, bei dem ich ziemlich dahingeschmolzen bin ... seltsamerweise. Aber ich kann nicht riskieren, Willow zu verlieren.«

Warren nickt ein paarmal, und ein Ausdruck des Bedauerns huscht über sein Gesicht, während ich mir einen Moment Zeit nehme, um meine Gedanken zu sortieren.

»Ich sage nicht Nein zu ... uns. Ich würde wirklich gerne Ja sagen. Aber ich denke, wir sollten warten, bis wir beide das Gefühl haben, dass das, was zwischen uns passiert, was Ernstes ist.« Seit Warren das letzte Mal gesprochen hat, ist viel Zeit vergangen, und meine Unsicherheit wird immer größer. Ich will sie wegschieben, doch sie verschlingt mich mit jedem Versuch mehr.

»Und was du vorhin gesagt hast? Darüber, wer ich bin?« Ich zögere. »Dass wir nicht zusammenpassen, es zwischen uns nicht funktioniert ...« Meine Stimme verebbt.

Warren blickt mich durch die Wimpern an. »Ich weiß nicht, warum ich diese Dinge gesagt habe, Chloe. Es tut mir leid.« Ein Muskel in seinem Nacken zuckt. »Es war dumm.

Ich sage dumme Dinge, wenn ich wütend bin oder ... eifersüchtig.« Er holt tief Luft. »Als ich heute Morgen aufgewacht bin, war ich mir so sicher, dass es von nun an anders sein würde. Dass wir ein *Wir* sind.«

»Da widerspreche ich dir nicht. Ich bin kein einfacher Mensch. Ich bin verschlossen und denke zu viel über alles nach. Ich präsentiere der Welt eine Kurzfassung von mir. Komprimiert.« Ich lache ohne jede Freude. »Du bist auch darauf reingefallen. Nur ein privilegiertes, farbenfrohes Mädchen mit reichen Eltern, das sich nicht zu sehr anstrengen muss. Ich mache mich klein. Ich ... ich zähme mich.«

Ich schlucke schwer. »Meine ehemaligen Mitbewohnerinnen wissen nicht mal, dass ich adoptiert bin. Wie bescheuert ist das bitte? Ich musste nicht ein einziges Mal etwas von mir preisgeben, konnte den Scheiß vermeiden, den meine leibliche Mom mir angetan hat. Ich konnte davor weglaufen.« Ich höre auf herumzuzappeln und sinke tiefer in meinen Sitz, während ich die Hände in meinem Schoß verschränke. »Diese Chance hattest du nicht.«

»Nein ... die hatte ich nicht.« Warren hält inne und reibt sich das Kinn. »Aber wir sitzen trotzdem im selben Boot. Obwohl wir nicht mal was dafür können. Das ist scheiße, für uns beide.« Er hält mir die Hand hin, und ich reiche ihm meine. »Bei mir musst du das nie tun. Zeig mir die chaotische Seite, okay? Meine kennst du immerhin schon gut.« Er zieht eine Grimasse.

Ich schaue auf unsere Hände hinunter, die ineinander verschränkt zwischen uns liegen. *Habe ich jemals irgendwo so gut hingepasst?*

»Wir können Freunde sein ... fürs Erste«, sagt Warren und

zieht seine Hand weg. Mein dummes Herz will sie wiederhaben. »Aber du sagst mir Bescheid, wenn du bereit bist, dass mehr daraus wird.« Er lehnt sich zu mir, nah genug, dass ich seinen Atem an meiner Wange spüre. »Ich kann warten, wenn es sein muss, Täubchen.«

»Ja ... Okay«, stammele ich, und meine Kehle schnürt sich zu, während ich versuche, den Drang zu unterdrücken, mit meinen Lippen über seinen Kiefer zu streichen.

Warren lehnt sich gegen die Couch und legt ein Bein über sein Knie, was den Moment beendet. Mit einem Seufzer lasse ich die Schultern sinken.

Wenn man nur lange genug wartet, wird irgendwann alles gut ... oder?

Kapitel 21

Ein weiterer Morgen mit Frühstück am Tisch, eine weitere Schüssel Müsli, ein weiterer Tag in dieser gemütlichen Routine, die wir im letzten Monat gemeinsam entwickelt haben. Normalerweise bin ich es, die die morgendliche Ruhe der Jungs durchbricht, aber das scheint sie nicht zu stören.

»Als was willst du an Halloween gehen?«, frage ich Luke.

»Ich bin fünfzehn.« Er betont sein Alter, indem er mich mit großen Augen ansieht, während er gebärdet.

»Fast sechzehn«, fügt Warren vom Ende des Tisches hinzu und kaut.

»Man ist nie zu alt, um sich zu verkleiden.« Ich werfe Warren einen vernichtenden Blick zu.

»Lass mich raten, du hast schon ein Kostüm?« Warren dreht den Kopf zu mir.

»Ja! Das wird lustig. In diesem Haus hier wohnen jede Menge Kinder. Letztes Jahr musste ich los, um mehr Süßigkeiten zu holen.«

»Als was hast du dich verkleidet?«, erkundigt sich Luke.

»Poison Ivy.« *Ich hoffe, ich habe das richtig gebärdet.*

Luke prustet vor Lachen seine Cornflakes in die Schüssel zurück. Ich könnte schwören, dass Warren ihn unter dem Tisch mit dem Bein anstößt, während Luke sich die Milch vom Kinn wischt.

»Was denn?«, frage ich und schaue skeptisch zwischen den beiden hin und her.

»Nichts.« Warren wirft seinem Bruder einen warnenden Blick zu.

Offensichtlich handelt es sich hier um einen Witz, den ich nicht kenne. Ich werde nervös und frage mich, ob ich die Zielscheibe bin.

»Ernsthaft, was denn?«, hake ich nach und sehe Luke mit schmalen Augen an.

Luke geht in einen stummen Blickwechsel mit seinem Bruder.

»Eventuell hatte ich mal ein Poster von Poison Ivy in meinem Zimmer hängen.« Warren gibt sein Bestes, gleichgültig zu wirken, doch es gelingt ihm nicht.

Ich grinse, presse aber die Lippen zusammen, um ihn nicht zu necken. *Ist er rot geworden?* Schämt sich Warren? Ich hätte nie gedacht, dass ich diesen Tag mal erlebe.

»Dann sollte ich das Kostüm wohl aussortieren.« Ich ziehe die Augenbrauen hoch, als Luke ein Lachen unterdrückt.

»Wage es ja nicht.«

Warrens Stimme sinkt um eine Oktave, was mir einen Schauer über den Rücken und eine Gänsehaut über die Arme jagt. Er hat seine Antwort nicht für Luke gebärdet – sie war nur für meine Ohren bestimmt.

Ich seufze und rutsche auf dem Stuhl hin und her, um das Gefühl abzuschütteln. Seit unserem Gespräch nach dem Date mit Calvin haben wir uns in den vergangenen Wochen von unserer besten Seite gezeigt, und ich werde das nicht vermasseln. Ist es möglich, dass Warren mitspielt, weil er will, dass ich zuerst einknicke? Denkbar. Ist es möglich, dass ich gefährlich nah dran bin, einzuknicken? Auf jeden Fall.

Seit dem Flirtverbot funktionieren wir wie ein gut geöltes Uhrwerk. Obwohl ich mich persönlich wie ein kleines Zahnrad fühle, das »Ich glaube, ich schaff's!« ruft, während es sich jeden Tag den Berg hinaufquält.

Ich fahre die beiden jeden Mittwoch- und Freitagmorgen – mittwochs für Besorgungen und freitags wegen Willows Terminen. Warren hat darauf bestanden, dass ich nicht zu Fuß gehe, wenn ich den Einkauf für uns alle erledige.

»Es wird immer kälter, und Willow sollte nicht zu lange draußen unterwegs sein. Nimm das verdammte Auto.«

Auch wenn er sich damit in meine Erziehung einmischt, es stört mich kein bisschen.

Wir reißen uns zusammen, und trotzdem kann ich nicht verhindern, darüber nachzudenken, was passiert, wenn – falls – wir beide uns entschließen, zu diesem Date zu gehen. Wenn ich ehrlich bin, geht es mir dabei gar nicht um das Date. Meine Gedanken wandern über den Punkt hinaus, an dem wir in der Küche stehen geblieben sind ... Was wäre geschehen, wenn Luke nicht aus seinem Zimmer gekommen wäre? Ich grübele ein bisschen zu viel darüber nach. Meistens, wenn ich in meinem Bett liege und kurz davor bin, einzuschlafen.

Ich versuche, diese Gedanken in Warrens Gegenwart zu vermeiden; er starrt mich immer so an. Ich habe das Gefühl, dass er es sofort merken würde. Ich frage mich allerdings, worüber er nachts nachdenkt. Ob es um mich geht.

Ich bringe meinen Teller in die Küche und beginne, Willows Medikamente vorzubereiten. Warren folgt mir, steht ein paar Meter links von mir und räuspert sich.

»Was hast du heute vor?«

Ich kann mir ein Schmunzeln nicht verkneifen, weil sein Tonfall eindeutig platonisch klingen soll. Er mag sich am Tisch verplappert haben, aber er ist bereit, mitzuspielen.

»Ich gehe mit einer Freundin brunchen, danach einkaufen. Meine Ex-Mitbewohnerin Emily ist wegen einer Hochzeit in der Stadt, aber sie fliegt heute Nachmittag schon wieder. Ich bin ein bisschen aufgeregt, sie wiederzusehen.«

Ich stelle die Medizinflasche ab und drehe mich zu Warren um.

»Warum?«

»Na ja, Emily ist toll, aber sie trägt das Herz auf der Zunge. Vielleicht versteht sie es nicht, warum ich ihr so vieles nie erzählt habe. Ich will ehrlich sein, doch ich habe Angst. Ich muss eine Menge beichten. Ganz zu schweigen davon, dass ich einen offensichtlichen Neuzugang dabeihabe.«

»Wenn Emily eine echte Freundin ist, wird sie es verstehen. Du hast versucht, ohne ein bestimmtes Etikett auszukommen – das kann wohl jeder nachempfinden.«

Ich ziehe die Augenbrauen hoch, während Warren einen Apfel in eine Lunchbox packt.

»Was?«, fragt er mit zusammengezogenen Augenbrauen.

»Nein, nichts. Du hast genau das Richtige gesagt. Jetzt fühle ich mich besser.«

»Tu nicht so überrascht.« Er zwinkert mir zu, und als er

sich umdreht, nutze ich den Moment, um genervt zur Decke zu schauen.

Warum muss er so verdammt heiß sein?

Das wäre alles so viel einfacher, wenn er charmant, witzig, tiefgründig und geheimnisvoll wäre – aber hässlich. Nur mal ehrlich, wem will ich hier eigentlich was vormachen? Es wäre trotzdem immer noch fast unmöglich.

Nachdem ich Luke und Warren abgesetzt habe, fahre ich zum Café, in dem ich mich mit Emily treffen will. Kaum hält das Auto an, fängt Willow an zu weinen. Ich seufze leise und versuche, sie zu beruhigen, während ich meine Sachen vom Beifahrersitz zusammensammele und aussteige.

Die neuen Medikamente machen sie reizbarer. Natürlich ist die Alternative schlimmer, aber es frustriert mich trotzdem, dass es für sie nur diese eine Option gibt. Wenn ich Kopfschmerzen habe, kann ich mir in der Apotheke aus acht verschiedenen Tablettensorten eine aussuchen.

»Alles gut, Will. Wir machen uns doch schon auf den Weg. Zeit für den Kinderwagen!«

Ich klicke ihre Babyschale in den Wagen, und sie beruhigt sich ein wenig. Die Wickeltasche hänge ich über den Lenker, dann schließe ich den Kofferraum.

In den letzten zehn Tagen sind mir einige neue Details an Warrens Auto aufgefallen. Zuerst hat er eine Basisstation für den Kindersitz eingebaut, damit wir den Gurt nicht jedes Mal umständlich befestigen müssen. Ein paar Tage später war da plötzlich ein kleiner Spiegel an der Kopfstütze, damit ich sie von vorne sehen kann. Und dann kam das Notfallset im Kofferraum – mit allem, was nötig wäre, falls ich mal eine Panne habe und er nicht sofort zu uns gelangen kann.

Jedes einzelne dieser Dinge füllt einen leeren Platz in meinem Herzen. Kleine Gesten, die mir das Gefühl geben, gesehen zu werden. Und mehr noch – dass Willow nicht nur mich hat.

»Chloe!«, ruft da eine fröhliche Stimme.

Ich drehe mich um und sehe Emily, die schräg gegenüber parkt. Sie winkt mir zu, während sie ihre Handtasche vom Rücksitz des Mietwagens schnappt.

Emily ist fast so groß wie Warren, hat eine athletische Figur und trägt ihr dunkles Haar heute in Bantu Knots. Als Modedesignerin ist sie immer stilvoll gekleidet; ihre Outfits sind Unikate und sitzen perfekt, meistens sind sie einfarbig und knallig. Heute ist alles an ihr orange.

»Em! Hey!« Ich trete die Bremsen am Kinderwagen fest und gehe auf sie zu, um sie zu umarmen.

»Es ist so schön, dich zu sehen«, sagt sie an meiner Schulter.

Wir wiegen uns kurz von einer Seite zur anderen, bevor wir uns wieder voneinander lösen.

»Und wer ist das hier?«

»Ha. Ja. Es gibt viel zu erzählen.« Ich streiche mir das Haar glatt.

Emily schaut erst auf meinen Bauch, dann auf Willow, dann wieder zu mir – ich sehe ihr an, wie es in ihrem Kopf rattert.

»Nein, sie ist meine Schwester«, beantworte ich die unausgesprochene Frage.

»O wow! Und eure Mom …?« Emily hat meine Adoptivmutter ein paarmal getroffen, und ich sehe ihrem Gesicht an, wie sie versucht, sich zusammenzureimen, wie eine Frau

Anfang sechzig plötzlich ein Baby bekommen kann. Sie kräuselt die Stirn. *Wo fange ich am besten an?*

»Lass uns losgehen, ich erklär's dir unterwegs.« Ich lächle entschuldigend, und sie nickt, während sie mir den Arm reibt.

»Ja, klar.«

Wir gehen in Richtung Café, das direkt am See liegt und auf einen Bootsanleger hinausblickt.

»Zuerst mal: Es tut mir leid, dass ich dir das alles nicht früher erzählt habe. Ich arbeite daran, offener zu meinen Freunden zu sein. Das ist nicht immer leicht für mich.«

Emily schürzt die Lippen und wartet ab, was noch kommt.

»Ich wurde mit sieben adoptiert. Meine Mom und mein Dad – die, die du kennst – sind nicht meine biologischen Eltern. Meine leibliche Mutter, Connie, hat mich mit siebzehn bekommen. Zuerst war alles okay, aber als ich drei war, hatte sie plötzlich einen Freund. Er war nett. Anfangs zumindest ... und dann nicht mehr. Er nahm Drogen, und irgendwann tat sie das auch. Danach wurde es schlimm. Ich kam in eine Pflegefamilie, und ein paar Jahre später wurde ich adoptiert.«

Emily bleibt kurz stehen, den Blick auf den Boden gerichtet.

»O Chloe ...« Sie atmet tief aus, bevor sie mich wieder ansieht.

Ich laufe weiter, damit Willow ruhig bleibt. »Im Juni bekam ich dann einen Anruf. Connie hatte ein Baby auf die Welt gebracht. Sie hatte nicht einmal gewusst, dass sie schwanger war, und hat mich gebeten, mich um das Baby zu kümmern. Und ... na ja, das habe ich. Hier sind wir.«

Ich versuche, meine Stimme leicht klingen zu lassen, aber das ist das erste Mal, dass ich alles am Stück erzähle. Es drückt mir aufs Herz.

»Wow …« Emily nickt bedächtig. »Also lebt sie jetzt bei dir?«

»Ganz genau.«

»Das muss unglaublich schwer sein. Ich meine, du machst das bestimmt großartig, aber trotzdem.«

»Ist es auch.« Eine einzelne Träne läuft mir davon, bevor ich sie zurückhalten kann.

»Oh, hey.« Emily schlingt ihre Arme um mich. »Chloe, du bist so stark.« Sie löst sich wieder, doch ihre Hand bleibt auf meinem Arm. »Ich wünschte, du hättest uns früher davon erzählt. Ehrlich gesagt, war ich immer ein bisschen eingeschüchtert von dir – bei dir war alles so perfekt. Und das hier … deswegen liebe ich dich nur noch mehr.« Sie lacht leise und wischt mir die Träne von der Wange. »Und ich wünschte, du hättest mich gleich angerufen, als du es erfahren hast. Ich wäre sofort gekommen.«

»Danke, Em.« Ich schniefe und blinzle die Tränen zurück.

»In ein paar Wochen bin ich wieder in der Stadt – Lane kommt auch mit. Sollen wir euch dann besuchen? Dann können wir in aller Ruhe quatschen.« Sie bleibt stehen und schenkt mir ein aufrichtiges Lächeln. »Und ich will niedliche Babysachen aussuchen! Hattest du eigentlich eine Baby-Party oder so?«

»Oh, das ist lieb, allerdings nicht nötig. CPS kümmern sich um das meiste, und …«

»Aber ich möchte es gern.« Ihr Blick wandert zur Babyschale, in der Willow mittlerweile eingeschlafen ist.

»Sie ist zauberhaft, Chloe ... und sie sieht dir so ähnlich.«

Ich folge ihrem Blick und lächle. »Sie ist die Tollste.« Dann wende ich mich wieder Emily zu. »Hast du Hunger?«

»Und wie! Ich lade dich ein, Mama-Bär.« Sie geht vor und öffnet die Tür zum Café.

Ich bleibe einen Moment stehen.

Mama. Niemand hat mich bisher so genannt. Aber ... ist das nicht genau das, was ich bin? Irgendwie? Natürlich, eigentlich bin ich ihre Schwester. Doch »Mama« fühlt sich irgendwie passender an. Noch etwas, worüber ich mit Odette reden muss.

Kapitel 22

Der Brunch mit Emily lief besser, als ich es mir hätte erhoffen können. Sie musste zwar ihren Flug erwischen, also war es nur ein kurzes Treffen, aber immerhin – bald kommen sie und Lane wieder zu Besuch.

Es fühlte sich wie eine riesige Erleichterung an, endlich alles loszuwerden. Doch da war auch Scham. Nicht, weil ich mich für meine Vergangenheit oder dafür, wie ich aufgewachsen bin, schämte – wie ich eigentlich erwartet hatte –, nein, es war die Scham darüber, dass ich es so lange für mich behalten habe.

Emily verglich es mit dem Moment, wenn sie neuen Leuten erzählt, dass sie trans* ist. *»Niemand hat ein Recht auf deine Geschichte«,* sagte sie, *»doch es ist ein Zeichen von Vertrauen, sie zu erzählen.«* Sie nannte es offener Austausch. Mir gefällt dieser Ausdruck.

Als ich nach dem Brunch den Wocheneinkauf erledigt habe, ist eine kurze, aber Angst auslösende E-Mail von Rachel eingetrudelt, in der sie mich bittet, sie anzurufen, sobald ich eine Minute Zeit habe.

Ein ungutes Déjà-vu-Erlebnis holt mich ein, als ich die

Nachricht lese. Als ich vor ein paar Monaten den ersten Anruf von Rachel bekam, stand ich auch gerade im Supermarkt. Ganz sicher ist es nichts Wichtiges. Es ist nur die Umgebung, die meinem Verstand Streiche spielte.

Zurück in der Wohnung wähle ich Rachels Nummer, während ich die letzten Vorräte in den Vorratsschrank packe.

»Hallo, hier ist Rachel Feroux.«

»Hi, Rachel, hier ist Chloe.«

»Ah, hi, Chloe. Danke, dass Sie zurückrufen. Wie geht es Ihnen beiden?« Durch das Telefon höre ich das leise Scharren ihres Bürostuhls auf dem Boden.

»Alles in Ordnung, nichts Neues eigentlich. Haben Sie meine E-Mail mit den Arztunterlagen bekommen? Die Umstellung der Medikamente?«

»Ja, habe ich. Danke dafür. Und? Wie reagiert Willow darauf?« Rachel hat offenbar Stress. Ich höre leises Tippen auf einer Tastatur, während sie spricht.

»Seit zwei Wochen bekommt sie das neue Medikament, und bisher sinkt ihr Blutdruck. Die Arterie hat sich allerdings noch nicht weiter geschlossen. Die Ärzte wollen noch ein paar Wochen abwarten, bevor sie über eine OP entscheiden.«

Der Gedanke, wie sie Willows winzigen Brustkorb aufschneiden, während ihr kleiner Körper von riesigen Erwachsenen in OP-Kleidung umringt ist, schnürt mir die Kehle zu. Wie kann es überhaupt so kleine Instrumente geben? Ich erschaudere und schiebe das Bild hastig beiseite.

Das Tippen hört auf, und Rachels Ton wird ernster. »Hoffen wir, dass sie sich doch bald schließt.«

»Ja.« Eine Pause entsteht, als ich darauf warte, was Rachel mir mitzuteilen hat. Je länger das Schweigen andauert, desto mehr fürchte ich mich vor dem, was sie gleich sagen wird.

»Danke für den Anruf; ich habe Neuigkeiten zu Connie. Sie hat sich gestern bei mir gemeldet.« Rachel wartet auf eine Antwort, aber ich bleibe stumm. »Connie ist seit Juni trocken, was von einem Sozialarbeiter in ihrer Einrichtung bestätigt wurde. Sie ist in der Stadt in einem Frauenhaus für Suchtkranke untergebracht.«

Ich brauche einen Moment, um das zu verarbeiten. »Wow ... okay ... das ist doch super.« Langsam lehne ich mich gegen die Küchenzeile. Hat Odette auch von ihr gehört?

»Connie hofft, Willow regelmäßig besuchen zu können. Am liebsten ab diesem Monat. Sie wäre mit beaufsichtigten Besuchen hier bei uns einverstanden oder auch bei Ihnen zu Hause; ganz so, wie Sie sich am wohlsten fühlen.«

Ich lasse mich langsam auf den Boden sinken, mit dem Rücken an den Kühlschrank gelehnt. »Oh.« Mehr bringe ich nicht heraus.

»Ich weiß, dass solche Neuigkeiten eine Menge Emotionen auslösen können. Lassen Sie sich ruhig Zeit, um das zu verarbeiten.« Ich höre, wie Rachel etwas auf ihren Schreibtisch plumpsen lässt – vermutlich einen Aktenstapel. »Sie müssen nicht sofort etwas dazu sagen, aber ... Ihre Mutter hat ein Recht auf diese Besuche. Wöchentlich, mindestens zwei Stunden. Wenn die Besuche hier stattfinden, können Sie entscheiden, ob Sie dabei sein möchten oder nicht. Eine Betreuungsperson wäre auf jeden Fall auch noch anwesend.«

Ich kaue auf meiner Unterlippe, unsicher, was ich tun oder fühlen soll.

»Da sie offiziell einen Antrag auf Besuchsrechte gestellt hat und seit mehr als drei Monaten trocken ist, müssen wir innerhalb der nächsten zwei Wochen damit beginnen.« So wie Rachel die Worte herunterrattert, nehme ich an, dass es sich um ein Protokoll handelt, dem wir alle folgen müssen.

»Willow hat freitags ihre Arzttermine. Vielleicht könnte der Besuch danach stattfinden?«, biete ich leise an und reibe mir die Stirn.

»Möchten Sie die Besuche eher bei sich zu Hause?«

Vor meinem inneren Auge sehe ich meine Mutter, die plötzlich und unangekündigt vor meiner Schule stand. Vor unserem Haus. »Nein. Lieber bei den CPS.«

»Okay. Das ist vollkommen in Ordnung. Womit Sie sich wohler fühlen.« *Am liebsten gar keine Besuche.*

Besuche sind die eine Sache, aber als meine Mutter vor über zwanzig Jahren trocken wurde und bat, mich sehen zu dürfen, war es nur eine Frage von Monaten, bis ich wieder bei ihr einzog und meine erste Pflegefamilie für immer verließ. Dabei hatte ich sie gemocht. Sie hatten eine ältere Tochter, die mir die Haare flocht, und ich durfte zwei Monate lang jeden Tag *Mulan* schauen.

Ich muss die Frage stellen, auch wenn ich sie kaum herausbringe. Meine Kehle ist wie zugeschnürt. »Hat Connie vor, die Adoption anzufechten?« Ich beiße die Zähne zusammen, als ich damit herausrücke.

»Sie hat nichts dergleichen erwähnt. Connie hat damals im Krankenhaus das Sorgerecht an Sie übergeben. Das wäre ein starkes Argument vor Gericht.«

Ich nicke, muss jedoch sichergehen. »Aber sie könnte es, richtig?«

Rachel zögert. »Theoretisch ja.«

»Und wenn sie bis dahin, ähm, trocken bleibt?« Meine Stimme ist zittrig, die Augen zusammengekniffen, um die Tränen zurückzudrängen.

»Dann könnte sich das Verfahren verzögern. Sie müsste eine Wohnung, eine Arbeitsstelle und weitere Voraussetzungen nachweisen. Ein Richter würde ihr vermutlich Zeit gewähren, um zu beweisen, dass sie wieder für die Fürsorge geeignet ist.«

Ich hole tief Luft, warte auf den Teil, den ich fürchte. »Und dann?«

Rachel seufzt. »Dann würde das Gericht abwägen, was für Willow das Beste ist.«

Ein Schmerz fährt mir in die Brust, und ich zerre mir das Shirt von der Haut. Röte überzieht mich heiß und brennend. Die Welt dröhnt lauter als zuvor. Ich stoße den Atem aus und sauge die leere Luft ein. *Ich kann nicht atmen …*

»Chloe? Geht es Ihnen gut?«, fragt Rachel nervös.

Ich stehe auf, beginne panisch Kreise durch die Küche zu ziehen.

»Es tut mir leid, ich muss …« Tränen brennen in meinen Augen. Sie fließen langsam und spiegeln den Schmerz in meiner Brust wider, während ich nach Atem ringe, der mich nicht wirklich beruhigt. »Ich muss auflegen«, sage ich energischer als beabsichtigt.

»Natürlich, Chloe. Nehmen Sie sich die Zeit, es wird alles gut. Im Augenblick …«

Ich lege auf, bevor sie ihren Satz beenden kann. Ich kann sie ohnehin nicht mehr hören. Ich sinke zu Boden, auf alle viere, und presse meine Stirn auf den kühlen Linoleumboden. Die Kälte hilft mir, mich ein wenig zu sammeln, aber nicht genug.

Ich zähle bis zwanzig, einmal vorwärts, einmal rückwärts. Es hilft nichts gegen die aufsteigende Übelkeit. *Mir wird schlecht.* Ich ziehe mich an der Spüle hoch und übergebe mich. Mit zittrigen Fingern taste ich nach dem Wasserhahn. Kaltes Wasser spült mein Erbrochenes den Abfluss hinunter. Ich fülle meine Hände mit Wasser und spritze es mir ins Gesicht.

Das Geräusch und die Kälte des Wassers verlangen meine ganze Aufmerksamkeit. Für eine kleine Weile hilft es. Ich befinde mich in einem Schwebezustand zwischen Panik und Realität, wo nur eine zerbrechliche Gefühllosigkeit existiert. Ich spritze mir noch einmal Wasser ins Gesicht und drehe den Hahn ab.

Als ich die Augen schließe, werde ich in die Vergangenheit zurückkatapultiert. Ich stehe in der Ecke unseres alten Wohnzimmers und sehe zu, wie Connie über den fleckigen beigen Teppich nach meinem sechsjährigen Ich krallt.

Ein Polizist und eine Sozialarbeiterin sprechen mit ihr, während sie bäuchlings auf dem Boden liegt. Eine andere CPS-Mitarbeiterin steht neben meinem jüngeren Ich und spricht mit mir. Ich erinnere mich nicht daran, was gesagt wurde. Mein kleines Ich klammert sich an das Bein der Fremden – in diesem Moment scheint sie mir eine sicherere Option zu sein als meine Mutter.

Connie sieht verängstigt aus, und wütend. Sie wusste, dass es ihre letzte Chance war. Sie kommt mir ein wenig zu nah, und das kleine Ich versteckt sich hinter der CPS-Mitarbeiterin. Der Polizist zieht Connie zurück, mit den Armen hinter ihrem Rücken. Mir ist in der Nacht zuvor ein Malheur in meinem Schlafanzug passiert, und ich trage ihn immer noch. Ich hatte keine anderen Sachen finden können.

Ich stehe da, in Urin getränkt, weinend und zitternd, während meine Mutter von mir weggezerrt wird. Sie ruft nach mir, bettelt um eine letzte Umarmung, doch ihre Worte sind verwaschen. Ich habe solche Angst, aber trotzdem gehe ich zu meiner Puppe, die hinter der Lampe liegt – schließlich weiß ich nicht, ob ich diesmal meine Sachen mitnehmen darf.

Die Erinnerung verblasst, und als ich die Augen öffne, sehe ich nur die geflieste Küchenwand vor mir. Ich lehne mich über das Waschbecken, warte auf den nächsten Würgereiz, der nicht kommt. Panik steigt in Wellen in mir auf, und ich versuche, sie eine nach der anderen fortzuschieben.

Ich trete einen Schritt zurück, mein Körper zittert. Ich könnte nur ein paar Sekunden hier gestanden haben oder vielleicht Stunden. Ich ziehe das Handy aus der Tasche, um auf die Uhr zu schauen – und erinnere mich daran, dass ich Rachel einfach weggedrückt habe.

Ich öffne eine neue E-Mail, um mich zu entschuldigen, bevor sie sauer auf mich werden kann. Ich brauche sie auf meiner Seite.

> Hi Rachel, tut mir leid, dass ich vorhin aufgelegt habe. Ich melde mich in den nächsten Tagen wegen der Besuche. Bin gerade etwas überfordert.

Mehr schaffe ich im Moment nicht.

Ich gehe zum Sofa und lasse endlich die Tränen fließen.

Vielleicht will Connie Willow wirklich nur besuchen, sage ich mir. Vielleicht will sie nicht mehr, will kein Sorgerecht, wird es nicht einmal versuchen. Vielleicht darf ich Willow doch behalten. Ich kann mir nicht vorstellen, sie nicht mehr bei mir zu haben. *Das wird nicht passieren.* Ich kneife die Augen zusammen und lege die Hände auf mein Gesicht. *Es wird alles gut,* sage ich mir, immer und immer wieder, bis es sich zumindest ein bisschen wahr anfühlt.

Mein Handy pingt – eine Antwort von Rachel.

Hi Chloe, machen Sie sich keine Sorgen, in meinem Job hat man mich schon ziemlich oft einfach weggedrückt. Geht es Ihnen gut? Ich weiß, das ist eine Menge und unmöglich, sich keine Gedanken darüber zu machen, was als Nächstes passiert. Aber erinnern wir uns daran, wo wir gerade stehen. Im Moment wissen wir nicht, was Connie sich erhofft, doch das letzte Mal, als Sie sich gesehen haben, hat sie ihre Rechte an Sie abgegeben. Das ist ein gewaltiger Einschnitt. Und wenn das in sieben Monaten einem Gericht vorgelegt wird, bin ich mir sicher, dass sie das Gleiche sehen werden wie ich: Sie sind ein großartiger Vormund. Die Neubeurteilung werden Sie locker bestehen.

Sie haben sich für Willow eingesetzt und so viel für sie getan. Es geht hier nur um Besuche. Denken Sie einfach, dass ein paar Stunden Zeit für Sie rausspringen, wenn Sie nicht dabei sein möchten. Mehr ist es nicht.

Ich bin hier, falls noch Fragen aufkommen oder Sie

darüber sprechen wollen. Ansonsten müsste ich wissen, welche Uhrzeit freitags Willow und Ihnen passt und ob wir am 19. starten können.

Ich atme tief durch und spüre, wie meine Lungen sich endlich wieder vollständig füllen – zum ersten Mal seit einer halben Stunde. Nur Besuche. Erst mal. Ich lasse das einfach nicht zu sehr an mich heran.

Ich schreibe zurück:

Danke, Rachel. Freitags um 11 passt – wir müssen um 13 Uhr los, damit sie ihren Mittagsschlaf halten kann. Wir können nächste Woche starten.

Kapitel 23

»Morgen.« Warrens Stimme dringt leise aus dem Flur. Ja, klar, er ist normalerweise ein Frühaufsteher, aber ganz sicher steht er nicht freiwillig um fünf Uhr auf. Ich habe ihn bestimmt aufgeweckt, weil ich die letzten zwanzig Minuten rastlos durchs Wohnzimmer gestreift bin.

»Sorry, hab ich dich geweckt?«, frage ich, ohne mein ständiges Hin- und hergehen auf dem Wohnzimmerteppich zu unterbrechen.

»Nein. Ich ... ich konnte auch nicht schlafen. Willst du einen Tee?« Seine Blicke folgen meinen unruhigen Bewegungen.

»Ja, gern. Danke.« Ich lasse mich in den Sessel fallen, ziehe meine Knie an die Brust und beobachte, wie Warren zur Spüle geht, um den Wasserkocher zu füllen.

Über die Schulter wirft er mir einen kurzen, mitfühlenden Blick zu, bevor er sich wieder der Teezubereitung widmet.

Ich drücke mein Gesicht gegen meine Knie. *Noch sechs Stunden bis zur Besuchszeit von Connie.* Heute könnte harmlos sein – oder es könnte der Anfang von etwas Schrecklichem werden. Was, wenn Connie entscheidet, dass Willow zu perfekt ist, um sie gehen zu lassen? *Wie könnte sie das auch nicht?*

Ein paar Minuten später drückt mir Warren eine dampfende Tasse in die Hand. Anstatt sich wie sonst auf die Couch zu setzen, lässt er sich direkt vor meinem Sessel auf den Boden sinken, den Rücken gegen den Couchtisch gelehnt.

»Danke.« Ich schlinge beide Hände um das warme Porzellan.

»Wie kommst du klar?« Seine Stirn ist leicht gerunzelt.

»Ach, du weißt schon ...« Ich versuche, locker zu klingen, aber die Tränen lauern zu dicht unter der Oberfläche.

Irgendwas an dieser Situation – Warren, der mich besorgt ansieht, der Tee, die morgendliche Stille, das Kondenswasser auf den Fenstern, durch das wir nicht nach draußen sehen können – gibt mir das Gefühl, dass ich meine Emotionen nicht zurückhalten muss.

Warren nickt, Gedanken wirbeln hinter seinen blauen Augen. Er nimmt einen großen Schluck aus seiner Tasse, bevor er spricht. »Ram geht mir schon seit Wochen auf die Nerven, weil ich keinen Urlaub nehme. Letztes Jahr hab ich keinen einzigen freien Tag genutzt. Und ... ich glaube, ich bin heute auch nicht wirklich fit genug für die Arbeit. Also, wenn du willst, kann ich euch fahren. Ich kann draußen warten oder ...«

Bevor er den Satz beenden kann, stelle ich die Tasse ab, rutsche aus dem Sessel auf den Boden und knie mich direkt vor ihn. Ohne nachzudenken schlinge ich die Arme um seine Schultern und lehne meine Stirn an seinen Hals. Er hat sich den Tag freigenommen. Für *uns*.

Warren stellt seine Tasse hinter sich auf den Tisch und legt beide Arme um meine Taille. Ich drehe mich leicht, suche in seinen Augen nach einer stillen Zustimmung, und setze mich dann vorsichtig auf seinen Schoß. Ich kuschle mich in ihn hinein.

Ich weine. Er hält mich.

Die Minuten vergehen – zehn, fünfzehn, zwanzig. Er sagt nichts, drängt mich nicht. Er wartet, bis mein stockender Atem sich beruhigt und meine Tränen allmählich trocknen.

»Niemand wird sie dir wegnehmen, Chloe ...« Warrens Stimme ist ernst. »Lass sie es nur versuchen ...«

Er streicht mir sanft über das zerzauste Haar und dann langsam über den Rücken. Seine Berührung ist beruhigend, fast einschläfernd.

»Ist das okay?«

Er verlagert das Gewicht, hält mich noch enger. Ein Arm liegt an meinem unteren Rücken, der andere an meinem Bauch, seine Hände treffen sich zu einem festen Griff an meiner Hüfte.

»Perfekt«, murmele ich. *Wie eine schwere, warme Decke für die Seele.*

Letzte Woche, nach dem Anruf wegen Connies Besuchsrechten, saßen Luke und Warren stundenlang mit mir zusammen, nachdem Willow im Bett war. Sie wissen, wie es sich anfühlt, einen Vater zu haben, der mal da ist und mal nicht. Hin und wieder sah es so aus, als würde ihr Vater die Verantwortung übernehmen, aber das tat er nie. Ihre Sichtweise gab mir Trost, ihre Ehrlichkeit bedeutet mir alles.

Ich erzählte ihnen von dem Tag, an dem Connie mich nicht vom Bus abholte. Von dem Tag, an dem sie das Sorgerecht zurückbekam und wir Eis essen gingen. Von dem Tag, an dem sie mich wieder einmal, ohne Bescheid zu sagen, nicht zur Schule brachte; von dem Tag, an dem es keine Chance mehr gab.

Ich offenbarte ihnen meine Seele. Es fühlte sich hässlich an, aber auch echt. Erst war es furchtbar, doch danach spürte ich, wie eine tonnenschwere Last von mir abfiel. *Ein offener Austausch.*

Warren und Luke haben Platz für meine Angst, meinen Schmerz, meine Unsicherheit geschaffen. Ich muss nichts zurückhalten, nichts kleinreden, nichts verstecken. Selbst in den von den CPS angeordneten Therapiesitzungen hatte ich immer den Verdacht, meine Eltern würden erfahren, was ich erzähle. Außerdem wollte ich unbedingt, dass die Therapeutin mich mochte. Sie nannte mich einmal ihre Lieblingsklientin, und daran sollte sich niemals etwas ändern.

Zeig mir die chaotische Seite, hat Warren gesagt. Und langsam glaube ich, dass er es wirklich so meint. Heute Morgen liefert er mir den endgültigen Beweis dafür.

»Warren?« Meine Stimme ist nasal vom Weinen.

»Ja, Täubchen?« *Schon wieder dieses seltsame Kosewort.*

»Ich bin so froh, dass es dich gibt.«

Langsam löse ich mich von ihm, richte mich auf seinem Schoß auf und lege die Hand an seine Wange, wo seine Bartstoppeln kratzen. Mit dem Daumen streiche ich über die Vertiefung unter seinem Wangenknochen.

»Danke«, sage ich, während ich ihm tief in die Augen sehe.

Warren atmet langsam aus, blickt auf den Teppich unter uns.

»Ja.« Seine Stimme ist rau, gepresst. Er fasst sich kurz, weil er weiß, dass längere Worte seine Gefühle preisgeben würden. Er räuspert sich, atmet tief ein, hustet. »Dieses Wochenende wird anstrengend ...« Er bricht ab.

Anstrengend, ja, das trifft es ziemlich. Willows Kardiologietermine sind immer wieder wie ein Glücksspiel – jedes Mal könnte es lebensverändernde Neuigkeiten geben. Dann der erste Besuch von Connie, bei dem sie vielleicht ihre Absichten offenlegt. Und zu allem Überfluss kommen meine Eltern morgen zu Besuch.

»Aber wir müssen noch über was anderes reden«, sagt Warren mit einem Seufzen. »Es tut mir leid. Ich habe das viel zu lange vor mir hergeschoben. Ich hätte mich nicht davor drücken sollen, mit dir darüber zu reden, doch nach Rachels Anruf letzte Woche schien es mir kein guter Zeitpunkt zu sein und ...« Er reibt sich über das Gesicht und lehnt sich an den Couchtisch. Ich stemme mich von seinem Schoß hoch und setze mich ihm gegenüber auf den Boden.

»Es ist okay. Sag's mir.«

»Es gibt eine Wohnung. Eine Zweizimmerwohnung, nicht weit von hier.«

Oh ...

»Ich habe vor Monaten eine Bewerbung abgeschickt – und sie wurde angenommen. Ich muss bis morgen Bescheid geben.«

Ich blinzele hastig. »Wann?«

»Die Miete läuft ab November. Aber ich könnte beide Wohnungen bis Dezember halten, falls das hilft ...« Er schüttelt den Kopf, weil er weiß, dass das nicht das Problem löst.

»Das ändert nichts. Mein Gutachten ist erst im ...« Mein Herz rast.

»Januar, ich weiß. Scheiße, Chloe.« Er blickt zur Decke. »Ich weiß nicht, was ich tun soll. Ich habe gefragt, ob sie den Mietvertrag erst ab Januar aufsetzen können. Ich habe Rachel gefragt, ob ... aber ...« Er reibt sich den Nacken und meidet meinen Blick. »Ich habe so lange darauf gewartet, eine eigene Wohnung mit Luke zu bekommen. Ich weiß nicht, wann – oder ob überhaupt – hier in der Gegend eine andere Wohnung frei wird, die ich mir leisten kann.«

Ich kann nicht von ihm verlangen, dass er darauf verzichtet, das weiß ich. Luke war sechs Jahre lang auf sich allein gestellt, und Warren hat so hart dafür gekämpft, dass sie wieder zusammen sein können. Aber was ist mit Willow? *Was ist mit mir?*

»Ich weiß nicht, was ich sagen soll.« Ich klemme meine Unterlippe zwischen die Zähne.

Er sieht meine Hände, die in meinem Schoß ruhen, dann bewegt er sich plötzlich, ergreift meine Handgelenke und zieht sie zu sich. »Sag mir, dass ich bleiben soll.«

Wegen des Schlafmangels, der schwindelerregenden Wirkung seines Griffs und der Dringlichkeit in seiner Stimme fühle ich mich benommen.

»Was?«, frage ich.

Warren leckt sich über die Lippen, schließt die Augen. Langsam sagt er: »Du könntest vorschlagen, dass wir etwas Schriftliches aufsetzen ... eine Art Vereinbarung. Wenn wir das machen, dann bleiben wir.«

»Aber ...« Meine Stimme wird ganz leise.

»Aber was?« Warren klingt gequält.

»Wir würden dann zusammenwohnen?«

»Chloe, wir wohnen schon zusammen.« Sein Tonfall ist amüsiert, doch sein Gesichtsausdruck bleibt konzentriert.

»Ich weiß, allerdings fühlt es sich anders an. Was ist mit …«

»Wenn wir uns darauf einigen können, dass wir auf jeden Fall bis zu Lukes Abschluss durchhalten, dann wäre das okay.«

Bitte bleib auch danach.

»Für mich ist das kein Problem. Klar doch.« Ich klinge ruhiger als den ganzen Morgen zuvor.

Sein Griff wandert von meinen Handgelenken zu meinen Händen.

»Ich will bei euch bleiben«, sagt Warren und fixiert mich mit seinen blauen Augen. Er reibt mit beiden Daumen über meine.

»Ich will auch, dass ihr bleibt.« Ich lächle sanft.

Warren blickt mich durch die Wimpern an, seine Gesichtszüge sind immer noch scharf, aber auch voller Erleichterung und zärtlicher Wärme.

»Tut mir leid, dass ich ausgerechnet heute damit komme. Der Tag ist sowieso schon beschissen.«

»Nein, danke, dass du es mir gesagt hast. Ich bin froh, dass du nicht einfach die Wohnung genommen hast, ohne vorher mit mir zu reden.«

Er zuckt zurück und verengt die Augen. »Auf keinen Fall, Chloe. Das würde ich nicht tun. Ich werde nirgendwo hingehen.«

Weiß er eigentlich, wie lange ich mir gewünscht habe, dass jemand genau das zu mir sagt? Dass ich *in den Knochen* spüre, dass er es ernst meint?

Meine Gefühle müssen sich in meinem Gesicht widerspiegeln, denn Warrens Miene verändert sich, ist jetzt erfüllt von etwas, das danach verlangt, in einem überschwänglichen Moment ausgesprochen zu werden. Sein Mund öffnet sich, als könne er ihn nicht eine Sekunde länger geschlossen halten, aber er löst seine Hände von meinen und streicht damit über seine Knie.

»Dein Tee wird kalt«, meint er. *Nicht das, womit ich gerechnet habe.*

»Wahrscheinlich ist er das schon«, antworte ich matt.

Warren steht auf und hält mir eine Hand hin. Ich ergreife sie, und er zieht mich an sich. Unsere Blicke treffen sich, und ich sehne mich danach, ihn zu küssen. Ich möchte seine festen und doch sanften Lippen auf meinen spüren. Aber er strahlt ein Unbehagen aus, das mich innehalten lässt.

»Wird ein stressiger Tag ... Ich mach mich jetzt fertig.« Er lässt meine Hand los und wendet sich ab. Er kommt nicht weit, bevor er sich noch einmal umdreht. »Geht es dir gut? Brauchst du ...«

»Ja, alles gut«, unterbreche ich ihn. »Ist wieder besser.«

Warren nickt und geht dann den Flur entlang in Richtung seines Zimmers, ohne noch ein Wort zu sagen.

Kapitel 24

»Viel Glück heute, Chloe. Das wird schon.« Luke klopft mir auf die Schulter, bevor er aus dem Auto schlüpft und in Richtung Schule abmarschiert.

»Weiß Luke von der Wohnung?«, frage ich, während Warren über die Schulter schaut und sich in den Verkehr einfädelt.

»Ja, ich hab's ihm gesagt.«

»Ist er enttäuscht?«

Warren lacht leise in sich hinein, als wir an einer roten Ampel am Ende der Straße anhalten. »Nein. Ist er nicht.«

»Was ist so lustig?«

»Nichts. Es ist nur ... Es war seine Idee, bei dir zu bleiben. Er hat mich gezwungen, ihm zu versprechen, dass ich dich frage.«

»Im Ernst?«

Ein Hauch von Enttäuschung steigt in mir auf. Hat Warren das nur gemacht, weil Luke es wollte? Wäre er sonst einfach ausgezogen?

»Er wusste, dass ich dich nie aus eigenem Antrieb gefragt

hätte.« Warren mustert mich kurz, als hätte er meine Unsicherheit gespürt.

»Aber du willst bleiben, oder?« *Ich muss es wissen.*

Warren nimmt die Hand vom Lenkrad und legt sie auf mein Knie. Daraufhin fahre ich mit dem Zeigefinger über seine Knöchel, spüre jede kleine Erhebung, jede Unebenheit.

»Ich will vieles, Chloe. Nur ... das ist ein Gespräch für ein andermal.«

Er zieht die Hand weg und umfasst das Lenkrad. *Ich will sie zurück.*

Um mich abzulenken, drehe ich den Lautstärkeregler hoch und drücke auf den CD-Knopf. Warren stellt wortlos auf das Radio zurück.

»Hey! Stell's um! Ich wollte dich sowieso fragen – welche Band ist das? Ich hab die CD rausgenommen, aber da steht nichts drauf. Bist du etwa ... ein Pirat?«

Er lacht kurz, wird dann still und schaut mit verengten Augen auf die Straße. »Du hast das gehört?«

»Ja, ich wusste nicht genau, wie ich deine Anlage bedienen kann, als ich das Auto die ersten Male ausgeborgt hab, also lief die CD in Dauerschleife. Track vier ist mein Lieblingssong. Ich hab versucht, die Lyrics zu googeln, aber nichts gefunden. Wer ist das?«

Warren schenkt mir ein ungewohntes Lächeln – eine Mischung aus Aufregung und Nervosität. Er presst seine Zunge leicht gegen die Innenseite seiner Wange, bevor er antwortet. »Äh, ja. Die Band heißt Leaps and Bounds.«

»Ha, cooler Name.«

»Danke, den hab ich mir ausgedacht«, erwidert Warren heiter.

Ich verdrehe die Augen, aber Warren hebt nur eine Braue, als würde er darauf warten, dass ich eins und eins zusammenzähle.

»Moment mal ... was? Du kennst die?«

Seine Finger verkrampfen sich leicht um das Lenkrad. »In der Highschool hab ich Schlagzeug gespielt. Ein Kumpel und ich haben dann eine Band gegründet. Wir hatten ein paar Gigs, einmal waren wir sogar auf einem Festival – als Vorband für einen Typen, den sie im selben Club entdeckt haben, in dem wir damals gespielt haben. Wir mussten gefälschte Ausweise benutzen, um dort aufzutreten. Na ja, wie auch immer, jetzt heißen sie nicht mehr Leaps and Bounds, sie haben den Namen geändert, als sie auf Europatour gegangen sind.«

»Was? Was ist passiert? Wieso ...«

Warren unterbricht mich. »Ich musste einen Job finden, so schnell wie möglich. Ich bin halbwegs talentiert, wenn es um Autos geht, und das ist eine sichere Nummer. Also hab ich die Band verlassen, als sie auf Tour gingen, und angefangen zu arbeiten. Luke musste lange genug warten.«

»Du hast das für Luke aufgegeben?«, frage ich sanft.

Warren seufzt und dreht den Lautstärkeregler leiser, bis die Musik kaum noch hörbar ist.

»Das Drum-Solo in Track vier ... bist du das?«

Er leckt sich über die Lippen, runzelt leicht die Stirn und schaut zu mir herüber – wir stehen wieder an einer roten Ampel. »Du hast das so oft angehört?«

»Ja. Das ist mein Lieblingssong. Vor allem das Schlagzeug. Warren ... du bist unglaublich.«

Er schüttelt leicht den Kopf und wirft mir einen kurzen, verlegenen Blick zu.

»Ach, na ja.« Sein Gesichtsausdruck wird ernster.

»Spielst du noch? Ich meine, seit dem Einzug habe ich nichts davon mitbekommen, nur ...«

»Nein, ich hab mein Set nicht mehr. Hab's vor einer Weile verkauft, um Geld fürs Auto zu haben. Ist auch nicht wichtig. Lass uns über was anderes reden.«

»Okay ... ich verstehe. Wirklich. Aber ... ich würde dich so gern mal spielen sehen.«

»Irgendwann.«

Warren biegt auf den Krankenhausparkplatz, öffnet das Fenster und zahlt für das Ticket.

»Ein Drummer ...«, murmele ich vor mich hin und spüre, wie meine Wangen warm werden.

Bevor sich die Schranke öffnet, dreht sich Warren grinsend zu mir. »Was, ist das etwa deine geheime Fantasie oder so?«

»Jetzt schon.« Ich lache leise und schaue verlegen weg. »Aber wieso hattest du die CD im Auto, wenn du sie nicht gern hörst?«

»Ich schätze, ich bin stolz darauf. Doch ich wollte nicht der Typ sein, der seine ...« Er unterbricht sich. *Seine was?* »Der Typ, der seine alte Band jedem vorspielt, um anzugeben. Ich vermisse es trotzdem.«

»Vielleicht kannst du wieder anfangen, wenn Luke aufs College geht.«

»Vielleicht.« Warren seufzt.

Er fährt in eine Parklücke und ich hole Willow aus ihrem Sitz, während Warren das Kinderwagengestell aus dem Kofferraum lädt und aufklappt.

»Soll ich hier warten?«, fragt er.

»Nein. Also, nur wenn du lieber ...«

»Ich komme mit.« Er schließt das Auto ab.

Warren schiebt den Kinderwagen zur Tür, und als wir das Krankenhaus betreten, greift er nach meiner Hand. Ich weiß nicht, ob es ein Trost sein soll oder sich einfach richtig anfühlt. *Für mich fühlt es sich definitiv richtig an.*

Ich könnte mich daran gewöhnen – an das Gefühl, nicht allein durch all die Termine, schwierigen Tage und Ängste zu waten. Dieser Gedanke reißt mich aus meinem Körper, sodass ich spüre, wie die Last ein wenig von mir gehoben wird, als ich auf meine Hand hinunterschaue, die seine Hand umschließt.

Ich öffne die Tür zum Wartezimmer, damit Warren den Kinderwagen hineinschieben kann, und gehe zum Empfang.

»Guten Morgen, Chloe. Wie geht's unserer kleinen Willow?«

Joy, die Empfangsdame, ist meine Lieblingsperson hier; ihr Name – Joy, die Freude – passt perfekt zu ihr. Sie ist bestimmt um die achtzig und hat mir mal erzählt, dass sie schon im Krankenhaus gearbeitet hat, bevor Dr. O'Leary geboren wurde. Vor neuen Patienten prahlt sie gern damit.

»Morgen! Sie ist ...«

Joy unterbricht mich: »Und wer ist dieser gut aussehende Mann bei ihr?«

Ich schmunzle. *Ja, gut aussehend ist er wirklich.* »Das ist mein Mitbewohner, Warren.«

»Mitbewohner ... so nennt ihr jungen Leute das also heutzutage? Schon klar ...« Sie nimmt Willows Unterlagen – also die Aufzeichnungen, die ich in der Woche zwischen den Terminen mache – entgegen und wirft Warren einen vielsagenden Blick zu.

Ich bemerke, wie er ihr zuwinkt – charmant wie immer – und verkneife mir ein Lachen.

»O Chloe, wenn du ihn dir nicht schnappst, tut es jemand anderes«, erklärt Joy.

»Vielleicht mache ich das auch«, entgegne ich mit breitem Grinsen.

»Dr. O'Leary wartet auf euch in Raum B.« Sie zeigt auf die Doppeltüren zu ihrer Linken.

»Danke, Joy.« Ich bedeute Warren, mir in den Flur zu folgen, und er schiebt den Kinderwagen in den kleinen Behandlungsraum.

»Hast du über mich geredet, Täubchen?« Seine Stimme ist kaum ein Flüstern.

»Was? Nein …« Ich winke ab. »Und wieso nennst du mich eigentlich andauernd …«

»Guten Morgen, wie geht es meiner Lieblingspatientin?« Dr. O'Leary betritt den Raum und wäscht sich die Hände am Waschbecken neben der Tür. »Oh, wir haben ja heute ein neues Gesicht dabei. Hallo, ich bin Dr. O'Leary.«

»Warren. Freut mich, Sie kennenzulernen.« Warren nickt ihm höflich zu, bevor er sich auf den Stuhl neben der Tür setzt.

»Freut mich ebenfalls, Warren.« Dr. O'Leary wendet sich mir zu, als ich Willow aus ihrem Sitz nehme, und blickt dann kurz zu ihm, ehe er weiterspricht. »Ich hatte noch keine Gelegenheit, mir Ihre Aufzeichnungen anzusehen. Wie war die Woche? Und wie hat sich Willows Schlaf entwickelt, seit sie das neue Medikament bekommt?«

»Also«, sage ich, während ich zur Untersuchungsliege gehe, »am Dienstag war ihr Blutdruck etwas höher als sonst, aber insgesamt war er niedriger als in der Woche davor. Ihr Schlaf hat sich leicht verbessert. Tatsächlich hat sie letzte Woche Mittwoch zum ersten Mal durchgeschlafen – das war unglaublich.«

Warren verschluckt sich an seinem eigenen Atem, hustet, und ich schaue zu ihm rüber.

»Äh, sorry«, sagt Warren. »Hat ihr Schlaf denn Einfluss auf die Medikamente? Macht es einen Unterschied, ob sie durchschläft?«

Was für eine seltsame Frage. Hier gibt's keine Noten in Mitarbeit, Warren.

»Ja, durchaus. Wir verfolgen ihre Entwicklung parallel zu ihrer Herzgesundheit. Mit vier Monaten würden wir erwarten, dass sie längere Schlafphasen hat. Das hilft uns auch, einzuschätzen, ob die Medikamente sie reizbar machen«, erklärt Dr. O'Leary geduldig.

Warren reibt sich mit der flachen Hand über den Kopf. »Okay, also ... sie hat letzte Woche nicht wirklich durchgeschlafen. Ich ... äh ... ich bin aufgestanden und hab mich um sie gekümmert.«

Meine Lippen öffnen sich leicht. *Er war in meinem Zimmer?* Mittwoch ... Ich hatte den Schlaf gebraucht.

Warren sieht sich verlegen im Raum um.

»Nun, wie dem auch sei«, sagt Dr. O'Leary, und ich zwinge mich, meine Aufmerksamkeit wieder auf ihn zu richten. »Es freut mich zu hören, dass sich ihr Blutdruck verbessert.« Er klickt ein paarmal auf seine Computermaus und öffnet eine Datei mit Willows letzten Scans. »Ah, hier sind sie. Okay.«

Er dreht sich auf seinem Hocker zu uns um, ein breites Grinsen im Gesicht.

»Der Scan vom vergangenen Freitag wurde heute Morgen hochgeladen, und ich denke, Sie werden sich freuen zu hören, dass sich das Loch in ihrer Arterie komplett geschlossen hat. Eine Operation wird nicht nötig sein ... sie hat es selbst geschafft.«

Ein kräftiger Atemzug entweicht mir – eine Mischung aus Erleichterung und Schock. Dann breitet sich ein Lächeln auf meinem Gesicht aus, während ich stolz auf meine kleine Schwester blicke. *Sie wird gesund. Wir kriegen das hin.*

Warren stößt einen kleinen Jubelschrei aus und reißt die Faust in die Luft.

Ich lache, und Dr. O'Leary ebenfalls.

»Du hast es geschafft, Willow! Gut gemacht, Kleine.« Ich hebe sie hoch, bis unsere Nasen sich berühren.

»Wir werden sie in den nächsten zwei Wochen noch einmal sehen, um sicherzustellen, dass ihr Blutdruck weiterhin stabil bleibt. Aber Stand jetzt ist Willow keine PDA-Patientin mehr. Sie kann zu einem normalen Kinderarzt gehen, so wie jedes gesunde Baby.« Dr. O'Leary schließt die Computerakte und klatscht einmal in die Hände. »Sehr gut gemacht, Chloe. Sehr gut gemacht, Willow.« Er winkt mir zu, bevor er den Raum verlässt.

»Gehen die Termine immer so schnell?« Warren kommt mit strahlender Miene auf mich zu.

»Nein, normalerweise gibt es noch einen Ultraschall und eine Blutuntersuchung, aber ...«

Er greift nach Willows kleinen Händen und spielt mit ihnen, während ich sie an mich drücke. Ich habe ihn noch nie so glücklich gesehen – seine Augen leuchten, sein Lächeln ist breit und echt. Wegen Willow.

Dr. O'Leary sollte zurückkommen und mein Herz untersuchen – es schlägt gerade definitiv viel zu schnell.

»Warren?«

»Ja?« Er schaut nur kurz von Willow auf, bevor er sich aufrichtet.

Ich mache einen Schritt nach vorn, stelle mich auf die Zehenspitzen und küsse ihn. Sanft, kurz, zärtlich. »Danke, dass du mitgekommen bist.«

Er hebt eine Hand zu seinen Lippen, sein Lächeln ist warm. »Immer wieder gern.«

Kapitel 25

Der Besuchsraum der CPS ist für Kinder jeden Alters eingerichtet. Es gibt Spielzeug, Brettspiele und kindergerechte Möbel. Die bunten Wände, auf einer davon ist ein riesiger Regenbogen gemalt, und das bodentiefe Fenster gegenüber der Tür lassen den Raum einladend wirken. Weiche Teppiche sind überall verteilt.

Doch es gibt auch den roten Notfallknopf neben der offenen Tür – eine ständige Erinnerung daran, wo ich hier eigentlich bin.

Ich höre zwei Stimmen im Flur, die mir nur allzu bekannt sind. Mir rutscht das Herz in die Hose.

Odette betritt als Erste den Raum, dicht gefolgt von Connie. Sie bleibt im Türrahmen stehen und sieht mich mit Willow auf einem Sitzsack. Ich presse die Lippen zusammen und versuche, meine Atmung zu beruhigen. *Alles wird gut.*

»Meine Mädchen«, flüstert Connie und führt eine Hand an ihre Lippen.

Sie sieht jetzt wieder viel mehr wie sie selbst aus als noch im Juni. Ihr Haar ist kürzer, nur noch schulterlang, und der natürliche Farbton wächst langsam nach. Sie hat etwas zugenommen, ihre Haut sieht frisch aus. Sie wirkt stabil. Und das freut mich.

»Hallo …« Ich zögere einen Moment, dann schenke ich ihr ein sanftes Lächeln. »Hi, Odette, danke, dass du da bist.«

Odette schenkt mir ein ermutigendes Nicken, das sofort ein wenig Anspannung aus meinen Schultern nimmt.

»Ich lasse mir doch kein Wiedersehen entgehen, Liebes.« Sie schließt die Tür, lehnt sich gegen den Tisch mit den bereitgestellten Snacks und wirft einen Blick auf ihre Uhr – die zwei Stunden laufen ab jetzt.

Connie löst sich langsam von Odettes Seite, kommt vorsichtig näher und setzt sich schließlich behutsam auf den Sitzsack neben mir. Ich drehe Willow so, dass sie einen besseren Blick auf sie hat.

»Wow. Sie sieht dir so ähnlich.« Connies Blick wandert zwischen uns hin und her.

»Das hören wir oft.« Ich lache leise.

»Darf ich?« Connie streckt die Hände aus. Sie blickt zu Odette, die ihr bestätigend zunickt, dann zu mir – mit einem Flehen in den Augen.

Ich straffe die Schultern, versuche, meine Gefühle im Griff zu behalten, und reiche ihr Willow. Sie nimmt sie behutsam in den Arm. Ich muss mich zusammenreißen, um ihr nicht zu sagen, dass Willow es eigentlich lieber mag, aufrecht gehalten zu werden.

»Hallo, mein Baby.« Tränen laufen über Connies Wangen – genau in dem Moment, in dem auch meine erste fällt. Am Tisch wischt sich Odette ebenfalls etwas aus dem Gesicht. Connie streicht sanft über Willows winzige Hand, während diese gluckst und vor sich hin brabbelt.

Ich zucke innerlich zusammen. *Sei nicht zu süß, Kind.*

»Ich habe sie Willow genannt. Ich hoffe, das ist okay«, sage ich vorsichtig.

»Das ist perfekt.« Connie legt kurz eine Hand auf mein Knie, tippt zweimal darauf und kehrt dann zu Willow zurück. »Wie lautet ihr Zweitname?«

»Jean. Genau wie bei uns.«

Connie zieht überrascht die Stirn kraus. Sie presst die Lippen aufeinander, ihre Augen füllen sich mit Dankbarkeit.

Sie hätte wohl nicht gedacht, dass ich diese Namenstradition fortführe. Meine Großmutter hieß Jean. Ich habe sie nie kennengelernt, aber es ist Connies zweiter Name – und meiner ebenfalls. Es hätte sich falsch angefühlt, ihn Willow nicht zu geben.

Connie räuspert sich, wischt sich übers Gesicht und fragt leise: »Sie sieht so gesund aus. Geht es ihr gut?«

»Ja, wir haben heute Morgen richtig gute Nachrichten bekommen. Das Loch in ihrer Arterie ist von selbst zugegangen. Sie braucht keine OP mehr.«

»Natürlich hat sie das geschafft. Das sind starke Frauen in unserer Familie.«

Sie zögert kurz, dann sagen wir gleichzeitig, fast flüsternd: »Starke Stirn, starke Nase, starker Körper, starkes Herz.«

»Starkes Herz, auf jeden Fall.« Connie schnieft und wischt sich mit dem Ärmel erneut übers Gesicht. »Danke, Chloe. Dafür ... dafür, dass du getan hast, was ich nicht konnte.«

Ich nicke stumm und wische mir ein paar Tränen weg. Ich muss es wissen. Jetzt. »Mom ... ich ... ich bin wirklich stolz auf dich, dass du trocken bist. Aber ...«

»Süße, nein.« Connie unterbricht mich sofort. »Ich weiß, was du fragen willst. Und die Antwort ist nein. Willow ... sie bleibt bei dir. Ich verspreche es.« Sie holt tief Luft, ihr Brustkorb hebt sich schwer. »Ich ... ich vermisse sie mehr, als ich es ausdrücken kann. So wie ich dich all die Jahre vermisst habe. Aber ich weiß, dass ich rückfällig werden könnte. Und ich weiß, was das mit dir gemacht hat. Sie ist bei dir besser aufgehoben. Bei der stärkeren Version von mir.«

Eine Welle der Erleichterung durchflutet mich, warm und überwältigend. Mein Atem kommt laut, unkontrolliert, als würde er all meine Ängste der letzten Woche aus meinem Körper spülen. Ich bin sprachlos. Ich weiß nicht, wie ich in so kurzer Zeit von Wut auf meine Mutter, weil sie Willow bekommen hat, zu tiefer Dankbarkeit dafür, dass sie sie mir gegeben hat, wechseln konnte.

Ein paar Minuten vergehen in Stille, während Connie sanft über Willows Haar streicht.

»Ich bin einfach nur froh, dass ihr zwei zusammen seid«, sagt Connie schließlich.

Ich lasse ihre Worte auf mich wirken, versuche, die Anspannung aus meinem Körper zu lösen, die sich nach Rachels Anruf wegen der Besuche aufgebaut hat. Ich blicke auf Willow, immer noch völlig überwältigt von den guten Nachrichten von Dr. O'Leary heute Morgen.

Nach einer Weile sage ich: »Ich glaube, mit jeder Generation werden wir stärker. Wir entwickeln uns weiter.«

»Dann sollte sich die Welt besser auf sie gefasst machen«, sagt Connie mit einem stolzen Lächeln. »Ihre Schwester ist immerhin schon die unglaublichste Person, die ich kenne.«

Sie streckt die Hand nach meiner aus, und ich weiche nicht zurück.

Ihre Haut fühlt sich weich an, so wie ich sie in Erinnerung habe, aber ihre Hand zittert leicht. Ich suche nach der kleinen Narbe an ihrem Finger – der Narbe, über die ich als Kind immer wieder gestrichen habe, während sie mir Gute-Nacht-Geschichten vorlas. Plötzlich fühlt sich alles viel vertrauter an. Viel schwerer zu ignorieren. Das ist meine Mom. Und sie tut gerade das Richtige.

Der Besuch vergeht schnell, wobei Willow gegen Ende immer unruhiger und stimmgewaltiger wird, da das Mittagsschläfchen näher rückt. Connie durfte Willow füttern – etwas, das ihr offensichtlich wichtig war. Bevor wir gehen, fragt sie mich bestimmt vier- oder fünfmal, ob die wöchentlichen Besuche wirklich in Ordnung für mich sind. Sie verspricht, zu jedem Einzelnen zu kommen. Und dann, bevor sie geht, umarmt sie mich. Die erste Umarmung von meiner Mutter seit acht Jahren.

Nachdem Connie gegangen ist, bleibt Odette zurück und öffnet ihre Arme, um mich ebenfalls zu umarmen. »War schön, dich zu sehen, Liebes«, sagt sie über meine Schulter hinweg.

»Dich auch.« Ich schätze die Gespräche mit ihr, aber nichts kommt an das wohlige Gefühl heran, das sie in einen Raum trägt. »Danke noch mal, dass du heute gekommen bist.«

»Das wollte ich nicht verpassen. Ich bin so stolz auf dich, Chloe. Du hast gerade etwas sehr Schwieriges gemeistert. Der erste Besuch ist so anstrengend. Du hast deiner Mama so viel Respekt erwiesen. Du kannst stolz sein.«

Ich lasse die Worte nicht zu lange auf mich wirken. Für heute habe ich schon genug geweint. »Danke.«

»Wie läuft es denn sonst so? Zu Hause? Mit der Arbeit?«

»Ganz gut. Ich arbeite an ein oder zwei kleineren Projekten pro Woche und versuche, genug zu verdienen, um die Neubeurteilung zu bestehen. Das könnte jetzt sogar noch einfacher werden ... Heute Morgen haben wir beschlossen, dass Warren und Luke dauerhaft bei mir einziehen.«

»Oh, das ist ja eine gute Nachricht! Vielleicht ist es dann an der Zeit, bei der Arbeit einen Gang runterzuschalten. Du siehst erschöpft aus ...«

Ich schnaufe. »Ja, kann sein.«

»Und die Sache mit Warren?« *Wo waren wir stehengeblieben, als wir das letzte Mal gesprochen haben?* Ich glaube, ich habe ihr noch von dem Pancake-Debakel erzählt, bevor sie mich abwürgen musste.

»Hm ... Also, wir haben uns geküsst.«

Odette lehnt sich zurück, die Augen geweitet und den Mund zu einem Grinsen verzogen. Sie wartet darauf, dass ich fortfahre.

Ich stelle mir Warren vor, wie er auf dem Vordersitz seines Autos auf dem Parkplatz wartet, und mein Herz flattert. Niemand hat mich je auch nur annähernd so geborgen fühlen lassen, wie er es heute getan hat. Heute Morgen in seinen Armen, die feste Hand, die sich im Krankenhaus um meine gelegt hat. Er kennt meine chaotische Seite ... und bleibt trotzdem. Ich schüttle den Kopf und merke, dass ich mir das, was ich gleich sagen werde, vielleicht zum ersten Mal eingestehe.

»Ich glaube, ich habe mich in ihn verliebt.«

Odette lächelt wie eine Erwachsene, wenn ein Kind ihr etwas erzählt, das sie längst weiß. »Liebes, das hätte ich dir auch sagen können. Du strahlst wie ein Weihnachtsbaum, wenn du von ihm sprichst.« Willow fängt an zu weinen, und ich hebe ihre Babyschale hoch, um sie hin und her zu schaukeln.

»Ich mache mir Sorgen, dass es zu früh ist. Ich kenne ihn erst seit ein paar Monaten.«

»Na ja, manchmal weiß man es einfach ... und ihr beide habt schon viel zusammen durchgemacht. Er scheint ein anständiger junger Mann zu sein.«

»Das ist er auch.«

Willow wird noch lauter.

»Ich sollte wohl besser los. Kann ich dich anrufen, wenn ...«

»Du kannst jederzeit anrufen, Liebes«, unterbricht Odette. »Ich freue mich auf unsere Gespräche.« Sie hievt mir die Wickeltasche auf die Schulter, und ich trage Willow auf den Parkplatz, wo Warren wartet. Ich schnalle sie auf dem Rücksitz fest und öffne die Beifahrertür.

»Wie ist es gelaufen?« Warren setzt sich aufrecht auf den Fahrersitz, dreht sich zu mir um und mustert besorgt mein Gesicht.

Ich atme tief durch. »Gut. Wirklich gut.«

Seine ganze Haltung entspannt sich.

»Sie wird das Sorgerecht nicht anfechten. Sie ...« Meine Stimme bricht. »Sie sieht gesund aus.«

Warren legt seine Hände an mein Gesicht, lehnt seine Stirn gegen meine und atmet tief aus.

»Sie hat mich umarmt«, sage ich mit zitternder Stimme.

»Das ist so schön, Chloe.« Er küsst mich sanft auf die Stirn und lehnt sich wieder an mich.

»Willow bleibt bei mir.« Zum ersten Mal sage ich es laut – und es fühlt sich endlich echt an. »Ich glaube, das Schlimmste ist überstanden.«

»Das ist es, Täubchen. Du hast es geschafft.«

Ich streiche sanft über seinen rauen Kiefer, dann drehe ich mich nach hinten zu Willow. Sie lässt einen langen, müden Protestschrei los. Ich atme tief durch, zwinge mich zur Ruhe und schnalle mich an. Warren tut dasselbe, bevor er vom Parkplatz fährt und wir uns auf den Heimweg machen.

Ich will es ihm sagen. Dass ich ihn liebe. Jetzt sofort. Und danach noch hundertmal. Aber zuerst muss ich den Besuch meiner Eltern überstehen. In meinem Kopf habe ich mindestens zwanzig verschiedene Szenarien durchgespielt – von einer bestmöglichen Reaktion bis hin zur schlimmsten. Und keines davon wird besser, indem er morgen auch noch meine Eltern trifft.

Kapitel 26

Hallo, Darling!« Die Hs im Akzent meiner Mutter verschwinden fast völlig, selbst nach vierzig Jahren fernab von Barcelona.

Sie klopft mir kurz auf die Schulter, bevor sie an mir vorbei in den Flur meiner Wohnung tritt. Mein Vater zieht mich in eine kräftige Umarmung, hebt mich kurz hoch, und ich quietsche wie ein Kind.

»Schön, dich zu sehen, Panda.«

Panda – mein Spitzname, seit dem Tag, an dem CPS mich zu ihnen brachte. Sie hatten einen Stoffpanda auf mein Kopfkissen gelegt, und als ich sagte, dass es mein Lieblingstier sei, nahmen sie es als Zeichen, dass wir als Familie füreinander bestimmt waren. Eigentlich mochte ich Kaninchen lieber. Aber ich habe Pandas lieben gelernt. Mein Vater brachte mir von jeder Geschäftsreise etwas Pandamäßiges mit. Schneekugeln, Mützen, T-Shirts, Kuscheltiere – es war eine richtige Sammlung. Das Original sitzt immer noch auf meinem Schreibtisch.

»Dich auch, Papa.«

Er legt den Arm um meine Schulter, während ich ihn ins

Wohnzimmer führe. Meine Mutter steht da und betrachtet den Raum mit leicht geschürzten Lippen. Ihre neutrale Miene ist immer gefährlich. Wenn sie zufrieden ist, weiß man es – sie lacht ausgelassen, ihre kehlig-spanische Stimme wird lauter, ihr Lächeln wird breit und ein bisschen spitzbübisch. Aber wenn nicht, bleibt es oft bei reiner Mutmaßung. Und oft endet es damit, dass ein Kellner oder eine Hotelangestellte in Tränen ausbricht.

»Meine Mitbewohner, Warren und sein Bruder Luke, haben Willow mitgenommen, um das Essen zu holen. So können wir uns ein paar Minuten in Ruhe unterhalten.«

Ich klopfe auf das Sofakissen neben mir. Meine Mutter setzt sich, dreht sich zu mir, streicht mir eine Strähne aus dem Gesicht und drückt mir kurz die Schulter. Dann wendet sie sich zu meinem Vater.

»Habe ich dir von Chloes Mitbewohnern erzählt? Es könnte mir durchgerutscht sein«, gebärdet sie.

»Die, die wir letztes Weihnachten getroffen haben? Lane und Elizabeth, oder?«

Ich springe ein. »Nein, Lane und Emily. Sie sind nach dem Abschluss ausgezogen. Meine neuen Mitbewohner sind Warren und Luke. Warren ist auch Vormund. Wir wurden zusammengebracht, um uns gegenseitig zu unterstützen. Luke, sein Bruder, ist fünfzehn und ebenfalls gehörlos.«

»Oh, wunderbar. Jemand, mit dem ich mich unterhalten kann. Sind sie bald zurück?« Mein Vater blickt kurz zur Haustür.

»Ja, sie holen das Essen. Willow ist bei ihnen.«

»O ja, Willow. Sie ist jetzt ... sechs Monate?«, fragt Dad.

»Vier.« Ich behalte mein höfliches Lächeln. Dieser Besuch wird nicht lang genug sein, all meinen Gefühlen Luft zu machen. Ich muss meine Kämpfe weise wählen.

»Und ... wie ist es? Das Elternsein?« Mein Vater verspannt sich leicht, sein Blick bleibt auf mich gerichtet, aber ich merke, wie meine Mutter versucht, seine Aufmerksamkeit zu bekommen.

»Gut. Willow ist wundervoll.«

»Oh, und alles Gute zum Geburtstag! Herrje, fast vergessen! Alles Gute, Darling!«

Meine Mutter drückt mir einen Kuss auf die Wange, wendet sich dann meinem Vater zu, aber ich konzentriere mich nicht genug, um ihre Gebärden zu verfolgen. Ich weiß nicht, was mehr wehtut: dass mein Geburtstag ein Nachgedanke ist oder dass sie bewusst das Thema Willow umschiffen.

»Ja, herzlichen Glückwunsch ... Fünfundzwanzig! Kaum zu glauben.« Mein Vater zieht seine Brieftasche heraus und drückt mir ein dickes Bündel Geldscheine in die Hand.

Für wohlhabende Menschen sind sie selten so großzügig. Ich blicke unsicher auf das Geld, dann in sein Gesicht, bevor ich es annehme.

Meine Eltern behaupteten, mein College-Fonds sei durch die Nachhilfelehrer und die außerschulischen Aktivitäten aufgezehrt worden, die nötig waren, um mich wegen meines »rauen Starts« ins Leben an die Hochschule zu bekommen. Meine Finger kribbeln bei dem Gedanken, es auf der Stelle durchzuzählen. *Ob ich jetzt genug für ein Auto habe?*

Vielleicht sollte ich vorher aber noch mit Warren darüber reden. Wenn er wirklich vorhat, dauerhaft hierzubleiben, könnten wir uns auch sein Auto teilen.

»Alles okay, Darling? Wo warst du gerade mit den Gedanken?« Meine Mutter spricht, aber gebärdet nicht.

»Oh, sorry. Ja. Danke.« Ich lege das Geld auf den Beistelltisch neben mir. »Danke, Papa.«

»Wir bleiben dieses Jahr über Weihnachten in Spanien, aber wir würden uns freuen, wenn du uns über die Feiertage besuchst. Das deckt die Flugkosten.« Mein Vater lächelt.

»Klingt großartig, nur kann ich nicht reisen, bis Willows Vormundschaft final ist. Sie darf das Land nicht verlassen.«

Mein Vater rutscht unbehaglich auf seinem Sessel herum und wirft einen Blick zu meiner Mutter, die den Kopf schüttelt, mit einer Lass-es-gut-sein-Geste. Er lässt es ... für den Moment. Ich atme tief durch. *Ich brauche kurz Freiraum.*

»Wollt ihr was trinken? Wasser? Wein? Tee?« Ich stehe auf und gehe in die Küche.

»Wein für mich, bitte ... für deinen Vater auch«, ruft Mom mir zu.

Ich nehme drei Gläser und schenke ein. Außerhalb des Sichtfelds meiner Mutter nutze ich die Gelegenheit, Warren eine Nachricht zu schreiben.

CHLOE: Bitte sag mir, dass ihr gleich da seid. Ich brauche eine Rettungsstaffel. SCHNELL.

WARREN: Sind im Fahrstuhl.

Ich stecke mein Handy zurück in die Gesäßtasche und bringe meinen Eltern die Weingläser.

»Warren hat mir geschrieben, dass sie gleich oben sind.

Seid ihr bereit, Willow kennenzulernen?« Ich versuche, Begeisterung in meine Stimme zu legen. Sie klingt jedoch nur gequält und verzweifelt.

»Warum sollten wir das nicht sein?« *Ich weiß nicht, Mom – warum wohl?*

Mein Vater lächelt halbherzig.

Dann geht die Tür auf, Papiertüten knistern, die Bremsen des Kinderwagens klicken. Ich werfe meinen Eltern einen Blick zu und gehe Richtung Flur.

»Die Spannung im Raum ist zum Schneiden. Schnell, gebt mir das süßeste Baby der Welt.« Ich schnalle Willow aus ihrem Kindersitz und kuschle sie an mich, während ich weiter gebärde. »Danke, dass ihr losgegangen seid.«

»Warren hat genug Essen für das ganze Stockwerk besorgt, notfalls konzentrieren wir uns also einfach darauf«, stichelt Luke.

»Alles okay?« Warren mustert mich, doch ich kann nicht stillstehen.

Wir haben nie wirklich über meine Adoptiveltern gesprochen, außer dass mein Vater gehörlos ist und sie im Ausland leben. Aber heute hat er meine nervöse Anspannung hautnah miterlebt. Er hat Luke sogar eingespannt, um die Wohnung auf Hochglanz zu bringen, und mich nur ein bisschen geneckt, als ich die Küchenschränke von oben geputzt habe. »Sind die Riesen, oder was?«, fragte er, gab mir aber trotzdem einen Lappen.

»Ja, alles okay. Komm, ich stelle dich vor.« Ich atme tief durch und gehe los.

Warren schiebt die Ärmel seines Zopfstrickpullovers hoch und zupft den Saum zurecht. *Moment mal … sein Zopf-*

strickpullover? Hat er sich etwa extra schick gemacht? Kein schlichtes Langarmshirt, keine abgewetzten Jeans. Die hier sind schwarz und fast ungetragen ... *Sind die neu?*

»Warren, Luke, das sind meine Mutter Martina und mein Vater Tom.« Ich bemühe mich, gleichzeitig zu gebärden und in Richtung meiner Eltern zu gestikulieren, während ich Willow immer noch im Arm halte. Meine Mom lächelt verhalten, ihr Blick wandert an beiden auf und ab, bevor sie ihnen die Hand entgegenstreckt.

»Schön, euch beide kennenzulernen.« Meine Mutter schüttelt ihnen die Hand. Luke lächelt ausdruckslos – im Gegensatz zu meinem Vater zwingt er sich nicht dazu, von den Lippen abzulesen.

»Ganz unsererseits.« Warren tritt zurück und nickt, dann wendet er sich an meinen Vater. »Freut mich, Sie kennenzulernen, Sir.«

»Bitte, nennt mich Tom.« Das breite Lächeln meines Dads ist ansteckend. Ich glaube, dass er, wie Luke in der Wohngruppe, schon eine ganze Weile ohne Gebärdenpartner ist.

Mein Dad schüttelt Warren die Hand und wendet sich dann Luke zu, um mit ihm zu gebärden. Sie beginnen ein Gespräch am Rande, während Warren die Tüten mit dem Essen vom Boden aufhebt und sie zum Tisch trägt.

Ich wende mich meiner Mutter zu, die mit Zurückhaltung auf das Bündel in meinen Armen starrt.

»Und das ... ist Willow.« Ich trete einen Schritt näher. Sie schluckt, und ihr Auge zuckt leicht.

»Hola, pequeñuela«, murmelt sie. Immer, wenn ihre Gedanken abwandern, rutscht ihr ihre Muttersprache Spanisch heraus.

»Möchtest du sie halten?« Ich vergesse zu atmen.

»Vielleicht nach dem Essen. Ich bin sehr hungrig.«

Ich beiße mir auf die Zunge und nicke, mein Lächeln ist gequält. »Klar. Okay.« Ich weiß, dass Warren meine angespannte Stimme hört, da er besorgt zu mir blickt.

Warren winkt Luke heran, und mein Dad folgt ihm dicht auf den Fersen. Er beachtet weder mich noch Willow, während er an uns vorbeigeht, denn er ist immer noch in das vertieft, was Luke gerade sagt. *Wenigstens kommen die beiden miteinander aus.*

Ich setze mich auf den Platz, der dem Flur am nächsten ist und vom Wohnzimmer weg zeigt. Meine Mutter wählt den Stuhl auf der gegenüberliegenden Seite des Tisches, und mein Vater setzt sich zu ihr, direkt gegenüber von mir. Luke nimmt zu meiner Rechten am Kopfende des Tisches in dem Computerstuhl Platz, den er aus seinem Zimmer mitgebracht hat, und setzt sein Gespräch mit meinem Dad fort. Warren lässt sich auf der linken Seite neben mir nieder. Er zwinkert mir zu.

Er flirtet, um mich zu beruhigen, und es funktioniert. Er scheint zu wissen, dass ich etwas von dem Selbstvertrauen brauche, das er im Überfluss hat. Ich halte Willow in der Armbeuge, während ich mir mit der anderen Hand das Essen auf den Teller schaufle.

»Ich habe noch nie vegan gegessen, also habe ich einfach von allem was genommen. Ich hoffe, das ist in Ordnung.«

»Ja, danke. Es sieht toll aus.« Meine Mutter lächelt ihn an, während sie sich ein paar Sachen auf den Teller legt. »Sagen Sie, Warren, was machen Sie beruflich?«

»Ich bin Mechaniker in einer Werkstatt nicht weit von

hier.« Jedes Mal, wenn Warren spricht, wirft er einen kurzen Blick zu Luke und meinem Vater, um zu prüfen, ob sie ihn ansehen – ob er vielleicht doch gebärden sollte.

»Ein Mechaniker ... verdient man da gut?« Meine Mutter fragt mit einer betont lockeren Stimme. Ich halte kurz mit dem Kauen inne und werfe Warren einen Seitenblick zu. Er bleibt ungerührt.

»Ja, tut man. Es ist ein erfahrungsbasiertes Gehalt. Ich arbeite mich hoch.«

»Und Ihr langfristiges Ziel?«

»Mich weiter im Hamsterrad des Kapitalismus abstrampeln, nehme ich an ...« Warren lacht leise, aber als meine Mutter nicht darauf eingeht, strafft er die Schultern und fährt ernsthafter fort. »Ich möchte irgendwann meine eigene Werkstatt haben.« Ich verschlucke mich leicht, und Warren legt eine Hand auf mein Knie. *Keine Sorge*, sagt er mit sanftem Druck seiner Finger.

Meine Mutter lächelt. »Wie schön für Sie.« Sie steckt sich einen Bissen in den Mund, kaut und schluckt. »Chloe, wie läuft es bei dir mit der Arbeit?« *Super, jetzt geht's los.*

»Richtig toll. Ich habe gerade eine Bus-Werbekampagne für die Stadt abgeschlossen. Die Bezahlung war super, und es wird cool sein, mein Design draußen zu sehen.« *Da gibt es eigentlich nicht viel dran auszusetzen.*

»Also fährst du immer noch mit dem Bus?« *Ach, vergiss es.*

»Na ja, Mom ... Autos sind teuer, und ich will nicht noch mehr Schulden machen. Ich habe jetzt ein Kind zu versorgen. Der Bus ist am günstigsten.«

»Wir werden dir kein Auto kaufen, Chloe.« Meine Mutter kaut weiter, während sie spricht, doch sie schafft es trotzdem, eine beängstigende Deutlichkeit in jede Silbe ihrer Zurückweisung zu legen.

»Das will ich doch gar nicht ...«, seufze ich.

»Warum beschwerst du dich dann?« Sie schabt mit den Zähnen an ihrer Gabel entlang.

Ich starre auf meinen Teller. »Sorry. War keine Absicht.« *Nicht weinen.* »Eigentlich hat Warren ein Auto. Er leiht es mir zweimal die Woche, was wirklich nett von ihm ist.« Ich lenke die Aufmerksamkeit wieder auf Warren. Meine Mutter scheint ihn zu mögen. *Er trägt einen Zopfmusterpulli, verdammt noch mal.*

»Braucht Warren sein Auto nicht für die Arbeit?« Sie fragt mich, doch ihre Augen sind auf ihn gerichtet.

Sein Griff um mein Knie wird fester. Ich zögere einen Moment zu lange, und Warren antwortet für mich. »Ich habe ihr angeboten – weil sie für uns alle einkaufen geht. Scheint mir fair. Außerdem liegen Willows Arzttermine am anderen Ende der Stadt, und die Busverbindungen hier sind eine Katastrophe. Hoffentlich hilft die neue Werbekampagne dabei.«

Er wirkt, als hätte er gerade einen Punkt gemacht, und lockert seinen Griff um mein Knie. Armer Warren. Er kennt seine Gegnerin noch nicht.

Meine Mutter legt ihr Besteck zur Seite und sieht ihn mit erhobenem Kinn an. »Und wenn du nicht hier wärst? Chloe kann nicht lernen, selbstständig zu sein, wenn sie nicht zuerst darum kämpfen muss. Ihr Vater und ich wurden auch nicht mit dem goldenen Löffel im Mund geboren. Wir haben hart gearbeitet und Opfer gebracht, um dahin zu kommen, wo wir heute sind. Jetzt können wir uns Autos leisten.

Wir müssen uns nicht mit ... öffentlichen Verkehrsmitteln abgeben.« Sie winkt beiläufig, als würde sie aus dem Fenster auf das Fußvolk herabsehen.

Warren presst die Lippen zusammen und stopft sich wortlos eine Gabel voll Essen in den Mund. Ich glaube, er hält ihn absichtlich voll.

»Schon gut, Mom. Ich bin kurz davor, mir ein Auto zu kaufen, also wird das bald kein Thema mehr sein. Vergiss einfach ...«

»Ich hoffe, du gibst dein Geburtstagsgeld nicht dafür aus. Das ist für die Flüge zu uns und Abuela gedacht.« Meine Mutter zieht einen beleidigten Schmollmund. »Sie wird älter, Darling. Vielleicht hast du nicht mehr oft Gelegenheit, sie zu sehen.«

»Ich habe doch schon gesagt, dass ich nicht reisen kann, solange das mit dem Sorgerecht für Willow nicht endgültig geklärt ist. Danach kommen wir.«

»Ich weiß nicht, ob es eine gute Idee ist, mit einem Baby zu fliegen. Es ist eine lange Reise«, erwidert sie und wischt meine Antwort einfach beiseite.

Ich lache leise und ungläubig. »Mom, was soll ich denn sonst mit ihr tun? Sie ist ...«

»Kann sie nicht bei einer anderen Familie bleiben? Constance?« Ich habe meine Mutter seit über zehn Jahren nicht mehr Connies Namen sagen hören.

Ich atme ungewollt scharf ein. »Nein, Mom ... kann sie nicht. Hättest du mich denn damals bei ihr gelassen?«

»Das war etwas anderes.«

»Inwiefern?«

»Wir haben dich nicht bloß betreut, während sie trocken

wurde. Wir haben dich adoptiert. Wir waren bereit, Eltern zu sein. Wir hatten genug Zeit, um zu reisen, Geld zu sparen, das Leben zu genießen. Wir wollten dich. Wir haben uns bewusst dafür entschieden, diese Dinge aufzugeben ...«

»Ich will Willow, dauerhaft. Und ich werde sie dauerhaft haben.«

Meine Mutter hebt abwehrend die Hände, als meine Stimme lauter wird. Am anderen Ende des Tisches werden Luke und mein Vater still, alle Blicke richten sich auf uns.

Meine Augen tränen – aus purer Frustration. »Warum kannst du mich nicht einfach unterstützen? Es war so schwer. Du hast sie nicht mal auf den Arm genommen.«

»Wir sind gerade erst angekommen. Muss ich sie sofort ...«

»Du solltest dich freuen, sie kennenzulernen! Sie ist ein Teil von mir!« Meine Stimme wird noch lauter, und ich kann es nicht aufhalten. Eine Träne tropft von meinem Kinn.

»Sprich nicht so mit mir, *hija*. Soll ich glücklich darüber sein, dass du dein Leben wegwirfst?« Sie schnaubt. »Ich dachte, du würdest meinem Beispiel folgen, nicht dem deiner Junkie-Mutter, aber jetzt entscheidest du dich für dieses Leben? Du entscheidest dich für Kunst statt Erfolg? Stolz statt Wohlstand? Du entscheidest dich, ein Baby allein großzuziehen? Wer wird dich jetzt noch wollen? *Ay Dios Mio*. Wir haben uns so bemüht! Wo haben wir versagt?«

Ich öffne den Mund, aber kein Laut kommt heraus. Ich drehe mich zu meinem Vater – ich weiß, dass er nach all den Jahren mit meiner Mutter von den Lippen lesen kann – und warte darauf, dass er mich ansieht. *Zeig mir, dass du das verstanden hast. Zeig mir, dass es dir leidtut.* Er sieht nicht auf.

Ich stoße mich vom Tisch ab, Warren zieht die Hand von meinem Bein zurück. Ich halte den Blick auf meine Mutter gerichtet, während ich Willow fester an mich drücke.

»Du hast nicht länger das Recht, so mit mir zu reden.« Meine Stimme ist so ruhig wie möglich. »Ja, es ist schwer. Ja, ich kämpfe. Aber ich bin glücklich mit meiner Entscheidung. So wird mein Leben sein. Ob es dir passt oder nicht. Also kannst du mich entweder unterstützen ... oder gehen.«

Meine Mutter mustert mich missbilligend. Sie lässt meine Worte viel zu lange im Raum stehen, weil sie genau weiß, dass nur sie als Nächste das Wort ergreifen kann. Sie will mich zappeln lassen – aber das gelingt ihr nicht.

Schließlich spricht sie doch. Allerdings nicht mit mir. »Hören Sie, wie sie mit mir redet? Diese Respektlosigkeit ... Würden Sie so mit Ihrer Mutter sprechen, Warren?«

Warren senkt kurz den Blick, dann steht er langsam auf, seine Haltung angespannt. Er sieht zu seinem Bruder hinüber und deutet mit dem Kinn in Richtung Lukes Zimmers. Luke steht ohne zu zögern auf und verlässt den Tisch.

Warren atmet tief durch, dann spricht er – und gebärdet dabei. »Martina, ich kenne Sie nicht gut, aber ich kenne Ihre Tochter ... Ehrlich gesagt frage ich mich langsam, ob ich sie besser kenne als Sie.«

Er sieht mich an, dann auf das schlafende Baby in meinen Armen – in seinen Augen steht Zuneigung.

»Chloe ist die fleißigste und stärkste Person, die mir je begegnet ist. Ich kenne niemanden, der ein Baby mit gesundheitlichen Problemen allein großziehen und trotzdem noch nebenher arbeiten kann. Wussten Sie, dass Willow dreimal täglich Medikamente nehmen muss? Dass ihr Herz täglich überwacht wird? Dass sie kaum schläft? Chloe beschwert sich nie. Niemals. Und trotzdem ist sie Luke und mir noch eine gute Freundin. Sie ist erschöpft.«

Warren hält inne und sieht erst meinen Dad an, dann meine Mutter, die sich mit verschränkten Armen zurückgelehnt hat.

»Vielleicht wäre Chloe weniger hart zu sich selbst, wenn sie sich trauen würde, um Hilfe zu bitten. Es scheint so, als ob niemand ihr das beigebracht hätte.« Er schaut mich kurz an, in seinen Augen ein stummes Bedauern, bevor er weiterspricht. »Also ... ja. Ich höre, wie sie mit Ihnen spricht – und ehrlich gesagt, wäre ich nicht so freundlich.«

Seine Schultern heben und senken sich mit einem tiefen Atemzug, dann sieht er meiner Mutter direkt in die Augen.

»Und nein, ich rede nicht so mit meiner Mutter, denn ... *meine* Junkie-Mutter ist tot.«

Kapitel 27

Ich liebe ihn. Das ist alles, was ich gerade denken kann. Ich liebe Warren.

Ich nehme seine Hand in meine. Verdammt sollen die Kommentare oder Urteile meiner Mutter sein. Sie steht empört auf, doch mein Vater greift nach ihr und zieht sie langsam wieder auf ihren Stuhl. Wütend dreht sie sich zu ihm um, und meine Eltern führen eine wortlose Unterhaltung nur mit Blicken.

Meine Interpretation? Mein Vater versucht ihr klarzumachen, dass sie kurz davorsteht, ihre einzige Tochter zu verlieren. Und meine Mutter – stur, wie sie ist – stimmt nur widerwillig zu, nachzugeben.

Sie leckt sich über die Lippen, ihre Augen funkeln verärgert, während sie gebärdet und gleichzeitig spricht. »Es tut mir leid, Chloe. Warren. Ich wollte dieses schöne Abendessen nicht ruinieren. Setzen wir uns wieder.«

Wir lassen uns auf unsere Stühle sinken, unsere Finger immer noch ineinander verschränkt. Warren zieht meine Hand auf seinen Schoß und umschließt sie mit der anderen Hand, spendet mir Wärme, bevor er schließlich loslässt.

Schweigend laden wir unsere Teller mit mehr Essen voll, unterbrochen nur vom gelegentlichen Weiterreichen der Schüsseln.

Mein Vater beginnt ein Gespräch mit Warren über Autos. Ich schlucke meinen Stolz hinunter und frage meine Mutter nach Abuelas Gesundheit. Wir reden weiter, bis wir alle mit dem Essen fertig sind, und verlieren kein Wort mehr über das Drama, das sich vorhin abgespielt hat. Doch ich vergesse keinen Moment lang, was Warren gesagt hat. Wie er den ganzen Raum in den Bann gezogen hat, um mich zu verteidigen – gegen die Urteile, die er vor ein paar Monaten noch selbst über mich gefällt hatte.

Nach dem Essen bittet meine Mutter darum, Willow zu halten. Zunächst auf ihrem Schoß – mit einer Armlänge Abstand –, aber dann lässt Willow ihren Charme spielen. Mit großen Kulleraugen und süßem Lächeln entwaffnet sie sogar meine Mutter, die schließlich nachgibt und sie an ihre Brust zieht.

Mein Vater bittet Warren, ein Foto von uns vieren zu machen, um es Abuela zu zeigen – und erwähnt, dass sie es rahmen lassen wollen. Kurz darauf verabschieden sie sich. Nachdem ich Willow ins Bett gebracht habe, sehe ich, wie sie Warren und Luke zum Abschied umarmen.

Als ich die Haustür schließe, verbuche ich den Besuch als Erfolg. Kaum drehe ich mich um, stehen Warren und Luke im Flur hinter mir und deuten eine Gruppenumarmung an. Nach einer langen, leicht unbeholfenen Minute lösen wir uns wieder voneinander.

»Mann, ich bin echt froh, dass wir nicht adoptiert wurden.« Luke grinst schelmisch, und ich kann nicht anders, als zu lachen. Warren stößt ihn spielerisch gegen die Schulter, aber ein Schmunzeln liegt auch auf seinen Lippen. »Was? War doch nur ein Scherz. Dein Dad ist echt cool. Er redet nur ziemlich viel.«

Zusammen gehen wir ins Wohnzimmer. Warren lässt sich neben mir auf die Couch fallen, unsere Knie berühren sich. Luke nimmt im Sessel gegenüber Platz.

»Ja, na ja, meine Mom kann Gebärdensprache, beschwert sich aber ständig darüber, mit drei Sprachen jonglieren zu müssen. Ich glaube, mein Dad hat es einfach genossen, mal jemanden zum Quatschen zu haben. Danke, dass du dich mit ihm unterhalten hast.«

»Was ist eigentlich passiert, als ich weg war? Es sah ... dramatisch aus.«

»Warren hat mich verteidigt. Er hat meine Mutter zum Schweigen gebracht. Es war großartig.«

»Das würde ich so nicht sagen«, mischt sich Warren ein, seine Augen wandern kurz auf den Boden, bevor er langsam wieder zu mir aufblickt.

»Doch, hast du. Und ... ich hab es geliebt. Danke.« Während ich ihn ansehe, merke ich, wie ich vergesse, meine wahren Gefühle zu verbergen. *Ich liebe dich.* Aus meinen Augen könnten genauso gut kleine Cartoonherzchen herausspringen.

Luke räuspert sich und lenkt unsere Aufmerksamkeit zurück auf die andere Seite des Raumes.

»Also, ich geh dann mal in mein Zimmer ... Viel Spaß beim Bedanken oder was auch immer. Aber bitte nicht hier.« Er steht auf, und ich werfe ihm ein Kissen hinterher. Er lacht, und ich verdrehe die Augen.

»Gute Nacht«, bedeutet er mir mit den Händen. »Viel Glück«, fügt er für Warren hinzu, der sich grinsend das Kinn reibt und den Kopf schüttelt.

Als Lukes Tür ins Schloss fällt, räuspert sich Warren und rutscht ein Stück weiter weg.

»Also ...«, sagen wir gleichzeitig und unterbrechen uns dann.

»Du zuerst«, sage ich.

Warren schmunzelt und bewegt seine Lippen von einer Seite zur anderen. »Willst du darüber reden?«

»Nein.« *Ich würde lieber was ganz anderes machen.*

»Sicher?«

»Ja.«

»Okay.« Warren nickt mehr zu sich selbst als zu mir, und ich rutsche näher an ihn heran, mache meine Absichten mehr als deutlich. Er hebt eine Augenbraue und blickt auf meine Lippen. Sein linker Mundwinkel verzieht sich nach oben. »Küsst man sich eigentlich an Geburtstagen?« Seine Stimme ist rauer als sonst.

»Wir haben es an deinem getan ...«

»Also küssen wir uns jetzt?«

»Jetzt gerade? Nein.« Ich beiße mir auf die Innenseite der Wange, um mein Grinsen zu verbergen.

»Du weißt, was ich meine ...« Er lächelt, aber sein Blick verharrt auf meinen Lippen.

»Vielleicht ...« Warren hatte gesagt, ich solle es ihm sagen, wenn ich bereit bin. Nun, hier bin ich. Bereit. »Was machst du am Freitag?«

»Die letzten Vorbereitungen für unser Date am Samstag treffen.« Seine Lippen formen ein verschmitztes Lächeln.

»Ja?« Mein Gesicht wird heiß, und ich blicke zur Seite, um meine Freude zu verstecken. Wie aufgeregt mich die Aussicht auf ein Date mit ihm macht, wie heftig die Schmetterlinge in meinem Bauch flattern. *Mein erstes richtiges Date.*

»Wird Luke mit Babysitten klarkommen?«, frage ich.

»Ja, wenn du dich damit wohlfühlst. Ich könnte auch Belle fragen. Oder …«

»Nein, Luke kommt super mit ihr klar.« Ich halte kurz inne und werfe einen Blick zur oberen Etage. »Ich werde gar nicht wissen, was ich mit mir anfangen soll.«

»Dein erster Abend ohne Will … Ich verspreche, es wird sich lohnen.« Seine Aufmerksamkeit ruht auf meinen Lippen, diesmal mit einem Blick, der so intensiv ist, dass es fast scheint, als würde er sich unmöglich zurückhalten können.

Ich schlucke und stehe dann auf. Warren greift nach meiner Hand und wirbelt mich wieder zu sich herum.

»Ja?« Ich sehe ihn an, sein Gesichtsausdruck erinnert an einen traurigen Welpen; ich kann nicht anders, ich muss lachen.

»Wohin gehst du?«, fragt er schmollend.

»Nur Wasser holen. Keine Sorge.« Ich zwinkere und ziehe meine Hand sanft aus seiner.

Ehrlich gesagt ist das Wasser nur eine Ausrede. Ich brauche eine Minute, um das zu üben, was ich eigentlich sagen will.

Hey, also – kein Druck, aber ich bin verliebt in dich.

Kein großes Ding – aber ich bin verliebt in dich.

Ich hoffe, es ist nicht zu früh, das zu sagen, aber ich liebe dich.

Verdammt, nichts davon klingt richtig. Während ich die

beiden Gläser zurück zum Sofa trage, kommen mir die Worte immer noch nicht über die Lippen.

»Danke.« Warren nimmt sein Glas entgegen, stellt es aber sofort auf den Couchtisch. Ich tue es ihm gleich.

Er legt einen Arm über die Rückenlehne der Couch, seine Hand ruht hinter meiner Schulter. Ich lege meine Finger auf seinen Unterarm und streiche über den weichen Strick seines Pullovers. Ich weiß, dass wir uns irgendwann heute Abend küssen werden ... aber wir sollten vorher wahrscheinlich reden, oder? Es war so viel einfacher, als wir noch unüberlegt gehandelt haben. Jetzt kämpfen wir gegen einen Monat voll praktizierter Selbstbeherrschung an.

Ich atme tief durch und versuche, dabei so lässig wie möglich zu wirken. »Also, es gibt wahrscheinlich eine elegantere Art, das zu sagen, aber ...«

»Hey, warte. Komm her.« Warren nutzt den Arm, den er über die Couch gelegt hat, um mich näher zu ziehen – direkt auf seinen Schoß. Ich leiste keinen Widerstand, platziere meine Knie zu beiden Seiten seiner Oberschenkel und setze mich leicht zurück, mein Po ruht über seinen Knien. Meine Arme schlingen sich um seinen Nacken. Seine Hände landen auf meinen Hüften, seine Daumen verhaken sich locker in den Gürtelschlaufen meiner Jeans.

»Ich ... äh ...« *Fokus, Chloe.* »... kann so irgendwie nicht klar denken.«

Mein Kopf ist völlig benebelt. Ich bin gleichzeitig hier – spüre seine Hände auf mir, unsere Nähe – und doch auch in meinem Schlafzimmer, wo ich mir genau diesen Moment wieder und wieder vorgestellt habe.

Ich schließe die Augen, um mich zu sammeln, doch das

Verlangen in mir wächst nur weiter. Ich schlage die Lider auf, aber Warren anzusehen, macht es nicht besser.

Seine Augen sind dunkel, glasig, voller Verlangen. Sein Kiefer spannt sich an, als er den Blick auf den Punkt richtet, an dem unsere Körper sich treffen. Dann wandern seine Augen langsam wieder hoch zu meinem Gesicht. Er streicht mir eine lose Haarsträhne nach hinten, nur um dann seiner eigenen Bewegung zu folgen – sein Blick gleitet weiter, meine Schulter entlang, meinen Rücken hinab, bis zur Rundung meines Pos.

»Chloe, es tut mir so leid«, sagt er leise.

Okay, das habe ich nicht erwartet. »Was? Nein, du musst dich nicht ...«

»Ich habe dich verurteilt. Alles, was deine Mutter heute gesagt hat? Genau dieses Bild hatte ich auch von dir. Das muss furchtbar gewesen sein – diese Vorwürfe nicht nur von ihr zu hören, sondern auch von jemandem, der dich kaum kannte. Ich hasse es, dass ich das getan habe. Ich würde ...«

»Ich habe mein ganzes Leben damit verbracht, meiner Mutter zu beweisen, dass sie falschliegt – dabei wollte ich nichts mehr, als dass sie stolz auf mich ist. Aber ich bin müde. Ich bin es leid. Du konntest es damals nicht wissen. Und was du ihr heute gesagt hast ... das war genau das, was ich hören musste. Meinst du das wirklich so?«

»Und noch so viel mehr.« Er lächelt und hebt eine Hand an meine Wange. Ich lehne mich in seine Berührung, spüre den weichen Stoff seines Pullovers neben meinen Lippen. »Chloe, ich könnte ewig darüber reden, wie sehr ich mich geirrt habe. Wie unglaublich du bist ...« Er räuspert sich. »Wie sehr ich dich liebe.«

Ich spanne mich vor Überraschung an. *Er liebt mich.*

»Du tust was?« Mein Grinsen könnte kaum breiter sein.

Warren hebt eine Braue, kann aber nicht verbergen, dass ihm meine Reaktion gefällt.

»Ich liebe dich, Chloe.« Er atmet tief aus, sein Brustkorb senkt sich langsam. Seine Hand wandert von meiner Wange hinunter zu meinem Handgelenk, das an seiner Seite ruht. »Ist es okay, das zu sagen? Ich habe das noch nie zu jemandem gesagt, außer zu meiner Familie. Ich will nicht ...«

»Ja!«, unterbreche ich ihn sofort.

Er beugt sich vor, um mich zu küssen, doch ich lehne mich instinktiv zurück, weil ich mein Stichwort verpasst habe.

»Warte!« Ich sage es etwas zu heftig, atme durch die Nase aus und genieße es viel zu sehr, wie Warren mich mit großen Augen ansieht, während er darauf wartet, dass ich weiterspreche. »Ich liebe dich auch.«

»Na, Gott sei Dank.« Sein Lächeln ist so breit, dass sich seine Nase leicht kräuselt – ich speichere den Moment als besondere Erinnerung ab.

Wir sehen uns an. Viel zu lange. Wie die Esel, die wir sind.

»Okay. Hör auf ... Schau weg! Das wird langsam peinlich.« Ich lache und versuche, sein Gesicht mit der Hand zu verdecken.

»Oh, das ist noch lange nicht peinlich. Willst du herausfinden, was wirklich peinlich ist?«

Ich schnappe nach Luft, als er plötzlich aufsteht und mich dabei so fest an sich drückt, dass meine Beine sich automatisch um seine Hüften schlingen.

Ich klammere mich an ihn, während er uns dreht und dreht, bis ich nur noch kichern kann. Er küsst meine Wangen, mein Kinn, meinen Hals – und wiederholt immer wieder: »Ich liebe dich.«

»Okay! Stopp! Lass mich runter!« Stattdessen lässt er sich einfach zurück auf die Couch fallen – und ich lande auf ihm. Sein Lächeln hält an. Das längste, das ich je bei ihm gesehen habe.

»Verdammt«, stöhnt er.

»Was ist?« Ich fahre mit meiner Hand sanft über seine Kieferlinie.

»Ich könnte mich gerade nicht mal über irgendwas aufregen, selbst wenn ich es wollte.«

»Wow, werd jetzt bloß nicht weich. Komm schon, diese Couch ist doch bestimmt unbequem. Ich könnte meinen Ellenbogen an die falsche Stelle drücken?«

Ich lehne mich weiter nach unten, bis unsere Körper dicht aneinandergeschmiegt sind, meine Stirn ruht in der Kuhle seines Halses.

»Ich mag es hier«, murmele ich gegen seine Haut.

Er legt die Arme um mich, drückt mich fest an sich, ehe seine Hände langsam meinen Rücken hinunterwandern ... und noch tiefer. Ich sehe ihm ins Gesicht und ziehe eine Augenbraue hoch.

Er lacht. »Was? Wir lieben uns, aber ich darf deinen Hintern nicht anfassen? Das ist echt lahm.«

»Siehst du? Ich wusste, ich bekomme dich dazu, dass du dich über irgendwas beschwerst ...«

Ich küsse seine Lippen und grinse dabei. Er knabbert spielerisch an meiner Unterlippe, und ich revanchiere mich sofort. *Du bist so nervig ... – Nein, DU bist nervig!*

Unser Kuss vertieft sich; Lippen finden Zähne, Zungen

treffen aufeinander. Warren richtet sich auf, und ich rutsche erneut auf seinen Schoß, spüre das Scheuern unserer Jeans, die sich wie eine unnötige Barriere zwischen uns anfühlen. Seine Hände gleiten zu meinem Shirt, ziehen es mühelos über meinen Kopf. Dann setzt er seine Küsse fort, über meine Wange, zu meinem Ohr, hinunter zu meinem Kiefer und meinem Hals. Seine Hand schließt sich um meine Brust, und allein von dieser Berührung entkommt mir ein leises Stöhnen.

»Ich liebe die hier auch wirklich sehr«, murmelt Warren rau und tief.

Ich schlinge die Arme um seinen Nacken, während er die zarte Haut meines Halses zwischen seine Lippen zieht. Mein Stöhnen dehnt sich in die Länge, wird intensiver. Die Luft um uns ist aufgeladen, voller elektrisierender Spannung und ungestilltem Verlangen. Ich greife nach dem Kragen seines T-Shirts, ziehe leicht daran – er hilft mir bereitwillig, es über seinen Kopf zu streifen.

Ich lehne mich zurück, betrachte ihn. *Meins*, schnurrt ein primitiver Teil meines Stammhirns.

Mit einem Finger zeichne ich eine Linie entlang seiner Brust, gleite hinunter, bis meine Hand dort ruht, wo unsere Körper sich berühren. Dann wandert sie langsam wieder nach oben, über seine Schultern – perfekt definiert, genau passend für meine Hände.

»Ist das ein guter Moment, um noch mal ›Ich liebe dich‹ zu sagen? Weil ich es wirklich immer wieder sagen will.« Ich küsse seinen Kiefer und spüre, wie sich seine Wangen heben, als er lächelt.

»Hör nie auf, es zu sagen.« Warren legt beide Hände an

meinen Rücken, fährt mir sanft über die Wirbelsäule. Ein Schauer läuft mir über die Haut. Dann zieht er mich noch enger an sich, seine Arme fester um meine Taille geschlungen.

Er steht auf – und ich schlinge meine Beine automatisch um seine Hüfte.

»Darf ich dich mit in mein Zimmer nehmen?« Seine Stimme ist heiser, aber voller Aufrichtigkeit.

Ich küsse ihn heftig zur Antwort, lasse ihn spüren, wie sehr ich es will.

Doch als wir den Flur erreichen, kurz vor dem Badezimmer, trifft mich plötzlich ein Gedanke wie eine kalte Dusche. Ich löse mich von seinem Kuss, vermisse seine Lippen in der Sekunde, in der ich sie verlasse.

»Warren?«, murmele ich.

Er legt seine Stirn an meine, versucht, sich von unserem intensiven Moment zu fangen. »Hmm?«

»Also ... mir ist gerade was eingefallen.«

Er wird ernst, blickt mich aber mit warmen Augen an. Ich wende den Blick verlegen ab.

»Was ist los?«, fragt er.

»Ich hab gerade ... meine Tage.«

»Oh.« Er rückt mich ein Stück höher an seinem Körper, hält mich dabei weiter fest. *Würde er?* Nein. *Oder?* Er senkt den Blick wieder zu meinem Mund, saugt sich nachdenklich die Unterlippe zwischen die Zähne ... *Er könnte.*

»Ich fände es schöner, wenn ... für unser erstes Mal ...«, stammele ich.

»Okay. Ja. Was immer du willst.« Er küsst meine Wange und setzt mich langsam wieder auf den Boden.

Ich spiele nervös mit meinem BH-Träger und schaue weg, meine Wangen und meine Brust glühen vor Wärme.

»Hey ... mach das nicht.« Warren streckt die Hand aus, nimmt mein Kinn sanft zwischen seine Finger – genau wie an dem Tag, an dem er eingezogen ist. An fast genau dieser Stelle. »Wir haben so lange gewartet, was bedeuten dann noch ein paar Tage.« Er lächelt, und ich kann nicht anders, als es zu erwidern.

»Okay.« Ich nicke zögerlich. *Verdammt.*

»Willst du trotzdem reinkommen? Dich mit mir hinlegen?«

»Äh, ja. Ich hol nur kurz das Babyfon.«

Warren nickt, drückt mir einen Kuss auf die Schläfe und geht dann zur Tür seines Zimmers.

Ich nutze die Gelegenheit, um ins Bad zu schlüpfen, mir die Zähne zu putzen und meine Haare für die Nacht zurückzubinden – während immer noch alles in mir von unserem hingebungsvollen Kuss kribbelt. Dann nehme ich unsere beiden Wassergläser vom Couchtisch, das Babyfon und noch ein Kissen vom Sofa. Ich balanciere die Sachen, so gut ich kann, zurück zu Warrens Tür und klopfe.

»Besetzt.« Er schafft es sogar, ironisch zu klingen.

Ich verdrehe die Augen und drücke die Klinke herunter.

Warren mustert schmunzelnd meine vollen Arme und nimmt mir das Kissen ab. Er tauscht es gegen das unter seinem Kopf aus und positioniert sein eigenes Kissen an die Stelle, an der ich gleich liegen werde. Am Fußende des Bettes warten ein T-Shirt und eine Boxershorts – vermutlich auf mich.

»Ich war mir nicht sicher, ob Willow wach wird, wenn du dir einen Schlafanzug holst.«

»Danke.« Ich hake meinen BH auf, lasse ihn unauffällig zu Boden gleiten und ziehe sein T-Shirt über den Kopf.

Warren reißt die Augen auf und schießt in eine aufrechte Position. »Nein, nein. Das ging viel zu schnell ... Mach es noch mal.« Seine Stimme klingt gequält.

Ich lache und blicke auf das Shirt, das er mir gegeben hat. »Ist das Band-Merch? Verdammt, das lässt mich echt cool aussehen. Das coole Girl, das mit dem Drummer der Band schläft.«

Ich ziehe meine Jeans aus und schlüpfe in seine Boxershorts. Warren beißt sich in die Faust und lässt sich theatralisch auf sein Kissen zurückfallen, die Augen zur Decke gerichtet.

»Was?« Ich lache – natürlich auf seine Kosten.

»Erstens: Ich habe deine Brüste zum ersten Mal gesehen, und sie sind perfekt. Auch wenn es nur ein verdammt kurzer Blick war – was übrigens fies von dir ist.« Er richtet sich auf, stützt sich auf einen Ellbogen. »Zweitens: Du hast gesagt, dass es cool wäre, mit mir zu schlafen, und das ist ein gigantischer Ego-Boost.«

Ich schlüpfe unter die Decke und drehe mich zu ihm. Sein Lächeln sieht so nah noch besser aus.

»Und drittens: Du siehst so verdammt süß aus in meinen Klamotten, dass ich sie dir am liebsten direkt wieder vom Leib reißen würde.«

Er packt den Stoff an meiner Taille, ballt ihn in seiner Faust und zieht mich dichter an sich. Ich spüre durch seine Jogginghose nur allzu deutlich, wie ernst er das gerade meint.

Ich beiße mir auf die Lippe. *Ich habe Warren, den Mann der wenigen Worte, dazu gebracht, laut Listen aufzustellen.* Ich fühle mich mächtig.

»Bald«, murmle ich und sehne mich nach mehr.

Er lässt langsam von mir ab und rollt sich auf den Rücken. Ich kuschle mich an ihn, lege mein Bein quer über seinen Körper. Sein Bett ist härter als meins, aber es riecht nach ihm – als wäre ich in einen warmen Kokon eingehüllt. Meine Augen fallen zu, obwohl ich mich dagegen wehre. Sein Körper bietet die perfekte Wärme für meinen verkrampften Unterleib, und sein gleichmäßiger Atem beruhigt mich auf eine Art, wie ich sie noch nie gefühlt habe.

Ich kann nicht glauben, dass ich jemals irgendwo anders geschlafen habe.

Er zeichnet sanfte Kreise auf meinen Rücken. »Ich liebe dich, Täubchen«, flüstert er in die Dunkelheit.

Ich kämpfe gegen den Schlaf an, um noch eine letzte Frage zu murmeln: »Wenn ich nicht so müde wäre, würde ich dich zwingen, mir diesen Spitznamen zu erklären.«

Er küsst meinen Scheitel, atmet tief ein, als wolle er sich meinen Duft einprägen, und legt sich dann wieder entspannt auf sein Kissen.

Ich schlafe ein, mein Gesicht an seiner bloßen Brust, seinem gleichmäßigen Herzschlag lauschend. *So viel Glück.*

Kapitel 28

Ich wache langsam auf, meine Sinne nehmen die Umgebung wahr, noch bevor ich die Augen öffne. Der Geruch von Warren, das Gefühl seiner Bettwäsche – anders als meine oben, gröber. Eine willkommene Erinnerung daran, dass ich letzte Nacht neben ihm geschlafen habe. Ich blinzele ein paarmal, bis das Zimmer um mich herum langsam schärfer wird. Aber Warren ist nicht da.

Ich drehe mich um, um sicherzugehen, dass er nicht doch hinter mir liegt – schließlich habe ich mich quer über sein Bett ausgebreitet. Der Wecker auf seinem Nachttisch zeigt neun Uhr siebenundfünfzig. Vor zwei Monaten wäre das komplett unwichtig gewesen, aber jetzt hat diese Uhrzeit eine ganz neue Bedeutung. Warren muss mit Willow aufgestanden sein, um mich ausschlafen zu lassen.

Ich werfe einen kurzen Blick auf mich im bodentiefen Spiegel neben Warrens Tür. Zum ersten Mal seit Langem sehe ich wirklich ausgeruht aus. Und ich sehe aus wie Warrens Freundin. In seinen Klamotten, in seinem Zimmer, mit Lippen, die von seinen Küssen noch leicht geschwollen sind, mit Wangen, selbst jetzt noch gerötet von seinen Worten.

So gern ich den ganzen Tag in seinen Boxershorts verbringen würde, schlüpfe ich doch wieder in meine Jeans. Das Shirt gebe ich aber nicht zurück – das ziehe ich vielleicht nie wieder aus. Na gut, außer um meinen BH anzuziehen. Ich trete in den Flur und finde zwei meiner Lieblingsmenschen in der Küche.

»Guten Morgen.« Ich schlinge meine Arme um Warrens Taille, während er am Herd steht. *Pancakes, die zweite.*

Er dreht sich um, und obwohl er sich bewegt, halte ich ihn weiterhin fest.

»Du musst dieses Shirt ausziehen.« Sein Blick wandert über meinen Körper, während ich mich eng an ihn schmiege. Und er schaut nicht weg, selbst als ich antworte.

»Niemals! Das ist jetzt meins!« Ich packe das Shirt am Saum und schmolle, während ich mich auf die Zehenspitzen stelle, um ihn zu küssen.

»Nein, ernsthaft. Es bringt mein Gehirn ganz schrecklich durcheinander«, murmelt er gegen meine Lippen, mit einem breiten Grinsen.

»Schrecklich?«

»Mit wirklich verwerflichen Gedanken.«

Ich wische ihm sein Grinsen aus dem Gesicht und verdrehe die Augen, als er mich spielerisch beißt.

»Danke, dass du mich hast schlafen lassen.« Ich stelle mich wieder hin, bleibe aber an ihn gelehnt, während seine Hand auf meiner Taille ruht und er mit der anderen eine Pfanne hält.

»O ja, kein Problem. Wir können uns ja abwechseln.« Er dreht sich, um einen Pancake zu wenden, und ich trete einen Schritt zurück.

»Wow, wenn das der alte Warren hören könnte!«

»Willow hat denselben regelbrechenden Effekt auf mich wie du. Dagegen kann ich einfach nichts tun«, neckt er mich über die Schulter hinweg.

»Muss genetisch sein.«

»Mhm«, brummt er zustimmend.

Er flippt einen Pancake auf den Stapel neben dem Herd, und ich gehe zu Willows Babywippe hinüber. Als ich mich ihr nähere, strahlt sie mich an, strampelt mit ihren kleinen Beinen und gibt mir das Gefühl, als wäre ich ihr liebster Mensch auf der Welt.

»Guten Morgen, Willow.« Ich nehme sie hoch und lehne sie an meine Schulter, nachdem ich ihr ein paar Schmatzer auf die Pausbäckchen gegeben habe.

»Sie hat heute Morgen den größten Haufen aller Zeiten fabriziert. Lass dich nicht von der Niedlichkeit täuschen.« Warren deutet mit dem Pfannenwender auf Willow.

»Gute Arbeit, Kleine, während seiner Schicht das große Geschäft zu erledigen. Ist notiert.« Ich zwinkere Warren zu, just in dem Moment, als Lukes Tür aufgeht.

»Hier riecht es aussichtsreich.«

»Dir auch einen guten Morgen«, antwortet Warren in Gebärdensprache.

»Schönes Shirt.« Luke deutet auf mich und grinst vielsagend.

»Danke.« Ich deute einen Knicks an, und er schüttelt nur grinsend den Kopf.

»Also ... ist es bei euch jetzt offiziell?«, fragt er und schaut zwischen Warren und mir hin und her.

Ich sehe zu Warren, er blickt zu mir – derselbe Ausdruck

in unseren Gesichtern. Beide warten wir darauf, dass der andere es ausspricht. Ich schulde ihm was – dafür, dass er mich davor bewahrt hat, als Erste »Ich liebe dich« zu sagen, und für das Ausschlafen heute Morgen.

»Ja, sind wir. Ist das okay für dich?«, frage ich schließlich.

Warren dreht sich zum Herd, versucht sein Lächeln zu verbergen, während Luke mir die Antwort gebärdet.

»Alles, was Warren so glücklich macht, ist mir recht. Sei einfach nett zu ihm.«

»Mach ich.« Ich setze Willow wieder ab und nehme am Tisch gegenüber von Luke Platz, während Warren Pancakes und Toppings herüberbringt.

»Danke«, gebärden wir beide.

Das ist es also, denke ich. Unser neues Normal. Wir sitzen zusammen, ziehen uns ein bisschen auf und futtern Pancakes. Als wir fertig sind, räumt Luke die Teller weg und ich setze mich auf die Couch, um Willow ihr Fläschchen zu geben.

Der Morgen gleitet langsam dahin. Warren döst auf der Couch, holt den Schlaf nach, den er verpasst hat, weil er mit Willow aufgestanden ist. Luke liegt neben ihrer Spielmatte, während sie strampelt und versucht, sich hochzudrücken. *Sie ist so stark.*

Als der Mittag näher rückt, bringe ich Willow nach oben für ihr Nickerchen, streiche ihr sanft über den Rücken, bis sie eingeschlafen ist.

»Hey«, höre ich ihn plötzlich von der Treppe. Warren lehnt oben an der Wand. *Er passt hier also doch drunter.* »Mir fällt gerade auf, dass ich tagsüber noch nie in deinem Zimmer war.«

Er sieht sich um, betrachtet einige meiner Zeichnungen

über der Kommode, dann wandert sein Blick zu meinem Bett. Er schluckt.

»Wie bitte?«

Mit einem raschen Kopfschütteln reißt er sich aus seinen Gedanken. »Oh, nichts. Ich hab's mir nur ... anders vorgestellt.«

»Das Bett?«

»Ja, ich dachte, du schläfst in einem Bett mit schlichten weißen Laken und einem hölzernen Kopfteil. Aber das hier ... das ergibt Sinn.«

Meine geblümte Bettwäsche und das weiße Metallbettgestell funkeln uns empört an. *Herzallerliebst.*

»Du hast dir vorgestellt, wie ich schlafe?«

»Äh, ja, klar, wie du ... schläfst. Belassen wir es dabei.« Er zwinkert, setzt sich auf mein Bett und stöhnt dann auf, als er sich komplett hinlegt. »Warum um alles in der Welt haben wir letzte Nacht in meinem Zimmer geschlafen? Dieses Bett ist wie eine verdammte Wolke.«

»Der Gedanke kam mir auch.« Ich lege mich neben ihn. »Aber dein Bett hat nach dir gerochen ... darauf konnte ich nicht verzichten.«

»Also bin ich der Freak, der sich vor dem Einschlafen vorstellt, wie du in deinem Bett liegst, und du bist die, die meinen Geruch Bequemlichkeit vorzieht.«

»Die Liebe macht uns alle zu Narren«, seufze ich. »Ich hab dich mir auch vorgestellt.« Ich drehe meinen Kopf auf dem Kissen, während er zur Decke schaut und lächelt.

»Ach ja?«

»Mhm.« Ich sehe jetzt auch nach oben, meine Wangen glühen.

»Also am Samstag …« Seine Stimme ist leiser als sonst, ein wenig unsicher. Es ist so liebenswert.

»Dann bin ich bereit, unsere Fantasien Realität werden zu lassen.« Wir drehen uns gleichzeitig zueinander.

Wir grinsen uns einen Moment lang an, voller Vorfreude auf das, was kommt.

Doch dann schüttelt Warren den Kopf. »Ich bin letzte Nacht wirklich fast gestorben, als du deine Brüste kurz gezeigt hast. Beim nächsten Mal musst du dir mehr Zeit lassen. Viel mehr.«

Ich setze mich auf, schaue auf ihn hinunter und lächle, bis er meinen Blick erwidert. Er kippt den Kopf leicht nach oben, eine Hand in seinem Nacken abgelegt. Sein Blick ist neugierig – vielleicht wegen des schelmischen Grinsens in meinem Gesicht, während ich mit den Fingern den Saum meines Shirts umfasse.

Das Shirt gleitet über meinen Kopf, und ohne innezuhalten oder mich zu schämen, öffne ich meinen BH und lasse ihn einfach zwischen uns aufs Bett fallen.

Warren leckt sich kurz über die Lippen, bevor er sie so fest aufeinanderpresst, dass sie fast verschwinden. Er setzt an, etwas zu sagen, aber es scheint ihm schwerzufallen, Worte zu finden.

»Fuck, wow.« Seine Augen leuchten, während er mich ansieht. Mit einer offenen Hand fährt er über sein Kinn, langsam vor und zurück. »Verdammt.«

Ich nicke nur und ziehe das Shirt wieder über den Kopf – diesmal ohne den BH darunter.

»Wie kann es sein, dass dein Körper mich wieder wie einen notgeilen Teenager fühlen lässt? Ich kann mich nicht erinnern, wann ich mich das letzte Mal so über Brüste gefreut habe.«

»Na ja, ich finde, sie sind ein besonders gutes Paar«, sage ich.

»Dem kann ich nur zustimmen.« Warren legt sich wieder zurück, und ich tue es ihm gleich. Wir liegen nebeneinander in angenehmem Schweigen. Angenehmes Schweigen ... ein neues Konzept für mich. Ein schönes sogar, wie ich feststelle. Aber ich lerne noch, also bin ich die Erste, die es bricht.

»Also ... *Täubchen?*«, frage ich.

»Nein, ich bin Warren.« Er dreht sich zu mir um und grinst.

»Ach, Halt die Klappe ... aber im Ernst, warum Täubchen?«

»Na ja, ich ähm ... du weißt doch, dass jeder im Geschäft einen Spitznamen hat?«

Ich nicke.

»Ram wurde früher Beast genannt. Dann traf er seine Frau. Er fing an, sie Belle zu nennen, weil sie wirklich seinen Kern gesehen hat – unter all dem Schlechten. Irgendwann legte er seinen Spitznamen ab und wurde zu Ram, weil er über das ›Biest‹ hinausgewachsen war. Mit ihr an seiner Seite war er das einfach nicht mehr.« Warren klopft sein Kissen zurecht und zögert einen Moment, bevor er weiterspricht. »Mich nennen sie War. Ursprünglich nur eine Abkürzung von meinem Namen, aber er blieb hängen, weil ... na ja, du weißt schon.«

Warren hält inne und richtet den Blick wieder zur Decke. »Ich habe so viel Zeit meines Lebens damit verbracht, wütend zu sein ... Wütend auf meine Mom, weil sie gestorben ist. Wütend auf meinen Dad, weil er nicht geblieben ist. Wütend auf die CPS, weil sie Luke und mich getrennt haben. Wütend auf mich selbst, weil ich alles vermasselt habe. Wütend auf Menschen, die ein normales Leben führen dürfen ... wütend auf hübsche Mädchen, die mich dazu bringen, mich zu fragen, warum ich eigentlich immer so schlecht gelaunt bin ...«

Er dreht sich zu mir und sieht mich mit ernster Miene an. »Die Taube ist ein Symbol für Frieden.« Er hebt eine Hand und legt sie sanft an meine Wange. »Und genau das bringst du mir: Frieden.« Behutsam streicht Warren mit dem Daumen eine Träne von meiner Wange. »Habe ich was Falsches gesagt?«

»Nein. Ganz und gar nicht. Ich ... ich liebe dich einfach so sehr.«

»Also darf der Spitzname bleiben?«

»Definitiv.« Ich kuschle mich enger an ihn und atme seinen unwiderstehlichen Duft ein – vielleicht reicht mein Bett ja doch, solange er drin liegt. »Aber Warren?«

»Ja?«

»Du bist so viel mehr als nur dieser Spitzname. Mit oder ohne mich – du bist nicht so ein Typ.«

Er drückt einen sanften Kuss auf meinen Haaransatz.

»Vielleicht hast du recht.«

Wir schlafen ein, direkt neben Willow – so glücklich und zufrieden wie noch nie.

Kapitel 29

Chloe!«, quietscht Lane und zieht mich in eine Umarmung, noch bevor die Tür überhaupt ganz offen ist. »Whoa – so seltsam, auf der anderen Seite dieser Tür zu stehen!«

»Lane! Ich habe dich vermisst …« Wir lösen uns voneinander, und sie schlüpft an mir vorbei, zieht ihre Jacke aus und kickt die Schuhe weg, während Emily dicht hinter ihr eintritt.

»Hi!«, sagen Emily und ich gleichzeitig und fallen uns in die Arme. Emily hält mich danach auf Armlänge von sich, ihre Hände ruhen auf meinen Oberarmen, während sie mich mustert. Sie scheint erleichtert zu sein – vermutlich sehe ich erholter aus als beim letzten Mal, als sie mich gesehen hat. Arm in Arm folgen wir Lane ins Wohnzimmer.

»Na ja, abgesehen von ein bisschen Baby-Kram hat sich hier wirklich nicht viel verändert.« Lane plumpst in den Sessel und pustet eine Haarsträhne aus ihrem Gesicht. Sie ist in so vieler Hinsicht das genaue Gegenteil von Emily – was, meiner Meinung nach, die beste Voraussetzung ist, um miteinander befreundet zu sein. Lane ist klein und blass wie der

Mond. Ihr Haar, das fast immer irgendeinen Pastellton hat (momentan rosa), trägt sie meistens in einem unordentlichen Dutt. Sie kleidet sich wie ein Teenager, der noch in seiner Gothic-Phase steckt – ausschließlich schwarze Klamotten, zerrissene Jeans, Piercings und Tattoos, die eher wie Kritzeleien aussehen als Kunst.

»Ich hab dich auch vermisst, Chloe.« Ich lächle sie an. Wie sie so in meiner Wohnung stehen, könnte man annehmen, die letzten fünf Monate wären nie passiert.

»Und wo ist dein heiß geliebtes Bambino?« Emily stellt zwei Geschenktüten auf den Esstisch, und ich könnte augenblicklich losheulen. *Meine ersten Babygeschenke.*

»Sie schläft oben, müsste aber bald aufwachen.«

»Na dann, hier ...« Emily hält mir eine der Tüten hin. »Die hier ist für dich, Mamacita.« Ich nehme das Geschenk, wühle durch das Seidenpapier – und finde eine Packung Kaffee, eine »Beste Schwester der Welt«-Tasse, eine Flasche Rotwein und ... einen Vibrator. *Typisch Em.*

Ich lache leise und schüttle amüsiert den Kopf. »Danke, es ist großartig.«

»Ich dachte mir: Was braucht ein frischgebackener Elternteil? Koffein, Bestätigung, etwas zum Entspannen und ... na ja, Mädchen, wenn du mit einem Neugeborenen im Zimmer noch regelmäßig zum Zug kommst – Respekt, aber ...« Ich lache, drücke Em einen Kuss auf die Wange und räume die Sachen in die Küche – den Vibrator lasse ich in der Geschenktüte auf dem Couchtisch liegen.

»Obwohl ...«, fällt Lane grinsend ein. »Emily hat da einen gewissen heißen Mitbewohner erwähnt. Vielleicht ist der Vibrator ja gar nicht nötig?«

Ich hatte versucht, bei Emilys letztem Besuch nicht zu viel über Warren zu reden, doch ganz vermeiden konnte ich es nicht. Ich drehe mich zu Lane und hebe die Augenbrauen. Dass sie die Wahrheit auf meinem Gesicht ablesen kann, ist unvermeidlich.

»Ooooh! Erzähl. Uns. Alles.« Emily klopft aufgeregt auf den Platz neben sich.

»Also ... Warren und ich sind jetzt zusammen. Es ist noch ganz frisch ...«

Beide Frauen kreischen auf, und Lane applaudiert lautlos.

»Am Anfang war es ziemlich schwierig, uns an das Zusammenleben zu gewöhnen, aber er ist ... wir verstehen uns einfach. Er bringt mich zum Lachen. Er nervt mich – auf die beste Art überhaupt. Er vergöttert Willow, und durch ihn fühle ich mich so ...« *Sexy. Zum Anbeißen.* »Selbstbewusst.«

»Das freut mich so für dich.« Emily legt sich eine Hand aufs Herz und schaut mich gerührt an.

»Ah! Hört auf – zu viel Aufmerksamkeit!« Ich wedle lachend mit den Händen, um sie abzuwimmeln. Doch sie warten beide darauf, dass ich weitererzähle. »Ich habe ihm gesagt, dass ich ihn liebe ... nachdem er es mir vorgestern Abend gesagt hat.«

»Chloe!«, trällert Lane begeistert. »Das ist riesig!«

»Und wie ist der Sex?«, platzt Emily heraus.

Lane schnappt sich ein Kissen und wirft es ihr an den Kopf. »Em!«

»Oh, als ob du nicht auch wissen willst, ob Mr Perfect im Schlafzimmer abliefert ...«, zieht Emily sie auf, und Lane neigt in stillem Einverständnis den Kopf. Dann drehen sie sich beide wieder zu mir um, und ich erröte, unfähig, mein Lächeln zu verbergen.

»So weit sind wir noch gar nicht. Wir wollten, aber ... erst hat uns sein Bruder unterbrochen. Dann haben wir eine Zeit lang beschlossen, dass es doch keine so gute Idee ist, und als wir dann so weit waren, hab ich meine Tage bekommen ...«

Lane reißt die Augen auf. »Also, du hast da diesen Mann, der ... heiß ist?« Ich nicke. »Aufmerksam?« Ich nicke. »Lustig?« Ich nicke, denke aber: *Hätte er wohl gern.* »Mit dem du dich gut fühlst?« Ich nicke. »Der dich wirklich sieht?« Ich nicke – *oh ja, das tut er.* »Und der ›Ich liebe dich‹ zu dir sagt, bevor er überhaupt in den Genuss dessen kommen durfte, was du zu bieten hast?« Ich stöhne theatralisch auf, kichere über ihre Wortwahl und nicke ein letztes Mal.

Lane und Emily sehen sich an, tauschen ein Grinsen aus – dann gehen sie plötzlich gleichzeitig auf die Knie und verbeugen sich ehrfürchtig.

Ich lege den Kopf in den Nacken und lache laut. »Hört auf!«

Sie kehren feixend auf ihre Plätze zurück.

»Aber mal ernsthaft ... brava.« Emily klatscht anerkennend in die Hände.

»Den Vibrator nehme ich dann wohl besser mit nach Hause ... danke schön.« Lane lacht, und wir stimmen mit ein.

Ich habe das vermisst. Ich habe sie *vermisst.* »Ich glaube, ich hab gar nicht gefragt ... Warum seid ihr überhaupt wieder in der Stadt?«

»Nun, gute Nachrichten ...« Emily legt einen kleinen

Trommelwirbel mit den Fingern auf ihren Oberschenkeln hin. »Wir haben beschlossen, wieder herzuziehen!« Mein Mund klappt auf. »Eigentlich wollten wir ja nur zu Besuch kommen und unsere alten Lieblingsorte abklappern, aber nach unserem Brunch ...« Sie deutet zwischen sich und mir hin und her. »Da haben wir darüber gesprochen und beschlossen, herzukommen. Wir haben ein Apartment gemietet, zwei Blocks von hier entfernt ...«

Lane beendet den Satz: »War vermutlich die letzte bezahlbare Zweizimmerwohnung in der ganzen Stadt. Jemand hat abgesagt, und wir haben sofort zugeschlagen. Jetzt sind wir hier, um den Mietvertrag zu unterschreiben und alles auszumessen – und dann schleppen wir unseren Kram quer durchs Land zurück. Hauptsächlich Ems Kram, wenn wir ehrlich sind – sie braucht praktisch einen ganzen Truck nur für ihre Klamotten.«

»Ernsthaft? Das sind die tollsten Neuigkeiten!« Ich blicke zwischen den beiden hin und her. Da ist etwas Unausgesprochenes ... »Warum habt ihr euch entschieden, zurückzuziehen?«

Lane schaut zu Emily und nickt ihr zu; Emily legt eine Hand auf mein Knie.

»Was wären wir denn für Tanten, wenn wir es nicht tun würden? Wir arbeiten beide von zu Hause aus – es ist also völlig egal, wo wir wohnen«, erklärt sie, und ich schlucke. Spüre die Tränen in meinen Augen brennen, noch bevor ich den ehrlichen Ton in Emilys Stimme und den aufmunternden Blick von Lane ganz verarbeitet habe.

Meine Familie war die ganze Zeit da. Ich musste sie nur hereinlassen.

»Wow ... ich weiß gar nicht, was ich sagen soll.« Ich schniefe und kämpfe gegen die Tränen an.

»Hol dieses Baby her, scheiß auf den Schlaf! Ich bin immer noch sauer, dass Emily sie zuerst kennenlernen durfte.« Lane streckt Emily den Mittelfinger entgegen.

Ich stehe auf – dankbar für die Chance, mich kurz zurückzuziehen, bevor meine Emotionen mich übermannen.

Oben liegt Willow und nuckelt an ihrer kleinen Faust – sie schläft sowieso nicht. *Warum kannst du nachts nicht so leise aufwachen, Kind?* Als ich sie nach unten bringe, beginnt Lane begeistert zu klatschen.

»Will, das ist Lane. Sie ist die Tante, die du anrufen wirst, wenn du nach einer heimlichen Partynacht eine Mitfahrgelegenheit nach Hause brauchst.«

Ich reiche Willow an Lane weiter, die mit aufgeregt wedelnden Händen nach ihr greift.

»Hallo, Willow!« Sie zieht Willow sanft auf ihren Schoß, stützt mit ihr mit den Handflächen Rücken und Nacken. »Wow, sie ist ja eine Mini-Version von dir.« Lane sieht von mir zu Willow und wieder zurück, vergleicht unsere Gesichter. Willow spuckt ein wenig Milch, und Lane hält sie mir reflexartig hin – doch zu ihrer Ehrenrettung zieht sie sie gleich wieder an sich, nachdem alles abgewischt wurde. »Ja, dich mag ich. Hallo.«

Emily steht auf, geht durch den Raum und hockt sich neben sie hin.

»Vergiss nicht, wen du zuerst kennengelernt hast, Kleine. Tante Em.« Sie schnappt nach Luft. »Wie im Zauberer von Oz!«

»Die Tante, die du für jede Fashion-Frage und jeden

Schul- oder Abschlussballeinkauf anrufen wirst«, ergänze ich.

Emily strahlt und nickt zustimmend.

Ich gehe ein paar Schritte zurück, lasse mich aufs Sofa fallen und beobachte sie. Gegen die Sofalehne gelehnt, spüre ich bewusst, wie der letzte Funken Einsamkeit aus mir herausfliegt, während sie Willows Wangen, Haare und die Händchen berühren, um ihr ein Lächeln zu entlocken. Ich bin so dankbar, dass ich platzen könnte.

Hinter mir öffnet sich die Haustür. Warren und Luke kommen nach Hause. Ich drehe mich zum Flur, damit Luke mich sehen kann, und spreche und gebärde synchron. »Hey! Das sind meine alten Mitbewohnerinnen, Emily und Lane. Das hier sind Warren und Luke.«

Kaum habe ich zu Ende gesprochen, tritt Warren aus dem Flur heraus, begrüßt mich mit einem Kuss auf den Scheitel und geht dann direkt weiter, um Emily und Lane die Hand zu schütteln.

Luke nickt ihnen aus dem Flur zu und gebärdet etwas.

»Er sagt: Schön, euch kennenzulernen«, übersetze ich für ihn.

Emily und Lane nicken und winken zurück, bevor Luke in sein Zimmer verschwindet und seinen Rucksack hinter sich herschleift. Ich sehe ihm mit gerunzelter Stirn hinterher.

Seit vier Tagen benimmt sich Luke immer mehr wie ein typischer, launischer Teenager. Er will in seinem Zimmer essen, sein Gesicht klebt ständig an seinem Handy – er tippt wie wild Nachrichten, es scheint, als wäre das Ding an ihm festgewachsen. Ich befürchte, dass das eine ziemlich offensichtliche Reaktion auf Warren und mich ist. Warren sieht das anders, aber ehrlich gesagt fällt mir keine andere Erklärung ein. Ich wollte nichts für Luke kaputtmachen. Ich dachte, wir hätten seinen Segen – aber vielleicht ist dem doch nicht so.

Ich tausche einen besorgten Blick mit Warren, der sich neben mich auf die Couch setzt und eine Hand auf mein Knie legt.

»Mach dir jetzt keinen Kopf um ihn«, murmelt Warren mir leise ins Ohr.

Stimmt. Das kann warten. Ich schenke ihm ein dankbares Lächeln und deute auf meine Freundinnen. »Emily und Lane haben mir gerade erzählt, dass sie zurück in die Stadt ziehen. Nur ein paar Blocks von hier entfernt.«

Warrens Augenbrauen wandern überrascht nach oben, dann schaut er begeistert zu den beiden.

»Kennt ihr das blaue Gebäude – das richtig hohe in der 4th Avenue?«, fragt Lane und reicht die quengelige Willow an Emily weiter, die sie sanft auf und ab wiegt.

»Ja, tatsächlich schon. Ich habe erst neulich eine Wohnung dort abgelehnt«, sagt Warren beiläufig.

Ich sehe, wie sich Lanes Ausdruck in ehrfürchtiges Staunen verwandelt. »Wow! Wir haben die Wohnung nur bekommen, weil ganz kurzfristig jemand abgesprungen ist.«

»Hat sich alles perfekt gefügt.« Warren schaut mich an, sein Lächeln ist dezent, aber echt.

Zufall? Vielleicht. Aber ich glaube, diesmal hat das Universum für mich gearbeitet – und meine Leute genau dorthin gesetzt, wo ich sie brauche. Ich lege meine Hand auf Warrens, und unsere Blicke treffen sich zum ersten Mal, seit er nach Hause gekommen ist.

»Na ja … ich will euch nicht bei eurem Wiedersehen stören. Schön, euch kennenzulernen.« Warren führt meine Hand an seine Lippen, küsst sanft den Handrücken und lässt sie dann los, als er aufsteht.

Wir protestieren alle gleichzeitig.

»O nein, nicht so hastig. Wir wollen den Mann kennenlernen, der Chloe so zum Strahlen bringt«, sagt Emily, während sie Willow sanft von einer Seite zur anderen wiegt.

»Ja – und das ganz, ohne ihr einen Org…« Lane verstummt, als ich sie entsetzt anfunkle.

Warren lacht. »Na gut … Bleibt ihr zum Abendessen? Pizza?« Er dreht sich zu mir, und ich klatsche begeistert in die Hände. »Bin gleich zurück.«

Er küsst mich – und der Kuss ist definitiv zu lang und zu sexy, um in Gesellschaft anderer angemessen zu sein. Aber ich tue nicht einmal so, als würde ich mich wehren oder ihn stoppen. Ich glaube, er hat sich Lanes Kommentar ein kleines bisschen zu Herzen genommen.

Lane wartet, bis Warren den Raum verlassen hat, bevor sie ausruft: »Verdammt, Chloe. Von diesem Kuss bin sogar ich direkt schwanger geworden.«

Ich lache und verstecke mein breites Grinsen hinter meiner Hand.

»Keine weiteren Babys, okay? Wir haben gerade erst dieses hier bekommen«, sagt Emily und kuschelt die mittlerweile ruhige Willow noch ein Stückchen enger an sich.

»Ernsthaft, sag uns Bescheid, wenn's so weit ist …«

»Und dabei wurde ich eben noch dafür kritisiert, dass ich danach gefragt habe«, sagt Emily und verdreht die Augen.

»Ich wusste ja nicht, dass er *so* aussieht!«

»Er ist Mechaniker, oder?«, fragt Em, und ich nicke amüsiert. »Das heißt, er ist geschickt mit seinen Händen ...« Sie zwinkert mir zu, genau in dem Moment, als Warrens Tür am Ende des Flurs zufällt.

Als er sich nähert, spüre ich, wie meine Wangen vor Hitze glühen – allein der Gedanke an seine Hände auf meinem Körper bringt mich um den Verstand. Er hat noch ein bisschen Öl oder Schmiere von der Arbeit im Gesicht, was mein Gedankenkarussell nur weiter anheizt. *Hatte ich schon immer eine Schwäche für Mechaniker und Drummer, oder ist das erst seit Warren so?*

»Alles klar, Pizza ist bestellt. Hoffe, ihr habt alle Hunger.« Warren lässt sich neben mir nieder. »So ... wer hat peinliche Geschichten über Chloe?«

Beide Frauen reißen sofort die Hände in die Luft.

Ich knuffe Warren in die Schulter und werfe meinen Freundinnen einen warnenden Blick zu, doch die brechen trotzdem in schallendes Gelächter aus.

Kapitel 30

»Okay, ihre Fläschchen stehen auf dem Tresen, alle abgemessen und fertig … du musst nur noch das warme Wasser hinzufügen. Falls sie nicht austrinkt …«

Luke winkt ab und stoppt meine Gebärden.

»Dann kommen sie in den Kühlschrank. Ich weiß, Chloe. Das hast du mir schon gesagt … und alles aufgeschrieben.« Er deutet auf den Ordner, den ich zusammengestellt und auf den Esstisch gelegt habe. »Wir kriegen das hin. Ich melde mich, wenn irgendwas ist, aber sie schläft eh die meiste Zeit. Das ist echt keine große Sache.«

Er schenkt mir ein höfliches Lächeln, und ich nicke zustimmend.

Das ist das längste Gespräch, das Luke und ich in der letzten Woche geführt haben – und er wirkt dabei so ungezwungen wie schon lange nicht mehr. Hilfsbereit, höflich, nicht zurückgezogen. Vielleicht hat er die trübsinnige Phase endlich hinter sich, und wir müssen uns keine Sorgen mehr machen. Oder vielleicht nutzt er die Gelegenheit und hat die Person, mit der er ständig schreibt, heimlich eingeladen, während wir weg sind.

»Sorry, du hast ja recht«, gebärde ich. »Danke noch mal.«

Zwischen Luke und Warren gab es irgendeinen Deal, damit Luke heute Abend babysittet. Ich kenne die genauen Bedingungen nicht, aber es hat irgendwas damit zu tun, dass Luke nächsten Monat zu seinem Geburtstag mit seinen Freunden um die Häuser ziehen darf – ohne Ausgangssperre. Für uns alle ist das eine riesige Vertrauenssache.

»Keine Sorge. Ich hab das im Griff.« Er öffnet die Arme, um mir Willow abzunehmen, und für einen Moment kann ich sie nicht loslassen. Doch schließlich gebe ich sie ihm und husche nach oben, um mich umzuziehen.

Ich wollte mich vorher nicht fertig machen – Willow ist immerhin eine bezaubernde kleine Kotzmaschine. Jetzt bleiben mir noch fünfzehn Minuten, bis Warren *mich abholt*. Er war den ganzen Tag kaum zu Hause und meinte nur, er hätte einiges zu erledigen. Ich soll um halb acht fertig sein und in irgendetwas Schickes schlüpfen.

Als ich wissen wollte, was genau das heißt, schickte er mir ein Bild von sich in einem Sakko. Ich habe es sofort als Hintergrundbild gespeichert. *Sorry, Will.* Warren im Alltag? Attraktiv. Warren halb nackt? Verdammt heiß. Warren im Anzug? Zum Niederknien.

Ich ziehe zwei Auswahlmöglichkeiten aus dem Schrank: ein weinrotes Samtkleid, das zwar nicht zu viel zeigt, aber sich eng an meinen Körper schmiegt. Oder ein kurzes smaragdgrünes Seidenkleid mit tiefem Ausschnitt. Ich schicke Warren Bilder davon.

CHLOE: A oder B?

WARREN: Du bringst mich noch um.

CHLOE: Was? Ich kann mich nicht entscheiden!

WARREN: Rot. Sieht wärmer aus.

CHLOE: Also sind wir draußen?

WARREN: Ja.

CHLOE: Das wäre alles viel einfacher, wenn du mir sagen würdest, was wir machen!

WARREN: Bin in 10 Minuten da.

Eigentlich mag ich es ja, nicht zu wissen, was er geplant hat – es fühlt sich an wie ein echtes Date. Aber es macht auch Spaß, Warren ein bisschen zu ärgern.

Ich schlüpfe in meinen trägerlosen BH, der am besten zu den schmalen Trägern des Samtkleides passt. Dazu schwarze Stiefeletten mit Absatz. Ich nehme die Lockenwickler aus den Haaren, die ich seit meiner Dusche heute Morgen drin hatte. Mein Make-up ist heute etwas dramatischer: dunkler Lidschatten, ein warmes Braun auf den Lippen, Bronzer statt roséfarbenem Rouge. Meine Haare fallen in dicken Wellen bis zum unteren Rücken. Ich habe noch nie so gut ausgesehen ...

Ich werfe einen letzten Blick in den Spiegel und greife nach meiner Lederjacke – sie passt perfekt zu den Stiefeln und verleiht meinem Look genau die richtige Prise Sexyness. Unter all dem bin ich immer noch ich, aber ich sehe nicht mehr so ... nahbar aus. Verdammt, ich sehe nicht mal mehr sonnenscheinmäßig aus. Ich sehe aus wie ein cooles Mädchen. Wie die Freundin eines Drummers. Nach Sex in High Heels.

Mein Handy pingt: Warren gibt mir Bescheid, dass er gerade ins Gebäude kommt. Ich freue mich so sehr darauf, ihn zu sehen – nicht nur wegen des Anzugs –, auch weil ich ihn heute einfach vermisst habe.

Als ich durch das Wohnzimmer gehe, klopft es leise an der Tür. Warren hatte recht – abgeholt zu werden, fühlt sich wirklich besonders an.

Ich öffne die Tür und sehe zuerst seinen Rücken. Er winkt jemandem zu, der gerade in den Aufzug steigt. Sein schwarzes Sakko sitzt perfekt, darunter blitzt ein weißer Hemdkragen hervor. Ich will ihm über die Schultern streichen, das Jackett vom Leib reißen. Dann dreht er sich um – und es ist, als würde ich träumen.

Die Welt scheint sich zu verlangsamen, während er sich dreht und die Manschette seines Hemds am Handgelenk zurechtrückt wie James *fucking* Bond. Ich lache, denn es kann unmöglich sein, dass dieser Mann mit seinem markanten Kiefer, seinen wissenden Augen und seinem sexy Dauergrinsen hier ist, um mich abzuholen ... in einem verdammten Anzug. Das kann nicht echt sein.

Es gibt auch keine Erklärung dafür, warum er mich so ansieht. Mit weit aufgerissenen Augen und geöffneten Lippen bröckelt seine arrogante Fassade, und er reibt sich verlegen den Nacken. Er lässt sich Zeit, meine Kurven von Kopf bis Fuß zu mustern, als könne er nicht glauben, dass jeder Zentimeter echt ist. Mein neues Lieblingsgefühl steigt wieder auf ... *das Gefühl, zum Anbeißen zu sein*.

»Ich kenne eine Kapelle ganz in der Nähe«, murmelt er und reibt sich das Kinn. »Ich meine, ich habe eigentlich andere Pläne für den Abend, aber die können wir auch sausen lassen ...«

Ich weiß, dass er Spaß macht, aber so wie seine Augen funkeln, als er erneut meinen Körper betrachtet, könnte man ihn durchaus beim Wort nehmen.

»Chloe, du bist ...« Er lehnt sich an den Türrahmen, und ich drehe mich langsam einmal ganz um, damit er auch die Rückseite des Kleides sehen kann. »Wie soll ich so bitte Auto fahren? Ich hab es vorhin ernst gemeint. Du bringst mich noch um.«

Als ich mich wieder zu ihm drehe, spreizt er die Finger in seinen Hosentaschen – als würde er versuchen, zu verbergen, welche Wirkung dieses Kleid auf ihn hat. Ich grinse und lasse meinen Blick genau dort verweilen.

»Du siehst umwerfend aus, Täubchen.« Er lehnt sich vor und gibt mir einen sanften Kuss auf die Wange – eine unschuldige Geste, die im starken Kontrast steht zu den Blicken, die wir uns zuwerfen, und den Gedanken, die unausgesprochen zwischen uns schweben.

»Du siehst auch ziemlich gut aus.« Ich beiße mir auf die Lippe. Er schüttelt verzweifelt den Kopf.

»Nein«, sagt er bestimmt und lenkt meinen Blick von der Stelle, wo sein Hemd in seinem Hosenbund steckt, hoch zu seinen Augen. »Wir müssen aus dem Gebäude rauskommen. Hör auf, mich so anzusehen.«

»Das gilt auch für dich.« Ich stelle mich neben ihn in den Flur und lasse meinen Blick ganz ungeniert von oben bis unten über ihn wandern, während er mit Luke redet. Ich ignoriere völlig, was sie besprechen – wahrscheinlich irgendwelche Anweisungen. *Wen interessieren detaillierte Anweisungen? Mich ganz sicher nicht ... nie im Leben.*

Stattdessen fixiere ich mich auf seinen leicht geöffneten Hemdkragen, auf den markanten Adamsapfel, der sich bewegt, wenn er mich ansieht. Vielleicht hinterlasse ich später genau da einen Knutschfleck.

»Bereit?« Warren streckt mir seine Hand hin, und ich ergreife sie.

»Wofür?« Ich klimpere mit den Wimpern, und er zieht mich näher zu sich. Luke versucht, angewidert zu wirken, aber das leichte Kräuseln seiner Lippe und das augenrollende Lächeln verraten, dass er sich doch für seinen großen Bruder freut.

»Ich versuche mich wirklich zu erinnern, aber mein Kopf ist gerade leer.« Warrens Finger streichen über mein Haar, und er leckt sich über die Lippen.

»Okay, dann müssen wir das noch mal überdenken ... Wie sollen wir dieses Date durchstehen, wenn wir wissen, dass später ...«

»Nicht weitersprechen. Sonst breche ich wie ein Bulldozer durch diese Wand direkt in mein Zimmer.«

Ich lache, aber er bleibt deutlich aufgewühlt. »Ja ... okay ... sorry.« Ich entschuldige mich halbherzig, ein breites Grinsen auf den Lippen.

Warren tritt einen Schritt zurück, nimmt meine Hand und führt mich zum Aufzug. Als wir einsteigen, zieht er mich in eine Umarmung und räuspert sich.

»Ich hab dich heute vermisst.« Meine Stimme wird von seinem Brustkorb gedämpft.

»Wollte ich auch gerade sagen. Ein Tag ohne dich – wie peinlich sind wir bitte?«

Ich löse mich ein Stück von ihm, und die Spannung zwischen uns lässt ein wenig nach. Vielleicht überstehen wir das Date doch.

»Richtig peinlich«, erwidere ich und lehne mich an das Aufzuggeländer, als die Türen sich im Erdgeschoss öffnen.

Warren nimmt meine Hand und führt mich zum Parkplatz, wo sein Auto schon wartet. Er öffnet mir die Tür, und als ich einsteige, entdecke ich einen Blumenstrauß auf dem Armaturenbrett.

»Sonnenblumen! Meine Lieblingsblumen! Danke.« Ich halte sie an meine Nase.

»Ja, das hab ich mir gedacht – du hast ja auch nur ungefähr sechs Pullis mit Sonnenblumen drauf.« Er stichelt – aber nicht auf die gemeine Art.

»Heute aber kein Sonnenblumen-Pulli«, sage ich und deute mit einer selbstironischen Geste auf mein Kleid.

»Sonnenblumen-Pullis stehen dir aber auch verdammt gut ...« Er dreht sich zu mir, die Stirn leicht gerunzelt. »Weißt du, das hier ist der Wahnsinn.« Seine Finger streichen über den Stoff meiner Jacke und die weiche Samtnaht an meiner Taille. »Aber du bist genauso sexy, wenn du in bunten Farben und Blumenmustern rumläufst. Ich nehme dich in jeder Version, die du mir gibst.«

Das war perfekt.

»Gut. Denn das hier war schon ein bisschen Aufwand.« Ich lehne mich vor und gebe ihm einen Kuss auf die Wange, bevor ich mich anschnalle. »Wohin geht's?«

»Zuerst? Dinner. Belles Nichte ist Köchin in einem schicken italienischen Restaurant am anderen Ende der Stadt – total schwer, da einen Tisch zu bekommen ... aber sie hat mir einen organisiert.« Warren startet den Motor, legt aber noch nicht den Gang ein.

»Mmm ... Pasta.« *Ein richtiges Date. Ein echtes Date mit Warren!*

»Der Rest des Abends bleibt eine Überraschung. Und nein, egal wie sehr du flirtest, du bekommst keine Hinweise. Ich bin vielleicht total in dich verliebt, und du siehst aus wie alle leibhaftig gewordenen schmutzigen Fantasien, die ich je hatte, aber ich bleibe standhaft.«

Ich grinse und verenge die Augen, um zu sehen, wie er sich unter meinem Blick windet. *Herausforderung angenommen.*

Ich löse den Sicherheitsgurt, rutsche rückwärts über die Mittelkonsole und lande auf seinem Schoß. Ich verteile sanfte Küsse an seinem Kiefer entlang und verschränke meine Finger über seiner Hand, die locker auf dem Lenkrad ruht. Langsam hebe ich unsere Hände an, führe seine an mein Gesicht, dann über meinen Hals, lasse sie über das Leder meiner Jacke streichen – und schließlich über meine Brust.

Das Gefühl von Samt – und von mir – unter seiner Hand scheint ihn völlig einzunehmen. Er lässt ein unterdrücktes Stöhnen hören, irgendwo zwischen Frustration und Verlangen, bevor er den Kopf an die Kopfstütze lehnt.

»Bist du ganz sicher?«, necke ich ihn.

Er öffnet die Augen, blickt auf mich herunter – genau in dem Moment, in dem ich mir demonstrativ langsam über die Oberlippe lecke.

»Nein ... du bist grausam und herzlos, und ich bin überzeugt, dieses Kleid hat magische Kräfte. Aber bitte – lass den Abend eine Überraschung sein.« Seine Stimme hat nicht seinen üblichen langsameren, selbstsichereren Ton – sie klingt schneller, unruhiger, fast flehend.

Ich unterdrücke ein kleines Grinsen, und er löst seine Finger von meinem Körper.

»Okay ... du hast gewonnen«, sage ich.

Kurz bevor ich zurück in meinen Sitz sinke, küsse ich ihn noch einmal – aber seine Lippen halten mich wie einen Magneten fest, als könnte er den Moment nicht loslassen. Erst als ich mich ganz zurücklehne, löst er sich mit einem leisen, frustrierten Geräusch, als würde er jetzt schon jede Entscheidung bereuen, die diesen Abend in die Länge zieht.

»Okay – ich fahre ja schon!« Er wendet sich ab, spannt den Kiefer an und setzt den Wagen aus der Parklücke zurück.

Kapitel 31

Ganz schön schick hier …« Ich summe anerkennend, als Warren in die halbkreisförmige Auffahrt einbiegt. Zwei Männer in Uniform stehen bereit, um Autos einzuparken.

Warren sagt nichts, steigt aus und läuft um den Wagen herum, um mir die Tür zu öffnen.

»Das kann ich auch selbst«, sage ich, als ich seine Hand ergreife.

»Natürlich kannst du das«, erwidert er. »Aber ich möchte es gern.«

Er zieht mich auf den Gehweg und übergibt dem Parkservice wortlos die Schlüssel, nur mit einem kurzen, dankbaren Nicken. Dann atmet er einmal tief durch. Gemeinsam blicken wir auf den Eingang.

Ich drehe mich zu ihm und sehe, wie er sein Jackett richtet und mir ein halbherziges Lächeln zuwirft.

»Willst du lieber woanders hin? Ich wäre …«, erkläre ich zögerlich, bevor er mich unterbricht.

»Nein, das hier ist gut.«

Ich atme aus und sehe hoch zu dem warm leuchtenden

Schriftzug über der Tür – es ist perfekt. Ein klassisches Date-Restaurant. »Ja, es ist toll, aber …«

»Chloe, wirklich. Lass uns einfach reingehen.« Er zupft an seinem Kragen, aber sein Ton ist flach, nicht wirklich überzeugend.

»Warren, du wirkst angespannt.«

In dem Moment öffnet sich die goldgerahmte Tür, und ein Paar tritt lachend heraus. Für einen kurzen Moment dringt die sanfte Musik eines Streichquartetts zu uns heraus, dann fällt die Tür wieder ins Schloss. Warren weicht mit einer Hand an meiner Taille leicht zur Seite, um den beiden Platz zu machen.

»Ich weiß das wirklich zu schätzen, aber …«

»Chloe, ich bin nicht nervös wegen des Restaurants.« Er sieht mich an, die Hände tief in seinen Hosentaschen vergraben. »Es spielt keine Rolle, wo wir hingehen. Du wirst immer die schönste Frau im Raum sein – und ich werde immer der Typ sein, der sich fragt, wie er überhaupt mit dir hier gelandet ist.« Er hält inne, mustert mich, dann legt er leicht den Kopf schief und lächelt. »Menschen sind nun mal aufgeregt bei ersten Dates. Bist du nicht wenigstens ein kleines bisschen nervös?«

Ich blinzele. »Eigentlich nicht …« *Oh, wer hätte das gedacht …*

»Ich will, dass du einen schönen Abend hast.« Er zieht eine Hand aus der Tasche, streicht mir eine lose Haarsträhne hinters Ohr.

Ich schenke ihm ein warmes Lächeln. »Dann lass uns reingehen.« Ich hake mich bei ihm unter, und wir betreten das Restaurant.

Eine Empfangsdame mit perfekt hochgestecktem Haar nimmt unsere Namen auf und führt uns zu einem kleinen runden Tisch am Fenster. Die Scheibe ist leicht beschlagen, die Kronleuchter tauchen den Raum in gedämpftes Licht, und auf jedem Tisch brennt eine Kerze. Auf unserem wartet bereits eine Flasche Champagner auf Eis, daneben zwei Gläser – und ein kleines, gefaltetes Kärtchen.

»Wir drücken euch beiden die Daumen. Liebe Grüße, Ram und Belle«, lese ich laut vor, während Warren sein Jackett über die Rückenlehne seines Stuhls hängt.

Wow, er ist so schön. Das flackernde Kerzenlicht spiegelt sich in seinen Augen, und ich halte kurz den Atem an, gerade als die Kellnerin an unseren Tisch tritt.

»Guten Abend. Darf ich die Flasche für Sie öffnen?«

»Ja, bitte.«

Sie gießt den Champagner mit einer eleganten Bewegung in unsere Gläser, und ich habe das Gefühl, in einer Filmszene gelandet zu sein. Mindestens eine Hallmark-Romanze. Mein erstes *richtiges* Date.

»Ich lasse Ihnen einen Moment mit der Karte.« Sie schenkt noch Wasser in zwei kleinere Gläser und verschwindet.

Ich schlage die Speisekarte auf – und meine Augen werden groß, als ich die Preise sehe. Bevor ich etwas sagen kann, drückt Warren meine Karte sanft nach unten und nimmt meine Hand.

»Nicht auf die Preise schauen«, sagt er mit hochgezogener Augenbraue. »Versprich's mir.«

Ich nicke. Lüge.

»Ich bezahle. Nicht, weil du nicht hart arbeitest und dein

eigenes Geld verdienst, sondern weil ich das Restaurant ausgesucht habe.«

Ich lächle und bin einverstanden, wenn es ihn ein bisschen entspannter macht.

»Und könntest du vielleicht für fünf Sekunden aufhören, so unglaublich auszusehen? Ich kann keinen einzigen klaren Gedanken fassen, ohne über diesen Tisch springen zu wollen. Verdammt, Chloe, du bist einfach wunderschön.«

Bei der Aufrichtigkeit in seiner Stimme muss ich schwer schlucken. Ich lasse seine Hand nicht los, während ich die Karte studiere.

Wir bestellen beide die Lasagne – das günstigste Gericht auf der Karte – und dazu Salat als Vorspeise. Zum Nachtisch teilen wir uns ein Stück Käsekuchen, das nur von einer göttlichen Macht erschaffen worden sein kann.

»Wenn du weiter so genießerisch stöhnst, muss ich diesen Käsekuchen gleich zum Duell herausfordern«, erklärt Warren lachend, während ich mir mit geschlossenen Augen den nächsten Bissen auf der Zunge zergehen lasse.

»Dann viel Glück. Ich bin währenddessen in der Küche und finde raus, wer ihn gemacht hat.« Ich wische mir mit der Stoffserviette über die Lippen, während Warren kopfschüttelnd seinen Teller beiseiteschiebt und mir das letzte Stück überlässt.

»Darf ich jetzt wissen, was als Nächstes kommt?«, frage ich, während ich den letzten Happen genieße.

Das selbstzufriedene Funkeln in seinen Augen wird noch intensiver. »Du wirst es erfahren, wenn wir dort sind.«

Er steht auf, zieht sein Jackett wieder an und wirft ein beeindruckendes Bündel Bargeld auf den Tisch. Nachdem er sein Portemonnaie verstaut hat, tritt er um den Tisch herum und streckt mir die Hand entgegen.

Ich trinke den letzten Schluck Champagner aus; den zu verschwenden wäre einfach zu schade. Er legt mir meine Jacke über die Schultern, und wir treten hinaus in die kühle Nachtluft, um auf den Parkservice zu warten.

»Danke für das Essen.« Ich küsse seine Finger, die immer noch mit meinen verschränkt sind.

Er dreht unsere Handgelenke und küsst sanft meine Fingerknöchel. Erst als er seine Hand zurückzieht, bemerke ich den Abdruck meines Lippenstifts auf seiner Haut.

»Oh, sorry.« Ich lecke mir über den Daumen, um den Fleck wegzurubbeln.

»Keine Chance.« Seine Stimme ist tief – genau wie damals vor ein paar Wochen.

Ich versuche mich zusammenzureißen, während sein Auto vorfährt, aber mein Körper reagiert so unglaublich auf Warren, selbst auf Dinge, die ich vorher nie sexy fand. Ehrlich gesagt, könnte er mir wahrscheinlich das Telefonbuch vorlesen, und es würde mich anmachen.

Wir fahren etwa zehn Minuten, bevor die Neugierde mich überwältigt. »Im Ernst jetzt, wohin geht's?«

»Dahin.«

Warren zeigt auf die Anhöhe, auf deren Spitze eine Plattform thront. Ich war noch nie da oben, aber sowohl Emily als auch Lane hatten dort Dates. Die Stelle ist berüchtigt für leidenschaftliche Knutschereien im Auto mit Blick über die Stadt. Das ist schon romantisch. Aber nicht das, was ich von Warren erwartet hätte. Er schien mir nicht der Typ zu sein, der nach Standard-Dating-Regeln spielt.

Um ehrlich zu sein, bin ich ein wenig enttäuscht. Aber ich versuche, es mir nicht anmerken zu lassen.

Er biegt auf einen Schotterparkplatz ab, wo nur ein weiteres Auto steht – ich verzichte bewusst darauf, hinzusehen, was die Insassen darin wohl gerade treiben.

Gerade als ich mich zu Warren drehen will, ist er bereits aus dem Wagen ausgestiegen. *Oh.* Er kommt zu meiner Seite und hilft mir hinaus, dann führt er mich zum Kofferraum.

»Ich dachte, das hier könnte Spaß machen. Aber wenn dir zu kalt ist, habe ich noch eine andere Idee.«

Er öffnet den Kofferraum – und zieht zwei Golfschläger, einen riesigen Container im Dunkeln leuchtender Golfbälle und einen Rucksack heraus.

Ich hätte nicht an ihm zweifeln sollen.

Wir gehen zu einer Lichtung, wo der Zaun unterbrochen ist, und Warren legt das ganze Zeug ab. Aus dem Rucksack zieht er eine Decke und breitet sie ein paar Schritte vom Rand entfernt aus, direkt neben einer kleinen Laterne, die er mit anschaltet. Der Rest des Rucksacks bleibt unangetastet, und als er ihn fallen lässt, ist ein dumpfes Geräusch zu hören.

»Bereit?« Er legt zwei Golfbälle auf den Boden, und ich nicke. Mein Lächeln ist so breit, dass mir die Wangen langsam wehtun.

»Drei, zwei, eins ...«, rufe ich, und wir schlagen gleichzeitig ab. Ich jubele überrascht, als mein Schläger den Ball trifft. Die leuchtenden Kugeln fliegen in den dunklen Nachthimmel. Seine – das muss ich zugeben – deutlich weiter als meine. Irgendwo im Wald unter uns landen sie.

Warren richtet immer wieder neue Bälle für uns her, bis der Container leer ist und nur noch zwei übrig bleiben.

»Okay, dieses Mal ... wünschen wir uns etwas«, sage ich.

»Chloe, das sind leuchtende Golfbälle, keine Sternschnuppen«, neckt er mich.

»Halt den Mund und mach mit.«

Er hebt abwehrend die Hände und grinst. »Okay, okay. Ein Wunsch. Gemeinsam oder jeder für sich?«

»Jeder für sich.«

Er nickt, dann zählt er herunter. »Drei, zwei, eins ...«

Wir schlagen die letzten beiden Bälle, sehen ihnen hinterher, wie sie durch die Dunkelheit fliegen.

Ich lege meinen Schläger als Erste ab und setze mich auf die Decke. Warren bleibt noch einen Moment am Rand der Anhöhe stehen, die Hände tief in die Taschen geschoben, den Blick auf den schwarzen Himmel gerichtet. Da er mir den Rücken zuwendet, kann ich zwar seinen Gesichtsausdruck nicht sehen, aber sein Kiefer spannt sich an, als er über die Lichter der Stadt blickt.

»Langer Wunsch?«, frage ich, als er sich schließlich neben mich setzt.

»Nein. Ich wollte ihn fest verankern. Hatte das Gefühl, er musste den Boden berühren, damit er zählt.« Er dreht mir den Kopf zu. »Und was hast du dir gewünscht?«

Ich rutsche näher, bis sich unsere Hüften und Beine berühren – zu nah, um ihn direkt anzusehen. Also starren wir gemeinsam auf die funkelnden Lichter unter uns. Es gibt einen Grund, warum Leute hierherkommen. Es ist atemberaubend.

»Ich hatte zwei Wünsche. Ich hoffe, das ist erlaubt.«

»Müssten wir die Golfball-Götter fragen.«

»Tiger Woods?«, frage ich trocken.

»Ist wahrscheinlich einer davon«, murmelt Warren.

Ich halte einen Moment inne, bevor ich leiser weiterspreche. »Ich habe mir gewünscht, dass Willow glücklich mit mir ist. Dass ich ihr genug bin.«

Warren stützt sich mich dem Arm hinter mich auf den Boden. Ich lehne mich gegen seine Schulter.

»Willow kann so froh sein, dich zu haben. Niemand ist perfekt, aber wenn sie nur ein bisschen so ist wie du, dann ist sie bestimmt auch so großzügig und gibt dir eine zweite Chance, wenn du mal Mist baust. Sie wird glücklich sein.«

Er küsst mich sanft auf den Scheitel, und ich atme bebend aus. *Ich hoffe, er hat recht.*

»Und dein zweiter Wunsch?«, fragt er leise.

Okay. Zeit für Ehrlichkeit. »Das Gleiche. Aber mit dir.«

Warren zögert keine Sekunde. Er lehnt sich leicht zurück, sodass er mich ansehen kann. »Ich auch. Ich habe mir gewünscht, dass das hier mein letztes erstes Date ist.«

Ich schmiege mich dichter an ihn.

Wir halten Augenkontakt, während die Lichter der Stadt unter uns funkeln und die Laterne Schatten über unsere Gesichter wirft. Dann wandert mein Blick zu seinen Lippen – und ich küsse ihn. Sanft, aber voller Verlangen. Nach mehr als nur unseren Körpern. Nach Liebe. Nach Treue. Nach Beständigkeit. Warren lehnt seine Stirn gegen meine, hält uns zurück, bevor wir uns völlig verlieren.

Seine Stimme ist rau, als er sagt: »Ich hab noch eine Überraschung. Wenn das okay für dich ist.«

Ein Teil von mir will Nein sagen – zu groß ist die Sehnsucht, einfach nach Hause zu fahren und endlich zusammen zu sein. Aber wie könnte ich den Abend nicht zu Ende bringen? *Diesen perfekten Abend.*

»Natürlich.« Ich gebe ihm einen Kuss auf die Wange.

Er steht auf, zieht mich an den Händen hoch, nur um mich sanft zur Seite zu schieben, während er die Decke zusammenlegt. Dann trägt er alles zurück zum Auto, öffnet mir die Tür und steigt anschließend selbst ein.

»Bereit?«, fragt er, mit diesem spitzbübischen Lächeln, das mir den Atem raubt.

Ich verdrehe liebevoll die Augen und lache leise, während er vom Parkplatz fährt.

Kapitel 32

Wir fahren auf einen leeren Parkplatz in einem deutlich heruntergekommeneren Teil der Stadt. Kein Schild an der Backsteinwand vor uns verrät, wo wir sind. Um uns herum ist nichts, nur ein Müllcontainer auf der rechten Seite und eine Tür auf der linken, beleuchtet von einem Bewegungsmelder darüber. Das kommt definitiv nicht an die Atmosphäre der letzten beiden Orte heran, aber ich habe mittlerweile gelernt, Warren zu vertrauen.

»Warte hier.« Warren steigt aus, holt den halb geleerten Rucksack aus dem Kofferraum und kommt um das Auto herum, um mich aussteigen zu lassen; sein Jackett bleibt diesmal im Wagen.

Er führt uns zu einer schwarzen Stahltür und tippt einen Code in das Metallschloss. Zwei leise Piepgeräusche, ein kurzes grünes Aufleuchten, dann drückt er den Griff herunter und öffnet die Tür. Dahinter offenbart sich ein dunkler Abgrund. Ich klammere mich ein bisschen fester an seine Hand und lege meine andere um seinen Unterarm, während wir eintreten.

»Das ist der Moment, in dem du deinen perfiden Masterplan enthüllst, oder? Du hast zugelassen, dass ich mich in dich verliebe, nur um mich jetzt in den Tod zu stürzen?«

»Du bist echt morbide.« Er geht unbeirrt weiter. »Aber ja, tut mir leid.«

»Schon okay. Hätte ich mir eigentlich denken können.«

»Es ist wirklich schwer, eine bezahlbare Wohnung zu finden ... Das war die einzige Möglichkeit.«

Er bleibt stehen. Vor uns ist eine Wand, mehr kann ich nicht erkennen. Wo auch immer wir sind, Warren muss hier – in völliger Dunkelheit – viel Zeit verbracht haben, denn er bewegt sich, als könnte er den Raum blind durchqueren.

»Ich mache jetzt das Licht an. Nicht erschrecken.«

Plötzlich ist der Raum in tiefblaues und grünes Licht getaucht. Unter unseren Füßen befindet sich eine Bühne.

»Hier hat meine Band früher gespielt. Momentan wird alles renoviert, deshalb ist es leer, aber ich kenne den Besitzer. Er war cool genug, mich dich hierherbringen zu lassen, bevor alles weg ist.«

Er lässt meine Hand los, stellt den Rucksack auf den Boden und holt eine Wasserflasche, ein Notizbuch und eine kleine Metalldose heraus. Alles landet neben einem zusammenklappbaren Holzstuhl.

»Sosehr du auch auf Drummer stehst ...«, er lacht und reibt sich verlegen den Nacken, »das ist nicht wirklich etwas für ein persönliches Ständchen. Ich hoffe, das hier geht auch.«

Warren führt mich sanft an den Ellenbogen zu einem Stuhl. Dann verschwindet er kurz hinter der Bühne und kommt mit einer Gitarre zurück.

»Nur zur Erinnerung: Ich war der Drummer, nicht der Gitarrist – aus gutem Grund«, sagt er mit leuchtenden Augen, aber leicht unsicherem Lächeln.

Ich lege beide Hände vor den Mund und bringe keinen Ton heraus. *Das hier ist mit Abstand das Romantischste, was mir je passiert ist.*

Er setzt sich auf die Bühne, klappt sein Notizbuch auf und öffnet die kleine Dose – darin ein Gitarrenstimmgerät und ein Kapodaster. Es ist mir unangenehm, auf ihn runterzusehen, also stehe ich auf und setze mich direkt vor ihm auf den Boden.

»Aber dein Kleid ...«

Ich winke ab und bedeute ihm weiterzumachen, viel zu gespannt, um mir über so was den Kopf zu zerbrechen. Mein Blick fällt auf das Notizbuch, das von mir weg zeigt. Auch wenn es auf dem Kopf steht, kann ich die krakelige Schrift oben auf der Seite entziffern: Chloe's Song. *O Gott.*

Warren holt tief Luft und beginnt, die Saiten der Gitarre zu zupfen – eine langsame, gefühlvolle Melodie. Sofort klingt es genauso beeindruckend wie das Schlagzeug. Zumindest so, wie ich ihn auf seiner CD gehört habe.

Seine Finger bewegen sich schnell, ab und zu hört man das leise Kratzen, wenn er die Akkorde wechselt.

Er atmet ein und fängt an zu singen. Seine Stimme ist weich, tiefer als seine Sprechstimme. Ich schließe kurz die Augen, versuche, den Klang in mein Gedächtnis zu brennen, und lausche dem Text:

Deine Farben leuchten heller, in solcher Fülle.
Du siehst die Welt nur durch die rosafarbene Brille.
Ein Lächeln, so endlos, doch Zweifel im Blick.
Sag, wer hat deinen Himmel erstickt?

Bin zu sehr Egoist, um zu schweigen,
will dir meine Entschlossenheit zeigen.
Dein Schmerz traf auf meinen – und ich zerfiel,
wurde all das, was ich immer sein will.

Dein Kuss durch kalte Kliniktüren,
ließ mich nur mehr Liebe spüren.
Ich treibe, lass mich vom Wasser tragen,
riskieren wir's, lass es uns wagen.

Mein Kinn zittert, als ich meinen Blick langsam von dem Notizbuch zu ihm hebe ... Ich wollte keinen einzigen Moment verpassen, indem ich mich in seinem Gesicht verliere.

Warren zupft die letzten Töne, das Lied wird langsamer, während er den Refrain ein letztes Mal wiederholt. Ich wische mir eine Träne von der Wange und schüttele den Kopf – fassungslos vor Glück.

Die Magie dieses Abends ist greifbar. Ich wünschte, ich könnte sie in einer Flasche konservieren.

Warren hebt den Blick nicht, als er die Gitarre neben sich auf die Bühne legt. Er schließt das Notizbuch, die Augen weiter auf den Boden gerichtet.

Ich werde niemals in Worte fassen können, wie sehr dieser Moment mein Leben für immer verändert hat. Nicht gegenüber Lane und Emily, nicht gegenüber Willow – vielleicht nicht mal gegenüber Warren selbst.

Falls es vorher noch Zweifel gab, jetzt sind alle ausgemerzt. Ihm gehört mein ganzes Herz. Und ich werde nicht mutig genug sein, es je zurückzufordern.

»Warren, ich weiß gar nicht, was ich sagen soll. Ich liebe es.« Ich schlinge die Arme um seinen Nacken und lehne mich auf den Knien zu ihm vor. »Es war perfekt. Der ganze Abend war perfekt. Danke.«

Ich küsse ihn auf die Wange, und er legt seine Hände an meine Hüften, zieht mich sanft auf seinen Schoß.

»Nicht zu kitschig?«, murmelt er in mein Haar.

»Oh, total kitschig. Unglaublich kitschig.« Ich lache leise. »Aber ich liebe es ... Ich kann nicht glauben, dass du mir ein Lied geschrieben hast.«

Er hebt mein Kinn mit seinem Daumen an.

»Ich schreibe dir tausend miese Songs, wenn du willst.« Er küsst mich rasch auf die Unterlippe.

»Nicht mies. Kein bisschen. Ich liebe dich. Viel zu sehr. Ehrlich gesagt ist es fast beunruhigend.«

Er lacht und schiebt mir eine Locke hinters Ohr. »Ich liebe dich auch, Täubchen.«

Dann hält er inne, konzentriert sich auf die Haarsträhne zwischen seinen Fingern. »Letztes erstes Date?«, fragt er mit ernstem Blick.

Ich zögere nicht einmal eine Sekunde. »Ja.« Ein viel größeres Versprechen liegt dahinter. Und ich bin vollkommen damit einverstanden.

»Lass uns nach Hause gehen.« Ich lege meine Hand an seine Wange und küsse ihn.

»Ja«, wiederholt er atemlos.

Ich stehe auf und reiche ihm die Hand, um ihn hochzuziehen. Er bringt die Gitarre zurück, schnappt sich seinen Rucksack und führt uns in völliger Dunkelheit zur Tür.

Dann ist es, als wären wir nie hier gewesen. Als hätte diese Bühne nie existiert. Der Moment gehört nur uns, lebendig nur noch in unserer gemeinsamen Erinnerung.

Und genau das macht ihn so kostbar.

Kapitel 33

Kaum dass sich die Aufzugtüren schließen, zieht Warren mich sanft, aber bestimmt an sich und dirigiert uns in eine Ecke. Ich stehe mit dem Rücken zu ihm, blicke ihn über die Schulter hinweg an – und entdecke die Kamera über unseren Köpfen. Er hat uns aus ihrem Sichtfeld bewegt.

»Warren, was …«

Er unterbricht mich, indem er einen Arm um meine Hüften legt und mich näher an sich drückt. Seine andere Hand gleitet über meine Schulter, meinen Hals und mein Schlüsselbein, dann am Rand meines Kleides entlang. Er fährt über den weichen Samt, spreizt die Finger – und schiebt sie unter meinen BH, raue Hände finden meine nackte Brust.

Ich lehne den Kopf gegen seinen Oberkörper, während sein Daumen und Zeigefinger mit meinem harten Nippel spielen.

Ein leises Stöhnen entweicht mir. Ich greife nach seinem Nacken, brauche Halt, weil mein Körper vor Verlangen zittert. Er haucht eine Reihe von Küssen hinter mein Ohr, genau in dem Moment, als der Aufzug leise bimmelt und sich die Türen unserer leeren Etage öffnen.

Warren zieht seine Hand zurück, dreht mich herum und küsst mich so innig, dass ich für einen Moment völlig vergesse, wo wir sind. Erst als sich die Türen wieder schließen und der Fahrstuhl sich erneut in Bewegung setzt, komme ich in der Realität an.

»Wir haben unser Stockwerk verpasst«, sage ich, meine Lippen nur wenige Zentimeter von seinen entfernt.

Er leckt über meine Oberlippe, zieht mich erneut zu sich. Ich kichere, ein wohliger Schauer läuft durch meinen Körper. »Hey, warte … was, wenn jemand dazukommt?«

»Tut keiner. Ich habe wieder auf Erdgeschoss gedrückt.« Er grinst, und ich bemerke, dass der Knopf rot leuchtet. »Ich wollte noch ein bisschen mehr Zeit mit dir, bevor unser Abend vorbei ist.«

Er küsst meinen Hals, und meine Augen verdrehen sich.

»Wir können nicht für immer im Aufzug bleiben.« Ich drücke den Knopf zum dritten Stock.

»Beweis es.«

Er legt beide Hände auf meinen Hintern und hebt mich mühelos hoch, sodass mein Gesicht auf seiner Höhe ist – so muss er sich nicht mehr zu mir runterbeugen, um mich zu küssen. Als die Türen sich öffnen, hält er mich noch immer eng an sich gedrückt, meine Füße baumeln an seinen Schienbeinen.

Mein Rücken prallt gegen die Wand neben unserer Wohnungstür. Warren hält mich fest, seine Küsse werden fordernder, hungriger. Ich greife an die Seiten meines Kleides, ziehe es hoch, um meine Beine um seine Hüften schlingen zu können – mir ist es inzwischen völlig egal, ob jemand zufällig den Flur entlangläuft.

»Schlüssel?«, murmelt er zwischen seinen Küssen und lehnt seine Stirn an meine Schläfe. Es fällt mir schwer, mich auf seine Worte zu konzentrieren, während ich nur ihn zwischen meinen Schenkeln spüre.

»Hast du deine nicht?«, keuche ich.

»Doch, aber meine Hände sind gerade ... beschäftigt.« Er kneift mir spielerisch in den Po, und ich richte mich ein wenig auf. Sein Grinsen ist unverschämt. Ich verdrehe die Augen und greife in seine Hosentasche, hole die Schlüssel heraus.

»Okay ... jetzt lass mich runter«, befehle ich.

Warren brummt widerwillig, fast wie ein trotziges Kind, lässt mich dann aber langsam zu Boden gleiten. Er nimmt mir die Schlüssel ab, schließt auf – und blockiert sofort den Weg, der an seinem Schlafzimmer vorbeiführt.

»Ich schaue kurz nach den beiden – du bleibst hier, okay? Verlass das Zimmer nicht.«

Ich trete ein, setze mich auf sein Bett und schlage die Beine übereinander. Dabei lehne ich mich leicht zurück und präsentiere meine Brüste.

Warren bleibt in der Tür stehen, fährt sich mit der Hand über den Kopf. Wäre da Haar, er würde es sich wahrscheinlich raufen.

»Ja. Okay. Bleib genau so ...« Seine Stimme klingt rau. Dann klopft er zweimal gegen den Türrahmen, schließt die Tür hinter sich – und seine Schritte hallen laut den Flur entlang. Er rennt förmlich.

Nachdem er mir heute so viel geschenkt hat – jede Überraschung, jedes kleine Spiel –, will ich ihm jetzt etwas zurückgeben.

Ich ziehe mich komplett aus. Falte meine Kleidung und lege sie auf seine Kommode. Dann drehe ich die Nachttischlampe an und lösche das grelle Deckenlicht. Ich bin mutig genug, mich ihm so zu zeigen, aber nicht unter dieser unbarmherzigen Beleuchtung.

Ich streiche seine Bettdecke glatt, setze mich obendrauf, verschränke die Beine und lehne mich zurück – genau so, wie er mich zurückgelassen hat. So, wie er es wollte.

Ein sanftes Klopfen an der Tür.

»Besetzt«, rufe ich zurück.

Von draußen höre ich ein unterdrücktes Lachen, dann senkt sich der Türgriff. Warren tritt rückwärts in den Raum, den Blick noch auf den Flur gerichtet, während er zwei Gläser Wasser in den Händen hält.

»Luke meinte, Willow war ganz brav. Sie ist vor ein paar Minuten wieder eingeschlafen, also sollten wir genug ...«

Er dreht sich um, sieht mich, und die Gläser rutschen ihm aus den Händen.

»Hi«, sage ich mit einem leichten Kichern.

Mein Blick wandert zu den beiden Pfützen auf dem Teppich, doch Warren scheint sie nicht einmal zu bemerken. Er schließt die Tür hinter sich, aber seine Hand bleibt noch kurz am Griff. Sein Blick gleitet langsam über meinen Körper, von oben nach unten.

»Überraschung.« Ich lächle schüchtern und bedecke instinktiv meine Brust mit einem Arm.

In meinem Kopf ist mir das weniger seltsam vorgekommen. Jetzt sitze ich splitterfasernackt vor einem Mann, der noch vollständig angezogen ist – und sich keinen Millimeter bewegt.

»Ich … äh. Wow.« Er fährt sich mit einer Hand übers Gesicht und löst schließlich die andere von der Türklinke. »Sorry.« Ein paar Schritte bringen ihn näher, die umgestoßenen Gläser scheinen ihm vollkommen egal zu sein. »Ich war gerade kurz sprachlos. Hast du eigentlich eine Ahnung, wie verdammt sexy du bist?«

Warren öffnet die Knöpfe seines Hemds und streift es ab.

Hast du eine Ahnung, wie sexy du *bist?* Ich würde es ihn gern fragen, doch meine Stimme bleibt mir im Hals stecken, als ich den perfekten Mann vor mir betrachte.

Er löst den Gürtel, wirft ihn achtlos auf den Boden – seine Augen haben sich noch keine Sekunde von mir abgewandt.

»Du kannst nicht real sein, Chloe. Dein Körper …« Er legt beide Hände in seinen Nacken, murmelt mehr zu sich selbst als zu mir: »Was zum Teufel … du … wow. Sag mal …« Seine Stimme wird leiser, dann atmet er schwer aus.

»Warren, was genau willst du mir gerade sagen?«, frage ich und löse meine überkreuzten Beine, setze die Füße auf den weichen Teppich neben seinem Bett.

»Ich kann nicht. Vielleicht werde ich nie wieder normal reden können.«

Er steigt aus seiner Hose, kniet sich vor mich und umfasst mit beiden Händen meine Oberschenkel. Dann senkt er den Kopf, presst seine Stirn genau dorthin, wo meine Knie aufeinandertreffen.

»Was machst du da?«, frage ich und unterdrücke ein Lachen.

»Keine Ahnung … Beten?« Seine Finger graben sich sanft in meine Haut.

Ich verdrehe die Augen, lächle dabei. »Warren, steh auf.«

»Chloe, bei allem Respekt – halt den Mund«, murmelt er und sieht zu mir hoch, sein Kinn auf meinem Knie abgelegt. Diese Perspektive ist brandgefährlich. Der Blick aus seinen dunklen Augen unter der markanten Stirn trifft mich wie ein elektrischer Schlag – ich bin sofort feucht zwischen den Beinen, mein Mund ist trocken.

»Ich sehe dich gerade zum allerersten Mal komplett nackt. Und ich habe vor, das für den Rest meines Lebens zu tun.«

Er senkt kurz den Kopf, schüttelt ihn leicht, dann sieht er mich wieder an. »Hab ich das gerade laut gesagt?« Er lacht leise, fast ungläubig. »Ja ... ja, hab ich. Weil dein Körper ein verdammtes Wahrheitsserum ist. Gott, dein Körper. Dein perfekter Körper.«

Seine rauen Finger wandern an meinen Schenkeln hinauf, streifen meine Taille, entlang meiner Rippen, und dann wieder nach unten, bis er meine Hüften umfasst. Seine Finger sind schwielig und rau; ich denke daran, was Emily gesagt hat – dass er geschickt mit seinen Händen sein wird.

Jede Berührung prickelt auf meiner Haut wie ein Stromschlag. Ich presse die Oberschenkel so fest wie möglich zusammen, aber es reicht nicht. Das Verlangen nach ihm ist überwältigend. Ich will ihn überall spüren.

Mit dem Knie stoße ich sanft gegen seine Brust, zwinge ihn zurückzuweichen, damit ich mich bewegen kann. Dann ziehe ich meine Beine hoch, lege sie aufs Bett.

Er folgt mir sofort, schiebt sich über mich, bis seine Brust genau über meiner ist.

»Wahrheitsserum, ja?«, necke ich ihn.

»Ich würde dir gerade alles erzählen ... also übertreib's nicht.«

»Hm … vielleicht doch«, flüstere ich mit einem kleinen Grinsen.

Warren küsst meinen Hals und lässt seine Hand über meine Brust, meine Schulter und meinen Arm wandern. Doch ich kann mich noch nicht richtig fallen lassen, meine Neugier siegt.

»Was hast du gedacht, als du mich das erste Mal gesehen hast?«, frage ich, mein Atem stockt kurz, als er an meinem Schlüsselbein knabbert und dann beruhigend über dieselbe Stelle küsst.

»Ich fand dich wunderschön«, antwortet er unumwunden. »Deine Augenbrauen haben mich fasziniert. Lustig, aber ein bisschen verklemmt. Du hast mich *Prison Break* genannt – das war irgendwie süß. Und dann kannst du auch noch Gebärdensprache; damit hattest du mich komplett. Auch wenn ich mich dummerweise erst entschieden habe, das zu ignorieren.«

Wow. Das Wahrheitsserum wirkt offenbar wirklich. »Und wann hast du entschieden, dass du mich willst?«

»Wann ich deinen Körper, so wie jetzt, in den Armen halten wollte?« Seine Hand gleitet über meinen Rücken, drückt ihn höher, sodass die Spitze meiner Brust seine Wange streift. Er reizt meine Nippel mit seiner Zunge, leckt langsam über die Haut zwischen meinen Brüsten. Meine Augen fallen zu, ich vergabe die Zähne in der Unterlippe.

»Das ist leicht … als du mich zum ersten Mal umarmt hast. Du hast zu mir gepasst, als wärst du dafür gemacht. Ich musste mich so sehr zusammenreißen, um nicht sofort hart zu werden. Es war höllisch schmerzhaft, die Kontrolle wiederzuerlangen.«

Er stemmt sich hoch und wechselt auf meine andere Seite, stützt sein Gewicht auf den rechten Unterarm.

»Und wann ich alles von dir wollte?« Warren zieht meine Brustwarze sanft zwischen seine Zähne, und ich keuche auf.

Er beantwortet Fragen, die mich längst nicht mehr interessieren. Ich will nur noch, dass er weitermacht. Mich weiter berührt. Seine Hand wandert zu meinem Gesicht, sein Daumen streicht zärtlich über meine Wange. »In der Nacht meines Geburtstags. Und seitdem jeden Tag ein bisschen mehr.«

Ich lege meine Arme um seinen Nacken – und dann drehen wir uns, bis er auf dem Rücken liegt und ich auf ihm sitze.

Er schluckt hart, sein Blick wird dunkler, als er zu mir hochschaut. »Du bist unglaublich.«

Ich beuge mich hinunter und küsse ihn, bis mein ganzer Körper unter seiner Berührung schmilzt. Unsere Küsse werden tiefer, intensiver, bis er sich unter mir aufrichtet. Eine Hand wandert in meinen Nacken, während er mit nur einem Finger langsam über meine Wirbelsäule streicht. So unendlich langsam, dass mein Rücken sich ihm entgegenwölbt. Meine Hüften bewegen sich instinktiv, reiben sich an ihm, nur durch seine Boxershorts von ihm getrennt.

Sein Finger erreicht den untersten Punkt meiner Wirbelsäule, dann sinkt er mit einem leisen Seufzen zurück aufs Bett.

Ich fahre mit beiden Händen über seine Brust, seinen Bauch, seine Hüften, auf denen meine Oberschenkel ruhen.

Er spannt sich an, windet sich unter meinen Berührungen, sein Blick bleibt fixiert auf die Stelle, an der unsere

Körper sich berühren, während ich in seinem Gesicht nach einer Reaktion suche.

Ich küsse seine Brust, seine Schultern, seinen Hals. Dann richte ich mich wieder auf – entschlossen, nicht länger nur seine Boxershorts nass zu machen, sondern sie endlich loszuwerden.

»Rutsch höher«, sagt er, seine Stimme rau und bestimmend.

Ich blicke an mir herunter, sehe, wie er an meinen Knien zieht, mich weiter nach oben schiebt. Ich folge seiner Bewegung, bis meine Oberschenkel zu beiden Seiten seines Bauchs ruhen, meine Knie auf Brusthöhe. So hat er Platz, um sich von dem letzten Stoffstück zu befreien.

»Nein«, beharrt er eisern. »Noch weiter hoch.«

Ich erstarre, als mir klar wird, was er wirklich von mir will. »Ich weiß nicht ... Ich habe das noch nie ... Ähm, ich glaube nicht, dass das eine gute Idee ist.«

»Chloe, bitte. Lass mich nicht betteln«, sagt er, doch ich zögere immer noch. Natürlich will ich ... aber so vieles davon ist noch so neu. Ich bin nicht zart oder federleicht oder ...

»Setz dich auf mein Gesicht. Jetzt.«

Etwas in der Tiefe seiner Stimme, in der dringenden Bestimmtheit seiner Worte, löst eine plötzliche Welle von Selbstbewusstsein in mir aus. Ich rücke auf den Knien höher auf dem Bett, schwebe über seinem Mund. In dem Moment, als mich erneut Zweifel überkommen, legt Warren seine Hände auf die Rundung meines Hinterns und zieht mich tiefer, viel tiefer, als ich geplant hatte.

»Entspann dich«, flüstert er gegen die Innenseite meines

Oberschenkels, und sofort breitet sich eine Gänsehaut auf meinem Körper aus. »Alles gut, Täubchen.«

Dann hebt er den Kopf und leckt einmal, langsam, direkt über meine Mitte. *Whoa.* »Du bist übrigens auch hier perfekt. So süß.«

Er zieht mich weiter nach unten, und diesmal lasse ich es zu – wenn auch nur um einen Zentimeter.

»Ich will dir nicht wehtun.« Meine Stimme klingt benebelt, genau so, wie sich mein Kopf anfühlt. *Diese eine Kostprobe war noch nicht genug.*

»Vertrau mir, Chloe. Ich will das.« Er umklammert meine Taille fester, zieht mich weiter nach unten – und diesmal lasse ich mich ganz in seine Berührung fallen, meine Fersen graben sich in meinen Hintern. Er summt leise, und eine Welle aus purer Lust schießt durch meinen Körper.

Warren leckt, küsst, saugt – bis ich nichts weiter bin als flüssige Hitze, geformt von seinen Bewegungen.

Ich stöhne, meine eigene Stimme klingt fremd. Tiefer und rauer. Doch ich versuche nicht, die Töne für ihn zu verändern, sie mädchenhafter oder sanfter klingen zu lassen, so wie ich es früher mit anderen getan habe. Warren will *mich* – nicht eine inszenierte Version von mir.

Jede Chance, seinen Namen auszusprechen, nutze ich, so wie ich es mir all die Nächte allein in meinem Bett vorgestellt habe. All die Nächte, in denen ich mir wünschte, dass er tatsächlich bei mir wäre. Und trotz der Erkenntnis, dass es genauso gut ist wie in meinen Träumen, bin ich froh, dass wir gewartet haben.

Ich fühle mich sicher. Sicher genug, um ihm alles von mir zu zeigen – Körper und Seele.

Warren dreht für einen Moment den Kopf zur Seite, um keuchend Luft zu holen, dann taucht er wieder ein und fordert mich mehr, als ich ertragen kann. Seine Nase reibt gegen mich, während sein Mund den empfindlichen Nervenknoten findet und mir hemmungslos Lust verschafft.

»Ja ... Warren, ich bin so nah dran.«

Meine Hüften kreisen unbewusst gegen ihn, als der Orgasmus sich immer weiter aufbaut, näher und näher kommt. Warrens Hände auf meinen Hüften halten mich fest in Position, seine Nackenmuskeln spannen sich an, um sich meinem Verlangen entgegenzustemmen.

Und dann löse ich mich auf, während er mich immer noch umklammert, um mir den letzten Funken der Lust abzuringen. Ich flüstere seinen Namen ein letztes Mal, bevor ich kraftlos zur Seite kippe und mich neben ihm aufs Bett fallen lasse.

Warren leckt sich langsam über die Lippen. »Danke.«

Es ist egoistisch, nicht zu antworten – oder ihm nicht ebenfalls zu danken –, aber ich bringe vor Erschöpfung kein Wort heraus. Stattdessen lächle ich ihn versonnen an, während mein Körper ein letztes Mal erzittert, als wären es die Nachwehen eines Erdbebens.

Kapitel 34

Warren streift seine Boxershorts ab und sieht mit scharfem Blick zu mir herüber. »Wenn du aufhören willst, ist das völlig in Ordnung. Es wurde einfach zu eng mit dem Stoff.«

Ich nicke und schaue auf seine Härte hinunter. Ich hätte wissen müssen, dass dieser Teil von ihm genauso unglaublich sein würde wie der Rest. Ich sauge meine Lippen nach innen und beiße darauf. Ich will ihn. *Jetzt*.

»Ich nehme die Pille«, platze ich heraus, meine Stimme ist noch heiser, weil ich vorhin gestöhnt und vor Lust geschrien habe. »Und ich bin getestet.«

»Ich auch.« Er nickt eifrig.

»Warren, bitte nimm mich.« Meine Stimme ist kaum lauter als ein Flüstern, selbst jetzt noch. Seine Augen werden groß, und innerhalb von Sekunden liegt er auf mir, die Hände ruhen zu beiden Seiten meines Kopfes. »Sag das noch mal.« Zärtlich streicht er mir eine Haarsträhne aus dem Mund.

Ich packe ihn am Kinn und ziehe seinen Kopf nach unten, bis er mir in die Augen schaut und sich unsere Nasen berühren. »Warren ... bitte. Fick. mich.« Ich betone jedes Wort. Seine Miene ist wie hypnotisiert, angespannt. Er greift zwischen uns hinunter und gleitet in mich. Seine Augen leuchten auf, bevor er die Lider zufallen lässt.

»Zum Teufel, Täubchen.« Er knurrt, während er noch weiter in mich eindringt.

Ich reagiere nicht darauf. Meine ganze Aufmerksamkeit gilt dem Gefühl, das er in mir auslöst. Mein Mund ist fest verschlossen, und ich zucke leicht zusammen, weil er mich so ausdehnt. Ich stoße einen einzelnen, angestrengten Atemzug aus, als er mich schließlich komplett ausfüllt. Unsere Hüften berühren sich, und unsere Körper sind vollständig ineinander verschlungen. Nach einem Moment des Innehaltens schlage ich die Augen auf.

»Geht es dir gut?« Er keucht leise, während er mich mit lustverschleiertem Blick ansieht, was unsere Verbindung noch enger werden lässt. Ich war noch nie ein Fan von Augenkontakt beim Sex – aber das gilt nicht für Warren. Die meisten meiner Regeln gelten nicht mehr.

»Ja«, antworte ich und lasse meine Hand über seinen Kiefer gleiten, an seinem Ohr vorbei und dann hinauf zu seinem Nacken, wo ich meine Finger verschränke. Ich schaue über seine Schulter auf meine Hand und spreche ein stilles Dankesgebet, dass ich ihn berühren, ihn so fühlen darf, so vertraut mit ihm sein darf. Und dann treffen sich unsere Blicke wieder.

»Hi.« Ein sanftes Lächeln umspielt seine Lippen, während er zu mir herunterschaut.

»Hi«, flüstere ich zurück.

Da ist diese vertraute Energie zwischen uns, dieselbe, die

in der Nacht seines Geburtstags zum ersten Mal spürbar war. Dieser Moment, in dem wir mit unseren Blicken eine Verbindung schufen – einen Raum, in dem wir unseren Schmerz miteinander teilen konnten. In dem wir ihn einander nehmen konnten, wenn wir es wollten. Doch diesmal tauschen wir etwas völlig anderes aus. Lust gegen Lust. Verlangen gegen Verlangen. Wir geben uns hin, um vom anderen zu empfangen.

»Ich liebe dich«, sage ich mit bebenden Lippen, während Warren beginnt, seine Hüften langsam und kreisend zu bewegen.

Er hält inne, und seine Unterlippe schiebt sich leicht vor. »Das hat noch nie jemand zu mir gesagt – während dem Sex.«

Ich blicke in sein wunderschönes Gesicht und frage mich, wie das möglich sein kann. Wenn ich jemals mit einem Mann zusammen gewesen wäre, der mich so zum Höhepunkt bringen kann wie Warren, würde ich am nächsten Tag schon Geschirr für unsere gemeinsame Zukunft aussuchen. Wie hatten die anderen Frauen widerstehen können? Ich kann mich ihm unmöglich entziehen, selbst wenn ich wollte.

O nein. Denk nicht an die anderen Frauen, mit denen er zusammen gewesen ist. Fang jetzt bloß nicht an, dir ihre Körper unter ihm vorzustellen. Ihre makellose Haut, ihre flachen Bäuche, ihre perfekt manikürten Hände oder ...

»Täubchen ... komm zurück.« Ich reiße meinen Blick von dem Punkt über Warrens Schulter los, auf den ich gerade ins Leere gestarrt habe, und sehe ihm ins Gesicht. »Willst du aufhören?«, fragt er.

Ich beiße mir auf die Lippe, überlege genau, was ich als Nächstes sage. »Nein, nein, ich will nicht aufhören. Es ist nur ... was du gesagt hast, dass das noch *nie jemand während dem Sex* zu dir gesagt hat ... Ich musste an die anderen Frauen denken, mit denen du was hattest. Und ob ich mithalten kann.«

Warren runzelt die Stirn, und er schüttelt den Kopf. Mit ein paar schnellen Bewegungen hebt er mich auf seinen Schoß, hält uns beide mit Leichtigkeit, während er sich nach hinten lehnt, bis seine Schultern das Kopfteil berühren. Sanft nimmt er meine Handgelenke und führt sie zu seinem Gesicht, legt meine Hände an seine Wangen.

»Das war dumm von mir, das in diesem Moment zu sagen ... Wahrheitsserum, du erinnerst dich?« Er hält den Kopf schräg, bis mein umherschweifender Blick wieder auf ihm landet. »Es hat mir viel bedeutet, das von dir zu hören, und ich bin einfach damit herausgeplatzt. Ich hasse es, dass du jetzt darüber nachdenkst ... nein. Ich hasse es, dass du überhaupt nachdenkst.« Seine Nasenflügel beben leicht, während sein Blick sich in meinen bohrt. »Geh raus aus deinem Kopf«, sagt er mit fester Stimme.

Er gibt meine Handgelenke frei, doch ich lasse meine Hände auf seinem Gesicht. Er beugt sich vor und küsst mich, langsam, verführerisch. Mit einem sanften Biss in meine Lippe zieht er mich noch näher an sich, während er sich wieder gegen das Kopfteil lehnt.

Je länger wir uns küssen, desto leiser werden meine Gedanken – bis ich nicht einmal mehr weiß, worüber ich mir überhaupt Sorgen gemacht habe.

Wann habe ich eigentlich angefangen, mich an ihm zu reiben?

»Du bist die Eine für mich, Täubchen. Ich will keine mehr außer dir. Mein Körper weiß das, genauso wie der Rest von mir. Ich sehne mich schon so lang nach dir.« Ein leises, raues Stöhnen entfährt ihm, als ich meine Fingerkuppen in seine Schultern grabe.

Kann man allein von Worten zum Höhepunkt kommen? Mein Inneres spannt sich unwillkürlich an bei der Vorstellung, das hier für immer haben zu dürfen.

»Shit ...«, zischt Warren durch die Zähne. »Hast du dich auch nach mir gesehnt?«

Ich nicke, mein Atem dringt laut und unregelmäßig zwischen meinen leicht geöffneten Lippen hervor.

»Lass mich dir diesen süßen Schmerz nehmen, Täubchen. Sag mir, dass ich mich darum kümmern soll.«

Ich lehne mich vor, um ihn zu küssen, unsere Münder bereits geöffnet, noch bevor sie sich überhaupt berühren. Ich beginne, mich auf Warren zu bewegen, mich auf und ab zu heben, während er den Rhythmus vorgibt, seine Hände fest an meinen Hüften.

»Nichts wird jemals damit vergleichbar sein. Hörst du mich?«, flüstert Warren heiß gegen meinen Hals. Sein Atem jagt mir einen Schauer über die Haut, und sein Versprechen wirbelt durch meinen ohnehin schon leeren Kopf.

»Ja«, bringe ich mit Mühe heraus, als Warren langsamer, aber tiefer in mich stößt.

Ich weiß, dass ich kaum noch aktiv mitarbeite, mich nicht mehr wirklich selbst bewege – aber es ist mir egal. Es fühlt sich einfach zu gut an.

Warrens Druck und Rhythmus sind perfekt, doch ich weiß, dass ich so allein nicht an mein Ziel kommen werde.

Also lasse ich eine Hand von seiner Wange gleiten, streiche über seinen heißen, leicht verschwitzten Oberkörper und bewege meine Finger zwischen uns, um mir selbst ein wenig zu helfen.

»Brauchst du mehr?« Seine blauen, vor Lust verhangenen Augen starren mich eindringlich an. Ich beiße mir auf die Lippe und nicke.

Ohne zu zögern, hebt er mich von seinem Schoß und legt mich vor sich ab. Er bleibt auf den Knien, zieht meine Beine um seine Hüften, dann greift er mit einer Hand um mein Knie, um mit seinem Daumen genau den Lustpunkt zu finden, den ich so sehr brauche. Und als er den perfekten Rhythmus mit seinen Fingern entdeckt, dringt er wieder in mich ein.

»So richtig?«, fragt er.

O Gott. »Ja«, wimmere ich. »Härter.«

»Mein Daumen oder ich?«

»Beide«, flehe ich.

Warren lacht dunkel. Dieses wissende Lachen. *Eine Warnung.* Und dann gibt er mir genau das, worum ich gebeten habe. Unnachgiebige Stöße und der Druck seines Daumens katapultieren mich sekundenschnell zum Höhepunkt.

Ich spüre, wie ich mich um ihn zusammenziehe; er zuckt als Antwort. Unsere Blicke treffen sich, mein Mund öffnet sich vor reiner Glückseligkeit, als sein Name von meinen Lippen kommt.

Warren folgt mir nur einen Moment später und ruft zwischen schweren Atemzügen abwechselnd meinen Namen oder *Täubchen*. Dann sinkt er auf mich herab, sein Körper drückt mich in die Matratze.

Aber ich habe nichts dagegen. Ganz im Gegenteil. Er ist erschöpft, völlig ausgelaugt – und sein Gewicht auf mir fühlt sich einfach nur berauschend an.

Er vergräbt das Kinn sanft in meinen Hals, während er zu Atem kommt. Ich lege eine Hand in seinen Nacken, streiche mit den Fingern durch sein fast nicht existentes Haar, während er sich langsam entspannt. Erst als er tief ausatmet, stemmt er sich hoch, seine Arme zittriger als vorher.

»Hätte nicht gedacht, dass du das so draufhast.« Ich zwinkere ihm zu.

Das verschmitzte Funkeln kehrt in seine Augen zurück. »Ich glaube, du wolltest eigentlich sagen …« Er setzt eine übertriebene Stimme auf. »›O Warren, vielen Dank für die zwei Orgasmen. Ich habe noch nie solche Lust empfunden.‹«

Erst verberge ich mein Lächeln hinter der Hand, doch dann muss ich lachen, weil er erwartungsvoll die Augenbrauen hebt und auf eine aufrichtige Antwort wartet.

»Du hast recht: Danke, Warren, für den besten Sex meines Lebens und …«

»Sag das noch mal«, unterbricht er mich mit düsterer Stimme.

»Was?«

»Den ersten Teil.«

»Du hast recht?«

»Ohh«, stöhnt er theatralisch, seine Stimme trieft vor Sarkasmus. »Ja. Noch mal, Baby.«

Ich schubse ihn, bis er neben mir aufs Bett fällt. Er lacht, und mein Herz macht einen kleinen Hüpfer. *Ich liebe ihn.* Ich kann ihn nicht weiter ärgern, nicht mit diesem irritierenden Gedanken, der mich jetzt nicht mehr loslässt.

»Aber im Ernst, das war unglaublich«, sage ich.

»Ja, wir haben echt abgeliefert.« Er streckt die Faust in die Luft und hält sie mir hin. Ich verdrehe die Augen, stoße aber trotzdem meine Faust gegen seine.

»Glaubst du, es wird immer so gut sein?« Die Worte rutschen mir heraus, bevor ich über die möglichen Konsequenzen nachdenken kann, darüber, was er daraus schließen könnte. Aber er hat heute Abend auch seine eigenen Erklärungen über die Zukunft abgegeben – warum sollte ich es nicht auch tun?

»Ich glaube, es wird immer gut sein – vielleicht nicht immer *so* gut. In fünfzig Jahren werde ich mich nicht mehr ganz so ins Zeug legen können, um dich zu beeindrucken.«

»Fünfzig Jahre, ja?« Ich drehe mich auf die Seite, um ihn ein wenig zu necken, aber er nickt ernst, den Blick zur Decke gerichtet.

»Ja, mindestens vierzig versuche ich's.« Seine Aufrichtigkeit erwischt mich eiskalt. Ich spüre, wie mir die Hitze in die Wangen steigt.

»Meinst du das ehrlich?« Ich weiß nicht genau, was ich da gerade frage, aber es geht definitiv nicht nur um Sex.

Warren dreht sich zu mir, legt einen Arm um mich und zieht mich an sich, unsere Körper liegen eng aneinander.

Er legt sein Kinn auf meinen Kopf, drückt mich ein kleines bisschen fester an sich, bevor er zu sprechen beginnt. »Ich dachte, das wäre offensichtlich. Ich habe vor, dich für immer zu behalten. Wenn du mich willst.«

Ich will dich. Jepp. Für immer. Punkt abgehakt. »Ja, bitte.«

»Ich liebe dich«, sagt Warren und drückt mir einen Kuss auf den Scheitel.

»Ich liebe dich auch.« Sanft streiche ich mit der Hand über sein Kinn, kuschle mich noch enger an ihn – und sinke dann in den Schlaf.

Kapitel 35

Lane und Emily haben die letzten beiden Tage damit verbracht, sich in ihrer neuen Wohnung einzurichten. Heute Abend weihen wir sie ein. Nur wir drei, ein Cheeseboard und ein paar Flaschen Rotwein. Warren ist mit Willow zu Hause, und ich habe eine Tragetasche über der Schulter – deren Inhalt zu neunzig Prozent aus Käse besteht.

»Willkommen, willkommen!« Emily küsst mich auf beide Wangen und drückt mir ein Glas Wein in die Hand.

»Ah, ja. Wein, noch bevor ich überhaupt meine Schuhe ausgezogen habe. Ich habe es vermisst, mit dir zusammenzuwohnen, Em.«

Ich reiche Lane meine Tasche und sage: »Ich bringe den Käse!« Sie arrangiert Cheeseboards, als wäre es ihre Religion – es käme einer Beleidigung gleich, wenn sich jemand anderes daran versuchen würde.

»Danke, Käse-Lady.« Lane wirft einen Blick in die Tüte, während sie spricht. »Komm, ich zeig dir die Küche. Deine ist viel schöner, dafür haben wir eine Spülmaschine.«

»Neid!« Ich folge ihr in die schmale Küchenzeile und

nicke anerkennend in Richtung Spülmaschine. »Da ist also das gute Stück.«

»Eine Schönheit, nicht wahr?« Lane nimmt einen Schluck Wein und blickt sie verliebt an.

Ich lache und streiche ihr über den Rücken, bevor ich mich auf den Weg ins Wohnzimmer mache, wo Emily schon wartet, um mir den Rest der Wohnung zu zeigen.

»Lane interessiert sich nur für die Spülmaschine, aber darf ich dir meinen begehbaren Kleiderschrank vorstellen? Er ist der wahre Star der Show«, verkündet Emily, während sie mich den Flur entlang in ihr Schlafzimmer führt.

Nachdem die Tour beendet ist, versammeln wir uns alle auf der Couch, wo bereits ein überwältigendes Cheeseboard auf uns wartet.

»Auf euch und darauf, dass ihr zurück in der Stadt seid!« Ich halte mein Weinglas hoch, und wir stoßen an.

»Auf Mitbewohner – alte und neue!« Lane erhebt ebenfalls ihr Glas und zwinkert mir zu.

»Sehr subtiler Themenwechsel, Lane.« Emily nippt am Wein und schmunzelt in ihr Glas.

Lane verdreht die Augen. »Okay, ich hab mich lange genug zurückgehalten ... Chloe, ist was passiert?«

Ich schätze ab, wie viel Wein noch in meinem Glas ist, und kippe den Rest in ein paar großen Schlucken hinunter. *Mut.* Es ist nicht so, dass ich prüde wäre oder nicht darüber reden möchte – ich will es *wirklich*. Ich weiß nur nicht, wie. Bisher war ich immer eher die Zuhörerin, wenn Emily und Lane über ihre Eroberungen gesprochen haben.

»Ja. Es ist passiert ... und passiert ... und noch mal passiert.« Ich schenke mir nach, während die beiden vor Begeisterung quietschen. »Ich hatte noch nie … so viel davon … in einer Woche.«

»Jede Nacht?« Emily reißt die Augen auf.

»Das erste Mal war an unserem Date letzten Freitag, und … zwölfmal seither«, sage ich, während Lane hörbar die Luft ausstößt. »Er ist … zuverlässig.« Ich beiße mir auf die Unterlippe und kann mir ein Lächeln nicht verkneifen. »Er liefert jedes Mal ab.«

»Wow. Darauf trinken wir!«, ruft Emily.

Wir stoßen wieder an und kichern.

»So war es bei mir noch nie. Ist das normal? Hatte ich vorher einfach schlechten …?« Meine Stimme wird leiser.

»Du hattest zwölfmal Sex in einer Woche, kannst es aber nicht laut aussprechen?« Lane stupst mein Knie an, und ich strecke ihr die Zunge raus. »Aber nein. Kein Kerl hat mich jemals zwölfmal hintereinander kommen lassen. Du hast einen Superman an der Angel – und solltest ihm wahrscheinlich so schnell wie möglich einen Ring an den Finger stecken.« Sie schenkt sich Wein nach, während Emily zustimmend nickt.

»Also, Warren hat seit unserem Date jeden Tag mindestens einmal eine Bemerkung übers Heiraten fallen lassen …« *Nicht dass ich mitzähle oder so.* »Ich halte euch auf dem Laufenden«, sage ich mit einem Zwinkern.

»Ich werde Trauzeugin!« Emily reißt die Hand nach oben, bevor Lane reagieren kann. Ich verdrehe die Augen, muss aber lächeln.

»Wann geht's für euch wieder an die Arbeit?«, frage ich, um das Thema zu wechseln.

»In zwei Tagen«, antwortet Emily.

»Ich hab gestern wieder angefangen«, wirft Lane ein. »Aber ich suche was in der Nähe. Ich mag das Freelancen, doch mir fehlen die Menschen um mich herum. Sonst treibe ich Em noch in den Wahnsinn.« Emily reißt dramatisch die Augen auf und nickt, während sie lautlos lacht.

»Es gibt eine kleine Tech-Firma hier, für die ich mal Visitenkarten gemacht habe. Sie suchen jemanden für eine Festanstellung, aber ich wollte flexibel bleiben. Ich kann dir die Kontaktdaten schicken«, biete ich an.

»Mmm!« Lane macht ein zustimmendes Geräusch mit vollem Mund, während sie einen Cracker mit Brie kaut. »Bitte tu das«, murmelt sie, während Krümel auf den Tisch fallen. Emily reicht ihr grinsend eine Serviette und schüttelt liebevoll den Kopf.

Wir futtern weiter vom Cheeseboard, bis Lane das Wort ergreift. »Wie laufen die Besuche mit Connie?«

»Ziemlich gut. Ihr scheint es besser zu gehen. Ich finde es schön, sie mit Willow zu sehen, aber ... ein Teil von mir ist trotzdem traurig, wenn wir dort sind. Im Moment weiß Willow noch nicht, mit wem sie es zu tun hat, aber ich denke an später. Vielleicht hasst sie es, dort hinzumüssen. Oder sie hasst mich, weil ich sie behalte, obwohl Mom trocken ist.«

Beide nicken nachdenklich. Emily stellt ihr Glas auf den Tisch. »Dass du dir jetzt schon Gedanken darüber machst«, meint sie, »was das Beste für Willow ist, zeigt, dass du die richtigen Entscheidungen triffst. Oder zumindest die bestmöglichen. Ihr Leben wird nie ganz normal sein, aber sie wird geliebt. Von dir, von deiner Mom, von uns, hoffentlich von Warren und Luke. Ein Kind, das von so viel Liebe umgeben ist, kann gar keinen Hass in sich tragen. Erst recht nicht für seine große Schwester.«

Es wird still im Raum, als Emily sich zurücklehnt und mich mit ihren warmen Augen ansieht. Mein Herz zieht sich zusammen vor Rührung, ich suche nach einer Antwort – aber Lane kommt mir zuvor.

»Verdammt ... das, was sie sagt.«

Ich lache schwach und wische mir eine warme Träne von der Wange.

»Danke, Em«, sage ich leise, während Lane mir einen Arm um die Schulter legt und mich halb in eine Umarmung zieht.

»Du machst das großartig, Chloe«, sagt Lane mit ungewohntem Ernst.

Ich klopfe ihr dankbar aufs Knie, ein stummes Zeichen, dass wir das Thema wechseln sollen.

»Lass uns über was anderes reden – zum Beispiel darüber, warum Emily den größeren Kleiderschrank bekommen hat.«

Emily schnaubt und greift nach dem Ziegenkäse. »Okay, also ... wenn du irgendwann mal aufhörst, dich wie ein Mitglied von My Chemical Romance zu kleiden, lass es mich wissen. Dann können wir anfangen, Klamotten zu tauschen. Bis dahin bin ich die Einzige hier, die das ernst nimmt. Also gehört mir auch der größere Kleiderschrank.«

»Ich werde es nie verstehen; deine Sachen kosten ein Vermögen, aber sind überall zerrissen und an den seltsamsten Stellen ausgeschnitten. Seit wann sind Croptops ein Ding?« Lane zieht eine Augenbraue hoch.

»Oh, du willst über Risse reden? Besitzt du überhaupt eine einzige Hose ohne Löcher?«, schieße ich zurück.

Beide drehen sich mit aufgerissenen Augen zu mir um, grinsend.

»Ladys and Gentlemen ... Chloe ist offiziell in den Ring gestiegen!« Emily lacht, während Lane ein *Ding-ding* imitiert. Ich schlage mir die Hand vor den Mund.

Bisher habe ich mich aus ihren Schlagabtauschen weitestgehend rausgehalten – immer aus Angst, zu weit zu gehen oder nicht dazuzugehören. Die beiden waren schon immer enger miteinander, und ich habe mich mit meinem Platz als Dritte im Bunde abgefunden. Vielleicht sind es die letzten Monate mit Warren, vielleicht einfach ein neu gewonnenes Selbstbewusstsein – aber offenbar bin ich jetzt bereit, mich darauf einzulassen.

»Ich wusste, du hast es in dir, Bitch.« Lane hebt ihr Glas in meine Richtung. »Und ja, ich habe exakt zwei Hosen ohne Risse ... meine Mutter hat sie mir gekauft.«

Emily springt von ihrem Stuhl auf. »Wisst ihr, was dieser Abend noch braucht, Mädels?«

Lane und ich schütteln gleichzeitig den Kopf.

»Musik!«

Sie zieht ihr Handy heraus und tippt darauf herum. In typischer Emily-Manier scheinen die Dinge um sie herum zu passieren, als ob wir uns in einem Film befänden. Plötzlich erklingt *That's Not My Name* von The Ting Tings aus einem Lautsprecher – unser inoffizieller WG-Song aus den ersten Monaten unseres Zusammenlebens.

Wir tanzen, unterbrechen uns nur gelegentlich für einen schnellen Griff nach Käse oder Wein – mindestens eine Stunde lang, bis die zwei Flaschen leer und unsere Bäuche voll sind. Nach einem letzten epischen Lip-Sync-Battle zu

And I'm Telling You zwischen Lane und Emily beginnt Lane, die Verliererin, aufzuräumen.

»Bewundert die Schönheit einer Spülmaschine, meine Damen«, sagt sie, während sie mir einen Teller abnimmt.

»Ich sollte los – mein Taxi ist gleich da.« Ich entknote mich auf der Couch und schäle mich widerwillig aus der kuscheligen Decke.

»Ooooh!« Lane zieht mich in eine Umarmung – die beschwipste Lane ist definitiv die anschmiegsamere Version. »Danke, dass du gekommen bist, Chloe! Lieb dich ...«

»Lieb dich auch, Lane.« Ich küsse sie sanft auf die Schläfe, während Emily neben uns tritt.

»Lieb dich, Em.« Ich ziehe auch sie in eine Umarmung.

»Mmm. Viel Spaß heute Nacht! Du weißt ja, aller guten Dinge sind dreizehn.« Emily kichert über meinen Kopf hinweg, während ich mich von ihr löse.

»Gute Nacht, ihr zwei.« Ich ziehe meine Jacke an und drehe mich um, als ich in den Flur trete. Ein letzter Blick zurück – meine zwei wundervollen Freundinnen stehen lächelnd in der Tür. Ich präge mir das Bild ein, speichere es in meinem Kopf ab. Dann atme ich tief ein und seufze zufrieden, während ich die Treppe zu ihrem Hauseingang hinuntergehe.

Da ist keine Einsamkeit mehr in mir. Ich bin vollkommen erfüllt. Und das ist ein Gefühl, das ich für immer festhalten will.

Kapitel 36

Hey, du«, flüstere ich und schlüpfe unter die Decke neben Warren. Diese Woche sind wir jede Nacht zusammen ins Bett gegangen, aber er lag noch nie vor mir drin. Ich liebe es, wie normal es sich anfühlt, ihn hier schlafen zu sehen.

»Mmmh. Hallo.« Warren tastet nach mir, die Augen noch geschlossen, und zieht mein Gesicht zu sich, um mich zu küssen. Er verfehlt aber den Mund und trifft stattdessen meine Nase. »Hattest du Spaß?«, murmelt er.

»Ja, hatte ich.«

»Gut.« Seine Hand wandert unter sein Kissen, und er kuschelt sich wieder ein.

Meine Wangen werden warm. »Bist du wach?«, frage ich mit hochgezogener Braue in die Dunkelheit.

»Nope.« *Wie schafft er es, gleichzeitig schläfrig und sarkastisch zu klingen?*

»Na gut, dann ziehe ich mir eben den Pyjama an.«

Warren öffnet ein Auge, was mich zum Kichern bringt. Als er eine Hand über meinen Rücken gleiten lässt, reißt er auch das zweite überrascht auf.

»Du bist nackt!«, flüstert er schockiert.

»Tja.« Ich verbeiße mir ein Lachen.

»Wie anmaßend.« Seine Stimme senkt sich ein wenig, während er mich mit der Hand auf meiner Hüfte näher zu sich zieht.

»Wie kannst du in der einen Sekunde noch schlafen und in der nächsten Wörter wie ›anmaßend‹ benutzen?«, necke ich ihn.

»Wie kannst du nach dieser Woche immer noch so gierig sein?« *Touché.*

»Ach, nur ich also? Na gut, dann werde ich wohl ...« Ich werde unterbrochen, als Warren seine Hand fester um meine Hüfte schließt und mich so ruckartig auf sich zieht, dass ich nun auf seinen Oberschenkeln sitze.

»Du bist ja auch nackt!«, sage ich lachend.

»Ich bin auch sehr anmaßend.« Er richtet sich auf, sein Mund nur wenige Zentimeter von meinem entfernt, während sich unsere lächelnden Münder in einem Kuss treffen. »Mmm. Hey.« Warren umfasst mein Kinn und schiebt meinen Kopf leicht zurück, während ich versuche, den Kuss nicht enden zu lassen. Meine Antwort ist ein Grummeln.

»Du schmeckst nach Wein, Täubchen. Eigentlich nach einem ganzen Fass. Bist du betrunken?«

»Nicht betrunken ... angeheitert.«

Warren seufzt, das Feuer in seinen Augen kühlt ab. »Dann sollten wir es für heute vielleicht gut sein lassen.«

»Ich nehme es zurück. Ich bin stocknüchtern«, sage ich mit vorgeschobener Unterlippe.

»Tut mir leid, Täubchen. Ich werde die weinberauschte Version von dir nicht ausnutzen.«

Ich verdrehe die Augen. »Ich, Chloe Jean, bin geistig vollkommen klar und hoffe *wirklich*, dass du mich ausnutzt.«

Warren rückt weiter hoch, bis er an meinem Kopfende sitzt. »Beweis es.« Er hebt eine Braue.

»Ernsthaft?«, frage ich missmutig.

Er nickt, wie immer amüsiert von meiner Frustration. Ich strecke meine Arme seitlich aus und tippe mit den Zeigefingern abwechselnd auf meine Nase.

»Reicht das?« Ich funkle ihn in der Dunkelheit an.

»Das Alphabet. Rückwärts.« Warrens Stimme ist wieder tiefer; dieser Tonfall, der andeutet, dass wir gleich *sehr* einvernehmlichen Aktivitäten nachgehen werden.

Ich rutsche weiter auf seinem Schoß nach oben, bis ich seine Härte gegen meinen Unterbauch spüre.

»Z.« Ich lecke über die Stelle zwischen seinem Ohrläppchen und Kiefer, bei der er immer scharf Luft durch die Zähne saugt. »Y.« Ich lege die Finger um seinen Halsansatz und drücke genau so zu, wie er mir gezeigt hat. »X.« Ich küsse ihn sanft, bevor ich in seine Unterlippe beiße und sie zwischen meine Zähne ziehe. Er ist wie elektrisiert und lehnt sich mir entgegen. »W.«

Warrens Zunge streift über meine Oberlippe, und ich öffne mich ihm nur zu bereitwillig.

»V«, sage ich und beuge mich leicht zurück. Er hat dieses Spiel angefangen. Er wird noch jeden einzelnen der sechsundzwanzig Buchstaben bereuen.

»Alles klar, du hast mich eines Besseren belehrt.« Seine Hand gleitet zu meinen Schultern, um mich an seine Brust zu ziehen.

»Nein, nein, nein.« Ich schüttle den Kopf. »U.« Ich fahre

mit einem federleichten Finger über die Mitte seiner Brust. »T.« Ich lehne mich so weit zurück, wie ich kann; meine Schultern ruhen auf Warrens Beinen. »S.« Er beobachtet, wie meine Hand an der Innenseite meines Oberschenkels entlanggleitet, und stöhnt wie ein Mann unter Folter.

Ich lächle verschmitzt, als meine Finger meinen Lustpunkt finden und beginnen, sich in kleinen, zarten Kreisen zu bewegen. Warren weiß genauso gut wie ich, dass ich zwar mit mir selbst spiele, aber diese Berührung wird mich nicht zum Orgasmus bringen. Allerdings komme ich in Kombination mit seinem gequälten Gesichtsausdruck nahe dran.

»R«, stoße ich stöhnend hervor. »Q«, sage ich mit belegter Stimme. »P.«

Warren setzt sich auf und umfasst meinen Hinterkopf. Diese Berührung lässt meine Gedanken umherwirbeln. »Du hast gewonnen.« Er wimmert fast. *Okay, genug provoziert.*

»O, N, M, L, K, J, I, H, G, F …« Ich versuche es zu Ende zu bringen, aber als er mich wieder hochzieht und von meinem Schlüsselbein bis zu meinem Kiefer leckt, gebe ich mich geschlagen. »Und, zufrieden?« Ich verbeiße mir ein unverschämtes Grinsen, während er uns so herumrollt, bis er auf mir liegt.

»Warte ab, wie zufrieden du gleich sein wirst«, antwortet er, bevor er in mich stößt, was uns beide nach Luft schnappen lässt. Ich würde ja die Augen verdrehen angesichts seines überbordenden Selbstbewusstseins, *aber verdammt*, er hat ja recht.

Warren kreist mit den Hüften unter meinen Handflächen, und ich wölbe ihm meine entgegen, um ihn so tief wie möglich in mir aufzunehmen. Er legt seinen Unterarm unter meinen Nacken und bringt sein Gesicht ganz nah an meins.

Er hält mich auf eine Art fest, die ich bisher noch nicht kannte – das Gefühl der Sicherheit, das mir dieser Griff beschert, treibt mich jedes Mal in Richtung Orgasmus. Mir entweicht ein Geräusch, das eher einem Wimmern als einem Stöhnen gleicht, und es hallt bei jedem sündhaft tiefen Stoß nach.

»Ich weiß, Täubchen.« Warren küsst mein Kinn, bevor er weitermacht. »Lass es kommen.«

»Shiiiiit.« Ich dehne das Wort um mindestens drei Silben aus.

»Ja.« Warren knurrt, als ich anfange, mich um ihn herum zusammenzuziehen. »So gut.«

»Ja?«, frage ich mit zittriger Stimme, als sich mein Orgasmus unaufhaltsam nähert.

»Perfekt. Du bist perfekt«, stöhnt Warren. »Komm, Schönheit. Jetzt sofort.«

»Warren!«, schreie ich auf. »*Oh* ...«

Warren legt eine Hand auf meinen Mund und bringt die Schreie, die er erwartet, zum Schweigen.

»Gut«, flüstert er gegen meine Stirn. »So heiß.«

Als mein Körper zur Ruhe kommt, obwohl meine Beine immer noch zittern, trifft Warrens grinsender Mund auf meine geöffneten Lippen.

»Täubchen ... du musst leiser sein.«

Niemand will jetzt an den schlafenden Säugling auf der anderen Seite des Zimmers denken, aber es bleibt uns nichts anderes übrig.

»Obwohl ich es so scharf finde, dich zu hören ... so verdammt scharf.« Er beruhigt meine Lippen mit sanften Küssen, während seine Stöße fast zum Stillstand kommen und seine Hüften gegen meine kreisen.

Ich stoße ein atemloses Lachen aus. »Ich mag es, wenn du mir die Hand vor den Mund hältst. Es ist, als würdest du mein Stöhnen einfangen, damit nur du es hören kannst.«

Als Warren sich mit einem einzigen, kraftvollen Stoß in mich schiebt, schnappe ich nach Luft, und meine halb geschlossenen Augen weiten sich.

»Oh ... das hat dir gefallen?«, frage ich. »Dass mein Vergnügen nur für dich bestimmt ist?« Beinahe willenlos schlinge ich die Beine um seinen Rücken und stemme mich gegen ihn, während er mich unaufhaltsam nimmt und meine Lust mit seiner eigenen vereint.

»Tja, so ist es ja auch. Es ist nur für dich. Ich gehöre ... dir«, stöhne ich verzweifelt.

»Ganz und gar mein«, sagt Warren durch zusammengebissene Zähne. Mit scharfen blauen Augen beobachtet er, wie ich mich unter ihm winde. »Und ich gehöre nur dir.«

Ich kann nicht genau sagen, wie viel Zeit vergeht, Stunden, Minuten oder nur Sekunden, die gefüllt sind mit schnellen, verzweifelten Stößen, Mund an Mund, während wir uns dem Höhepunkt unseres *unglaublichen* dreizehnten Mals nähern.

Kapitel 37

Ich liege eng an Warrens Brust geschmiegt, an seiner Seite zusammengerollt. Dankbar für mein Glück – *und für leuchtende Golfbälle* –, wie die zweite Hälfte dieses Jahres verlaufen ist.

Ich kann es immer noch kaum glauben, dass ich Warren als Partner gefunden habe. Selbst wenn ich mir einrede, dass wir uns auch ohne all die Herausforderungen begegnet wären – sei es Kismet, Schicksal, Seelenverwandtschaft, Bestimmung oder wie auch immer man es nennen will –, würde ich keinen einzigen beschwerlichen Tag eintauschen wollen. Keine einsame Nacht rückgängig machen, wenn es bedeuten würde, dass ich jetzt nicht hier sein könnte – genau hier, in seinen Armen.

Warren und ich haben vielleicht keine Ahnung, was wir da tun, aber wir haben einander, um die Last gemeinsam zu schultern.

»Kannst du nicht schlafen?«, fragt Warren und zeichnet mit seiner rauen Hand sanfte Kreise auf meine Schultern.

»Ich denke nur darüber nach, wie viel Glück ich habe.«

Ich hebe leicht den Kopf, lege mein Kinn auf seinen Oberkörper und schaue ihn an. »Und wie sehr ich dich liebe.«

Warren kaut nachdenklich auf seiner Lippe. »Darf ich dich was fragen?«, sagt er, während ich mein Ohr wieder an seine Brust lege und meinem absoluten Lieblingsgeräusch lausche.

»Natürlich.«

»Hast du auch manchmal dieses nagende Gefühl von Angst, wenn du glücklich bist?« Er lacht leise und freudlos.

Ich hebe erneut das Kinn und sehe ihn an, studiere seinen müden Ausdruck, während er weiterspricht.

»Es ist nur ... immer, wenn ich mich so fühle wie jetzt – zufrieden –, dann erinnert mich mein Gehirn daran, mich auf das Schlimmste gefasst zu machen. Dass bald alles den Bach runtergeht.«

Ich seufze und nicke. »Ja, manchmal. Ich denke, das ist normal, wenn man so viel Schlimmes erlebt hat wie du.«

»Vielleicht ...« Er wendet den Blick ab.

Ich rutsche ein Stück von ihm weg und setze mich mit überkreuzten Beinen neben seine Hüfte. Ich zögere kurz, wähle meine Worte mit Bedacht. »Egal, was kommt, wir schaffen das zusammen.«

Warren stößt den Atem aus, seine Lippen vibrieren dabei leicht. Ich kenne das Gefühl, das ihn gerade überkommt, nur zu gut: Zweifel. »Was, wenn ...«

»Egal, was – zusammen.« Ich versuche, seine Sorgen zu zerstreuen, noch bevor er sie in Worte fassen kann.

Er nickt, aber sein Blick geht durch mich hindurch. »Es ist verdammt beängstigend, Chloe.«

Ich atme langsam aus, lecke mir über die Lippen. »Ja, das ist es.«

»Es ist, als könnte ich mir mein Leben ohne dich nicht vorstellen, also will ich es auch nicht. Aber gleichzeitig ist es noch schlimmer, nicht darüber nachzudenken, weil ich dann nicht vorbereitet wäre, falls es doch passiert.«

»Du musst nicht vorbereitet sein.« Ich streiche über seine Brust, und er legt seine Hand auf meine.

»Ich würde für das hier kämpfen, Täubchen ... Das weißt du, oder?«

»Das weiß ich.«

»Bis ans Ende der Welt«, sagt er entschlossen.

»Das wäre ein großartiger Bandname ...« Als ich zur Antwort nur ein schwaches Grinsen zurückbekomme, nehme ich seine Hand, führe sie zu meinen Lippen und drücke einen sanften Kuss darauf. »Ich auch«, sage ich nachdrücklich. Er nickt gedankenverloren. »Alles okay? Ist da noch etwas, das dich belastet?«

»Ich mache mir Sorgen um Luke.« Warren schluckt hörbar.

»Ich weiß ... geht mir auch so«, sage ich leise.

»Neulich habe ich mit Rachel darüber gesprochen, ob er zur Therapie gehen sollte. Aber sie meint, er benimmt sich einfach wie ein ganz normaler, launischer Fast-Sechzehnjähriger. Außerdem gibt es lange Wartelisten.«

»Vielleicht hat sie recht. Ich meine, bisher konnte er das vielleicht nie so rauslassen, weil er sich nicht sicher gefühlt hat.«

»Auch wieder wahr. Aber ich dachte, ich hätte mehr Zeit mit ihm. Zum Abhängen, um Dinge zu unternehmen, einfach … um sein Bruder zu sein. Aber er scheint überhaupt kein Interesse daran zu haben.« Warren zieht seine Hand zurück und fährt sich über den Kiefer.

»Es ist noch Zeit. Er muss erst noch richtig ankommen. Wir alle müssen das. Vielleicht könntet ihr an seinem Geburtstag etwas Besonderes zusammen machen.«

Warren nickt zögerlich, und ich lege mich wieder hin, kuschle mich an ihn. Er streicht mir eine Weile wortlos durchs Haar, während meine Gedanken bei Luke hängen bleiben. Ich mache mir Sorgen; je mehr er sich zurückzieht, desto mehr Schuldgefühle werde ich haben, weil ich Warrens Zeit in Anspruch nehme. Ich will Warren versichern, dass alles gut wird, aber es frustriert mich, mir nicht sicher zu sein.

Ich drehe mich zu ihm und sehe, wie es in seinem Kopf arbeitet.

Warren räuspert sich. »Nach Willows Sorgerechtsanhörung … änderst du dann ihren Nachnamen?« Er beißt sich auf die Unterlippe.

»Ja, ich denke schon«, antworte ich, meine Stimme leicht träge vom Kampf gegen die aufkommende Müdigkeit.

»Möchtest du deinen auch ändern?«, flüstert er und lehnt seine Stirn sanft an meine.

»Ha, ha.« Ich lasse die Augen zufallen, als sein warmer Atem meine Wange kitzelt.

»Hör mir zu. Ich spiele schon länger mit dem Gedanken, meinen Nachnamen zu ändern. Ich mochte die Vorstellung nie, den Namen meines Vaters zu tragen. Ich glaube, ich würde gerne ganz neu anfangen.« Er spricht entschlossen, aber ich höre die Unsicherheit in seiner Stimme.

»Okay.« Ich öffne die Augen. Jetzt hat er meine Neugier geweckt – Schlaf hin oder her.

»Was, wenn wir einen neuen Namen ... zusammen aussuchen?« Warrens Stimme hat wieder diesen selbstbewussten Klang, nur leiser als sonst.

»Meinst du damit, wir würden einfach denselben Nachnamen tragen oder ... *denselben Nachnamen tragen*?«, frage ich vorsichtig.

»Das musst du mir sagen.« Ich kann sein Grinsen hören.

Nein, du musst mir das sagen. »Willst du mir damit etwas Bestimmtes mitteilen, Warren?« Ich lasse meine Lider wieder zufallen.

»Noch nicht. Dafür braucht es noch einen Ring und eine große romantische Geste, aber wärst du offen dafür? Ich meine die Sache mit dem Nachnamen ...«

Ich zögere, aber die Antwort brennt mir bereits auf der Zunge. »Ja.«

»Okay, dann fang mal an, Nachnamen zu brainstormen ... Mach eine Liste.«

»Oh, mir ist jeder Grund recht, um eine Liste zu erstellen«, murmele ich sarkastisch in mein Kissen – und weiß genau, dass ich morgen tatsächlich damit anfangen werde.

»Bisher habe ich McAwesome und Bond.« In seiner Stimme liegt die aufgeregte Energie eines Welpen.

Könnte ich die Energie aufbringen, würde ich kontern. Aber ich bin nun mal müde. »Gute Nacht, Warren«, seufze ich.

»Wie findest du Buffett? Dann könnten wir dem anderen Warren Konkurrenz machen ...«

»Schlaf jetzt, Mr Buffett.« Ich drehe mich von ihm weg.

»Oh, es gefällt dir also!« Er rückt näher, schlingt seine Arme um mich und hüllt mich in die wohl wärmste und sicherste Umarmung der Welt. »Gute Nacht, Mrs Bond.«

Kapitel 38

Happy Birthday!«, gebärde ich einem noch halb verschlafenen Luke zu, der blinzelnd aus seinem höhlenartigen Zimmer auftaucht. Warren konnte ich nicht dazu überreden, aber Willow und ich tragen unsere spitzen Partyhüte mit Stolz.

Luke schaut zwischen uns hin und her und lächelt, als er die beiden Ballons neben dem Sofa sieht – eine große Eins und eine Sechs.

»Guten Morgen«, gebärdet Warren, bevor er Luke in eine klassische brüderliche Umarmung zieht – ein Arm fest um seinen Hals geschlungen, bis Luke aufgibt und sich geschlagen gibt.

»Ich weiß, dass du heute Nachmittag losziehst, um cool, unnahbar und sechzehn zu sein – mit anderen coolen Sechzehnjährigen. Aber wir haben Waffeln gebacken und Geschenke für dich. Hältst du es zwei Stunden mit uns aus?« Warren deutet auf den Tisch, der voll mit Toppings und frischen Waffeln ist. Mein Beitrag waren die geschnittenen Früchte, aber den Rest hat er komplett selbst gemacht.

»Du hattest mich bei Waffeln«, erwidert Luke lächelnd.

Zusammen gehen wir zum Tisch und ich setze Willow in ihren Hochstuhl. Jetzt, wo sie fast allein sitzen kann, kann sie bei viel mehr dabei sein.

»Also willst du die Geschenke gar nicht?« Ich zwinkere ihm zu, und Luke lacht, aber nicht mit seiner gewohnten Wärme. Irgendetwas beschäftigt ihn. Vielleicht sind Geburtstage für ihn genauso schwer wie für Warren – eine Erinnerung an all die, die er verpasst hat.

Warren legt zwei Geschenke und eine Karte, die ich gestaltet habe, vor Luke. Auf der Vorderseite ist ein Bild von Luke an Halloween – na ja, man kann nur vermuten, dass er es ist, da sein Gesicht nicht zu sehen ist.

Ich hatte ihn überredet, sich mit mir zu verkleiden, um Süßigkeiten zu verteilen – ein kleiner Sieg für mich. Er entschied sich für ein aufblasbares T-Rex-Kostüm, mit dem er kaum durch die Tür passte. Die Kinder im Haus waren begeistert; ein paar von ihnen hat er sogar durch die Flure gejagt. Auf der Karte steht: »Hab einen Dino-starken Geburtstag!«

Luke lächelt und schüttelt den Kopf, als er die Karte aus dem Umschlag zieht. Dann legt er sie beiseite und reißt das Papier vom ersten Geschenk auf. Eine Smartwatch mit Text-zu-Sprache-Funktion – ein praktisches Geschenk, das Luke sich von Warren gewünscht hatte.

»Die ist super, danke.«

»Das nächste hier war Chloes Idee – ich entschuldige mich schon mal im Voraus«, warnt Warren, und ich stoße ihm spielerisch gegen die Schulter. Er reibt sie theatralisch, als wäre er verletzt.

»Wenn es dir nicht gefällt, können wir es zurückgeben«, gebärde ich zu Luke, während er nach der Geschenktüte greift. Er entfernt das Seidenpapier und fischt die Sachen nacheinander heraus: einen Kompass, ein Multifunktionswerkzeug, eine Taschenlampe und eine kleine Dose Streichhölzer – mit einem Geschenkgutschein für den Outdoor-Sportladen um die Ecke. Luke hält einige der Gegenstände in der Hand und schaut mich fragend an.

»Warren hat mir erzählt, dass ihr beide noch nie campen wart. Ich dachte, das könnte Spaß machen. Der Gutschein reicht für ein Zelt oder Schlafsäcke. Falls du nicht möchtest …«

Luke steht auf, legt die Sachen vorsichtig auf den Tisch und geht um ihn herum zu mir. Er bleibt einen Schritt entfernt stehen und winkt mich hoch. Als ich aufstehe, zieht er mich in eine richtige, feste Umarmung. Meine erste echte Umarmung von Luke. Über seine Schulter hinweg starre ich Warren mit vielsagend aufgerissenen Augen an. *Ich wusste, er würde sich freuen.*

Luke löst sich ein Stück und macht ein paar Schritte zurück, um zu gebärden: »Danke, Chloe.«

»Es kann auch nur du und Warren sein, wenn du willst.«

»Nein … wir sollten alle zusammen gehen.« *Als Familie.* Ich blicke zu Warren. Hat er das gesehen?

»Okay, super.« Ich tue so, als wäre es keine große Sache, aber innerlich bin ich unglaublich erleichtert.

Nachdem die Waffeln und alle Toppings verschwunden sind, biete ich an, aufzuräumen – schließlich sollte Luke an seinem Geburtstag nichts machen müssen. Warren wollte ihn sowieso fragen, ob er Lust hat, heute Vormittag mit ihm loszuziehen, um den Gutschein einzulösen – nur die beiden. Ich hoffe, Luke sagt ja. Warren könnte mal wieder einen kleinen Erfolg gebrauchen.

Als ich zwanzig Minuten später mit dem Aufräumen fertig bin, drehe ich mich um und sehe Warren und Willow noch am Tisch sitzen – aber Luke ist nicht mehr da. Warren ist rot im Gesicht, beide Hände zu Fäusten geballt.

»Alles okay?« Ich lege eine Hand zwischen seine Schulterblätter, während ich an ihm vorbeigehe.

»Nein.« Seine Stimme ist kalt.

Ich drehe mich wieder zu ihm um. »Ist was mit Luke passiert? Ist er weg?«

Warren bedeckt mit den Handflächen seine Augen und stützt die Ellbogen auf den Tisch. »Er hat mit unserem Vater gesprochen ...« *Scheiße.*

Warren richtet sich auf, sein Blick trifft meinen. Der Schmerz und die Wut in seinem Gesicht zerreißen mir das Herz. »Luke hat ihn nach der Schule getroffen. Offenbar hat mein Vater sich hier in der Nähe eine Wohnung gesucht und ...« Seine Stimme bricht, während ich mich langsam auf den nächstbesten Stuhl sinken lasse. »Er hat Luke gefragt, ob er zu ihm ziehen will.«

Ich schließe die Augen und wünsche mir, es wäre nicht wahr. Warren hat mir erzählt, dass sein Vater früher immer mal wieder aufgetaucht und wieder verschwunden ist – oft mitten in der Nacht, wegen unbezahlter Wettschulden oder auf der Flucht vor wütenden Ehemännern, die ihm am nächsten Morgen an den Kragen wollten. Er hat Warren und Luke nie etwas anderes geschenkt als Schmerzen. Und es gibt keinen Grund zu glauben, dass es diesmal anders sein wird.

»Scheiße ...« Ich strecke eine Hand nach Warren aus. Er zieht sich abrupt zurück, legt die Hand auf sein Knie unter dem Tisch, sein Bein wippt unruhig. *Das hat nichts mit dir zu tun. Sei nicht verletzt.* »Luke wird nicht ...«

»Luke ist ein Kind. Er weiß nicht ...« Warrens Stimme ist rau vor Wut. »Dieser Arsch denkt, er kann einfach so wieder auftauchen? Wo war er, als ich in der Highschool auf irgendwelchen Sofas pennen musste und Luke in diesem Höllenloch festhing?« Er stößt sich vom Tisch ab, sein Stuhl kippt krachend nach hinten. Er fährt sich mit der Hand über das Kinn, tigert auf und ab. »Und jetzt bringt er Luke auch noch dazu, mich anzulügen.« Er bewegt sich, als würde er am liebsten aus seiner eigenen Haut ausbrechen.

Ich atme tief ein und versuche, ihn dazu zu bringen, es mir gleichzutun. »Wir bekommen das hin. Luke ist ein guter Junge. Er wird ...«

»Erzähl mir nichts über *meinen* Bruder.« Warren dreht sich zu mir, beugt sich über den Tisch, bis er mir zu nah ist. »Sorry, ich ... verdammt!« Ich halte den Atem an, bis er einen Schritt zurücktritt und sich wieder abwendet, weiter rastlos auf und ab läuft.

»Er will es. Luke will bei ihm einziehen. Er ...« Warren erstarrt. Oh, verdammter Mist. »Deshalb hat er sich die ganze Zeit in seinem verdammten Zimmer verkrochen – er hat die Tage runtergezählt, bis er endlich ...« *Abhauen kann.* Er muss es nicht aussprechen, ich höre es trotzdem.

»Lass uns erst mal durchatmen und dann einen Plan machen, okay? Dein Vater wird wahrscheinlich sowieso keine Genehmigung von den CPS bekommen. Wir können mit Luke reden, wir können ...«

Ich verstumme, als eine Faust gegen die Wand kracht.

Am Ende des Flurs klafft jetzt ein großes Loch in der Trockenbauwand. Willow schreit los, und ich sprinte zu ihr.

»Hey, alles gut, Kleines.« Ich nehme sie vorsichtig aus dem Hochstuhl und wiege sie sanft von einer Seite zur anderen. Doch ihr Weinen wird nur lauter.

Warren kommt näher, Reue zeichnet sich auf seinem Gesicht ab. Instinktiv weiche ich einen Schritt zurück. Daraufhin bleibt er wie vom Blitz getroffen stehen.

»Ich wollte nicht ...« Seine Stimme bricht.

»Warren, du musst dich beruhigen. Sofort.« Ich sehe ihn nicht an. Ich kann es nicht.

»Ich würde niemals ...«

»Geh einfach!«, schreie ich.

Entsetztes Schweigen breitet sich in der Wohnung aus. Niemand rührt sich.

Langsam hebe ich den Blick und schaue zu Warren. Selbst auf die Distanz kann ich die Tränen sehen, die seine Wangen hinunterlaufen. Er starrt zu Boden und sieht aus, als hätte ich ihn geohrfeigt.

Ich habe ihn angeschrien, dass er gehen soll. Das Schlimmste, was man jemandem sagen kann, der nie bleiben durfte.

»Warren, es tut mir leid. Ich hab das nicht so gemeint ...«

Er hebt eine Hand, und ich verstumme.

»Mach das nicht. Entschuldige dich jetzt nicht. Es ist meine Schuld. Ich sollte ...« Er presst die Zähne aufeinander, sein ganzer Körper spannt sich noch mehr an, seine Hände zittern leicht.

Ohne ein weiteres Wort dreht er sich abrupt um und stürmt durch den Flur.

Ich löse mich aus meiner Starre, will ihm nach, doch bevor ich ihn erreiche, fällt die Wohnungstür hinter ihm ins Schloss.

Zurück bleibt nur Stille. Und ich stehe da, sprachlos, mit Willow schwer in meinen Armen.

Kapitel 39

Ich mache es, wie Warren es immer macht – ich öffne Lukes Tür, zähle bis zwanzig, schalte das Licht an und aus und trete dann ein. Ich nehme an, es ist vorrangig wegen der Privatsphäre, aber heute bin ich auch einfach nur dankbar für die Gelegenheit, mich mit dem Herunterzählen ein wenig zu beruhigen, bevor ich reingehe.

Luke sitzt auf seinem Hochbett, zusammengesunken, die Stirn in die Hände gestützt, die Ellenbogen auf den Knien. Langsam nimmt er die Hände herunter und dreht sich zu mir um. Ganz langsam blickt er in meine Richtung. Sein Gesicht ist nass von Tränen, tiefe Falten haben sich zwischen seinen Brauen eingegraben.

»Hey, ich muss mit dir reden. Magst du mitkommen?«

»Es hat nichts mit dir zu tun, Chloe. Oder mit Warren. Ich hab versucht, ihm das zu erklären.« Er klingt frustriert.

»Ich weiß, aber bitte – können wir uns draußen unterhalten?« Zu ihm auf sein Hochbett hochzusehen, ist keine angenehme Art, dieses Gespräch zu führen.

»Ich habe alles gesagt, was ich zu sagen habe.«

»Warren ist weg.« Ich halte inne, sammle mich, bevor

das Brennen in meinen Augen in echte Tränen umschlägt. »Kannst du mir bitte erklären, was los ist?«

Luke runzelt die Stirn und nickt, rutscht dann langsam zur Leiter am Ende seines Bettes. Schweigend gehen wir ins Wohnzimmer. Ich setze Willow, die sich inzwischen beruhigt hat, auf ihre Spielmatte, während Luke sich auf das Sofa fallen lässt und unruhig mit dem Fuß wippt.

»Also ... dein Dad will, dass du zu ihm ziehst?«, frage ich.

»Ja.«

»Wie geht es ihm? Ich nehme an, er ist trocken?«

»Ich denke schon, ja.« Seine Augen wandern unsicher hin und her, als wüsste er selbst nicht genau, ob seine Antwort stimmt.

»Okay ... und wann hat er sich gemeldet?«

»Als ich hierhergezogen bin, hat Rachel mir erzählt, dass sie meinen Dad informiert haben. Keine Details, nur dass ich bei Warren einziehe. Dann hat er sich per Mail bei mir gemeldet, und wir haben angefangen zu schreiben.«

»Alles klar. Und du besuchst ihn?«

»Ja, seit ungefähr zwei Monaten.«

Zwei Monate? Ich schließe kurz die Augen, atme tief ein und versuche, mich zu sammeln.

»Und er hat ein Zimmer für dich? In seiner Wohnung?«

»Mehr oder weniger. Es steht im Moment leer. Ich müsste meine Sachen rüberbringen.«

Lukes Sachen in die Wohnung seines Vaters zu bringen ... Das könnte Warren das Herz brechen. Er muss das doch spüren.

»Luke, vielleicht ist das eine dumme Frage, aber kann dein Vater Gebärdensprache?«

»Er versucht, es zu lernen.« Plötzlich ergibt der Wunsch nach dieser speziellen Uhr viel mehr Sinn.

»Okay …« Ich atme tief durch, bemüht, meine Frustration nicht zu zeigen. »Warum willst du direkt einziehen? Warum nicht bis zum neuen Jahr warten oder erst mal deine Zeit zwischen hier und dort aufteilen?«

Luke schaut auf den Boden. »Dad braucht meine Hilfe.«

»Was meinst du damit?«

»Also … er hat die Wohnung gemietet, damit ich irgendwann bei ihm einziehen kann, aber die Miete wurde erhöht. Er weiß, dass Warren Geld von den CPS bekommt, und das würde ihm helfen. Es fühlt sich nicht fair an, dass er obdachlos wird, nur weil …« Er bricht ab und legt die Hände in den Nacken.

»Weil was?«, frage ich.

»Weil ich hierbleiben will.« Er sieht mich mit müden Augen an.

»Hat er das so gesagt? Dass er obdachlos wird, wenn du nicht einziehst?«

»Nicht direkt. Er meinte, er müsste dann ausziehen und eine neue Wohnung finden, wahrscheinlich nicht hier in der Nähe. Also könnte ich ihn nicht mehr sehen.«

Arschloch.

»Luke, wir könnten dich doch hinfahren, wo auch immer er landet. Wir besuchen ihn.« Ich atme tief durch.

»Ich weiß. Aber er wird sauer auf mich sein. Oder nicht?« Luke gebärdet langsam.

»Weswegen?«

»Weil ich nicht einziehe?« Er zieht die Schultern zu den Ohren hoch.

»Möglich. Aber fair wäre das nicht. Willst du denn hierbleiben?«, frage ich. Er nickt. »Dann, finde ich, solltest du das auch.«

Ein paar Momente vergehen in Stille. Keiner von uns bewegt sich, keiner gebärdet. Wir tauschen nur Blicke voller Mitgefühl aus – und ein schwaches Lächeln, das nicht ganz bis zu den Augen reicht.

»Ich wollte Warren nicht verletzen.« Luke fährt sich durch die Haare, die ihm gleich wieder ins Gesicht fallen.

»Er ist nicht sauer auf dich. Er ist sauer auf deinen Vater. Da steckt so viel Schmerz drin, das weißt du.«

»Ja.« Er scheint mir nicht ganz zu glauben – Warren wird ihm das selbst erklären müssen.

»Also, was willst du tun?«, frage ich.

»Was sind meine Optionen?«

»Na ja, du könntest einfach warten, bis du deinen Dad das nächste Mal siehst, und dann mit ihm reden. Wir könnten mitkommen, oder du gehst allein. Oder du schreibst ihm, wenn dir das lieber ist.«

Luke nickt langsam, wirkt völlig konzentriert. »Ich denke, ich warte, bis Warren zurück ist, und rufe dann meinen Dad an. Ich kann Warren gebärden, was ich ihm sagen will, und er übersetzt.«

»Klingt nach einem guten Plan.«

Er kaut auf der Innenseite seiner Wange – genau wie sein Bruder, wenn er sich Sorgen macht.

»Geht's dir gut?«

»Ich fühle mich ein bisschen dumm.«

»Was? Nein. Luke, du liebst deinen Dad … er …« *Überleg dir genau, was du sagst, Chloe.* »Ich bin mir sicher, dass er dich liebt. Aber er darf dich nicht für seine eigenen Zwecke manipulieren. Du hast ein großes Herz und willst helfen, aber das ist nicht deine Aufgabe.«

»Ist das nicht genau das, was du für deine Mom getan hast? Deine eigenen Entscheidungen aufgegeben, um ihr zu helfen?«, fragt Luke mit aufrichtigem Blick.

»Vielleicht ein bisschen. Aber ich habe Willow als Gegenleistung bekommen ... du hättest nur ein neues Zimmer.« Ich lege den Kopf schief und grinse.

»Das stinkt zum Himmel.« Er verzieht das Gesicht.

»Ja, nicht gerade ein guter Deal.« Ich lächle schwach. »Soll ich Warren anrufen? Ihm Bescheid sagen?«

»Ja, bitte.«

»Also dann ...« Ich zögere kurz, aber vertraue meinem Bauchgefühl. »Ich glaube, es wäre besser, wenn du nicht mit deinen Freunden ausgehst, bis Warren wieder da ist, in Ordnung?«

Luke nickt. »Ja, okay.« Er steht auf, zieht sein Handy aus der Tasche. »Ich sag ab«, gebärdet er, bevor er in sein Zimmer geht.

Das Telefon klingelt fünfmal, bevor Warrens Stimme von der Mailbox kommt. »Hier ist Warren Davies. Hinterlass eine Nachricht.« Dann der Signalton.

»Hey, Warren, ich bin's. Ich habe mit Luke geredet. Er geht nirgendwohin. Ich glaube, dein Vater hat ihn unter Druck gesetzt, er will wirklich lieber hierbleiben. Komm nach Hause, okay? Ich liebe dich.« Ich lege auf und schicke ihm eine Nachricht.

CHLOE: Hab dir auf die Mailbox gesprochen. Luke will nicht ausziehen. Komm nach Hause, dann können wir reden. XO

Ich warte auf die zwei kleinen Häkchen, die mir zeigen, dass die Nachricht bei ihm eingegangen ist – aber da kommt nichts. Vielleicht fährt er gerade. Ich rufe noch einmal an, aber es meldet sich direkt die Mailbox. *Geh ran, verdammt.*

Drei Stunden später laufe ich immer noch in der Wohnung auf und ab, mein Handy mit dem Display nach oben auf der Arbeitsplatte, damit ich es alle paar Minuten überprüfen kann. Als Luke wieder aus seinem Zimmer kommt, versucht er ebenfalls, Warren anzurufen und ihm zu schreiben. Alles geht direkt auf die Mailbox, keine Nachricht wird gelesen. Es ist doch noch zu früh, um sich Sorgen zu machen, oder? Er war so aufgewühlt, als er gegangen ist.

»Er hat sein Handy bestimmt einfach ausgemacht, um nachzudenken. Sobald er es wieder einschaltet, fühlt er sich albern und kommt nach Hause«, gebärdet Luke.

»Ja ... bestimmt.«

Zwei weitere Stunden vergehen – immer noch nichts von Warren. Ein Gedanke setzt sich in meinem Kopf fest und lässt mich nicht mehr los. Ich tippe Luke auf die Schulter, um seine Aufmerksamkeit zu bekommen, als er gerade vor der Mikrowelle steht.

»Hast du Warren gesagt, wo genau dein Dad wohnt?«, gebärde ich rasch.

»Ja, warum?« Luke legt den Kopf schief.

»Nur so die ungefähre Richtung oder ganz genau?«

»Er kannte das Gebäude, als ich es ihm beschrieben habe. Wieso?«

»Kannst du mir die Adresse geben?« Ich ziehe mein Handy heraus, bereit, sie zu notieren.

»43 Watford Avenue. Apartment 5.«

Das GPS auf meinem Handy zeigt mir einen dreißigminütigen Fußweg an – das ist zu schaffen, aber im Schnee wird es länger dauern. Und ich kann Willow nicht mitnehmen. Noch bevor mein Gehirn den Gedanken, um Hilfe zu bitten, ganz verarbeitet hat, tippe ich auf meinem Handy und rufe an.

»Hey, Em, hast du gerade Zeit? Du müsstest mir einen riesigen Gefallen tun.«

»Was ist los?« Emily dreht im Hintergrund irgendein Geräusch leiser.

»Kann ich mir dein Auto leihen? Und kannst du auf Willow aufpassen? Warren ist verschwunden. Es gab ein kleines Familiendrama und ...«

»Bin unterwegs.« Sie legt auf, bevor ich mich bedanken kann.

Ich drehe mich zu Luke um, der von Sekunde zu Sekunde verwirrter aussieht.

»Ich suche nach Warren. Habe das Gefühl, dass er zu deinem Dad gefahren ist. Meine Freundin Emily kommt gleich her, um auf Willow aufzupassen. Du musst hierbleiben, okay?«

»Ja, okay ... wird Warren unserem Dad eine reinhauen?«

Hoffentlich nicht.

»Nein ... das glaube ich nicht. Ich habe mein Handy dabei und halte dich auf dem Laufenden, okay?«

Ich eile nach oben, ziehe einen wärmeren Pullover und dickere Socken an, bereit, mich in den Schnee hinauszuwagen – und ohne zu wissen, wohin dieser Tag mich noch führen wird.

Bitte, lass mich dich finden, Warren.

Kapitel 40

Nachdem ich Emilys Auto geparkt habe, löse ich ein Parkticket und verriegle den Wagen gleich zweimal, bevor ich mich einem heruntergekommenen Gebäude zuwende. Schmutziges Moos und Graffiti bedecken fast die gesamte Backsteinwand, in nahezu jedem Fenster steckt Pappe. Ich atme tief durch und schaudere bei dem Gedanken, wie Warren seinen Bruder hier ablädt.

Der Haupteingang ist nicht abgeschlossen. Im Erdgeschoss gibt es nur drei Wohnungen, also nehme ich direkt die Treppe nach oben. Aus der Ferne höre ich ein Baby weinen und ein Paar streiten. Der ganze Ort stinkt nach Rauch und Schimmel. Lukes Vater will, dass der Junge *hier* einzieht? Vorsichtig nähere ich mich der Tür von Apartment Nummer fünf und klopfe dreimal.

Ein dünner Mann öffnet. Er trägt ein viel zu großes graues T-Shirt und Khaki-Shorts – definitiv nicht wettergerecht, es ist eiskalt hier. Sofort erkenne ich, dass er Warrens Vater sein muss – Stirnpartie und Nasen sind identisch. Doch während Luke eine Wärme ausstrahlt, die Warren fehlt, kann das nicht im Geringsten mit der Kälte in dem Blick dieses Mannes mithalten. Seine Augen sind braun, ganz im Gegensatz zu denen seiner Söhne. Mit einer ruckartigen Kopfbewegung wirft er einige Strähnen seines langen grauen Haars aus dem Gesicht.

»Was?«, knurrt er.

»Hallo, wir haben uns noch nicht kennengelernt. Ich bin Chloe. Ich ...«

Er schnaubt und unterbricht mich. »Er ist vor ein paar Stunden gegangen.«

»Oh, okay.« *Charmant.* »Haben Sie eine Ahnung, wohin ...?« Ich breche ab, als Warrens Vater sich einfach von der Tür abwendet und außer Sichtweite in der Wohnung verschwindet. Die Tür lässt er offen. Ich nehme an, das ist eine Einladung, ihm zu folgen. Zur Sicherheit schicke ich Emily noch schnell meinen Standort, bevor ich eintrete.

»Scheiße!«, höre ich ihn fluchen, gefolgt vom metallischen Klang eines herunterfallenden Gegenstands.

»Ähm ... Entschuldigung ... Mr Davies?« Ich trete über die Schwelle und folge dem düsteren Flur. Auf dem Weg komme ich an einer offenen Tür vorbei, die in ein Badezimmer führt, das entweder eine *gründliche* Reinigung oder vielleicht besser gleich eine Sprengung nötig hätte.

»Nenn mich Al!«, ruft er aus der schmalen Küche am Ende des Flurs.

»Ähm ... Al, hat Warren gesagt, wohin er wollte?«

»Nein. Der Mistkerl war zu sehr damit beschäftigt, mir zu erklären, wie ich mein Leben zu führen habe«, brummt er, während er sich eine Zigarette anzündet und den Rauch aus dem kleinen Küchenfenster bläst. »Der Junge glaubt, er weiß es besser als sein alter Herr. Ich sag's dir ...« Er pustet eine neue Rauchwolke aus – fast direkt in mein Gesicht. Ich weiche einen Schritt zurück. »Suchst du ihn?«

»Ja.«

»Spar's dir. Der ist die Mühe nicht wert.« Noch mehr Rauch.

Meine Kiefermuskeln spannen sich bei seinen widerlichen Worten an. Er hat keine Ahnung. Eigentlich würde ich mich am liebsten umdrehen und gehen, aber er ist wahrscheinlich die letzte Person, die Warren gesehen hat – und ich habe das Gefühl, er könnte noch nützlich sein.

»Was hat er gesagt, bevor er gegangen ist?«

»›Fahr zur Hölle, Dad‹, wenn ich mich recht erinnere.« Er lehnt sich gegen die Arbeitsplatte, und für einen Moment blitzt Warrens arrogante Art durch. In seinen Augen liegt dasselbe herausfordernde Funkeln – aber bei Warren wirkt es weitaus sympathischer.

»Und davor?«

»Ich hab verdammt noch mal keine Ahnung.« Er drückt die Zigarette in den Aschenbecher, und ich beiße die Zähne fest zusammen. »Hör zu, ich kenn dich nicht, aber du verschwendest deine Zeit. Dieser Junge zieht Katastrophen magisch an. Nicht mal seine eigene Mutter – Gott hab sie selig – konnte es ertragen, bei ihm zu bleiben. Du wärst besser dran, wenn ...«

Ich lasse ihn gar nicht erst ausreden. »Wissen Sie was? Sie sind ein mieses Arschloch.« Die Worte platzen einfach aus mir heraus, und ich lasse sie zwischen uns hängen, während Al blinzelnd innehält, sichtlich überrascht.

Dieser Mann ist nicht mein Vater, nicht meine Mutter, und er wird sich wahrscheinlich nie ändern – aber scheiß drauf. Ich hab's satt, meinen Ärger zurückzuhalten gegenüber Menschen, denen es egal ist, wie sehr ihre Entscheidungen andere verletzen. Die Manipulation, die emotionale Unreife, der Narzissmus ... Ich habe genug davon. Warren und Luke sind meine Familie. Und ich werde nicht zulassen, dass dieser Mann – oder sonst jemand – uns das kaputt macht.

Ich hebe das Kinn und sehe ihm direkt in die weit aufgerissenen Augen. »Sie haben zwei unglaubliche Söhne. Die beiden gehören zu den aufrichtigsten Menschen, die ich kenne. Und Sie tauchen nur dann in ihrem Leben auf, wenn es Ihnen gerade passt – hinterlassen nichts als Schmerz und leere Versprechungen. Wissen Sie was? Vergessen Sie's. Sie haben kein Recht, über die beiden zu urteilen. Also, wenn Sie irgendwas Nützliches zu sagen haben, dann wäre jetzt der Moment ... bitte.«

Okay, immerhin habe ich am Ende ein *bitte* drangehängt, aber der Rest war alles andere als höflich. Ich verbuche das als Sieg für mich und stelle mich ein wenig aufrechter hin.

Al schürzt die Lippen. »Tja, jetzt verstehe ich, warum der Junge sich in dich verliebt hat. Dabei schien er nicht zu glauben, dass du ihn suchen würdest.«

»Was?«, frage ich, als er die Arme vor der Brust verschränkt.

»Irgendwas darüber, dass es meine Schuld ist, dass er immer so wütend wird. Dass er dich damit verängstigt hat ... dich verloren hat, so wie er alle verliert – wegen mir. Es ist immer meine Schuld, verstehst du? Der Junge kann nicht mal Verantwortung für sein eigenes ...«

Ich schließe die Augen und blende sein dummes Geschwätz aus. Ich habe Warren gesagt, dass ich für ihn kämpfen würde – warum hat er mir nicht geglaubt? *Und warum geht er nicht ans Telefon?*

»Hat er irgendwas darüber gesagt, wo er hinwill?«, unterbreche ich ihn.

»Er hat nur gemeint, dass er nicht hier sein wird, um Luke beim Einzug in dieses« – er malt Anführungszeichen in die Luft – »Drecksloch zu helfen.« Seine Hände sinken wieder auf die Arbeitsplatte hinter ihm. »Irgendwas über sein Kind ... wovon ich übrigens nicht mal wusste. Bin ich etwa Opa?«

»Was genau hat er über das Kind gesagt?«

»Ich werde nicht sehen können, wie sie aufwächst, und das nur, weil *du* hier aufkreuzen musstest.« Er zeigt auf sich selbst, stellt Warren theatralisch nach. *Er will sehen, wie Willow aufwächst.* »Ich war auf dem besten Weg, glücklich zu sein, du Arschloch.« Er beendet seine kleine Show mit einem bizarren Knicks.

Das bringt mich kein Stück weiter. Ich drehe mich auf dem Absatz um und steuere auf die Tür zu.

»Chloe, warte.« Schritte werden hinter mir lauter. »Ich würde mal da nachsehen, wo er arbeitet. Wenn er nicht nach Hause kann, macht er sich wenigstens nützlich – das ist typisch für einen Davies.« Kein schlechter Tipp, aber ich verstehe, warum Warren seinen Nachnamen loswerden will.

Ich zögere kurz, nicke dann höflich. »Danke. Bis dann, Al.« Ich steige die Treppe hinunter und atme tief die frische Luft ein, als ich das Gebäude verlassen habe.

Nächster Halt: Rams Werkstatt.

Kapitel 41

Ich biege auf den Parkplatz der Werkstatt. Warrens Stellplatz ist leer. Mein Magen zieht sich schmerzhaft zusammen. Trotzdem halte ich an und steige aus, um nachzusehen – immerhin bin ich den ganzen Weg hierhergefahren.

Ich nähere mich dem Eingang, wo Belle hinter einem kleinen Servicefenster sitzt.

»Hallo, Süße! Was kann ich für dich tun?« Belles Stimme hat etwas Beruhigendes, selbst an einem Tag wie diesem, der einfach nur eine Katastrophe ist. Aber wenn sie nicht weiß, warum ich hier bin, dann ist Warren erst recht nicht da.

»Hey, Belle. Ähm … ich suche Warren.« Ich verziehe die Lippen.

»Oh, komm rein, Schätzchen.« Belle verlässt das Servicefenster und geht zur Seitentür, die sie gerade so weit öffnet, dass ich hindurchschlüpfen kann. Sie deutet auf einen Stuhl und setzt sich mir gegenüber. »Ist was passiert?«

»Ja«, murmele ich.

»Willst du drüber reden?«

»Ich weiß nicht, ob ich sollte …« Es könnte ein schlechtes Licht auf Warren werfen, und Belle ist irgendwie seine Chefin, oder?

»O Süße, das ist völlig okay. Du erzählst mir, was du willst – oder auch gar nichts. Aber eines musst du wissen: Nichts, was du sagst, kann meine Meinung über Warren ändern. Er ist ein guter Junge. Und ich bin mir sicher, das weißt du auch.«

Ich lächle sanft. »Ja, das weiß ich.«

»Ram und ich kennen Warren jetzt seit fast drei Jahren. Ich fand schon immer, dass er was Besonderes ist, aber in letzter Zeit ... Also, Liebes, da ist er wegen dir nur noch am Strahlen.«

Ich lege den Kopf schief und beiße mir auf die Lippe. *Warum ist er dann einfach abgehauen?*

Ich schlucke und beginne zu erzählen. Ich berichte Belle alles, was heute passiert ist, seit wir zusammen gefrühstückt haben.

»Hattest du irgendwann das Gefühl, dass du in Gefahr bist wegen seines Temperaments?« Ihre Stimme ist aufrichtig besorgt, trotz ihrer vorherigen Worte über Warren.

»Nein. Es war nur eine instinktive Reaktion, auf Abstand zu gehen. Ich weiß, dass er uns niemals wehtun würde.«

»Okay. Ich nehme an, du warst schon bei seinem Vater?«, fragt sie, und ich nicke.

»Ich könnte dir Bryces und Matts Nummern geben, vielleicht haben die was von ihm gehört.«

»Vielleicht übertreibe ich auch. Wahrscheinlich ist er einfach nur irgendwo hingefahren, um sich zu beruhigen. Ich will ihn nicht blamieren.«

»Nun, das könnte stimmen. Aber nach meiner Erfahrung ...« Sie beugt sich ein Stück nach vorne, sucht meinen Blick und lächelt sanft. »Wenn jemand davonläuft, dann meistens, weil er gefunden werden will. Warren wünscht sich schon sehr lange, dass er jemandem so sehr am Herzen liegt.« Sie hält kurz inne. »Weißt du eigentlich, dass er dich Täubchen nennt?«

»Ja, das sagt er zu Hause andauernd.«

»Liebes, dieser Junge ist bis über beide Ohren in dich verliebt. Und das nicht erst seit gestern. Ehrlich gesagt weiß ich nicht mal, ob ich ihn jemals lächeln gesehen habe, bevor er Ram und mir von dir und deinem kleinen Mädchen erzählt hat. Er war von Anfang an hin und weg. Also los, hol dir den Kerl. Zeig ihm, dass er wichtig ist.«

Ein neuer Schub Selbstvertrauen durchströmt mich. Ich richte mich auf. »Kann ich die Nummern haben, bitte?«

Belle führt mich hinter den Tresen und öffnet eine Kontaktliste auf dem Computer neben dem Telefon. Ich hoffe, ich muss Bryce nicht anrufen, aber ich bezweifle ohnehin, dass Warren zu ihm gegangen ist. Also wähle ich Matts Nummer.

»Hey, Matt, hier ist Chloe. Warrens ... Freundin.«

Ich höre ein knarrendes Geräusch im Hintergrund, als ob eine alte Tür geöffnet wird, dann Schritte auf einer Holztreppe. »Hey, Chloe. Ich nehme an, du rufst an, um zu fragen, ob er bei mir ist.«

»Ist er?«, frage ich hoffnungsvoll.

»Nicht mehr. Er ist vor etwa zwei Stunden hergekommen und hat mir erzählt, was passiert ist. Seit dreißig Minuten ist er wieder weg.«

Ich seufze. »Weißt du, wohin er wollte?«

»Er hat irgendwas davon gesagt, dass er für die Nacht in ein Motel geht. Ich hab ihm angeboten, hierzubleiben, aber er meinte, er bräuchte etwas Abstand.«

»Hast du eine Ahnung, in welches Motel er gegangen sein könnte?«

»Nein, sorry. Aber ... ich glaube nicht, dass er weit gefahren ist. Er hat erwähnt, dass sein Handy leer ist. Also wahrscheinlich irgendwohin, wo er sich auch ohne Navi zurechtfindet.«

»Okay. Danke, Matt.«

»Kein Problem. Falls du ihn aufstöberst, richte ihm bitte aus: *Ich hab's dir ja gesagt.*«

»Wie bitte?«, frage ich irritiert.

»Ich hab Warren gesagt, dass du ihn nicht aufgibst.«

Ich lächle. »Okay ... ich sag's ihm.«

»Viel Glück, Chloe.« Matt legt auf.

Als ich mich umdrehe, steht Belle direkt neben mir – viel zu nah, um nicht alles mitbekommen zu haben. Sie kaut gedankenverloren auf ihren langen Acrylnägeln.

»Motel ...« murmele ich und öffne eine Liste auf meinem Handy. Drei Motels sind nicht allzu weit von hier entfernt. Ich fange mit dem nächstgelegenen an. »Danke, Belle.«

»Natürlich, Süße! Ich geb dir noch meine Nummer, damit du mir später erzählen kannst, wie's dir geht, okay?« Sie nimmt mein Handy und tippt ihre Nummer ein. »Also dann – schnapp ihn dir.« Sie klopft mir auf den Rücken und reicht mir mit der anderen mein Handy.

Normalerweise kann ich es nicht ausstehen, ohne Musik zu fahren, aber auf dem fünfzehnminütigen Weg zum Motel am Wasser ist es still im Auto.

Das Motel ist geschlossen – also wirklich komplett verrammelt.

Okay, eins abgehakt ... Laut meinem Handy ist das zweite Motel nicht weit entfernt. Ich mustere jedes schwarze Auto auf der Straße gleich doppelt, in der Hoffnung, Warren hinterm Steuer zu sehen.

Das zweite Motel hat geöffnet, aber sein Wagen steht nicht auf dem Parkplatz. Trotzdem parke ich Emilys Auto und eile zur Rezeption.

»Hallo«, sage ich zu der Frau hinter dem Empfangstresen. Sie ist ein bisschen älter als ich, hat glattes braunes Haar und einen ernsten Blick.

»Hi.« Sie blättert, ohne aufzusehen, eine Seite in ihrem Buch um.

»Ich wollte fragen, ob ein Gast namens Warren Davies hier eingecheckt hat?«

»Wir geben keine Informationen über unsere Gäste raus. Falls man Sie erwartet, können Sie direkt zu dem Zimmer durchgehen«, sagt sie und klingt dabei ziemlich gelangweilt.

»Okay, ähm ... wie heißen Sie denn?« *Zeit, ein bisschen Charme spielen zu lassen.*

»Stevie ...« Sie hebt misstrauisch den Blick von ihrem Buch.

»Hey, Stevie. Also, die Sache ist die ... Mein Freund und ich hatten einen Streit, und er ist wütend abgehauen. Es war ein Missverständnis, wirklich. Ich versuche nur, ihn zu finden und ihm zu sagen, dass er nach Hause kommen soll.«

Stevie nickt langsam, zieht die Unterlippe zwischen die Zähne. Dann verdreht sie gespielt verständnisvoll die Augen. »Aha. Total nachvollziehbar. Die Sache ist nur die ...

das ist ein Motel. Ohne Typen, die vor irgendwas weglaufen, oder heimliche Affären wären wir nicht im Geschäft. Das ist quasi unser Ding?«

»Verstehe.« *Das war also ein Reinfall.*

»Rein hypothetisch hält Sie allerdings niemand davon ab, einfach an jede Tür zu klopfen.« Sie zuckt mit den Schultern.

»Äh, danke.« Ich gehe nach draußen. »Schönen Tag noch, Stevie.«

»Jupp«, murmelt sie, als die Tür hinter mir zufällt.

Bevor ich zurück ins Auto steige, ziehe ich mein Handy heraus. Die Temperatur ist spürbar gefallen, weil die Sonne bereits untergeht. Ich schicke Luke eine Nachricht, lasse ihn wissen, dass ich mit Matt gesprochen habe und nur noch ein Motel bleibt. Er antwortet mit einem Daumen-hoch-Emoji – genau in dem Moment, als ein Auto auf den Parkplatz fährt.

Ein schwarzes Auto.

Warrens Auto.

Kapitel 42

Mein erleichterter Seufzer verwandelt sich in der kalten Luft in ein Dampfwölkchen.

Warren fährt direkt vor dem Eingang in eine Parklücke. Wegen des Schneefalls und weil die Kapuze meines Mantels das Gesicht verdeckt, glaube ich nicht, dass er mich bemerkt, wie ich auf der anderen Seite des Parkplatzes an Emilys Auto gelehnt stehe.

»Hey!«, rufe ich ihm zu, als er aus dem Auto steigt. Der Wind frischt auf, wirbelt den Schnee mit einem hohen Pfeifen durch die Luft. »Hey!«

Er dreht sich nicht um, als er die Tür erreicht und die Lobby betritt.

Ich laufe über den Parkplatz und folge ihm hinein.

»Name?«, fragt Stevie gerade, als ich die Tür hinter mir schließe und meine Kapuze abstreife.

»Warren Davies.« Sie schaut sofort zu mir, ihre Lippen zucken leicht. Ihre Miene sagt: *Das wird interessant.*

Warren folgt ihrem Blick über seine Schulter, und als er sich ganz umdreht, schenke ich ihm ein schwaches, aber hoffnungsvolles Lächeln.

Die wunderschönen blauen Augen richten sich auf mich. Sein Kopf neigt sich, die Stirn liegt in Falten, seine Lippen sind leicht geschürzt. Er spannt sich an, öffnet den Mund, um etwas zu sagen – aber ich bin schneller.

Ich drehe mich zur Rezeption. »Ein Zimmer, bitte.«

Stevie nickt und schiebt mir wortlos einen Schlüssel über den Tresen – direkt hinter Warrens Rücken. Er bewegt sich nicht, völlig überrumpelt.

»Übrigens, ich habe versucht, draußen deine Aufmerksamkeit zu bekommen«, sage ich so locker wie möglich, während ich einen Schritt auf ihn zu mache.

Ganz ruhig. Ich bin harmlos. Ich bin nahbar.

Er spielt vorsichtig mit. »Ach ja?«

»Ja ... du kannst da nicht parken.« Ich deute auf den Parkplatz draußen.

Ein kleines, kaum merkliches Lächeln zupft an seinen Mundwinkeln. »Bin in einer Minute wieder da«, sagt er und lässt sich auf das Spiel ein – das Drehbuch unseres Kennenlernens.

Er greift nach dem Schlüssel auf dem Tresen und macht ein paar Schritte auf mich zu, bleibt aber außerhalb meiner Reichweite stehen.

»Hör mal, Prison Break, du blockierst den Eingang.« Ich lehne mich leicht nach vorn und versuche, ihn mit meinem Blick zu beruhigen.

Stevie räuspert sich. »Ähm ... eigentlich ist es in Ordnung, wenn Ihr Auto da steht.«

Ich beiße mir auf die Lippe, um nicht loszulachen, und Warren grinst schief, als er den letzten Abstand zwischen uns überwindet.

»Du bist meinetwegen gekommen, Täubchen?« Seine tiefe Stimme ist kaum mehr als ein Flüstern. Seine Augen flehen mich an.

»Wir haben gesagt, bis ans Ende der Welt, oder? Dagegen ist das hier doch gar nichts ... nur die andere Seite der Stadt.« Ich zucke mit den Schultern, tue so, als wäre ich ganz entspannt.

»Es tut mir so leid.« Warrens Stimme bricht fast, er schnieft laut – und ich sehe, wie seine Augen feucht werden.

»Hey ... Lass uns auf unser Zimmer gehen, ja? Willow ist bei Emily. Luke ist sicher zu Hause, er hat mit seinen Freunden umgeplant. Alles geregelt. Komm, wir reden.«

Ich winke Stevie kurz zum Dank zu, die zwar verwirrt aussieht, aber auch bestens unterhalten.

Warren und ich sprechen kein Wort, während wir an der Front des Motels entlanggehen, mehrere Zimmer passieren, bis wir unseres erreichen.

Drinnen streifen wir den Schnee von unseren Jacken ab. Es ist nicht das heruntergekommene, schmuddelige Motelzimmer, das ich erwartet habe, sondern ein gemütlicher, schlicht eingerichteter Raum mit einem Bett, einer kleinen Küchenzeile und einem eigenen Bad.

Ich ziehe meine dicke Jacke aus und stelle meine Stiefel an die Tür, während Warren seine Jacke aufhängt – und dann mit dem Rücken zu mir stehen bleibt. Viel zu lange. Seine Schultern sind angespannt.

»Warren ...«, sage ich leise, in der Hoffnung, ihn aus seinen Gedanken und zurück zu mir zu holen.

Als er sich endlich umdreht, lege ich meine Arme um

seinen Nacken und ziehe ihn in eine feste Umarmung. »Alles okay?«, murmele ich an seiner Schulter.

Er schüttelt den Kopf.

Ich lehne mich etwas zurück, um ihn ansehen zu können. Den Mann, den ich liebe.

Er sieht erschöpft aus, als hätte er sich durch den ganzen Tag kämpfen müssen. Ich würde ihm diese Traurigkeit am liebsten einfach von den Lippen küssen.

»Es tut mir so leid, Chloe«, sagt er. Seine Stimme bricht fast, er schluckt Tränen hinunter. »Es tut mir so leid. Ich habe mich von meiner Wut überwältigen lassen und ...«

Ich unterbreche ihn mit einem Kuss, kurz, aber sanft.

»Ich weiß, Baby. Es ist okay. Du darfst Fehler machen.«

Ich lasse ihn los und setze mich auf die Bettkante. »Ich war bei Al. Der überraschend unversehrt aussah. Du hast deine Wut nicht an ihm ausgelassen – und das zählt.«

»Du hast meinen Dad getroffen?« Warren beugt sich leicht vor.

»Ja, super Typ ...« Ich versuche zu scherzen, verziehe aber das Gesicht. »Du hast ihn ziemlich gut beschrieben.«

Warren lässt sich neben mich aufs Bett fallen, ein Stück von mir entfernt. »Und Luke?«, fragt er vorsichtig.

»Luke ist in Ordnung.« Ich nicke ihm aufmunternd zu. »Er will gar nicht ausziehen. Wollte er nie.«

Ein tiefer Atemzug entweicht Warren, seine Lippen vibrieren leicht, als er sich die Stirn in die Hände stützt.

»Er dachte, er müsste es tun, damit dein Dad nicht wegzieht. Wir haben darüber gesprochen. Jetzt weiß er, dass es die falsche Entscheidung gewesen wäre ...« Meine Stimme wird leiser.

»Ich hasse es, dass ich das an seinem Geburtstag gemacht habe. Ich bin ein beschissener großer Bruder.« Er richtet sich auf.

»Warren …« Ich suche nach den richtigen Worten, finde sie aber nicht.

»Das ist der erste Geburtstag, den Luke mit mir verbringt … und ich hab ihn ruiniert. Dann habe ich Willow Angst gemacht. Und dir.« Er reibt sich mit der flachen Hand über den Kopf. »Es tut mir wirklich leid.«

»Ich weiß, dass es dir leidtut, und ich verzeihe dir. Aber …« Ich atme langsam aus und wähle meine Worte mit Bedacht. »Du hast recht, du hast uns erschreckt. Beim nächsten Mal musst du dir einen Moment für dich nehmen, dich beruhigen, bevor es so weit eskaliert. Wir können das nicht vor Willow machen, wenn sie älter wird. Wir müssen ihr etwas Besseres vorleben.«

Ich lege meine Hand auf seine. Seine Fingerknöchel sind gerötet und wund.

»Aber ich verstehe dich. Du hast so viel für Luke aufgegeben. Deine Musik, deine Privatsphäre, deine ganze Jugend – nur um ihn aus dem System zu holen. Das muss sich angefühlt haben, als wäre alles umsonst gewesen. Und dann auch noch dein eigener Vater, der alles kaputtmacht, was du aufgebaut hast? Ich kann mir kaum vorstellen, wie furchtbar sich das anfühlen muss.«

Warrens Nase zuckt leicht, als eine einzelne Träne über seine Wange rollt. Er wirft mir einen schnellen, unsicheren Blick zu, doch seine Lippen zittern, und er schaut sofort wieder weg. Ein leises Schluchzen entweicht ihm.

»Du wirst noch viele Geburtstage mit Luke feiern können«, sage ich sanft. »Und du hast diesen trotzdem besonders gemacht ... das Frühstück, die Geschenke, die Ballons. Er wird die Party mit seinen Freunden einfach an einem anderen Tag nachholen. Ihr müsst nur darüber reden.«

Mit der freien Hand fährt er sich übers Kinn. Er nickt, senkt den Kopf und dreht sich leicht weg. »Ich habe Wills Gesicht gesehen, als sie angefangen hat zu weinen, und ...« Seine Stimme bebt, er unterbricht sich selbst. Dann räuspert er sich und fährt leise fort: »Ich werde nie wieder so etwas Dummes tun.«

»Das Dumme war, dass du einfach abgehauen bist, Warren.«

Ich rücke näher an ihn heran, lege meinen Kopf an seine Brust, während er seinen Arm um meinen Rücken schlingt.

»Ich hab im Grunde nichts gegen eine Schnitzeljagd«, murmele ich gegen seinen Pullover, »aber bitte, lauf nicht wieder einfach weg, okay? Oder, falls du wirklich mal Zeit für dich brauchst, dann nimm wenigstens ein aufgeladenes Handy mit.«

Ich lehne mich ein bisschen zurück, um ihn anzusehen.

Warren blickt in seinen Schoß. »Als du mir gesagt hast, ich soll gehen ... dachte ich, du meinst für immer.«

Sanft lege ich meine Hand an seine Wange und drehe sein Gesicht zu mir, bis sich unsere Blicke treffen.

»Nein ... so leicht wirst du mich nicht los.« Mein Daumen streicht sanft über seinen Kiefer. »Ich liebe dich. Und das bedeutet etwas.« Ich atme tief ein. »Weißt du, du hast mir mal eine sehr überzeugende Argumentation geliefert ... zusammen mit einer ziemlich romantischen Liebeserklärung.«

»Die hat aber nicht so funktioniert, wie ich wollte«, unterbricht Warren mit einem schwachen Lächeln.

»Vielleicht nicht ... aber ich hoffe, diese hier funktioniert besser.« Ich richte mich ein wenig auf. »Sag mir – was ist meine nervigste Angewohnheit?«

Er verengt die Augen leicht. »Klingt nach einer Fangfrage.«

»Antworte.«

»Das Ding mit den Schlüsseln?«, fragt er vorsichtig – als wäre es nicht genau das, weswegen er mich von Anfang an am meisten aufgezogen hat.

»Ist dir aufgefallen, dass das in letzter Zeit gar kein Problem mehr ist?«, frage ich. Er nickt nachdenklich. »Ich habe jetzt nur noch zwei Schlüssel. Einen für unsere Wohnung und einen für das Auto ... da gibt es nicht mehr viel zu verwechseln.«

Warren legt den Kopf leicht schief. Ich glaube, er weiß noch nicht genau, worauf ich hinauswill.

»Früher hatte ich acht Schlüssel. Acht Schlüssel für acht verschiedene Zuhause.« Ich sammle mich. »Ich wusste nie so richtig, warum ich sie überhaupt behalten habe. Aber dann kamst du – hast mich deswegen aufgezogen ... und bist geblieben. Und dann hast du angefangen, mich zu lieben. Mehr als das: Du wurdest das einzige Zuhause, das ich jemals wirklich gekannt habe. Der einzige Ort, an dem ich mich je wirklich sicher gefühlt habe, an dem ich einfach ich selbst sein konnte. Und plötzlich musste ich nicht mehr an den Schlüsseln festhalten. Diese kleinen Überbleibsel meiner Vergangenheit schienen auf einmal keine Bedeutung mehr zu haben.«

Warren berührt mein Gesicht. Wir sehen uns einen langen, bedeutungsschweren Moment in die Augen. »Ich liebe dich ... so sehr.« Sanft streicht er mir über die Wange.

»Ich bin dein Frieden?«, frage ich leise.

Er nickt, saugt nachdenklich seine Lippen ein.

»Nun, du bist mein Zuhause.«

Warren atmet tief ein, sein Atem ist zittrig, als würde er endlich glauben, dass doch alles gut werden kann. »Danke, dass du mich gesucht und gefunden hast«, murmelt er, legt sein Kinn auf meinen Kopf und drückt mir einen Kuss ins Haar.

»Bereit?«, frage ich und blicke ihm ins Gesicht.

Er lächelt sanft, räuspert sich. »Ja ... lass uns nach Hause gehen.«

Epilog

Willow quiekt und klatscht, als Warren ihr einen Cupcake vor die Nase setzt. Das hier ist nicht ihr erster Cupcake – den hat ihr gestern Odette gegeben, als wir uns bei Connie zu einer kleinen Feier getroffen haben. Ein Jahr ohne Alkohol für Connie, ein Jahr Leben für Willow. Zwei absolut wundervolle Gründe für Kuchen.

Willow greift sich sofort zwei Fäustchen voll. Die eine bleibt im Zuckerguss stecken, die andere landet in ihrem pausbäckigen Gesicht, während sie sich genüsslich den Mund vollstopft. Etwa ein Dutzend Leute, die sich in unserem Wohnzimmer zusammengedrängt haben, jubeln, als die letzte Note von *Happy Birthday* verklingt. Lane knipst Fotos, während Emily die restlichen Cupcakes für die Gäste bringt.

»Warren, Chloe, stellt euch hinter Will für ein Foto!«, ruft Lane.

Ich schaue zu Warren hinüber, der Lane völlig unbewusst ignoriert und stattdessen Willows fröhliches Gekicher in sich aufsaugt. Er zieht spielerisch die Nase kraus und tut so, als würde er an ihrer Hand knabbern, die sie ihm entgegenstreckt. Beide lachen ausgelassen.

Sie hat ihn komplett um den Finger gewickelt. Nicht nur an ihrem Geburtstag, sondern jeden einzelnen Tag. Ich sage meistens nichts dagegen, wenn er sie verwöhnt – sie hat in ihrem kurzen Leben schon so viel mitmachen müssen. Aber mal ehrlich: Welches einjährige Kind braucht bitte ein eigenes Mini-Schlagzeug? Zugegeben, es sieht neben Warrens Schlagzeug gar nicht mal so schlecht aus.

»Foto?« Ich hole Warren mit einem Kuss auf die Wange zurück in die Realität und ziehe ihn hinter Willows Stuhl in Position.

»Fertig? Eins, zwei, drei ... hier kommt das Vögelchen!«, sagt Lane.

»Vögelchen!«, ruft Willow begeistert. Warren und ich starren uns mit aufgerissenen Augen an.

»Willow! Dein erstes Wort!« Ich klatsche begeistert in die Hände, und sie strahlt über das ganze Gesicht, wackelt fröhlich hin und her – immer noch völlig mit gelbem Zuckerguss verschmiert.

Ich lasse den Blick durch den Raum schweifen und spüre, wie mein Herz aufgeht. Luke und seine Freundin Stephanie, Lane und Em, Belle und Ram, Matt und meine Eltern – die völlig überraschend eingeflogen sind. Natürlich bedeutet es mir unglaublich viel, dass sie da sind, aber für einen ersten Geburtstag scheint mir die weite Reise doch etwas übertrieben.

»Vögelchen!«, brabbelt Willow wieder, und alle klatschen.

Da jetzt sowieso alle Augen auf uns gerichtet sind, nutze ich den Moment, um meine obligatorische »Danke, dass ihr gekommen seid«-Rede zu starten. Doch gerade, als ich mich räuspern will, ergreift Warren das Wort und gebärdet dabei.

»Hallo zusammen. Schön, dass ihr alle hier seid, um Willows ersten Geburtstag zu feiern. Wir sind so dankbar, dass ihr da seid – und für all die Geschenke ...« Er deutet grinsend auf Matt, der immer noch einen fast mannshohen Teddybären im Arm hält. »Willow hat so viel Glück, euch in ihrem Leben zu haben – und wir auch.«

Warren spricht weiter, während ich meinen Arm um seinen unteren Rücken lege. Er schaut zu mir hinunter, hält kurz inne und verengt die Augen liebevoll, als er mein Gesicht betrachtet.

»Willows Geburtstag zu feiern, bedeutet viel mehr, als nur ein weiteres Jahr im Kalender abzuhaken. Ihr alle wisst, wie schwer es für Chloe und Willow war, an diesen Punkt zu kommen. All die Arzttermine, die schlaflosen Nächte, die Gerichtsverhandlungen ...« Seine Stimme wird leiser, als wüsste er nicht, wie viele Hürden er aufzählen soll. »Aber gestern haben wir eine Nachricht bekommen ...« Er hebt leicht das Kinn in Richtung unserer Familie, gibt mir mit einem warmen Lächeln das Zeichen, zu übernehmen.

Ich straffe die Schultern, und nach einem tiefen Atemzug rufe ich: »Willow ist offiziell adoptiert!« Ich reiße die Arme in die Luft, als hätte ich gerade einen Touchdown erzielt.

Der Raum explodiert vor purer Freude. Meine Mutter umarmt jeden in ihrer Nähe – sogar einen völlig überrumpelten Luke, der natürlich längst Bescheid wusste, sich aber bemüht, überrascht zu wirken.

Es bildet sich eine Schlange, alle Gäste wollen uns gratulieren. Emily und Lane stürmen auf uns zu und ziehen uns in eine feste Gruppenumarmung. Auch Willow wird von allen gefeiert – einige geben ihr ein Highfive, andere klatschen begeistert. Sie genießt jede Sekunde davon, kichert, klatscht mit und gebärdet mit ihren kleinen Händen das Zeichen für »mehr«, um noch einen Cupcake abzustauben.

Als sich die Aufregung langsam legt, wende ich mich erneut an alle. »Nochmals danke, dass ihr hier seid. Bedient euch am Essen und bleibt, solange ihr könnt. Wir ...«

Warren drückt mir einen Kuss auf die Schläfe und klopft mir sanft auf die Schulter. Ich drehe mich zu ihm um, irritiert über die plötzliche Unterbrechung.

»Eigentlich gibt es noch eine Sache ...« Warren nimmt meine Hände in seine und geht langsam auf ein Knie hinunter.

Mir bleibt die Luft weg – vielleicht dem ganzen Raum. *Das passiert wirklich!*

»Chloe, ich ...«

Ein nervöses Kichern entkommt mir und unterbricht ihn. Ich beiße mir auf die Lippe. »O Gott, sorry! Mach weiter!« Meine Wangen werden heiß, und als ich zu Emily und Lane blicke, sehen sie aus, als würden sie vor Spannung gleich platzen.

Warren grinst nur kurz, dann sammelt er sich. »Chloe, ich liebe dich mehr, als Worte es jemals ausdrücken könnten – doch ich werde es trotzdem versuchen. Unser Weg war alles andere als einfach, aber ich würde ihn eine Million Mal genau so wieder gehen, wenn er mich hierher zurückführt. Durch das verrückte Schicksal der Golfball-Götter und die Launen der CPS sind wir in das Leben des anderen katapultiert worden – und ich habe das letzte Jahr damit verbracht, mich zu fragen, womit ich so ein verdammtes Glück verdient habe.« Er räuspert sich und streicht sanft mit den Daumen über meine Hände.

»Du bist der widerstandsfähigste, hingebungsvollste und wunderschönste Mensch, den ich je getroffen habe. Dich zu kennen, bedeutet, dich zu lieben – und es ist das größte Privileg, dich in meinem Leben zu haben.«

Dann lässt er meine Hände los, greift in seine Gesäßtasche und zieht eine schlichte hölzerne Schachtel hervor.

Mit einem leisen Knacken öffnet sich die Box – und darin funkelt ein atemberaubender Saphir-Verlobungsring. Genau der, den ich vor ein paar Monaten Emily und Lane gezeigt habe.

Ich reiße die Augen auf, schnappe nach Luft und schlage die Hand vor den Mund.

»Chloe, würdest du mir erlauben, dein Ehemann zu sein?«

»Ja! Ja, bitte!«, rufe ich durch einen Schluchzer.

Er steht auf und hebt mich mit Schwung vom Boden hoch, sodass meine Beine in der Luft baumeln. Ich schlinge meine Arme um seinen Hals und halte mich fest, als könnte ich diesen Moment für immer in mein Gedächtnis einbrennen.

»Ich liebe dich«, flüstere ich ihm ins Ohr, während er mich langsam wieder sinken lässt.

Zum dritten Mal an diesem Tag bricht unser überfülltes Apartment in Jubel und Applaus aus. Warren schiebt mir den Ring über den Finger, und ich quietsche vor Freude, als ich ihn ansehe. Ich habe noch nie etwas so Wunderschönes besessen.

Meine Mom stürzt zu uns und küsst uns gleich zweimal auf die Wangen. Mein Dad schüttelt Warren fest die Hand, bevor er uns beide in eine Umarmung zieht. Sie sind extra hergeflogen – *ich hätte es ahnen müssen*.

Hinter Dads Schulter winke ich Lane und Emily – beide weinen, obwohl Lane sich sichtlich Mühe gibt, es zu verbergen. Sie recken die Daumen, während Warren sich von mir löst, um Luke zu umarmen. Endlich stellt auch Matt den riesigen Teddybären ab und kommt zu ihnen.

Belle hüpft praktisch zu mir, streckt die Hände aus und will sofort den Ring sehen. Ram klopft Warren im Vorbeigehen auf die Schulter, bevor er seiner Frau folgt und mich mit einem breiten Grinsen in die Arme schließt. Ich drücke sie beide an mich und spüre, wie mein Herz vor Dankbarkeit fast überquillt.

All diese Menschen – *unsere* Menschen – in einem Raum versammelt, in unserem Team.

»Oh Herzchen … der ist ja atemberaubend!« Belle bewegt meine Hand hin und her, um zu sehen, wie der Ring im Licht glitzert.

»Hat er gut gemacht, der Junge«, meint Ram trocken.

»Das hat er wirklich«, stimmt Warren zu und legt einen Arm um meine Schultern, bevor er mir einen Kuss auf die Wange drückt. Ich könnte das Lächeln nicht abstellen, selbst wenn ich es wollte.

»Also, Mr und Mrs Davies, was?«, fragt Ram.

»Na ja, eigentlich … wir haben uns noch nicht entschieden«, antwortet Warren.

»Ja, Sweetheart, so machen das die jungen Leute heutzutage.« Belle klopft Ram sanft mit dem Handrücken auf die Brust. »Sie setzen die Nachnamen mit Bindestrichen zusammen oder behalten einfach ihren eigenen.«

»Wir wollen einen neuen Namen. Einen, der nur uns gehört«, erkläre ich und schaue zu Warren hoch, der mich strahlend ansieht. *Mein Verlobter.*

»Weißt du ... ich hätte da eine Idee«, sagt Warren zögernd.

»O ja?« Ich erinnere mich an seine Liste – McAwesome, Bond, Buffett ... *nein danke.*

»Es ist ein bisschen kitschig ...« Er neigt leicht den Kopf.

»Ich liebe Kitsch.«

»Vögelchen!«, plappert Willow neben uns zusammenhanglos, während sie sich weiterhin mit ihrem Cupcake beschäftigt – von dem mittlerweile vermutlich mehr auf ihrem Partykleid gelandet ist als in ihrem Magen. Ich streiche ihr eine Haarsträhne aus dem Gesicht, bevor ich mich wieder Warren zuwende.

»Wie wäre es mit Mr und Mrs Dove – wegen *Täubchen*?«, fragt er sanft.

Wieso bin ich da noch nicht selbst draufgekommen? »Chloe Jean Dove ... das gefällt mir. Willow Jean Dove. Warren Michael Dove ...« Ich spreche jeden Namen laut aus, und mit jedem Mal klingt es richtiger. Ich nicke, immer sicherer. »Ich bin dabei.«

Warren strahlt übers ganze Gesicht und zieht mich noch enger an sich.

»Na dann, herzlichen Glückwunsch – auf das zukünftige Ehepaar Dove.« Ram hebt sein Glas, und der ganze Raum tut es ihm gleich.

»Auf Warren und Chloe!«, ruft Emily und schlingt einen Arm um die Schulter meiner Mom. Meine Mutter zwinkert mir zu, und ich lächle zurück. Vielleicht sieht sie es jetzt endlich – das Leben, das ich mir selbst aufgebaut habe. Und wie wunderschön es ist.

Warren dreht sich zu mir und küsst mich – so lange, bis ich völlig vergesse, dass wir noch von einem Dutzend Leuten umgeben sind.

Nichts ist wichtiger als dieser Kuss. Dieser Augenblick.

Warren hatte schon immer dieses Talent, Momente zu erschaffen, in denen nichts anderes mehr zu existieren scheint. In denen die Zeit stillsteht. In denen Einsamkeit verschwindet.

Stattdessen ist jede Faser meines Körpers und meiner Seele erfüllt von einem völligen, vertrauten und unbeschreiblichen Frieden.

Vier Jahre später

Warren

Ich falle fast aus dem Bett, als ich mich im Halbschlaf zu Chloe umdrehe. Ein unzufriedenes Brummen entweicht mir, als ich nur ihr leeres Kissen finde. Ich vergrabe mein Gesicht darin und atme tief den blumigen Duft ihres Shampoos ein – genau wie damals unter der Dusche, bevor wir offiziell gedatet haben. Wobei »Dating« nicht unbedingt das richtige Wort war für das, was wir hatten, was wir waren. Teampartner? Mitbewohner? Co-Eltern? Vom Schicksal zusammengeführt?

Eigentlich hätte es mir peinlich sein sollen, dass ich so etwas getan habe, aber selbst, wenn es jemand mitbekommen hätte – ich hätte mich nicht geschämt. Und werde es auch nie. Denn in dem Moment, in dem ich es endlich zuließ, Chloe wirklich zu *sehen*, war es, als hätte jemand einen Schalter umgelegt. Die Mauern, die ich so sorgfältig um mich herum aufgebaut hatte, brachen mit atemberaubender Geschwindigkeit in sich zusammen. Es hatte keinen Sinn, mich dagegen zu wehren. Also tat ich das Undenkbare: Ich ließ es zu.

Ich war von Wut gezeichnet und durch Schmerz geformt, mit einer Last auf den Schultern, so groß wie Russland, und einer Tiefe an Ängsten, die nur notdürftig geflickt waren und jederzeit wieder durchbrechen konnten. Doch Chloes Lippen schmeckten nach einem Ausweg. Nach Schicksal. Nach dem Gefühl, dass nichts – weder meine Fehler noch meine Vergangenheit oder all die stetig wachsenden Reuegefühle – eine Rolle spielte, solange ich sie einfach weiterküssen durfte.

Also küsste ich sie weiter.

Vier Jahre lang wache ich nun neben der einzigen Liebe auf, die ich je gekannt habe – und erkenne den Menschen, der ich vorher war, kaum wieder. Nachts liege ich im Bett und danke wem auch immer da draußen, dass sie bei mir ist. Dass sie noch schnell etwas murmelt, bevor sie dem Schlaf nachgibt. Vier Jahre voller Tagträume, Sex, Neckereien, Pläneschmieden und einfach Leben – als wären wir nie diese zwei kaputten Kids gewesen, die viel zu früh erwachsen werden mussten.

»Unsere Liebe ist wie ein Spiegel«, sagt sie immer. Sie reflektiert all das, was wir aneinander am meisten lieben. Chloe sieht mich als jemanden, der Gutes verdient. Jemanden, der etwas wert ist. Und langsam beginne ich, es selbst zu sehen. Das ist ein Geschenk, für das ich ihr niemals richtig danken kann. Nicht so, wie es ihr gebührt. Nie genug.

Es überrascht mich nicht, dass sie es letzte Nacht nicht ins Bett geschafft hat. Willow hatte schlimme Einschulungspanik, und das Letzte, was ich aus ihrem Zimmer gehört habe, war, wie sie Chloe um »nur noch ein Buch« angebettelt hatte. Nur noch *ein* Buch. Klar – als ob es jemals nur ein einziges Buch wäre.

Ich ziehe mich an und steige die gewundene Treppe von der Galerie hinab. Kurz halte ich an, um die Kaffeemaschine anzustellen, dann ist es wieder still in der Wohnung, und ich schleiche den Flur entlang zu Willows Kinderzimmer, um die Tür vorsichtig zu öffnen.

Durch die schwachen Lichtstrahlen, die durch die sterngemusterten Vorhänge fallen, erkenne ich die vertrauten Umrisse meiner zwei Mädchen, die sich in dem schmalen Bett aneinandergekuschelt haben. Mit einem zufriedenen Seufzen lehne ich mich gegen den Türrahmen. Diesen Anblick werde ich wohl nie überdrüssig.

Zwei der drei Menschen, die ich am meisten auf dieser Welt liebe, unter einem Dach. Sicher. Bei mir. Beieinander.

Es ist ein Privileg, in dem einzigen Zuhause zu leben, das Willow je gekannt hat – und das so lange schon. Ich durfte all ihre ersten Male erleben. Ihre ersten Schritte, Worte, Zähnchen, Wutausbrüche. Jeder einzelne Teil von mir weiß genau, dass dieses Kind in dem Bett meine Tochter ist. Sie mag mir nicht ähnlich sehen, aber verdammt, sie benimmt sich genau wie ich. Kleines grummeliges Ding.

Ich weiß, dass es für Chloe anders ist. Die Dynamik ihrer Beziehung zu Willow war nie einfach. Sie wünscht sich, es wäre unkomplizierter – dass sie sich einfach ohne Zögern »Mom« nennen und damit die Sache abhaken könnte. Aber sie wartet darauf, dass Willow selbst entscheidet. *Falls* sie es überhaupt jemals tut.

Ich durchquere den Raum und knie mich neben das

Bett. Als ich die Decke berühre, die über Chloes Hüfte liegt, raschelt die Daunenfüllung leise und wird von einem sehnsüchtigen Seufzen begleitet.

»Täubchen …« Ich drücke einen Kuss auf ihre Nase. »Chloe?«, flüstere ich etwas lauter.

»Hmm?« Sie blinzelt schläfrig. Auch nach all den Jahren werde ich niemals darauf vorbereitet sein, ihre Augen zu sehen. Grün wie ein Blatt, das man gegen die Sonne hält – und genauso strahlend.

»Habt ihr Mädels letzte Nacht eine wilde Party gefeiert?«, erkundige ich mich, während Chloe eine Hand unter den Kopf schiebt und mich sanft anlächelt. Ihr müdes Morgengrinsen, das ich am liebsten sofort wegküssen würde.

»O ja …« Sie stößt ein leises, amüsiertes Schnauben aus. »Mega Party.« Ihre Augen öffnen sich ein Stück weiter, nachdem sie sich ans Licht gewöhnt haben. »Autsch.« Sie massiert sich den Nacken und stöhnt leise, als sie ihn vorsichtig bewegt, um die Verspannung zu lösen. »Dieses Bett ist wirklich nicht für einen erwachsenen Körper gemacht.«

»Ich würde nicht unbedingt sagen, dass du so groß bist wie eine Erwachsene«, necke ich sie mit einem Grinsen.

»Ha, ha.« Chloe richtet sich vorsichtig auf, um Will nicht zu wecken. »Ich glaube, ich bin beim Vorlesen eingeschlafen.« Sie reibt sich die Augen und gähnt, während ich ihren Hals küsse.

»Morgen«, flüstert sie – ihre Begrüßung geht fast in unserem Kuss verloren, bevor sie sich wieder zurück ins Kissen sinken lässt.

»Heute ist es so weit«, seufze ich, greife nach Chloes Hand und drücke sie sanft. Mit dem Daumen fahre ich über ihre Fingerknöchel, während ich beobachte, wie sie nervös auf ihrer Unterlippe kaut.

Wir werfen beide einen besorgten Blick auf unser kleines Mädchen. Willows Locken stehen in alle Richtungen ab, und sie schnarcht leise – genau wie ihre große Schwester es oft tut. Fest im Arm ihr Lieblingsstofftier. Seit ihrem dritten Geburtstag, als Luke es ihr geschenkt hat, sind »Puppy« und Will unzertrennlich.

Luke schickt ihr viele Geschenke. Ich glaube, es ist zum Teil aus Schuldgefühl, aber ich würde lügen, wenn ich das nicht ein bisschen ausnutzen würde, damit er öfter anruft. Ich weiß, dass er auf sich selbst aufpassen kann – das musste er sein Leben lang –, aber ich habe trotzdem gern die Gewissheit, dass es ihm gut geht.

Als Chloe und ich eine Woche nach seinem Schulabschluss in Barcelona geheiratet haben, hat Luke sich verliebt. Nicht in jemanden – darüber spricht er mit uns immer noch nicht –, aber in das, was die Welt alles noch zu bieten hat. Ich habe es Chloe zu verdanken, dass ich nicht vollkommen ausrastete, als er sich vom College abmeldete, um stattdessen ein Jahr lang durch Südeuropa zu reisen.

Ich wollte, dass er aufs College geht. Er ist ein kluger Junge. Aber Chloe hatte recht – er brauchte einfach etwas Zeit.

Letztes Jahr hat er schließlich seinen Weg zurück nach Barcelona gefunden und sich dort an der Uni eingeschrieben, um Journalismus zu studieren. Er lebt bei Chloes Eltern, die ihn über alles lieben und ihn mehr verwöhnen, als wir es jemals könnten. Bestes Beispiel: Er fährt mit einer Vespa zu den Seminaren. Sie sind nicht perfekt, aber sie geben sich Mühe. Luke bei sich aufzunehmen und Chloe und mich aus der Ferne als Eltern zu beobachten, hat viele alte Wunden geheilt. Es ist schade, dass Chloe ihre Anerkennung erst dann bekam, als sie nicht mehr darauf angewiesen war.

Kurz nach Semesterbeginn hat Luke angefangen, einen Blog darüber zu schreiben, wie es ist, als gehörloser Mensch die Welt zu bereisen. Was ursprünglich nur ein Uni-Projekt war, wurde online schnell zu einem großen Erfolg. Vor ein paar Monaten schrieb ihm sogar ein bekanntes Reisemagazin und bot ihm an, auf ihre Kosten den Sommer in Australien zu verbringen, wenn er darüber berichtete.

Ich will nicht wie Martina klingen, aber zu wissen, dass meine eigenen Opfer diesem Jungen ein anständiges Leben ermöglicht haben – das macht alles mehr als wett. Und jetzt ist Chloe an der Reihe, zu sehen, wie sich ihre harte Arbeit auszahlt.

Chloe blickt mit müden Augen auf die schlafende Willow. »Ich weiß nicht, ob ich bereit bin ... Vielleicht warten wir doch noch ein Jahr?« Sie zieht die Stirn kraus.

»Sie ist bereit.« Ich lehne meine Stirn gegen ihre und versuche damit, ihre besorgte Miene zu glätten. »Mehr als das.« Ich lehne mich zurück und lache leise. »Sie wird ihre Klasse bis zum Ende des Tages komplett im Griff haben.«

Chloe verdreht die Augen und schmunzelt. »Wahrscheinlich.«

Sie schält sich aus der Decke, lässt die Beine über den Bettrand baumeln und streckt sich, die Arme hoch über den Kopf. Ihr Shirt rutscht hoch und entblößt die Narbe ihrer Blinddarm-OP. Ich fahre mit dem Daumen sanft über die erhabene Haut.

Chloe war so entschlossen, auf keinen Fall Lanes und Matts Hochzeit zu verpassen, dass sie niemandem – nicht einmal mir – gesagt hat, was für große Schmerzen sie den ganzen Tag über hatte. Erst nach Mitternacht flüsterte sie mir zu, dass wir sofort ins Krankenhaus müssten.

Wahrscheinlich war das der schlimmste Streit, den wir je hatten – als ich sie im Brautjungfernkleid, stöhnend und mit schmerzverzerrtem Gesicht, in die Notaufnahme fuhr.

Ich ließ sie sofort schwören, sich niemals wieder selbst so zurückzunehmen – und sie versprach es, obwohl wir beide genau wissen, dass sie es trotzdem tun wird. Chloe ist aufopfernd bis zur Selbstaufgabe, und es ist schwer, sie dafür nicht zu bewundern.

»Ich habe Kaffee gemacht, werde Wills Lieblingsfrühstück zubereiten und Luke wird gegen acht Uhr per FaceTime anrufen, um ihr Glück zu wünschen, bevor wir losmüssen.« Ich setze mich neben Chloe aufs Bett. »Also ... alles, was wir jetzt noch tun müssen, ist, sie zu wecken.«

»Fünf Minuten noch«, murmelt Chloe und lehnt sich gegen meine Schulter. »Vielleicht hat sie gerade den schönsten Traum aller Zeiten – dann wird sie uns nie verzeihen, dass wir sie gestört haben.«

Ich lache leise, schüttle den Kopf und drücke einen Kuss auf Chloes zerzaustes Morgenhaar. »Fünf Minuten.«

»Ems Töchter sind beide in ihrer Klasse. Habe ich dir das erzählt?«

»Was? Nein, hast du nicht. Das ist ja super! Siehst du?« Ich stupse sanft ihre Schulter an. »Dann hat sie direkt zwei Freundinnen.« Ich ziehe eine Augenbraue hoch und versuche, meine sture Frau davon zu überzeugen, dass alles gut wird.

Emily und ihr Partner Amos haben vor Kurzem angefangen, drei Geschwister in Pflege zu nehmen. Ein Zwillingspaar, das einen Monat älter ist als Willow, und ihren kleinen Bruder. Sie waren die Ersten in unserem Freundeskreis, die ein eigenes Haus gekauft haben, sind aber trotzdem in unserer Nähe geblieben.

»Ich fühle mich wirklich schlecht, dass ich nicht mitkommen kann.« Chloe massiert sich die Nasenwurzel. »Warum muss meine dumme Präsentation ausgerechnet am ersten Schultag sein?«

»Täubchen, ich werde *alles* fotografieren. Ihren Spind, die Lehrerin, ihr Outfit, das Klassenzimmer – das wird der am besten dokumentierte erste Schultag aller Zeiten.« Ich reibe beruhigend über ihre Schulter. »Und du wirst da sein, wenn sie rauskommt, um dir alles zu erzählen.«

Chloe wurde vor zwei Monaten von den CPS als Marketing- und Designberaterin für ihre Programme, Fundraising-Kampagnen und Initiativen eingestellt. Es ist ihr absoluter Traumjob.

Obwohl wir eine gerahmte Kopie der TeamUp-Broschüre aus nostalgischen Gründen in unserem Bücherregal stehen haben, ist sie auch eine visuelle Erinnerung daran, wie viel Arbeit es noch für uns gibt. Aber Chloe macht das großartig – keine Frage.

Willow regt sich, und ich beobachte über meine Schulter, wie sie sich auf die Seite rollt. Noch völlig im Tiefschlaf, leckt sie sich im Halbschlaf etwas Sabber vom Kinn. Ich schmunzle vor mich hin.

»Wir haben echt Glück mit ihr.«

»Und wie«, entgegnet Chloe bestimmt.

»Wetten, wir würden noch mal so viel Glück haben?« Mit einem breiten Grinsen drehe ich mich zu ihr um.

Chloes Augen werden groß. »Du gibst wohl nie auf«, sagt sie kichernd.

»Lass mich dich schwängern, Weib«, brumme ich an ihrem Hals, bevor ich an ihrem Kiefer knabbere.

»Wie war die Abmachung noch gleich?« Chloe zieht sich ein Stück zurück und verschränkt die Arme mit einem herausfordernden Lächeln.

Ich zucke mit den Schultern, nur um sie ein bisschen zu provozieren. Natürlich kenne ich den Deal – die Liste mit all den Dingen, die passieren müssen, bevor Chloe bereit ist, die Baby-Diskussion wieder aufzunehmen. Das predigt sie mir seit Monaten.

Willow muss erst mit der Schule anfangen. Für einen Anspruch auf Mutterschutz muss Chloe erst genug Stunden in ihrem neuen Job gearbeitet haben. Und ich muss genug neue Leute für die Werkstatt einstellen, damit ich nicht mehr so viel arbeite.

Letzteres gestaltet sich schwierig.

»Wie läuft's mit dem Neuen?«, fragt Chloe, als hätte sie meine Gedanken gelesen.

»Matt mag ihn, aber ... ich weiß nicht.«

»Ich weiß, dass Ram euch die Werkstatt verkauft hat, damit ihr euch gut darum kümmert, aber du musst auch auf dich selbst aufpassen.« Sie sieht mich eindringlich an. »Denn ich will dich behalten. Lange.«

Ich lasse den Kopf nach hinten fallen und wimmere leise –

genau wie Will, wenn wir ihr sagen, dass Schlafenszeit ist. Chloe lacht, aber dann seufzt sie.

»Du musst aufhören, ständig Leute zu feuern, Warren. Lass sie dir erst mal beweisen, dass du falschliegst …« Sie legt ihre Hand in meinen Nacken und neigt mein Kinn sanft zurück in ihre Richtung. »So wie *jemand anderes* es bei dir getan hat.«

»Du bist aber auch verdammt viel heißer als die Typen, mit denen ich arbeite«, argumentiere ich.

»Freut mich zu hören.« Chloe grinst und klopft mir auf die Schulter.

Ich lasse das Ganze jetzt einfach laufen. Genau wie bei meinen vielen Versuchen, ihr einen Heiratsantrag zu machen, bevor ich es tatsächlich tat, wusste ich, dass Chloe Ja sagen würde, wenn für sie der richtige Moment gekommen war. Sie wollte nicht heiraten, bevor Willows Adoption endgültig durch war. Und in dem Augenblick, in dem das passiert war, habe ich gefragt.

Also werde ich jetzt einfach warten, bis sie mir wieder ein Zeichen gibt. Irgendwann wird es so weit sein. Mir ist aufgefallen, dass sie im Supermarkt immer öfter in der Babyabteilung stehen bleibt. Und sie kann nicht verbergen, wie ihre Augen aufleuchten, wenn sie Emilys Pflegebaby im Arm hält.

»Bereit?«, frage ich sie und deute mit dem Kinn auf Will.

Chloe nickt mit einem kleinen Stirnrunzeln und schwingt sich aus dem Bett.

»Low?« Ich streiche eine Locke von ihrer Wange. »Will-Low«, singe ich leise und reibe sanft ihre Schulter. »Zeit zum Aufstehen, Kleine.«

»Ich bin *nicht* klein«, murmelt Willow ins Kissen. Genau das wollte ich hören.

»Stimmt, jetzt wohl nicht mehr, wenn du zu den großen Kids in die Schule gehst.«

Willow stöhnt und wedelt mit dem Arm in meine Richtung. Ich fange ihn ab, bevor er meine Brust trifft.

»Da musst du schneller sein, Kleines.« Ich pruste auf ihr Handgelenk, und sie kichert. »Komm schon, Zeit für Pancakes.«

Willow rollt sich auf den Rücken und kneift die Augen zusammen. Mit gekräuselter Nase mustert sie mich misstrauisch. »Mit Streuseln?«

Chloe öffnet eine Schublade auf der anderen Seite des Zimmers.

Ich lehne mich zu Willow vor und gebärde außerhalb von Chloes Blickfeld. »Nur wenn du anziehst, was LoLo für dich aussucht.«

»Dad, nein, bitte nicht!«, protestiert sie und setzt sich auf.

»Sei nett, Kind. Wir mögen sie.«

»Streusel?« Sie verhandelt mit nur einem Wort.

»Streusel.« Ich nicke.

»Was hältst du davon?«, fragt Chloe von der anderen Seite des Zimmers und hält ein knallgelbes Kleid hoch, dazu ein gestreiftes Oberteil zum Drunterziehen. *Damit sieht sie aus wie eine kleine Hummel.*

Willow wirft mir einen so unverfrorenen Blick zu, den eigentlich *keine* Fünfjährige draufhaben sollte. »Liebe es«, sagt sie mit zusammengebissenen Zähnen.

»So viele Streusel«, flüstere ich, und wir tauschen ein aufgeregtes Grinsen. »Hey ...«

»Hmm?«, murmelt Willow durch ein Gähnen, bevor sie sich umdreht und sich in meinen Schoß kuschelt.

»Ich bin stolz auf dich, Sonnenschein. Was du heute machst, ist echt mutig.« Ich streiche ihr beruhigend übers Haar.

»Ich glaube, ich werde die Schule mögen.« Sie spielt mit den Kordeln meines Hoodies, zieht sie abwechselnd nach links und rechts. »Ich bekomme einen Rucksack. Und dazu gibt es eine passende Trinkflasche.«

»Und eine Lunchbox«, fügt Chloe begeistert hinzu.

»Ich glaube, du wirst die Schule *lieben*.« Ich lächele Chloe an, die mit einem Stapel Kleidung zu uns rüberkommt.

»Das glaube ich auch.« Chloe tippt mit dem Zeigefinger gegen Willows Stirn. »Weil …«

»Starke Stirn, starke Nase, starker Körper, starkes Herz«, sagen sie gleichzeitig, obwohl Willow mitten im Satz gähnt.

»Und starkes Gehirn«, ergänze ich.

»Das stärkste, größte, genialste Gehirn überhaupt.« Chloe lehnt ihre Stirn an Willows.

»Es ist viel zu früh für so was«, murmelt Willow, rutscht von meinem Schoß, schnappt sich ihre Klamotten und stolzierte mit hocherhobenem Kopf aus dem Zimmer in Richtung Badezimmer.

Chloe und ich drehen uns mit gespielter Fassungslosigkeit zueinander um.

»Sie hat's faustdick hinter den Ohren«, sagt Chloe kopfschüttelnd.

Das Kind ist fünf, benimmt sich aber wie eine Fünfzehnjährige – wir sind so was von geliefert. Trotzdem kann ich nicht anders, als zu lachen.

»Ich glaube, sie wird sich *bestens* schlagen«, erwidere ich schnaubend. »Vielleicht sollten wir uns eher Sorgen um die anderen Kinder machen.«

»Und um die Lehrerin«, ergänzt Chloe mit einem gequälten Gesichtsausdruck, bevor sie sich quer auf meinen Schoß setzt und ihre Arme um meine Schultern schlingt. Ich lehne mich in ihre Berührung, sehe in ihre nachdenklichen Augen und warte. Ich weiß, dass sie einen Moment braucht, um das auszusprechen, was sie sich gerade innerlich zurechtlegt.

Dann räuspert sie sich. »Lass den Neuen drei Monate lang auf der Gehaltsliste bleiben – dann können wir anfangen, es zu versuchen.«

Endlich, verdammt noch mal! Ich nicke heftig und überschütte ihr Gesicht mit Küssen, bis sie quietscht.

»Abgemacht!«, rufe ich triumphierend. »Er wird Mitarbeiter des Monats! Ach was, er kann den ganzen Laden haben.«

»Gibt es so was bei euch überhaupt?«

»Jetzt schon.«

Chloe verdreht die Augen und beißt sich auf die Lippe, aber ihr Lächeln kann sie trotzdem nicht ganz verbergen.

»Also, zählen die Monate rückwirkend? Er arbeitet schließlich schon seit einem bei uns ...«

»Treib es nicht auf die Spitze«, warnt sie mit einem Lachen.

»Und wir könnten ja schon mal üben ... bis dahin.«

»Das lässt sich einrichten.« Chloe wirft einen schnellen Blick zur Tür und küsst mich dann, vielleicht ein bisschen *zu* leidenschaftlich für diese Uhrzeit. Vor allem, wenn man bedenkt, dass wir auf dem Bett unserer Fünfjährigen sitzen.

Ich bremse sie mit einem sanften Klaps auf die Hüfte, und sie gibt mit einem leisen Seufzen nach.

»Es fühlt sich wie eine Ewigkeit an, dass wir diesen morgendlichen Schulstress hatten«, sagt Chloe und sieht sich im Raum um, der früher Lukes Zimmer war.

»Ja ... erinnerst du dich noch, als ich dich dabei erwischt habe, wie du das Sofa gefüttert hast?«

Chloe lacht. »Uff, ja! Den Milchpulvergeruch hab ich nie wieder aus dem Kissen rausbekommen.«

»Was ist eigentlich aus dem Sofa geworden? Ich kann mich nicht mal erinnern, dass wir es entsorgt haben.«

»Wir haben es Connie gegeben, als sie aus dem Frauenhaus ausgezogen ist.«

»Stimmt!« Ich schnippe mit den Fingern. »Ich frage mich, wo es jetzt wohl ist, seit sie ...«

»Ich weiß nicht, ob ...« Chloe wirft einen schnellen Blick über die Schulter, um sicherzugehen, dass Willow außer Hörweite ist. »Ob Nudisten-Hippie-Kommunen überhaupt Möbel *brauchen*.«

»Worauf sitzen die dann?«, frage ich, hebe aber direkt eine Hand. »Nein, vergiss es. Ich will es gar nicht wissen. Da sind schon zu viele Bilder in meinem Kopf.«

»Ich habe es einmal gesagt, ich sage es noch hundertmal.« Chloe schließt schmunzelnd die Augen. »Immerhin sind es keine Drogen.«

»Amen.«

»Aber ich mag das neue Sofa auch sehr.« Chloe errötet leicht.

»Du bist ja ganz schön aufgekratzt heute Morgen, Mrs Dove.« Ich lecke mir über die Lippen, während ihre sich leicht öffnen.

»Wir haben es immer noch drauf.« Sie zuckt mit den Schultern und drückt mir einen Kuss auf die Wange. »Du hast es immer noch drauf.«

»Du sagst das, als wären schon Jahrzehnte vergangen«, gebe ich lachend zurück.

»Wir haben genug erlebt für ein oder zwei Jahrzehnte.«

Ich lege eine Hand auf ihren Bauch. »Ich hab das Gefühl, das Beste kommt erst noch.« Ich zwinkere ihr zu.

Sie zieht meine Hand weg und verengt die Augen. Doch ihr Grinsen verrät sie.

Da öffnet sich die Badezimmertür, und Willow hüpft fröhlich in Richtung Küche, während sie vor sich hin singt.

»Das ist mein Zeichen.« Ich hebe Chloe von meinem Schoß, drücke ihr einen Kuss ins Haar und folge dann meinem kleinsten Täubchen den Flur hinunter.

»Okay! Wer hat Lust auf meine weltberühmten Pancakes?«, rufe ich ihr hinterher.

Danksagung

Zuerst einmal: Ein riesengroßes Dankeschön an *euch*, liebe Leser:innen! Wenn euch dieses Buch gefallen hat – und ich hoffe von Herzen, dass es das hat –, dann würde es mir unglaublich viel bedeuten, wenn ihr eine Rezension hinterlasst. Ganz egal, wo ihr es gekauft habt, ob im Buchhandel oder wo auch immer ihr euch im Internet rumtreibt. Euer Feedback ist wertvoll, und ich bin unendlich dankbar für jede einzelne Rückmeldung.

Mein tiefster Dank gilt meinem besten Freund, meinem Fels in der Brandung und der Liebe meines Lebens – Ben. Danke, dass du immer mein Erstleser bist und nebenbei auch noch der *beste* Küsser weit und breit. Danke für deine unendliche Geduld, wenn ich beim Schreiben so tief versinke, dass ich nicht mal merke, ob unsere Kinder lachen oder gerade das Chaos des Jahrhunderts ausgebrochen ist. Danke für dein immer wieder neu entfachtes Interesse an jedem einzelnen meiner Manuskripte und für die zahllosen Motivationsreden, wenn ich mal wieder kurz davor war, alles hinzuschmeißen. Ich liebe dich mehr, als Worte es ausdrücken können. *Du bist einfach der Beste.*

Ein riesiges Dankeschön an meine wunderbare Mutter Joy und meine fantastische Schwägerin Kim. Ihr habt jede einzelne meiner Buchideen von der ersten chaotischen Sprachnachricht bis zum fertigen Manuskript begleitet, mir zugehört, mitgefiebert und mich immer wieder angespornt. Eure Ehrlichkeit und eure Begeisterung bedeuten mir die Welt.

Danke, Abi. Du liest normalerweise keine Bücher, aber du hast eine Ausnahme gemacht – und mir damit das größte Geschenk bereitet. Deine Worte haben mir das Gefühl gegeben, dass ich etwas Wertvolles geschaffen habe. Dass meine Geschichte etwas Besonderes ist. Du bist eine Inspiration, und ich hoffe, das weißt du!

An meine Schreibpartnerin und buchnerdige Seelenverwandte Christina: Ohne dich wäre dieser Roman entweder nie fertig geworden – oder ich hätte irgendwann in Tränen aufgelöst am Boden gelegen. Danke, dass du dieses verrückte Internetabenteuer mit mir eingegangen bist und zu einem meiner Lieblingsmenschen geworden bist. Wenn deine Bücher erscheinen, werde ich mit zehn Exemplaren in der ersten Reihe stehen – bereit, sie jedem unter die Nase zu halten!

Ein großes Dankeschön an die wunderbaren Frauen aus der Happy Romancing Group und an die Organisator:innen von NaNoWriMo, die uns alle zusammengebracht haben. Eure unermüdliche Unterstützung, eure scharfen Augen für Details und eure (gnadenlos ehrlichen) Meinungen haben dieses Buch geformt und verbessert. Ich kann es kaum erwarten, den Tag zu erleben, an dem wir uns endlich in der echten Welt treffen – mit einer Flasche Wein und stundenlangen Gesprächen über Bücher.

Ich möchte mich auch von Herzen bei allen Sensitivity Readern bedanken, die dieses Projekt begleitet haben. Eure Zeit, euer Wissen und eure Offenheit haben mir geholfen, meine Schwachpunkte zu erkennen und aus ihnen zu lernen. Ihr habt dieses Buch zu einem besseren gemacht, und dafür bin ich unendlich dankbar.

Ein ganz besonderer Dank geht an Beth von VB Edits – du hast mein Manuskript in Form gebracht, meine chaotischen Gedanken geordnet und mir mit unfassbarer Geduld und Professionalität geholfen, meine Geschichte genau so zu erzählen, wie ich es mir gewünscht habe. Ich kann dich einfach nur empfehlen!

Es gibt so viele Menschen, denen ich danken möchte, dass ich langsam die Musik bei der Oscarverleihung in meinem Kopf höre, die mich höflich, aber bestimmt von der Bühne drängen will. Falls ich dich also vergessen habe und du dich übergangen fühlst – hier ist dein persönliches Dankeschön: Danke, **deinen Name hier einsetzen**! Du bist wichtig, und ich bin dankbar, dass es dich gibt. So, jetzt dürfte niemand mehr beleidigt sein!

Und zuletzt – aber aus tiefstem Herzen: An alle, die mit einer Sucht kämpfen oder gekämpft haben und ihr Leben neu sortieren. Ich hoffe, ihr findet Liebe, Verständnis und die zweite Chance, die Chloe Connie gegeben hat. Ihr verdient es. Ich bin stolz auf euch. Bleibt stark.

Und an alle, die als Sozialarbeiter:innen, Pflegeeltern, Betreuer:innen, Geschwister oder in irgendeiner anderen Rolle für ein Kind da sind, das Hilfe braucht – ihr seid die wahren Held:innen. Die Welt braucht mehr Menschen wie euch!

Contentwarnung

Dieses Buch enthält Szenen und Beschreibungen, die bei manchen Menschen traumatische Erinnerungen auslösen können.

Bitte entscheide selbst, ob du emotional mit folgenden Themen umgehen möchtest:

Pflegefamilien und Adoption, frühere Vernachlässigung durch die Eltern, früherer Tod eines Elternteils (Drogenüberdosis), Drogen- und Alkoholkonsum, Angstzustände, PTBS und Probleme mit der Wutbewältigung, medizinisch fragiles Kind auf der Neugeborenenintensivstation (fetales Alkoholsyndrom), Referenzen zu Behindertenfeindlichkeit

Bitte lest dieses Buch nur, wenn ihr euch emotional dazu in der Lage fühlt. Falls es euch mit diesen (oder anderen) Themen nicht gut geht, findet ihr unter der Nummer der Telefonseelsorge rund um die Uhr kostenlose und anonyme Hilfe.

TelefonSeelsorge Deutschland |
0800/111 0 111 · 0800/111 0 222 · 116 123 |
https://www.telefonseelsorge.de/
TelefonSeelsorge Österreich |
Notruf 142 | https://www.telefonseelsorge.at/
Schweizer Verband Die Dargebotene Hand |
Notruf 143 | https://www.143.ch/

Euer *everlove*-Team